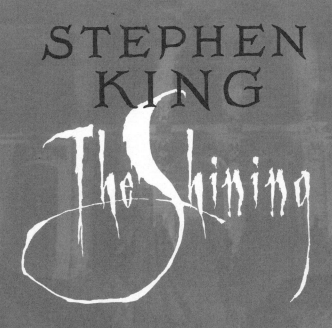

2

STEPHEN
KING

The Shining

스티븐 킹 | 샤이닝(상)

2

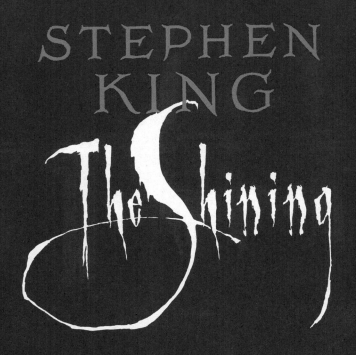

스티븐 킹 | 샤이닝 (상)

이나경 옮김

황금가지

THE SHINING
by Stephen King

차 례

제1부 발단

면접 13

볼더 25

왓슨 33

셰도랜드 48

전화 부스 62

한밤중의 상념 77

대니의 침실에서 93

제2부 폐점일

오버룩의 광경 99

체크아웃 105

할로런 115

빛 128

호텔 관람 144

정문 159

제3부 벌집

지붕 위에서 165

정원 아래서 183

대니 190

건강 검진 215

스크랩북 240

217호 실 문 앞에서 262

울먼 씨와의 통화 274

한밤중의 상념 290

트럭에서 309

놀이터에서 316

눈 326

217호 실 안에서 328

세계에서 가장 아름다운 리조트 호텔 가운데
콜로라도에 위치한 것도 여러 군데 있지만,
그 가운데 특정한 곳을 염두에 두고
이 책을 쓴 것은 아니다.
오버룩 호텔과 거기 관련된 인물들은
전적으로 저자의 상상력의 산물이다.

또한······거대한 흑단 시계가 서 있는 것도 바로 이곳이었다. 시계추는 둔탁하고 묵직한, 단조로운 소리를 내며 왔다 갔다 흔들렸다. 그리고······정각을 칠 때가 되면, 시계의 놋쇠 허파에서 맑고 높고 깊고 대단히 음악적인 소리가 흘러나왔다. 하지만 그 소리는 너무나 독특하고 강해서 한 시간이 지날 때마다 오케스트라의 연주자들은 손을 멈추고······그 소리에 귀를 기울였다. 그러자 왈츠를 추던 사람들도 부득이하게 춤을 멈출 수밖에 없었다. 흥에 겨운 사람들 사이에 짧은 불만이 나왔다. 그런데 시계의 종이 아직 울리고 있던 중, 가장 들떠 있던 젊은이들은 안색이 하얗게 질리고, 나이 지긋하고 침착한 이들은 혼란스러운 환상을 본 것처럼 이마에 손을 짚는 모습이 보였다. 그러나 종소리의 울림이 완전히 멎고 나자 곧 사람들 사이에서 가벼운 웃음소리가 터져 나왔다······마치 긴장했던 스스로를 비웃는 것처럼······다음번 시계가 울릴 때에는 그런 기분이 들지 않을 거라고 서로에게 귓속말로 다짐했다. 그리고 60분이 지나자······또 시계가 울리기 시작했고, 전과 똑같은 소란과 동요와 회상이 떠올랐다.

그러나 이 모든 것에도 불구하고 흥겹고 성대한 파티였다······.
── 애드거 앨런 포, 「붉은 사신의 가장무도회」

이성이 잠들면 괴물들이 태어난다. ── 고야

해가 뜨면 빛이 나는 법. ── 속담

1

THE SHINING

발단

면접

잭 토런스는 생각했다. '잘난 체하는 땅딸보 자식.'

울먼은 160센티미터가 조금 넘는 키에 작달막하고 살집 좋은 사람들에게만 가능한 재빠른 몸놀림으로 움직이는 사람이었다. 머리의 가르마는 빈틈없이 갈라져 있었고 검은 양복은 점잖으면서도 편안해 보였다. 돈을 지불하는 고객은, 그 양복을 입은 사람이라면 무슨 일이든 믿고 맡길 수 있는 사람이라는 인상을 받았다. 그리고 고용된 일꾼들에게 그 양복은 더욱 강한 인상을 주었다. 거기, 너, 똑바로 하는 게 좋을걸이라는. 양복 깃에는 빨간 카네이션이 꽂혀 있었는데, 밖에서 사람들이 스튜어트 울먼을 장의사로 착각하지 않도록 꽂아 놓은 것일지도 모르겠다.

울먼의 이야기를 듣고 있는 동안, 잭은 책상 저쪽에 앉은 사람이라면 누구든 마음에 들지 않았을 거라고 생각했다. 이런 상황에서라면.

그는 울먼의 질문 가운데 하나를 제대로 알아듣지 못했다. 이런. 울먼은 그렇게 잠시 정신을 딴 데 판 것도 일일이 기억해 두었다가 나중에 끄집어낼 인간이었다.

"네?"

"부인께서 당신이 여기서 하게 될 일을 전적으로 이해하는지 물었습니다. 물론, 아드님 문제도 있고요." 그는 앞에 놓인 지원서를 훑어보았다. "대니얼이로군요. 부인께서 걱정하지 않습니까?"

"웬디는 특별한 여잡니다."

"그럼 아드님도 특별합니까?"

잭은 입을 커다랗게 찢으며 홍보용 미소를 지었다. "저희들이야 그렇게 생각하고 싶지요. 다섯 살짜리치고는 혼자서 뭐든 잘하거든요."

울먼에게서는 미소가 되돌아오지 않았다. 그는 잭의 지원서를 다시 파일 속에 끼워 넣었다. 파일은 서랍 속으로 들어갔다. 이제 책상 위에는 메모 용지, 전화기 한 대, 스탠드 하나, 그리고 미결·기결 서류 바구니 외에는 아무것도 놓여 있지 않았다. 미결·기결 칸역시 비어 있었다.

울먼은 일어서더니 구석에 놓여 있는 서류함으로 갔다. "이쪽으로 오시죠, 토런스 씨. 호텔 층별 도면을 봅시다."

그는 커다란 종이를 다섯 장 꺼내 오더니 반들반들한 호두나무책상 위에 놓았다. 잭이 옆에 서자, 울먼의 향수 냄새가 강하게느껴졌다. "내 남자들은 모두 잉글리시 레더 향수가 아니면 아무것도 몸에 걸치지 않아요."라는 광고 문구가 문득 떠올랐고, 그는웃음을 터뜨리지 않으려고 혀를 깨물어야 했다. 벽 너머에서는오버룩 호텔의 주방에서 점심 식기를 치우는 소리가 희미하게 들려왔다.

울먼이 신나는 목소리로 말했다. "맨 위층은 창고입니다. 거기에는 지금 낡은 기물 외에는 아무것도 없어요. 오버룩 호텔은 이

차 대전 이후로 몇 차례 경영주가 바뀌었고, 지배인이 바뀔 때마다 원치 않는 물건들을 이 창고에 갖다 넣었습니다. 그곳에 쥐덫과 쥐약을 놓았으면 합니다. 3층 객실 담당 직원들 가운데 바스락거리는 소리를 들었다는 이야기가 있습니다. 나로서는 그 말을 전혀 믿지 않지만, 만의 하나라도 오버룩 호텔에 쥐가 한 마리라도 있을 가능성은 배제해야 합니다."

잭은 세상 어느 호텔에나 쥐 한두 마리는 있게 마련이라 생각했지만 입을 다물고 있었다.

"물론 어떠한 경우에도 아드님을 창고에 들여보내서는 안 됩니다."

"그럼요." 잭은 다시금 홍보용 미소를 지으며 대답했다. 모욕적인 상황. 이 잘난 체하는 땅딸보 자식은 정말로 자신이 아들을 쓰레기 가구와 온갖 잡동사니로 가득한 데다 쥐덫까지 놓은 창고에 얼씬이라도 하게 내버려 둘 거라 생각하는 걸까?

울먼은 창고 층 도면을 걷어내어 맨 밑에 깔았다.

"오버룩에는 객실이 총110개 있습니다." 그는 전문가 같은 투로 말했다. "그중 스위트룸 서른 곳이 이곳 3층에 있습니다. 건물 동쪽에 열 개(프레지덴셜 스위트룸 포함), 중앙에 열 개, 동쪽에 열 개이죠. 전부 전망이 훌륭합니다."

'영업용 대사는 좀 뺄 수 없나?'

하지만 잭은 입을 다물고 있었다. 이 일자리가 필요했다.

울먼은 3층 도면을 맨 밑에 넣고 2층 도면을 살펴보았다.

"객실 마흔 개가 있습니다. 더블 룸 서른 곳, 싱글 룸 열 곳. 그리고 1층에 각각 스무 곳씩 있지요. 거기에 각 층마다 세 곳의 시트용 벽장이 있고, 2층 동쪽 맨 끝과 1층 서쪽 맨 끝에 저장실이 하나씩 있습니다. 질문 있습니까?"

잭은 고개를 저었다. 울먼은 2층과 1층 도면을 치웠다.

"그럼. 로비 층입니다. 여기 중앙이 접수대입니다. 그 뒤는 사무실이죠. 로비의 폭은 데스크 양쪽으로 2미터 50센티씩 됩니다. 여기 건물 서쪽에는 오버룩 식당과 콜로라도 라운지가 있습니다. 연회실은 동쪽에 있습니다. 질문 있습니까?"

"궁금한 건 지하실뿐입니다." 잭이 말했다. "동절기 관리인에게는 그곳이 가장 중요한 층이지요. 현장이라고나 할까요."

"왓슨이 전부 안내해 줄 겁니다. 지하층 도면은 보일러실 벽에 붙어 있습니다." 그는 얼굴을 팍 찡그렸다. 지배인인 자신은 보일러나 배관 작업 같은, 오버룩의 이면에는 관여하지 않는다는 듯이. "그곳에도 덫을 좀 놓는 게 좋을지도 모르겠군요. 잠시만……."

그는 재킷 안쪽 호주머니에서 꺼낸 메모장(거기에는 각 장마다 굵고 검은 글씨체로 "스튜어트 울먼의 데스크에서 보냄"이라고 찍혀 있었다)에 뭐라고 끄적이더니 기결 서류 바구니에 얹었다. 메모지는 처량하게 놓여 있었다. 메모장은 마술이 끝날 때처럼 다시 울먼의 호주머니 속으로 사라졌다. 자, 보이지, 꼬마 잭. 그런데 이제 보이지 않지. 솜씨 좋은 사람이었다.

그들은 본래의 위치로 되돌아갔다. 울먼은 책상에 앉고 잭은 그 정면에 마주보고 앉는, 면접관과 응시자, 채용을 바라는 사람과 결정을 망설이는 경영자의 위치로. 울먼은 매끈하고 조그마한 두 손을 책상 위 메모 용지에 얹고서, 양복에 점잖은 회색 타이를 맨 체구가 자그마하고 머리숱이 적은 잭을 똑바로 응시했다. 그의 양복 깃에 꽂힌 꽃과 나란히 반대편 깃에는 명찰이 꽂혀 있었다. 거기에는 작은 금박 글씨로 "직원"이라고만 적혀 있었다.

"솔직하게 털어놓겠습니다, 토런스 씨. 앨버트 쇼클리는 오버룩 호텔에 큰 지분을 갖고 있는 거물입니다. 또한 오버룩 호텔은 올 시즌에 사상 최초로 이윤을 내었죠. 쇼클리 씨는 이사회 일원이기도 하지만, 호텔 경영에 대해서는 아무것도 모르고 본인이 그 사실을 가장 잘 알고 있습니다. 하지만 이 관리인 문제에 대해서는 분명하게 뜻을 밝혔습니다. 당신을 채용하기 바라고 있다고 했습니다. 나도 그 뜻에 따르겠습니다. 하지만 내 뜻대로 할 수 있다면 당신을 채용하지 않았을 겁니다."

잭은 무릎 위에서 쥐고 있던 두 손에 힘을 주었다. 손바닥에서 땀이 났다. '잘난 체하는 땅딸보 자식, 잘난 체하는 땅딸보 자식, 잘난 체하는……'

"당신도 나를 그다지 좋아하지 않을 거라 생각합니다, 토런스 씨. 그건 상관없습니다. 감정적인 이유에서 적임자가 아니라고 여기는 것은 절대 아닙니다. 5월 15일에서 9월 30일까지 시즌 중에 오버룩 호텔은 110명의 정규 직원을 채용합니다. 객실 하나당 한 사람이라고 할 수도 있겠지요. 그중 나를 좋아하는 사람이 별로 없는 줄 알고 있고, 또 나를 악질이라 여기는 사람들도 있을 겁니다. 내 성격에 대해서는 그들의 판단이 옳을 겁니다. 이 호텔을 제대로 운영하려면 어느 정도 악질이 되어야 하니까요."

그는 잭이 뭐라 말할지 쳐다보았고, 잭은 다시 홍보용 미소를 지었다. 무례할 정도로 이를 드러내는 커다란 미소를.

울먼은 계속 말했다. "오버룩 호텔은 1907년부터 1909년 사이에 지어졌습니다. 가장 가까운 도시는 여기서 동쪽으로 65킬로미터 떨어진 사이드와인더로, 그곳과 연결된 도로는 10월 말이나 11월경에서 4월 무렵까지 폐쇄됩니다. 로버트 타운리 왓슨이라는 분이 지었고, 그분 손자가 현재 유지 보수를 맡고 있습니다. 밴더빌트 일가 분들, 록펠러 일가 분들, 애스터 일가 분들, 듀퐁 일가 분들이 이곳에 묵었습니다. 프레지덴셜 스위트룸에는 윌슨, 하딩, 루스벨트, 닉슨 네 분의 대통령이 묵었습니다."

"하딩과 닉슨은 별로 자랑스러운 이름은 아니군요." 잭이 중얼거렸다.

울먼은 이마를 찌푸렸지만 개의치 않고 말을 이었다. "왓슨 씨는 운영에 부담을 느껴 1915년에 호텔을 매각했습니다. 이어서 1922년, 1929년, 1936년에 계속 매각되었죠. 호텔은 이차 대전 종전까지 비어 있다가 갑부 발명가이자 파일럿, 영화 제작자 및 사업가인 호리스 드원트가 사들여 완전히 새로 고쳤습니다."

"저도 그 이름은 들어서 압니다." 잭이 말했다.

"그렇습니다. 그가 손대는 것은 전부 금으로 바뀌었죠……. 오버룩 호텔만 예외였습니다. 전후 첫 고객이 발을 들여놓기 전, 그는 백만 달러 이상을 투입하여 낡아 빠진 폐허를 눈부신 명소로 바꾸어 놓았습니다. 당신이 도착했을 때 감탄했던 로크 코트를 지은 것도 그입니다."

"로크요?"

"크로케의 영국 조상쯤 되는 게임입니다, 토런스 씨. 크로케는 로크의 사생아라고 할 수 있죠. 전하는 이야기로, 드원트는 개인 비서에게 그 게임을 배우고 완전히 푹 빠졌다고 합니다. 우리 호텔의 로크 코트는 아메리카 최고일 겁니다."

"그럴 것 같습니다." 잭은 엄숙하게 말했다. 로크 코트, 정면에는 작은 동물들로 가득한 정원, 그러고는 뭔가? 장비 창고 뒤에는 실물 크기의 엉클 위길리 게임판나무말과 카드, 그림판을 가지고 하는 전통적인 미국 보드 게임의 일종이라도 만들었나? 그는 스튜어트 울먼이라는 사람이 아주 지겨워졌지만, 울먼은 아직 할 말을 다 마치지 않은 모양이었다. 울먼은 하고자 마음먹은 이야기는 전부 할 사람이었다.

"300만을 잃자, 드원트는 호텔을 캘리포니아의 투자자 그룹에 매각했습니다. 그들 역시 똑같이 실패를 맛보았습니다. 호텔 경영을 몰랐던 거죠.

1970년에 쇼클리 씨와 동업자들은 호텔을 사들였고 그 관리를 내게 맡겼습니다. 우리 역시 몇 해 동안 적자를 보았지만, 다행히도 나에 대한 현재 소유주들의 신뢰는 흔들리지 않았습니다. 작년에 우리는 적자에서 벗어났습니다. 그리고 올해 오버룩의 수지는 근 70년 만에 처음으로 흑자를 기록했습니다."

이 성가신 남자의 자부심에 그럴 만한 까닭이 있다는 생각이 들자, 애초부터 느꼈던 혐오감이 또다시 파도처럼 밀려들었다.

잭이 말했다. "오버룩의 다사다난한 역사와 제가 적임자가 아니라는 느낌 사이에는 아무런 연관성이 없는 것 같은데요, 울먼 씨."

"오버룩이 그렇게 큰 적자를 낸 한 가지 이유는 매년 겨울마다 일어나는 손실에 있습니다. 그 때문에 생각보다 이윤 폭이 훨씬 더 크게 감소합니다. 겨울은 상상을 초월할 정도로 잔인합니다. 그 문제에 대처하기 위해서, 매일 돌아가며 호텔의 각 부분에 보일러를 가동하여 열을 공급하는 동절기 전임 관리인을 배치해 왔습니다. 파손이 일어나면 곧장 수리를 하여 초기에 문제를 근절하는 것이죠. 어떠한 우발적인 사고도 미연에 방지하도록 계속해서 주의를 기울이는 겁니다. 그 첫해 겨울, 나는 독신자 대신 일가족을 고용했습니다. 그런데 비극이 일어났습니다. 끔찍한 비극이."

울먼은 잭을 냉정한 눈초리로 감정하듯 바라보았다.

"내 실수였습니다. 전적으로 인정합니다. 그 사람은 알코올 중독자였어요."

잭은 이를 드러내는 홍보용과는 전혀 다른 미소가 입가에 서서히 번지는 것을 느꼈다. "그것 때문인가요? 앨버트가 말하지 않았다니 놀랍군요. 술은 끊었습니다."

"네, 쇼클리 씨는 당신이 술을 끊었다고 하더군요. 당신의 전직……, 마지막으로 했던 믿을 만한 일이라고나 할까요? 그것에 대해서도 알려 주었습니다. 버몬트의 사립학교에서 영어를 가르쳤다지요. 이성을 잃었다고 하던데, 그 이상 구체적으로 거론할 필요는 없다고 봅니다. 하지만 그레이디의 경우와도 무관하지 않다고 생각되어서 당신의……, 음, 전력을 거론한 겁니다. 1970년에서 71년 겨울, 호텔의 보수 공사를 마치고 첫 시즌을 시작하기 전, 나는 이……, 델버트 그레이디라는 불운한 사람을 채용했습니다. 그는 당신과 부인, 그리고 아들이 살게 될 숙소로 들어왔습니다. 부인과 딸이 둘 있었지요. 겨울철이 혹독하며 그레이디 가족이 오륙 개월 동안 외부 세상과 차단될 거라는 조건을, 나는 미리 알렸습니다."

"하지만 정말 그런 건 아니지요? 여기에는 전화도 있고 민간 무선 통신 장비도 있을 텐데요. 게다가 헬리콥터로 올 수 있는 거리에 로키산맥 국립 공원이 있고, 거긴 헬기도 한두 대쯤은 있을 것 아닙니까."

"그건 잘 모르겠습니다." 울먼이 말했다. "호텔에는 쌍방향 무선 통신 장비가 있고, 왓슨 씨가 도움이 필요할 때 사용할 주파수 목록을 알려 드릴 겁니다. 이곳과 사이드와인더 간의 전화선은 아직도 매립을 하지 않아 거의 매년 겨울마다 어느 시점에서 전화가 끊겨 삼 주 내지 한 달 반까지 불통이 됩니다. 장비 창고에 가면 설상차도 있습니다."

"그럼 외부와 단절되는 게 아니군요."

울먼 씨는 괴로운 표정을 지었다. "아드님이나 부인이 계단에서 발을 헛디뎌 두개골에 금이 갔다고 합시다, 토런스 씨. 그래야 이곳이 외부와 단절되었다고 하겠습니까?"

잭은 이제야 납득했다. 설상차를 최고 속도로 몰면 사이드와인더까지 한 시간 반 만에 도착할 것이다……, 아마도. 국립 공원의 구조대에서 보낸 헬기는 세 시간 만에 도착할 것이다……, 그것도 최상의 조건일 때. 눈보라가 불면 헬기는 뜨지도 못할 것이고 설상차를 최고 속도로 몰지도 못할 것이다. 행여 중상을 입은 사람을 영하 30도, 아니 체감 온도로 따지면 영하 40도의 한데로 데려나갈 용기가 있다 하더라도 말이다.

울먼이 말했다. "그레이디의 경우, 쇼클리 씨가 당신에 대해서 심사숙고한 만큼 나도 여러 모로 생각해 보았습니다. 혼자 지내는 것은 그것만으로 해로울 수 있지요. 가족과 함께 있는 것이 낫겠다고. 문제가 생긴다 해도 두개골 골절이나 전기 기계 부상, 무슨 발작 같은 것보다는 덜 긴급한 문제일 가능성이 높다고 생각했어요. 심한 독감, 폐렴, 팔의 골절이나 맹장염. 이런 것들은 충분히 대처할 시간이 있으니.

아마도 그 사건은, 그레이디가 몰래 잔뜩 들여놓은 싸구려 위스키를 과음한 결과라 여겨집니다. 그리고 옛날 사람들이 오두막 열병이라고 부르는 특이한 상황도 겹쳤고요. 들어 본 적 있습니까?"

울먼은 잭이 모른다고 하자마자 설명할 참으로, 생색 내듯 미소를 슬쩍 지어 보였고, 잭은 고소한 심정으로 재빠르고 명료하게 대답했다.

"그건 사람들이 오랜 시간 동안 함께 갇혀 있을 때 일어날 수 있는 폐소공포증 반응을 일컫는 속어이죠. 폐소공포증은 함께 갇힌 사람들에 대한 증오감으로 발현됩니다. 극단적인 경우, 환각에 빠지거나 폭력을 행사하기도 하죠. 최악의 경우는 살인이고, 식사를 태우거나 설거지 당번이 누구냐를 놓고 시비를 거는 등의 사소한 싸움이 벌어집니다."

울먼은 약간 당황한 표정을 지었고 잭은 속이 후련했다. 그는 좀더 밀어붙일 작정이었지만, 속으로 침착하겠다고 웬디에게 다짐했다.

"거기서 실수를 하셨군요. 그가 가족을 다치게 했습니까?"

"살해했습니다, 토런스 씨. 그러고는 자살했죠. 손도끼로 어린 딸들을 해치고 엽총으로 아내를 쏜 다음 자기도 죽었습니다. 다리가 부러져 있었습니다. 분명 많이 취해서 계단에서 넘어졌을 겁니다."

울먼은 손을 펼치더니 독선적인 표정으로 잭을 쳐다보았다.

"그 사람, 고등학교는 나왔습니까?"

"실은 고졸자가 아니었습니다." 울먼은 약간 딱딱하게 대답했다. "나는, 뭐라고 할까요. 상상력이 부족한 사람이라면 고생이나 외로움을 더 잘 이겨 낼 것이라고 생각했습니다."

"그게 실수였군요." 잭이 말했다. "어리석은 사람이 카드 게임을 하다가 사람을 쏘거나 충동적인 강도 짓을 할 가능성이 높은 것과 똑같이, 오두막 열병에 걸릴 가능성도 더 큽니다. 지루해지거든요. 눈이 오면 텔레비전을 보거나 혼자서 카드나 치다가 에이스를 전부 차지하지 못하면 속임수를 쓰는 것 말고는 달리 할 일이 없어지지요. 마누라한테 짜증 내고 애들에게 잔소리하다가 술 마시는 것 말고는 할 일이 없어요. 들을 것이 없으니 잠자기도 어려워집니다. 그래서 잠들 때까지 마시고 숙취에 절어 일어납니다. 화를 잘 내게 되지요. 그리고 전화가 끊기고 텔레비전 선이 나가면 잡념을 떠올리며 혼자 카드를 치다 속임수를 쓰고, 점점 더 짜증을 내는 것 말곤 할일이 아무것도 없어집니다. 그러다 결국……, 빵, 빵, 빵."

"그럼, 당신처럼 학력이 높은 사람은?"

"아내와 저는 독서를 좋아합니다. 앨버트 쇼클리가 말했을지 모르지만 저는 희곡을 한 편 쓰고 있습니다. 대니는 퍼즐, 색칠 공부, 무선 통신기를 갖고 놀면 됩니다. 아이에게 글 읽는 법을 가르치고 눈신을 신고 걷는 법도 가르칠 겁니다. 웬디도 배우려고 할 겁니다. 장담합니다. 우리 가족은 텔레비전이 고장나더라도 각자 자기 할일을 하면서 서로 신경을 건드리지 않을 겁니다." 그는 말을 멈추었다. "그리고 제가 술을 끊었다는 앨버트의 말은 사실입니다. 술을 마시던 적이 있었고 심각한 지경까지 간 적도 있었습니다. 하지만 지난 14개월 동안 맥주 한 잔 이상 마셔 본 적이 없습니다. 술 종류는 가져올 생각도 없고 눈이 오면 술을 가져올 기회도 없으리라 생각합니다."

"그 점은 맞습니다." 울먼이 말했다. "하지만 가족 세 분이 이곳에 계시는 동안, 문제가 일어날 가능성은 배로 늘어납니다. 쇼클리 씨에게 이 점을 말씀드렸고, 그분께서는 책임을 지겠다고 하셨습니다. 이제 당신에게도 알렸고 당신 역시 기꺼이 책임을 감당하겠다고 하니……."

"네."

"좋습니다. 그렇게 하지요. 달리 선택의 여유도 없으니까요. 하지만 지금도 나는 독신자 휴학생을 채용하는 편이 낫다고 생각합니다. 이제 왓슨 씨를 소개해 드리죠. 왓슨 씨가 지하실과 구내를 안내해 줄 겁니다. 달리 질문 사항은?"

"아뇨. 없습니다."

울먼이 일어섰다. "감정은 상하지 말았으면 합니다, 토런스 씨. 말씀드린 내용에 사적인 감정은 전혀 없습니다. 오로지 오버룩을 위해 최선을 바랄 뿐입니다. 훌륭한 호텔이니까요. 이대로 유지하고 싶습니다."

"네, 나쁜 감정 같은 것은 전혀 없습니다." 잭은 예의 홍보용 미소를 다시 지어 보였지만 울먼이 악수를 청하지 않아서 마음이 놓였다. 나쁜 감정은 존재했다. 온갖 나쁜 감정이.

볼더 미국 콜로라도 주 중북부의 도시

여자는 부엌 창문을 통해 도로 가장자리에 앉아 있는 아이를 보았다. 아이는 트럭도 웨건도, 잭이 집에 가져와 지난 주 내내 그렇게 좋아하던 글라이더도 갖고 놀지 않았다. 다섯 살짜리 꼬마는 그저 가만히 앉아 팔꿈치를 허벅지에 세우고 턱을 손에 괴고는 낡은 폴크스바겐 자동차를 몰고 올 아빠를 기다리고 있었다.

웬디는 속이 상했다. 울고 싶을 정도로 속이 상했다.

그녀는 개수대 옆에 행주를 걸고 아래층으로 내려가 실내용 원피스의 맨 위 단추 두 개를 채웠다. 잭의 그 자존심! 아냐, 앨버트. 선불 같은 것은 필요 없어. 당분간은 끄떡없다고. 복도의 벽은 여기저기 금이 가고 크레용, 유성 매직, 스프레이 페인트 자국이 보였다. 층계는 가파르고 여기저기 부서져 있었다. 건물 전체에서 퀴퀴한 냄새가 났다. 스타빙튼의 작고 아담한 벽돌집에 살다가 이런 데로 오다니, 대니는 무슨 생각을 할까? 3층에 사는 사람들은 결혼한 부부가 아니었다. 그건 신경 쓰이지 않았지만 끊임없이 요란하게 싸워 대는 소리는 정말 거슬렸다. 웬디는 겁이 났다. 위층에 사는 톰이라는 남자가 술집이 문 닫을 때 집으로 돌아오면 본격적인 싸움이 시작되곤 했다. 거기에 비하면 주중의 싸움은 전초전일 뿐이었다. 금요일 밤의 싸움. 잭은 그렇게 불렀

25

지만 웃을 일이 아니었다. 일레인이라는 여자는 결국 울면서 "이러지 마, 톰. 제발. 제발 이러지 마."라고 되풀이해서 중얼거리곤 했다. 그러면 톰은 소리를 지르곤 했다. 싸우는 소리에 대니가, 잠들면 누가 업어가도 모르는 대니가 깬 적도 있었다. 이튿날 아침 잭이 외출하는 톰을 잡아 길에서 한참 이야기를 했다. 톰은 화를 내기 시작했고, 잭이 뭐라고 했지만 너무 작게 말해서 웬디에겐 들리지 않았다. 그러자 톰은 고개를 젓더니 부루퉁해서 걸어가 버렸다. 그것이 일주일 전이었고 사나흘 정도는 나아졌지만 주말 이후 다시 정상, 아니 비정상으로 돌아갔다. 아이에게 해로운 환경이었다.

다시 슬픔이 복받쳤지만 웬디는 바깥이라 눈물을 삼켰다. 치맛자락을 걷고 아들 곁에 앉아서 말을 걸었다. "뭐하니, 똘똘아?"

아들은 웃어 보였지만 형식적인 것이었다. "안녕, 엄마."

글라이더는 운동화를 신은 아이의 발 사이에 놓여 있었고 날개하나가 부서지기 시작한 것이 보였다.

"그거 고칠 수 있을지 봐줄까?"

대니는 다시 거리를 응시하고 있었다. "아니. 아빠가 고쳐 줄 거예요."

"아빠는 저녁때가 돼야 오실 거야, 똘똘아. 저 산까지는 길이 멀거든."

"부서질 것 같아요?"

"아니, 그렇진 않아." 하지만 웬디는 걱정거리가 방금 또 하나늘었다. 고마워요, 아빠. 그거 꼭 갖고 싶었어요.

"아빠는 부서질지도 모른댔어요." 대니는 기정 사실처럼 따분

하다는 듯이 말했다. "연료 펌프가 맛이 뻑 갔대요."

"그런 말 하지 마, 대니."

"연료 펌프요?" 대니가 순진하게 놀란 표정으로 물었다.

웬디는 한숨을 쉬었다. "아니, '맛이 뻑 갔대요.' 말이야. 그런 말 쓰면 안 돼."

"왜요?"

"상스러운 말이야."

"상스러운 게 뭔데요, 엄마?"

"식탁에서 코를 후비는 거나 욕실 문을 열어 놓고 쉬를 하는 거 같은 거란다. 또 '맛이 뻑 갔대요.' 같은 말도. 그런 건 상스러운 말이야. 착한 사람은 그런 말 안 하는 거야."

"아빠는 그렇게 말하는데. 모터를 보더니 '젠장 이 연료 펌프는 맛이 뻑 갔네.'라고 했어요. 아빠는 착한 사람 아냐?"

'어쩌다 이런 일에 말려들었니, 위니프리드? 응?'

"아빠는 착한 사람이지. 하지만 어른이잖니. 그리고 아빠는 이해해 주지 않을 사람들 앞에서는 그런 말을 안 하려고 신경을 많이 쓰신단다."

"앨버트 아저씨 같은 사람 말이야?"

"응. 그렇지."

"나도 어른이 되면 그런 말 써도 돼요?"

"내가 허락을 하든 안 하든, 아마도 쓰게 되겠지."

"몇 살 먹으면?"

"스무 살 정도면 어떠니, 똘똘아?"

"아주 오래 기다려야 되네요."

"그렇지. 하지만 해 볼 거지?"

"좋아요."

대니는 다시 고개를 돌려 거리를 쳐다보았다. 아이가 일어서려는 듯 몸을 조금 폈다. 하지만 다가온 비틀은 훨씬 더 새 차에다, 훨씬 더 밝은 빨강이었다. 아이는 다시 주저앉았다. 웬디는 콜로라도로 이렇게 이사 온 것이 대니에게 얼마나 힘든 일일까 싶었다. 아이는 아무 말 없었지만, 그렇게 오랜 시간을 혼자 지내는 것을 보고 있자니 심란하기 짝이 없었다. 버몬트에서는 잭의 동료 교사 셋이 대니 또래의 아이들을 키우고 있었다. 그리고 유치원도 있었다. 하지만 이 근처에는 대니와 놀아 줄 아이가 아무도 없었다. 아파트에는 거의 콜로라도 대학교 학생들만 살고 있었고, 이곳 아라파호 거리에 사는 몇 안 되는 부부 가운데 아이가 있는 집은 극소수였다. 중고생 여남은 명과 갓난아기 셋을 본 적 있지만, 그게 전부였다.

"엄마, 아빠는 왜 선생님을 못 하게 되었어요?"

생각에 잠겨 있던 웬디는 깜짝 놀라 대답을 찾아 허둥거렸다. 그녀와 잭은 대니가 그런 질문을 하면 어찌할지 의논한 적 있었다. 대답을 회피하는 것에서부터 속이지 않고 있는 그대로 이야기해 주는 것까지 다양한 방법을. 하지만 대니는 한번도 묻지 않았다. 적어도 웬디가 축 처져서 아무런 마음의 준비도 하지 않고 있는 지금까지는. 하지만 대니는 엄마를 바라보고 있었다. 어쩌면 엄마의 표정에서 당황한 기색을 읽고 나름대로 판단하고 있을지도 몰랐다. 웬디는 어른들의 의도와 행동은 아이에게 어두운 숲 속의 맹수처럼 심각하고 두렵게 느껴질 것이라고 생각했다.

아이들은 그 까닭을 제대로 파악하지도 못한 채 꼭두각시 인형처럼 내던져지는 것이다. 이렇게 생각하자 웬디는 다시 눈물이 쏟아질 것 같았고, 그것을 참느라 허리를 숙여 망가진 글라이더를 주워 뒤집어 보았다.

"아빠는 토론 팀을 맡고 계셨단다. 그거 기억나니?"

"응." 아이가 말했다. "즐거운 토론회, 맞죠?"

"맞아." 웬디는 글라이더를 이리저리 뒤집으며 상표(스피도글라이드)와 날개 위에 찍힌 푸른 별 판박이를 쳐다보는 동안, 아들에게 사실 그대로를 알려 주게 되었다.

"조지 햇필드라는 학생이 있었는데, 아빠는 그 아이를 팀에서 내보내야 했어. 그 아이가 다른 학생들만큼 잘하지 못했던 거지. 그런데 조지는 자기가 잘 못 해서가 아니라 아빠가 자길 싫어해서 내보내는 거라고 말했단다. 그리고 조지는 나쁜 짓을 했어. 너도 알 거야."

"우리 차 타이어에 구멍 낸 거요?"

"그래. 그 학생이야. 학교가 끝난 다음이었고, 아빠는 그 애가 구멍을 내고 있는 걸 보셨어." 그리고 웬디는 다시 망설였다. 하지만 이제 피할 수 없다. 사실을 알려 주든지, 아니면 거짓말을 하는 수밖에.

"아빠는……, 가끔 나중에 후회할 일을 하셔. 가끔 올바르게 생각을 안 하실 때가 있어. 자주 그러시는 건 아닌데, 가끔 그러셔."

"내가 아빠 공책에 맥주 쏟았을 때처럼 조지 햇필드를 때렸어요?"

'가끔…….'

(팔에 깁스를 한 대니)

'나중에 후회할 일을 하셔.'

웬디는 눈을 열심히 깜빡거리며 눈물을 삼켰다.

"비슷한 거란다. 아빠는 조지가 타이어를 자르지 못하게 하려고 때려 주었는데, 조지가 머리를 부딪쳤어. 그리고 학교의 높은 사람들이 조지는 앞으로 학교에 다닐 수 없고 아빠는 앞으로 선생님을 못한다고 했단다." 웬디는 더 이상 할 말이 없어서 입을 다물고 쏟아져 나올 질문을 두려운 마음으로 기다렸다.

"아." 대니는 이렇게 말하더니 다시 거리를 쳐다보았다. 그 문제는 해결된 것 같았다. 그녀에게도 그렇게 쉽게 해결될 수 있다면……

웬디는 일어섰다. "얘야, 차 한잔 마시러 위층에 올라간다. 쿠키랑 우유 마실래?"

"아빠를 기다릴 거예요."

"다섯시 전에는 안 오실 것 같은데."

"어쩌면 일찍 오실지도 몰라요."

"그래." 웬디도 맞장구를 쳤다. "어쩌면 그럴지도 몰라."

그녀가 반쯤 올라갔을 때 아이가 불렀다. "엄마?"

"응, 대니?"

"겨울에 호텔에 가서 살고 싶어요?"

자, 그 질문에 대해서는 오천 가지 대답 중에 무엇을 댈까? 어제 느꼈던 대로 대답할까, 아니면 간밤, 아니면 오늘 아침에 느꼈던 대로 대답할까? 그때마다 대답은 전부 달랐다. 장밋빛에서 캄캄한 흑색에 걸치는 각양각색의 대답이 있었다.

웬디는 이렇게 말했다. "아빠가 가고 싶어하시면 엄마도 가고 싶어." 그리고 잠시 말을 멈추었다. "대니는 어떠니?"

"나도 그런 것 같아요." 아이가 마침내 입을 열었다. "여긴 같이 놀 애도 없고."

"친구들 보고 싶구나?"

"스콧이랑 앤디가 보고 싶기도 해요. 그것뿐이에요."

웬디는 아들에게 되돌아가 입을 맞추고, 이제 막 아기 티를 벗은 밝은 색깔의 머리카락을 쓰다듬어 주었다. 대니는 너무나도 어른스러운 아이라서, 웬디는 어쩌다 대니가 자신과 잭 같은 부모를 만났을까 싶었다. 한때 지녔던 희망은 사라지고 낯선 도시의 이 허름한 아파트로 오다니. 대니가 팔에 깁스를 한 모습이 다시 떠올랐다. 하늘나라에서 엄마 아빠를 정해 주는 일을 맡은 누군가가 실수를 하면, 다시는 바로잡을 수도 없고 죄 없는 아이가 그것을 감당해야 하는 게 아닐까. 웬디는 이따금 그런 두려움을 느꼈다.

"찻길에 들어가면 안 돼, 똘똘아." 웬디가 이렇게 말하고 아이를 꼭 안아 주었다.

"알아요, 엄마."

웬디는 위층으로 올라가 부엌으로 들어갔다. 그녀는 찻주전자를 올려놓고, 누워 있는 동안 대니가 올라올 경우를 생각해서 오레오 쿠키 두 조각을 접시에 놓았다. 그녀는 큼지막한 도자기 잔을 앞에 놓고 앉아, 청바지와 헐렁한 스타빙튼 고등학교의 녹색 티셔츠를 입고 이제 글라이더를 옆에 놓아둔 채 보도에 앉아 있는 아이를 창문으로 내다보았다. 그러자 하루 종일 찔끔거렸던 눈물이 터져 나왔고 그녀는 향긋한 찻잔에 코를 박고 울었다. 지나간 시간에 대한 아쉬움과 상실감, 그리고 앞날에 대한 두려움 속에서.

왓슨

'이성을 잃었다지요.' 울먼은 그렇게 말했다.

"자, 여기가 가열로요." 왓슨이 곰팡내 나는 어두운 방에 불을 켜면서 말했다. 보송보송한 팝콘 머리에, 흰 셔츠와 짙은 녹색 면바지를 입은 살집 좋은 남자였다. 그는 가열로 중앙의 조그만 사각형 창살문을 열어젖혔고 잭과 함께 그 안을 들여다보았다. "여기 이게 표시등이오." 청백색 불꽃이 규칙적으로 쉿소리를 내면서 파괴력을 위로 전달시켰다. 하지만 여기서 중요한 단어는 파괴이지 전달이 아니라고 잭은 생각했다. 거기 손을 집어 넣으면 딱 3초만에 바비큐가 될 것이다.

'이성을 잃었다지요.'

(대니, 괜찮니?)

가열로는 방 전체를 차지하고 있었다. 잭이 여태까지 본 것들 중에 가장 크고 오래된 것이었다.

"표시등에는 안전 장치가 돼 있소." 왓슨이 말해 주었다. "저기 작은 감지기가 열을 측정하는 거요. 온도가 정해 놓은 지점 이하로 내려가면 당신 숙소에 버저가 울릴 거요. 저 벽 바깥쪽에는 보일러가 있어요. 그쪽으로 가 봅시다." 그는 창살문을 탁 닫고서 잭을 데리고 강철 덩어리 가열로 뒤로 나와 다른 문으로 향했다.

강철에서는 피부가 얼얼해질 정도의 열이 퍼져 나왔고 어째서인지 잭은 졸고 있는 커다란 고양이 한 마리가 떠올랐다. 왓슨은 열쇠 꾸러미를 쩔그렁거리며 휘파람을 불었다.

'이성을…….'

(서재로 들어가 대니가 체육복 바지만 입은 채 씩 웃고 서 있는 모습을 보자, 붉은 구름 덩어리 같은 분노가 서서히 피어올라 잭의 이성을 마비시켰다. 그의 머릿속에서는 아주 느리게 느껴졌지만 전부 1분도 채 안 되어 벌어진 일이었다. 이따금 꿈속에서 모든 것이 느리게 느껴질 때와 같았다. 악몽 속에서. 밖에 나간 사이에 서재에 있는 문과 서랍을 전부 다 열어 뒤져 놓은 것 같았다. 벽장, 받침대, 미닫이 책장. 책상 서랍이란 서랍은 다 끝까지 열어젖혀져 있었다. 7년 전 그가 쓴 단편 소설에서 3막짜리 희곡으로 각색 작업 중이었던 원고가 바닥에 모조리 흩어져 있었다. 맥주를 마시며 2막을 수정하고 있었을 때, 웬디가 전화 왔다고 했고 대니는 원고에다 맥주를 다 부어 버린 것이다. 아마도 거품을 보려고 그랬을 것이다. 거품을 보려고, 거품을 보려고, 그 말이 마치 조율 안 된 피아노가 내는 지긋지긋한 소리처럼 그의 마음속에 계속에서 울려 퍼지더니 분노를 폭발시켰다. 그는 세 살배기 아들에게 가만히 다가갔다. 서재에서 방금 한 일에 신이 나서 기분 좋게 씩 웃으며 아빠를 올려다보는 아들에게. 대니는 무슨 말을 하기 시작했고, 그때 그는 대니의 손을 잡아 꺾어, 쥐고 있던 타자기 지우개와 샤프를 떨어뜨리게 했다. 대니는 조그맣게 소리쳤다……, 아야…… 아야……. 솔직히 말하면……, 그것은 비명이었다. 분노의 뿌연 안개 속을 더듬고 기억해 내기는 어려운 일이지만, 뚝 하는 스파이크 존스의 화음 소리가 들렸다. 어디선

가 웬디가 무슨 일이냐고 물었다. 머릿속의 안개 때문에 그녀의 목소리는 희미하게 들렸다. 이것은 두 사람만 알고 있었다. 그는 대니를 때려 주려고 붙잡았고, 커다란 어른 손가락이 가녀린 아이의 팔을 쥐었고, 주먹을 꽉 쥐었다. 뼈가 부러지는 소리는 크지 않았다. 크지 않았지만, 정말 컸다. 엄청난 소리였지만, 크지 않았다. 그저 화살처럼 붉은 안개를 갈라 놓을 정도의 소리였다. 하지만 그 사이로 햇빛이 비치는 대신 수치와 회한, 공포, 영혼의 고통스러운 동요가 먹구름처럼 밀려 들어왔다. 그 소리를 중심으로 과거와 그 후 미래가 분명히 나뉘었다. 연필심이 부러지거나 작은 불쏘시개를 무릎에 대고 꺾을 때 나는 그런 소리가. 그의 나머지 인생을 전부 포함한 미래가 시작되는 순간은 정적뿐이었다. 대니의 얼굴에서 혈색이 빠져나가며 하얗게 질리는 모습을, 언제나 커다랗던 두 눈이 훨씬 더 커지며 흐릿해지는 모습을 보며 잭은 아이가 정신을 잃고 종이와 맥주가 쏟아져 있는 바닥으로 쓰러지리라는 사실을 알았다. 다 죽어 가는 취한 목소리가 전부 되돌리고자, 그다지 크지 않은 뼈 부러지는 소리를 되돌리고 과거로 돌아갈 방법을 찾고자 했다. 어딘가에 그 분기점이 존재하지 않는가? 대니, 괜찮니? 대니가 비명을 지르자, 웬디가 달려와 대니의 팔목 아래가 비틀어진 모양을 보고는 놀라 숨을 멈추었다. 여느 평범한 가정이 속한 세계에서는, 팔이 그렇게 비틀어지는 법이 없다. 웬디는 아이를 빼앗아 품에 안으면서 횡설수설했다. '오 하느님 대니 오 하느님 오 하느님 제발 이 팔을 어떡해.' 잭은 얼이 빠져 멍하니 선 채 어떻게 이런 일이 벌어질 수 있었는지 이해하려고 애썼다. 그는 거기 서 있다가 아내와 눈이 마주쳤고, 웬디가 자신을 미워한다는 것을 알 수 있었다. 그 미움이 실제로 어떤 의미를 갖는지는 생각나지 않았다. 나중에야 웬디가 그날 밤 집을 나가 모텔에서 자고, 다음 날 아침 변호사를 찾거나 경찰에 신고할 수도 있었다는 생각이 들었다. 단지, 아내가 자신을 미워하고 그 때문에 홀로 휘청거린다는 느낌만을 받았다. 그는 지독한 기분이 되었다. 죽음이 눈앞에 닥치면 이런 느낌일 것이다. 그러자 웬디는 달려가 소리를 질러 대는 아이를 팔에 안은 채 병원에 전화를 걸었다. 잭은 그녀를 쫓아가지 않았다. 그저 난장판이 된 서재에 서서 맥주 냄새를 맡으며 생각에 잠겨 있었을 뿐……)

'이성을 잃었다지요.'

잭은 손으로 입을 북북 문지르고 왓슨을 따라 보일러실로 들어갔다. 안은 습했지만, 이마와 배, 다리에 끈적한 땀이 솟아나는 것은 습기 때문만은 아니었다. 기억 탓이었다. 2년 전의 그날 밤이 두 시간 전처럼 전부 떠올랐다. 세월의 흐름은 존재하지 않았다. 그때를 생각하면 수치와 혐오, 아무짝에도 쓸모 없는 존재라는 자각이 전부 되살아났고, 그러면 늘 술 생각이 났고, 술에 대한 갈망은 더욱 어두운 절망을 불러왔다. 단 한 시간, 일주일도 하루도 아니고, 단 한 시간만이라도 술 마시고 싶은 생각에 이렇게 놀라지 않을 때가 과연 와 줄까?

"보일러요." 왓슨이 알려 주었다. 그는 호주머니에서 빨간색과 파란색의 커다란 손수건을 꺼내어 팽 하고 코를 풀고는 잠깐 들여다보더니 다시 쑤셔 넣었다.

보일러는 긴 원통형 금속 탱크로, 여기저기 덧댄 구리 덮개가 씌워져 네 개의 시멘트 블록 위에 서 있었다. 그것은 복잡하게 얽혀 갈지자 모양으로 지하실 천장으로 올라가 거미줄 형상을 하고 있는 파이프와 수송관 아래 웅크리고 있었다. 잭의 오른쪽에는 옆방의 가열로에서 커다란 가열 파이프 두 개가 벽을 뚫고 나와 있었다.

"압력계는 여기 있소." 왓슨이 톡톡 두드렸다. "제곱 인치당 파운드, 즉 'psi' 요. 그건 알고 있을 거요. 이건 지금 200으로 맞추어 놓았고, 그럼 밤이 되면 객실은 좀 춥소. 알게 뭐요, 불평하는 손님은 거의 없으니. 어쨌든 9월이면 여기 못 와서 안달들을 하니. 게다가 얘는 아주 늙었소. 자원 봉사자 작업복보다도 덧댄 자리가 더 많아요." 손수건이 또 나왔다. 팽. 흘끗 보고 다시 들어갔다.

"지랄 맞은 감기에 걸렸소." 왓슨은 자기 이야기를 꺼냈다. "9월만 되면 걸려요. 이 아래서 저 늙은 것을 주무르다 밖에 나가서 잔디를 깎고 저기 로크 코트에서 낙엽을 긁고. 한데 나가면 감기 든다고 우리 늙은 엄마가 늘 말씀하셨지. 좋은 데 가셨을 거요. 6년 전에 돌아가셨소. 암에 걸리셨어. 암에 한번 걸렸다 하면 유언장 쓰는 수밖에 없지.

압력은 50, 아니면 60 이하로 유지해야 할 거요. 울먼 씨, 그 사람이 하루는 건물 서쪽, 다음 날은 중앙, 그 다음 날은 동쪽 이렇게 돌아가며 난방기를 켜라고 했소. 미친 거 아니오? 나는 그 작달막한 자식이 아주 맘에 안 들어. 하루 종일 쫑알쫑알쫑알, 발꿈치를 물고 달려가서 깔개에다 온통 오줌을 싸 놓는 개새끼 같은 자요. 찍 소리도 못 하는 겁쟁이 주제에. 총이 없을 때 그런 꼴을 봐야 한다니 애석한 일이지.

여기 보시오. 이 고리를 잡아당기면 이게 열리거든. 당신이 볼 수 있게 모두 표시를 해 놨소. 파란색 표시는 전부 동쪽에 있는 객실로 가는 거요. 붉은색은 중앙. 노란색은 서쪽이오. 서쪽에 난방기를 켤 때는 거기가 호텔에서 제일 추운 곳이란 걸 잊지 마시오. 거기 문제가 생기면 객실은 얼음장이 될 거요. 서쪽에 난방기를 돌리는 날에는 압력을 80까지 높여도 될 거요. 어쨌든 나라면 그렇게 할 거요."

"위층 객실의 자동 온도 조절기는……." 잭이 말을 꺼냈다.

왓슨이 고개를 홰홰 젓자 보송보송한 머리카락이 튀어 올랐다. "그건 연결이 안 돼 있소. 그저 전시용으로 달아 놓은 거요. 캘리포니아에서 온 사람들 중에는 그 짓거릴 하는 침실도 야자나무를 키울 정도로 덥지 않으면 안 되는 자들이 있소. 난방기는 전부 여기서 조절하는 거요. 하지만 압력은 잘 살펴봐야 돼요. 살살 움직이는 게 보이나?"

왓슨이 혼자 떠드는 동안 100에서 120psi로 올라간 주 계기반을 두드렸다. 잭은 갑자기 등 뒤가 오싹해졌다. 방금 무덤에 한 발자국 들어갔던 것이다. 왓슨이 압력 조절 핸들을 한 번 돌려 보일러를 열었다. 엄청난 쇳소리가 나더니 바늘은 91로 떨어졌다. 왓슨은 밸브를 돌려 닫았고 쇳소리는 차츰 사라졌다. 왓슨이 말했다.

"얘가 움직이거든. 저 땅딸보 울먼에게 말하면 회계 장부를 꺼내 들고 1982년까지는 새것을 살 여유가 없다고 세 시간 동안 설교를 할 거요. 내 장담하는데, 이 호텔 전체가 하늘 높이 날아갈 날이 언젠가 올 거요. 그저 그때 저 뚱땡이가 여기 있어서 로켓을 타고 같이 날아가 버리길 바랄 뿐이오. 나도 어머니처럼 마음씨가 좋았으면 얼마나 좋겠소. 어머니는 모든 사람들한테서 장점을 보실 수 있었거든. 그런데 나는 속이 좁아 터졌으니. 어쩌겠소, 타고난 대로 살아야지.

하루에 두 번 여기 내려오는 걸 잊지 마시오. 한 번은 밤에 자기 전에 들여다보시오. 압력을 확인해야 돼요. 잊는 날에는, 압력이 계속 올라가서 당신이랑 가족이 깨어나 보면 저놈의 달나라에 가 있을지도 몰라요. 압력을 조금만 빼 주면 아무 일 없을 거요."

"맨 위는 뭡니까?"

"아, 250이라고 되어 있지만 그보다 훨씬 전에 터질 거요. 계기반 숫자가 180이 되면 여기 가까이 오면 안 돼요."

"자동 차단 장치는 없습니까?"

"없소. 이건 그런 게 의무화되기 전에 만들어진 거요. 요즘은 연방 정부가 사사건건 간섭 아니오? FBI가 편지를 열어 보고 CIA가 전화를 도청하고……. 저 닉슨이 어떻게 되었는지 보시오. 참 안된 일이지.

하지만 여기 때맞추어 내려와 압력만 확인하면 아무 일 없을 거요. 그리고 그자가 원하는 대로 수송관의 스위치를 바꾸는 일도 잊지 마시오. 겨울이 유난히 따뜻하지 않는 한 객실 온도는 7도 이상 올라가지 않을 거요. 그리고 당신 숙소는 원하는 만큼 따뜻하게 하시오."

"수도 배관은 어떻게 하지요?"

"맞소. 그 말을 하려던 참이오. 이 입구를 지나 저리로 갑시다."

두 사람은 몇 킬로미터나 뻗어 있는 듯한 긴 직사각형 방으로 들어갔다. 왓슨이 줄을 잡아당기자 75와트짜리 알전구가 두 사람이 서 있는 자리에 희미한 불빛을 흔들흔들 비추었다. 바로 앞은 엘리베이터 통로의 바닥으로, 윤활유를 잔뜩 칠한 케이블이 직경 60미터짜리 도르래와 윤활유가 굳어 있는 거대한 모터 쪽으로 뻗어 있었다. 사방에 신문지 묶은 것과 상자가 쌓여 있었다. 다른 상자에는 기록이나 구매서 또는 영수증이라고 적혀 있었다. 절약! 퀴퀴한 냄새가 났다. 상자 중에는 옆구리가 터져 20년은 된 듯한 누런 종이를 바닥에 쏟아 놓고 있는 것도 있었다. 잭은 놀란 표정으로 사방을 둘러보았다. 오버룩의 역사가 이 썩어 가는 상자에 묻혀 여기 있는 것일지도 모를 일이다.

"저 엘리베이터는 계속 돌려 줘야 하오." 왓슨이 엄지손가락을 까딱하면서 말했다. "울먼이 엘리베이터 조사관에게 저녁을 내고 수리를 건너뛴 것을 알고 있지."

"여기가 중앙 배관이 모여 있는 곳이오." 두 사람 앞에는 큰 파이프가 다섯 개 놓여 있었는데, 그것은 전부 강철 밴드로 감아 죄어져 있었고 어둠 속으로 뻗어 올라간 다음 시야에서 사라졌다.

왓슨은 다용도 승강기 통로 옆의 선반을 가리켰다. 그 위에는 기름에 전 걸레 여러 개와 바인더가 하나 놓여 있었다. "여기에 배관 설계도가 전부 있소. 누수는 상관없을 거요. 그런 일은 없었으니. 하지만 파이프에 결빙이 일어나긴 해요. 그걸 막을 방법은 밤에 수도꼭지를 조금 열어 두는 수밖에 없거든. 그런데 이놈의 궁전에는 수도꼭지가 400개도 넘게 있어요. 저 위층의 뚱땡이가 수도 요금 고지서를 보면 덴버까지 들리도록 고함을 칠 거요. 그렇지 않소?"

"대단히 통찰력 있는 판단이라고 하겠습니다."

왓슨은 존경의 눈빛을 보냈다.

"어라, 당신 진짜 대학 출신이구먼. 꼭 책 읽듯이 말을 하네. 존경해요. 저 계집애들 같은 남자가 아니면 말이오. 그런 놈들이 많다잖소. 몇 년 전에 데모를 일으킨 자들이 누군지 아시오? 바로 동성애자들이오. 멋대로 할 수가 없으니까 힘을 빼야 되거든. 커밍 아웃을 한다고 하지. 빌어먹을, 대체 세상이 어찌되려는지.

자, 이게 얼어붙으면 바로 여기 승강기 통로 바로 위에서 얼 가능성이 제일 커요. 보다시피 여긴 불이 없거든. 그렇게 되면 이걸 쓰시오."

그는 부서진 적황색 상자 속에 손을 넣더니 조그만 가스 토치¹⁾ 관공들이 쓰는 발열등 를 꺼냈다.

"얼음이 언 게 보이면 밴드를 풀고 직접 불을 대 주면 되는 거요. 알겠소?"

"네. 하지만 설비실 밖에서 파이프가 얼면 어쩝니까?"

"당신이 할일을 잘 챙기고 따뜻하게 유지하면 그런 일은 없을 거요. 어쨌든 다른 파이프는 건드릴 수가 없소. 그러니 신경 쓰지 마시오. 아무 일 없을 테니. 여긴 아주 지저분한 곳이오. 온통 거미줄에다. 으스스해, 정말."

"울먼 말로는 처음으로 동절기 관리인을 맡은 사람이 가족을 죽이고 자살했다던데."

"어, 그 그레이디란 사람. 그런 짓을 할 사람이었지, 딱 보니 알겠더만. 달걀을 빨아먹는 개처럼 항상 입을 찢으면서 웃었거든. 막 시작할 때라 저 뚱땡이 울먼은 급료만 싸면 보스턴 살인마²⁾ 20세기 중반 300명의 여자와 엽색 행각을 벌여 미국을 공포로 몰아넣은 자 라도 채용했을 거요. 국립 공원 경비원 하나가 그들을 발견했지. 전화가 끊겼더랬소. 온 가족이 3층 서쪽에 꽁꽁 얼어 있었다지. 애들이 너무 불쌍해. 여덟 살하고 여섯 살, 깜찍한 애들이었는데. 거 아주 난장판이었소. 저 울먼은 겨울철에 플로리다에 싸구려 리조트를 관리하러 내려가 있는데, 덴버까지 비행기로 와서는 사이드와인더에서 여기까지는 썰매에 돈을 주고 타고 왔다지. 길이 막혀서. 썰매라니, 어처구니가 없지 않소? 하늘이 두 쪽 나도 신문에 나는 건 막으려고 했지. 그건 아주 잘했소. 그건 사실이야. 《덴버 포스트》에 쪼가리 기사가 하나 났고, 저기 이스티스 파크에서 나오는 허름한 신문에도 나긴 했지만, 그게 전부였소. 어느 기자 하나가 그 일을 전부 다시 파헤쳐서 그레이디를 조사하다가 스캔들을 밝혀냈다고 하기를 기다렸는데."

"무슨 스캔들이오?"

왓슨은 어깨를 으쓱했다. "큰 호텔에는 스캔들이 있게 마련이지. 큰 호텔마다 유령이 있는 것과 같은 이치요. 왜냐? 뭐, 사람들이 오락가락하니까. 객실에서 제 머리에다 총을 쏘는 사람도 있고 심장마비나 뇌졸중에 걸리는 사람도 있지. 호텔에는 미신이 많아요. 13층도 없고, 13호 실도 없고, 들어오는 문 뒤에 거울도 없고, 그런 거지. 그 뭐냐, 바로 지난 7월에도 여자 하나가 죽었소. 울먼이 뒤처리를 했지. 하고말고. 그래서 한 시즌에 22,000달러를 받는 거 아니겠우. 내가 아무리 싫어해도 그자는 그만큼 벌거든. 사람들이 여기 와서 토해 놓으면 울먼 같은 자를 써서 그걸 치우게 하는 셈이지. 이 여자가 아마 육십은 처먹었을 거야. 나랑 동갑인 거지! 근데 머리는 홍등가 불빛 색으로 뻘겋게 물들이고 브라자는 안 해 갖고 젖꼭지를 배꼽까지 늘어뜨리고 다녔어. 다리에는 온통 시퍼런 핏줄이 가뭄에 땅바닥 갈라지듯 죽죽 튀어나와 있고, 목이며 팔이며 귀에다 보석을 주렁주렁 달고 있었지. 게

다가 열일곱도 안 돼 보이는 녀석을 데리고 다녔어. 똥구멍까지 머리를 기르고 뭘 처넣었는지 사타구니가 불룩한 놈이었지. 둘이 여기 일주일인가 열흘쯤 있었는데, 밤마다 똑같았소. 5시부터 7시까지 콜로라도 라운지에 내려와서, 여자는 다음 날부터 칵테일 금지법이라도 생기는 것처럼 싱가포르 슬링을 빨아 대고 녀석은 올림피아 한 병만 시켜서 빨다 갔지. 그러다 여자가 웃기는 소리를 이것저것 했어요. 여자가 한마디할 때마다 녀석은 원숭이처럼 씩 웃었지. 꼭 그 여자가 녀석 입에다 줄을 달아 놓은 것처럼. 고작 며칠 지나니까 녀석이 점점 더 웃기 싫어하는 게 눈에 보이더라고. 녀석이 침대에서 그걸 세우려고 무슨 상상을 했는지는 하느님만 아시겠지. 저녁 먹을 때 녀석은 걸어 들어가고 여자는 곤드레만드레가 되어서 휘청거렸어요. 그래 갖고 여자가 못 보는 사이에 녀석은 여급들을 꼬집고는 씩 웃고 그랬지. 참, 우리는 녀석이 얼마나 갈지 내기도 했소."

왓슨은 어깨를 으쓱했다.

"그러다 어느 날 밤 10시께 녀석이 내려오더니 자기 '마누라'가 '몸이 안 좋다.'고 하대요. 매일 밤 그랬듯 여자가 또 기절했단 말이었지. 녀석은 여자한테 소화제를 사다 주겠다는 거라. 그래서 둘이 타고 온 조그만 포르셰를 녀석이 타고 나가더니 그 후론 보이질 않대. 다음 날 아침에 여자가 난리난리를 치더군. 그러면서 하루 종일 안색이 점점 하얗게 질리더라고. 울면 씨가 말하자면 외교적으로, 경찰에 신고를 할까 물어봤지. 무슨 사고라도 안 났을까 하고. 그랬더니 여자는 고양이처럼 굴더라고. 아뇨, 그럴 리가 없어요. 운전을 잘하니까, 걱정 없다고. 만사 걱정할 것 없고 놈은 저녁때 돌아올 거라고. 그러더니 그날 오후 3시쯤 콜로라도 라운지에 내려오더니 저녁은 아예 먹지도 않았어. 10시 30분쯤 방으로 올라가는 게 사람들이 그 여자를 생전에 마지막으로 본 거였소."

"무슨 일이었어요?"

"검시관 말로는 술을 잔뜩 마신 뒤에 수면제를 서른 알쯤 먹었다지. 다음 날 남편이 나타났는데, 뉴욕에서 거물급 변호사라 했소. 울먼한테 아주 본때를 보여 줬지. 이것도 고소하겠다, 저것도 고소하겠다, 내가 뒤지기 시작하면 국물도 없을 줄 알아라, 뭐 그런 거였지. 하지만 울먼 그 자식이 어디 보통내긴가. 그 사람 입을 막았소. 아마도 그 거물한테 마누라 기사가 뉴욕 신문에 전부 나면 좋겠냐고 물었을 거라. 저명한 뉴욕 모씨의 아내, 수면제를 잔뜩 먹고 사체로 발견. 손자뻘 되는 젊은 놈이랑 숨바꼭질을 하고 나서 말이지.

경찰은 리용의 24시 햄버거 집 뒤에서 그 포르셰를 찾아냈는데, 울먼이 손을 써서 그 변호사한테 차를 돌려보냈소. 그리고 두 사람이 검시관 일을 하는 아처 후톤 늙은이를 찾아가더니 사인을 심장마비로 바꿔 놓았소. 아처는 요새 크라이슬러를 몰고 다닌다지. 뭐, 부러워서 하는 소리는 아니오. 기회가 오면 잡아야 하지 않겠소. 게다가 늙어 가기 시작하면 말이오."

손수건이 다시 나왔다. 팽. 흘끗 보더니 쑤셔 넣는다.

"그래서 어떻게 되었냐? 한 일주일 지났는데, 객실 담당 들로레스 비커리라는 바보가 저 둘이 묵었던 방을 정리하다가 자지러지는 소릴 지르더니 기절해 버렸소. 정신을 차리고 나더니 욕실에서 죽은 여자를 봤다는 거라. 홀랑 벗고 욕조에 누워 있었대요. '얼굴이 자주색에다 퉁퉁 부어 있었어요.' 그러는 거요. '나를 보더니 씩 웃었어요.' 그러니까 울먼은 2주 치 급료를 주더니 꺼지라고 했소. 우리 할아버지가 1910년에 지은 이후로 이 호텔에서 마흔네 명은 죽었지 싶어요."

그는 잭을 심술궂게 쳐다보았다.

"대부분 어떻게 간지 아시오? 심장 마비 아니면 뇌졸중. 데리고 온 여자랑 그짓 하던 중에 말이오. 이 휴양지에는 그런 자들이 많이 모이거든. 마지막으로 불꽃을 살라 보려는 늙은이들 말이오. 여기 산으로 와서는 스무 살로 돌아간 듯이 굴어요. 가끔 무슨 일이 나기도 하고, 이곳을 맡았던 사람들이 전부 울먼처럼 신문에 나는 걸 잘 막아 낸 건 아니거든. 그래서 오버룩이 유명해졌지. 맞아요. 사람만 제대로 만나면 뉴욕 시의 저 우라질 빌트모어도 유명해졌을 거요."

"그럼 유령은 없는 겁니까?"

"토런스 씨, 내 여기서 평생을 일했소. 그 지갑에다 사진 들고 다니는 당신 아들만 할 때부터 여기서 놀았지. 하지만 유령은 못 봤소. 나랑 같이 나가면 장비 창고를 보여 주겠소."

"그러지요."

왓슨이 손을 들어 불을 끄려고 할 때 잭이 말했다. "여기는 정말 서류가 많군요."

"아, 그 말 맞소. 천 년은 묵은 것 같아. 신문에다 오래된 구매서, 영수증에다 또 오만 가지 잡다한 것들이지. 예전에 나무를 태우는 가열로가 있었을 적에 우리 아버지는 그 종이들을 잘 처리

했는데, 이제는 손을 쓸 수가 없게 되었소. 나중에 애를 하나 데려다 사이드와인더에 싣고 가서 태우라고 해야 할 거요. 울먼이 돈을 낸다면 말이지. 내가 '쥐다' 하고 큰 소리를 지르면 아마 내 줄 거요."

"그럼, 쥐가 정말로 있습니까?"

"어. 몇 마리 있지 싶어. 울먼 씨가 창고랑 여기다 쓰라고 한 덫이랑 쥐약을 갖다 놓았소. 아들을 잘 챙기시오, 토런스 씨. 그 애가 무사하기를 바랄 것 아니오."

"그럼요. 물론이죠." 왓슨의 입에서 나온 조언은 기분 나쁘지 않았다.

두 사람은 계단으로 갔다. 거기서 왓슨이 또 코를 푸는 동안 잠깐 걸음을 멈추었다.

"필요한 연장은 저 밖에 다 있을 거고, 필요 없는 것도 있을 거요. 그리고 지붕 널도 거기 있소. 울먼이 그 얘기 해 주었소?"

"예. 서쪽 지붕 널을 좀 다시 깔아 달라고 하더군요."

"저 뚱뚱이가 당신한테 시킬 수 있는 공짜 일은 전부 다 시키고는 봄에 돌아와서 절반도 안 해 놓았다고 징징거릴 거요. 내 한번은 면전에다 대고 말했소. 내가……."

두 사람이 계단을 올라가는 동안, 왓슨의 말소리는 기분 좋게 윙윙거리는 소리로 잦아들었다. 잭 토런스는 곰팡내 나는 칠흑같은 어둠 속을 돌아보고 거기야말로 유령이 나올 만한 장소라고 생각했다. 그는 보드랍지만 냉혹한 눈에 갇혀 서서히 미쳐 가다 분노를 폭발시킨 그레이디를 생각했다. 그들이 비명을 질렀을까? 궁금했다. 불쌍한 그레이디, 결국 봄을 맞지 못하게 되다니. 그는 여기 오지 말았어야 했다. 그리고 이성을 잃지 말았어야 했다.

왓슨을 따라 문으로 들어가는 동안, 그 말은 마치 장례식 종소리처럼 귓전을 울렸다. 연필심이 부러지는 것 같은 딱 하는 소리와 함께. 오, 하느님. 술이라도 한잔해야 할 것 같다. 아니, 궤짝으로 들이부어야 할지도.

셰도랜드

기다리다 지친 대니는 4시 15분에 우유와 쿠키를 먹으러 올라왔다. 아이는 그것을 먹어 치우며 창문을 내다보다가, 누워 있던 엄마에게 뽀뽀하러 들어왔다. 그녀는 안에서 「세서미 스트리트」를 보면 시간이 빨리 갈 거라고 했지만, 아이는 단호히 고개를 젓더니 보도의 제 자리로 다시 나갔다.

5시가 되었다. 아이는 시계가 없었고 시계를 잘 볼 줄도 몰랐지만, 그림자가 길어지는 것과 오후 햇빛이 금색으로 물들어 가는 것을 보고 시간이 가는 것을 알 수 있었다.

쥐고 있던 글라이더를 뒤집으며 아이는 조그만 소리로 노래를 불렀다. "깡총 뛰어라 루, 난 괜찮아……. 깡총 뛰어라 루, 난 괜찮아……. 주인님은 나가셨거든. 루, 루, 깡총 뛰어라……."

스타빙튼에서 다녔던 잭 앤 질 유치원에서는 아이들이 모두 함께 그 노래를 불렀다. 지금은 아빠가 돈을 내줄 수 없어서 대니는 이곳 유치원에 가지 못한다. 아이는 아버지와 어머니가 걱정하는 것을, 그렇기 때문에 대니가 더 외로워하는 것이 아닌가(게다가 서로 말은 않지만 내심 대니가 자신들을 원망하는 것이 아닌가) 염려하는 것을 알고 있었다. 하지만 대니는 정말 투정 부리고 싶지 않았다. 그건 아기들이나 하는 짓이었다. 대니는 아직 그렇게 큰 아이는 아니었지만 아기도 아니었다. 큰 어린이들은 큰 학교에 가서 점심을 먹는 거다. 1학년. 내년이면 된다. 올해는 아기와 진짜 어린이의 중간 지점이었다. 괜찮다. 대니는 스콧과 앤디, 특히 스콧이 정말 보고 싶었다. 하지만 그것도 괜찮았다. 앞으로 어떻게 될지 잠자코 기다리는 게 상책이었다.

대니는 부모에 대해서 아주 많은 것들을 알고 있었고, 부모가 자신이 아는 것을 좋아하지 않으며, 자신이 알고 있다는 사실을 믿지 않으려 한다는 것도 알고 있었다. 하지만 언젠가는 믿어야 할 것이다. 그는 기다리는 것으로 족했다.

하지만, 특히 지금 같은 때 엄마아빠가 더 많은 것을 믿어 주지 못하는 건 참 속상한 일이었다. 엄마는 아파트 침대에 누워서 아빠 일이 걱정되어 울음을 터뜨리기 직전이었다. 엄마가 걱정하는 것 중에는 어른들만의 일이라 대니가 이해할 수 없는 것도 있었다. 안정된 삶에 관한 것, 대니의 자아상에 관한 것, 죄책감과 분노, 앞으로 어찌될지에 대한 두려움 같은 막연한 것들 말이다. 하지만 엄마가 당장 걱정하는 제일 큰 문제 두 가지는 산속에서 차가 고장 나지 않았을까(그렇다면 왜 전화를 안 하는 것일까?) 하는 것과 아빠가 나쁜 짓을 하러 가 버리지 않았을까 하는 것이다. 자기보다 6개월 먼저 태어난 스콧 애런슨이 이야기해 준 다음부터 대니는 그 나쁜 짓이 무엇인지 아주 잘 알게 되었다. 스콧은 자기 아빠도 나쁜 짓을 했기 때문에 잘 알고 있었다. 스콧의 아빠는 엄마의 눈을 주먹으로 치고 쓰러뜨린 적이 있다고 했다. 결국 스콧의 아빠랑 엄마는 그 나쁜 짓 때문에 이혼을 했고, 대니가 스콧을 알게 되었을 때, 그 애는 어머니랑 살면서 주말에만 아빠를 만났다. 대니의 삶에서 가장 무서운 것은 '이혼'으로, 그 말을 마음속에 떠올릴 때마다 쉭쉭거리는 독사로 뒤덮인 붉은 표지판이 생각났다. 이혼을 하면 부모는 함께 살지 않게 된다. 그들은 어딘가(법원이라는 곳이 뭔지는 정확히 모르지만 거기라고 했다)에서 아이를 놓고 대판 싸움을 벌이고, 아이는 엄마나 아빠, 어느 한쪽을 따라가 다른 쪽은 거의 만나지 못하게 되고, 함께 사는 부모는 원하면 아이가 모르는 사람이랑 결혼할 수도 있다. 이혼에 대해서 가장 무서운 일은, 그것이 단어이든 개념이든 자기 부모의 머릿속을 떠다니고 있으며, 때로는 희미하게 멀어졌다가 때로는 천둥처럼 묵직하고 어둡고 무시무시한 것으로 다가온다는 사실을 대니가 감지해 왔다는 점이다. 대니가 서재에서 종이를 흐트러뜨려 아빠가 혼을 내고, 그래서 의사가 팔에 깁스를 해 준 다음부터 줄곧 그래 왔다. 그 기억은 벌써 희미해졌지만 이혼이라는 생각에 대한 기억은 또렷하고 무서웠다. 그때 주로 그런 생각을 한 사람은 엄마였고, 대니는 엄마가 머릿속에서 그 말을 꺼내어 입으로 말하고 현실로 만들까 봐 겁에 질렸다. '이혼.' 그 말은 대니의 사고 밑바닥에 늘 흐르는, 단순한 노래 박자처럼 언제든지 떠오르는 것 중의 하나였다. 하지만 노래 박자와 마찬가지로 그 생각은 더욱 복잡한 생각의 가지를 쳐 갔고, 대니는 더 복잡한 생각에 대해서는 아직 해석할 줄 몰랐다. 그것은 대니에게 색상이나 분위기로 느껴질 뿐이었다. 엄마의 이혼 생각은 아빠가 팔을 부러뜨린 사건, 그리고 스타빙튼에서 선생님을 못 하게 된 사건 주위로 몰려들었다. 그 학생. 아빠를 못살게 굴고 자동차 바퀴에 구멍을 낸 조지 햇필드. 아빠가 생각하는 이혼은 더 복잡하고 어두운 자주색에 무시무시하게 생긴 시커먼 금이 죽 그어져 있었다. 아빠는 자기가 집을 나가면 두 사람이 더 잘살 것이라 생각하는 것 같았다. 괴로운 일도 없어질 거라고. 아빠는 늘 괴로워한다. 주로 그 나쁜 짓 때문에. 아빠도 늘 그 생각을 했다. 아빠는 머릿속이 조용히 진정될 때까지 어두운 방에서 컬러 텔레비전을 보며 그릇에 담긴 땅콩을 먹으면서 나쁜 짓을 해야 마음이 풀린다.

하지만 오늘 오후에는 엄마가 걱정할 필요 없다. 대니는 엄마에게 가서 그렇게 말해 줄 수 있었으면 싶었다. 폴크스바겐은 고장 나지 않았다. 아빠는 나쁜 짓을 하러 간 게 아니었다. 아빠는 리용과 볼더 사이의 고속 도로를 달리는 중으로, 이제 집에 거의 다 왔다. 요 얼마 동안 아빠는 나쁜 짓에 대해서는 생각도 안 하고 있었다. 아빠가 생각하는 것은……, 그것은…….

대니는 등 뒤의 부엌 창문을 살그머니 쳐다보았다. 이따금 아주 열중해서 생각하면 어떤 일이 일어나곤 했다. 그러면 진짜 있던 것들은 사라지고 그 자리에 없는 것이 보였다. 팔에 깁스를 한 지 얼마 안 되었을 때, 저녁 식사를 하던 중에 이런 일이 일어난 적이 있었다. 그때 그들은 별로 대화가 없었다. 대신 생각을 했다. 그렇다. 비를 잔뜩 담고 금세라도 쏟아 부을 듯한 먹구름처럼 이혼이라는 생각이 부엌 식탁 위에 드리워져 있었다. 그게 너무 심해서 대니는 먹을 수가 없었다. 주위에 온통 시커멓게 이혼이란 생각뿐인데 뭘 먹는다고 생각하니 토하고 싶어졌다. 그리고 대니는 골똘히 집중 상태에 빠져 들었고 그러자 어떤 일이 벌어졌다. 다시 현실로 돌아오자 대니는 무릎에 콩과 으깬 감자를 올려 둔 채 바닥에 누워 있었고, 엄마는 자신을 안고 울고 있었고,

아빠는 전화를 붙잡고 있었다. 대니는 깜짝 놀라 부모에게 아무 일도 아니라고, 보통 때보다 더 많이 알기 위해 집중을 하면 이런 일이 일어나곤 한다고 설명하려 했다. 부모가 "보이지 않는 친구"라고 부르는 토니에 대해서도 설명하려고 했다.

아버지는 이렇게 말했다. "아이가 헛것을 보고 있어요. 큰 탈은 없어 보이지만 어쨌든 선생님이 봐 주셨으면 좋겠습니다."

의사가 돌아간 다음, 엄마는 대니에게 다시는 그러지 말라고, 자신들을 다시는 그렇게 놀라게 하지 말라고 약속시켰다. 대니는 그러겠다고 했다. 대니도 겁이 났다. 왜냐하면 마음을 집중하자, 아빠 쪽으로 마음이 쏠렸고 토니가 나타나기 전(그 애는 언제나 멀리서 목소리만 들려온다), 이상한 것들이 부엌과 푸른 접시 위에 썰어 놓은 고기를 난장판으로 만들기 전, 아주 잠깐 동안 대니의 의식이 아빠의 어두운 의식 속으로 들어가 이혼보다 훨씬 더 무시무시한, 알 수 없는 단어를 발견했다. 그것은 '자살'이었다. 대니는 아빠의 마음속에서 그 말을 다시는 발견하지 못했고 찾으러 들어가 본 적도 없었다. 그 단어가 정확히 무슨 뜻인지 몰라도 상관없었다.

하지만 대니는 골똘히 집중하는 것이 정말 좋았다. 이따금 토니가 와 주니까. 토니가 매번 오는 건 아니다. 때로는, 아니 실은 대부분은 잠시 모든 것이 흐릿하게 울렁거리다가 말짱해진다. 하지만 이따금 토니가 희미하게 보이는 먼 곳에서 오라고 부르곤 했다…….

볼더에 이사 온 다음에는 두 번 그랬고, 대니는 토니가 버몬트에서 여기까지 따라와 준 걸 알고 얼마나 놀라고 기뻤는지 모른다. 그러니 친구 모두와 헤어진 건 아닌 셈이었다.

　처음 대니가 뒷마당에서 토니를 만났을 때 별다른 일은 없었다. 토니가 부르더니 사방이 캄캄해졌고, 몇 분이 지난 후 뒤죽박죽 섞인 꿈처럼 드문드문 흐릿한 기억을 지닌 채 대니는 현실로 돌아왔다. 2주 전, 두 번째 만났을 때가 더 재미있었다. 토니가 4미터쯤 떨어진 곳에서 불렀다. "대니……, 이리 와 봐……." 대니는 일어서려다 이상한 나라의 앨리스처럼 깊은 구멍에 빠진 것 같았다. 그러더니 아파트의 지하실에 가 있었고, 토니가 옆으로 오더니 어둠 속에서 아빠가 중요한 서류, 특히 '희곡'을 넣어 두는 짐 가방을 가리켰다.

　"볼래?" 토니가 멀리서 들리는 음악소리 같은 목소리로 말했다. "그건 계단 아래 있어. 계단 바로 아래. 짐 옮기는 사람들이 계단 바로…… 아래…… 두었어."

　대니는 그 희한한 것을 자세히 보려고 한 발자국 앞으로 다가갔고, 그러자 몸이 다시 떨어졌다. 정신을 차려 보니 내내 앉아 있던 뒷마당 그네에서 떨어진 것이었다. 대니도 깜짝 놀랐다.

　나흘 뒤 아빠는 쿵쾅거리면서 사방을 뒤지고 빌어먹을 지하실을 다 찾아봐도 짐 가방이 없으니 그걸 버몬트와 콜로라도 사이 어딘가에 빠뜨린 이삿짐 센터를 고소할 거라고 불같이 화내며 엄마에게 말했다. 이런 일이 자꾸 생기면 '희곡'을 어떻게 마칠 수 있겠느냐고.

　대니가 말했다. "아빠, 그거 계단 아래 있어요. 짐 옮기는 사람들이 계단 바로 아래 두었어요."

　아빠는 이상한 눈으로 쳐다보더니 살펴보러 내려갔다. 짐 가방은 토니가 가르쳐 준 바로 그 자리에 있었다. 아빠는 대니를 옆으로 데려가더니 무릎에 앉히고 누가 지하실에 내려가게 해 주었냐고 물었다. 위층 톰이냐? 지하실은 위험하다고 아빠가 말했다. 그래서 주인이 잠가 놓은 것이라고. 누가 그곳을 열어 두었는지 아빠는 알고 싶어했다. 아빠는 서류랑 '희곡'을 찾아서 기뻤지만 대니가 계단에서 넘어져 다리를 부러뜨렸다면 아무 소용 없었을 거라고 했다. 대니는 아버지에게 지하실에 간 적 없다고 했다. 문은 항상 잠겨 있다고. 엄마도 그렇다고 했다. 뒤쪽 통로는 습하고 어둡고 거미가 많아서 대니는 절대 그리로 내려가지 않는다고 엄마가 말했다. 그리고 거짓말도 하지 않는다고.

"그럼 어떻게 알았니, 똘똘아?" 아빠가 물었다.

"토니가 가르쳐 줬어요."

어머니와 아버지는 대니의 머리 위로 시선을 교환했다. 전에도 이따금 이런 적이 있었다. 무서운 일이라서 그들은 얼른 잊어버렸다. 하지만 대니는 부모, 특히 엄마가 토니를 걱정한다는 것을 알고 있었고, 그래서 엄마가 토니를 볼 수 있게 할 방법이 없을까 궁리했다. 하지만 지금 엄마는 누워 있고 부엌에서 왔다 갔다 하지 않을 거라고 생각이 들자, 대니는 아빠가 생각하고 계신 것이 뭔지 알 수 있을까 하고 마음을 집중했다.

아이는 이마를 찡그리고 약간 때묻은 두 손으로 청바지를 꼭 쥐었다. 눈은 감지 않았다. 그럴 필요는 없으니까. 하지만 눈을 내리뜨고서 아빠의 목소리, 잭의 목소리, 존 대니얼 토런스의 목소리가 깊고 찬찬히, 때로는 기뻐서 들떴다가, 화가 나서 낮아졌다가, 생각에 잠겨서 높낮이가 없어졌다가 하는 것을 상상했다.

무엇을 생각하나. 무엇을 생각하나. 무엇을……

(생각)

대니는 가만히 한숨을 쉬었고 근육이 몽땅 없어진 것처럼 털썩 쓰러졌다. 의식은 뚜렷했다. 거리가 보였고 반대편 보도를 걸어가는 여자애와 남자애가 손을 잡고 있는 것도 보였다. 마치

(사랑해?)

날씨도 좋고 그런 날 함께 있어서 너무나 행복한 듯. 대니는 가을 낙엽이 도랑을 따라 날아가는 것을 보았다. 들쭉날쭉한 모양의 노란 수레바퀴도. 그들이 지나쳐 가는 집이 보였고, 대니는 그 집의 지붕을 쳐다보았다.

'지붕 널. 방수 장치만 괜찮으면 그건 문제없을 거야. 그래 그건 괜찮을 거야. 저 왓슨이란 자. 빌어먹을 대단한 인물이야. '희곡'에 저 자를 넣을 자리가 있었으면 좋을 텐데. 조심하지 않으면 인간 박람회가 되고 말 거야. 그래, 지붕 널. 밖에 못이 있나? 오, 빌어먹을 못을 구하기 쉽게 해 달라는 부탁을 하는 걸 잊었군. 사이드와인더 철물점. 말벌. 말벌은 이맘때 벌집을 만들지. 낡은 지붕 널을 뜯어내고 나서 거기 말벌이 있을 경우에 대비해 살충제를 하나 얻어 놔야 할지도 모르겠군. 새 지붕 널. 낡은'

지붕 널. 그러니까 그게 아빠가 생각하는 것이었다. 그는 일자리를 얻었고 지붕 널에 대해 생각하고 있었다. 대니는 왓슨이 누군지 몰랐지만 다른 건 전부 분명한 것 같았다. 그리고 아빠는 말벌의 집을 보게 될 것이다. 마치 자신의 이름이……

"대니……, 대니이……."

위를 올려다보자 토니가 있었다. 거리 저 위쪽의 정지 신호 옆

에서 손을 흔들며. 대니는 언제나 그렇듯 옛 친구를 만나 기쁜 마음이 부풀어 오르는 것을 느꼈지만, 이번에는 움찔하는 두려움도 느낀 것 같았다. 마치 토니가 등 뒤에 어떤 어두운 것을 숨기고 온 것처럼. 풀어놓으면 마구 쏘아 댈 말벌이 잔뜩 든 병.

하지만 가지 않을 수 없었다.

대니는 더 깊이 주저앉았고 손은 힘없이 허벅지에서 미끄러져 사타구니 사이에 늘어져 있었다. 턱은 가슴에 파묻혔다. 그러자 그의 일부가 가만히, 아프지 않게 잡아당겨 몸을 일으켜 세우더니 토니를 따라 굴 같은 어둠 속으로 달려갔다.

"대니이이⋯⋯."

이제 어둠 속에 하얀 소용돌이가 일어났다. 콜록콜록, 우우 하는 소리가 들리고 비틀어진 그림자가 한밤중 거센 바람에 밀려 넘어지는 전나무 모습으로 바뀌었다. 눈이 펄펄 내렸다. 사방에 눈이.

"너무 깊네." 토니가 어둠 속에서 말했다. 그 목소리에 슬픔이 서려 있어 대니는 깜짝 놀랐다. "너무 깊어서 나가질 못해."

또 하나의 형상이 슬며시 기어 나온다. 거대한 직사각형. 비스듬한 지붕. 폭풍우 치는 한밤중에 흐릿해진 흰색. 창문 여러 개. 지붕 널을 댄 긴 건물. 지붕 널 중에 어떤 것은 짙은 녹색의 새것이었다. 아빠가 올린 것이다. 사이드와인더 철물점에서 산 못으로. 이제 지붕 널을 눈이 덮고 있었다. 온통 눈이 덮고 있었다.

건물 앞에 녹색 불빛이 생기더니, 반짝거리다가 겹쳐 놓은 두 개의 뼈다귀 위에서 씩 웃고 있는 거대한 해골로 변했다.

"독이야." 토니가 어렴풋한 어둠 속에서 말했다. "독."

다른 기호들도 눈앞을 지나갔다. 어떤 것은 초록색 글자로 씌어져 있고, 어떤 것은 눈 더미에 비스듬히 기울어져 서 있는 간판 위에 씌어 있다. 수영 금지. 위험! 감전 주의. 몰수 재산. 고압 전류. 제3궤도. 사망 사고 위험. 가까이 가지 마시오. 들어가지 마시오. 침입 금지. 침입자에게 발포함. 대니는 그중 아무것도 제대로 이해하지 못했다. 글을 읽을 줄 모르니까! 하지만 전부 대충 뜻을 파악했고, 꿈속에서나 느낄 수 있는 공포가 가벼운 홀씨처럼 텅 빈 몸속으로 둥둥 떠 왔다.

그것들은 사라졌다. 이제 대니는 이상하게 생긴 가구가 가득 놓인 어두운 방에 있었다. 마치 모래알처럼 눈이 창문에 부딪혔다. 대니는 입이 바싹 말랐고 눈은 뜨거웠고 가슴에서는 심장이 터질 듯이 뛰었다. 밖에서는 마치 커다란 문을 활짝 밀어 젖힐 때처럼 퉁 하는 소리가 들렸다. 발자국 소리. 방 건너편에는 거울이 하나 있었고, 저 아래에서 녹색 불꽃으로 적힌 글자가 나타났다. 그것은 '해살'이었다.

방이 사라졌다. 또 방이 보였다. 대니는 그 방이 어디인지 알고 있었다.

(알게 될 것이다)

의자가 하나 뒤집혀 있었다. 깨진 창문으로 눈보라가 쳐들어왔다. 카펫 가장자리에는 벌써 얼음이 얼어붙었다. 커튼은 젖혀져 부러진 막대에 비스듬히 늘어뜨려져 있었다. 대니의 얼굴 높이에 야트막한 캐비닛이 놓여 있다.

붕 하는 소리가 계속해서 박자를 맞추어 무섭게 들려왔다. 유리 깨지는 소리. 다가오는 파멸. 쉰 목소리. 미친 사람의 목소리,

하지만 낯익기에 더욱 무섭다.

나와! 나와, 이 새끼야! 벌을 받아!

쾅. 쾅. 쾅. 나무 부서지는 소리. 분노와 만족의 포효소리. '해살.' 다가오고 있다.

방을 가로질러 떠간다. 벽에 찢어져 있는 그림들. 오디오.

'엄마의 오디오인가?'

바닥에 뒤집어져 있다. 엄마의 레코드. 그리크, 헨델, 비틀스, 아트 가펑클, 바흐, 리스트. 삐쭉삐쭉하게 부서져 사방에 흩어져 있다. 다른 방에서 한 줄기 빛이 흘러 들어온다. 욕실. 눈부신 하얀 빛과 약장 거울에서 충혈된 눈처럼 깜빡깜빡거리는 단어, '해살', '해살', '해살'…….

"싫어." 대니가 중얼거렸다. "그만해, 토니……."

그리고 하얀 도자기 욕조 밖으로 달랑거리는 손 하나. 똑. 천천히 핏방울이 ('해살') 가운뎃손가락 하나를 타고 흘러내려 잘 다듬은 손톱에서 타일 위로 떨어진다…….

싫어 싫어 싫어…….

'그만둬, 토니. 무서워.'

해살 해살 해살

'그만둬, 토니, 그만해.'

사라짐.

어둠 속에서 웅 하는 소리는 점점 더 커지더니 사방에 울려 퍼졌다.

그러자 대니는 어두운 복도에 웅크리고 있었다. 얼룩덜룩 검은 무늬가 짜여진 푸른 깔개 위에 웅크리고 앉아 웅 하는 소리가 다가오는 것을 들으며. 그때 어떤 형상이 모서리를 돌아 그를 향해 다가왔다. 비척비척, 피와 죽음의 냄새를 풍기며. 그것은 한 손에 방망이를 들고 무시무시한 반원을 그리며 흔들더니('해살') 벽에 처박아 실크 벽지를 가르고 석고 가루를 유령처럼 떨어뜨렸다.

이리 나와서 벌을 받아! 남자답게 벌을 받아!

그 형상이 대니를 향해 다가왔다. 시큼한 냄새를 풍기며, 방망이를 휘두르며. 그러다 벽에 부딪치면 공허한 꽹음이 들리고, 풀썩하며 먼지가 떨어진다. 건조하고 근질거리는 냄새가 났다. 어둠 속에서 충혈된 작은 눈이 번뜩였다. 괴물이 이쪽으로 다가와 대니를 발견하더니 벽에 등을 대고 웅크렸다. 그리고 천장의 뚜껑 문이 잠겼다.

어둠. 표류.

"토니, 나를 데려다 줘, 제발 부탁이야……"

그러자 대니는 정말로 돌아왔다. 아라파호 거리의 보도에 앉아 온몸이 땀에 젖은 채로. 셔츠는 등에 착 달라붙어 있었다. 귀에서는 아직도 웅 하는 소리가 들려왔고 너무나 무서워 오줌을 지린 듯 냄새가 났다. 대니는 욕조 밖으로 비어져 나와 축 늘어진 손에서 가운뎃손가락을 타고 피가 흘러내리는 모습이 눈에 선했고, 그 알 수 없는 말은 다른 말보다 훨씬 더 무서웠다. '해살.'

이제 햇빛이 비쳤다. 현실. 여섯 블록 위에서 조그만 점처럼 보이는 가녀리고 부드러운 목소리를 가진 토니만 빼고. "조심해……"

그러고 나더니 순간, 토니는 사라졌고 아빠의 부서진 빨간 자동차가 모퉁이를 돌아 푸른 연기를 내뿜으면서 털털거리며 다가

왔다. 대니는 벌떡 일어나 손을 흔들며 깡총깡총 뛰면서 소리쳤다. "아빠! 여기요, 아빠!"

아빠는 폴크스바겐을 모서리에 세우고 시동을 끄고는 문을 열었다. 대니는 아빠에게 달려갔고, 그러고는 눈을 휘둥그렇게 뜨고 얼어붙었다. 심장이 목구멍까지 솟구쳐 올라와 얼어붙은 것 같았다. 아빠의 옆자리에 손잡이가 짧은 방망이가 놓여 있었고, 그 머리에 피와 머리카락이 엉겨붙어 있었던 것이다.

다시 보니 그것은 여느 식료품 봉투였다.

"대니……, 괜찮아, 똘똘아?"

"응. 괜찮아요." 대니는 아빠에게 가서 양털 데님 재킷에 얼굴을 묻고 꼭 끌어안았다. 꼭. 꼭. 꼭. 잭도 약간 놀라 아들을 안아 주었다.

"어이, 햇볕에 그렇게 앉아 있으면 안 되지. 땀을 뻘뻘 흘리잖아."

"잠깐 졸았나 봐요. 사랑해요, 아빠. 기다리고 있었어요."

"나도 사랑한다, 대니. 뭘 좀 사 왔어. 이층까지 가져갈 수 있지?"

"그럼요!"

"똘똘이 토런스, 세계에서 가장 힘센 사나이." 잭은 이렇게 말하며 아들의 머리를 쓰다듬었다. "취미는 길거리에서 잠드는 거라지요."

그리고 두 사람은 문까지 걸어갔고, 엄마가 아래층으로 내려와 두 사람을 맞았고, 대니는 두 번째 계단에서 엄마아빠가 뽀뽀하는 것을 보았다. 엄마아빠는 다시 만난 것을 기뻐했다. 손을 잡고

거리를 걸어가던 여자애와 남자애에게서 사랑이 묻어난 것처럼 그들에게서도 사랑이 묻어났다. 대니는 기분이 좋았다.

식료품 봉투, 여느 식료품 봉투가 품안에서 부시럭부시럭 소리를 냈다. 모든 것이 좋았다. 아빠는 집에 왔다. 엄마는 아빠를 사랑하고 있었다. 나쁜 일은 없었다. 그리고 토니가 보여 주는 일이 항상 일어나는 것은 아니었다.

하지만 대니의 마음에는 공포가 자리 잡았다. 심장 주위로 깊숙이, 끔찍하게. 그리고 영혼의 거울 속에서 보았던 알 수 없는 단어 주위로.

전화 부스

잭은 테이블 메사 쇼핑 센터의 렉솔^{주로 건강 관련 제품을 생산해 온 미국의 유명 상표}
앞에 폴크스바겐을 세우고 시동을 껐다. 그는 돈을 받기 전에는
연료 펌프를 갈지 말아야 하는 것 아닌가 하고 다시 한번 생각했
고 지금은 돈이 없다고 또 한번 되뇌었다. 그 작은 차가 11월까지
만 달려 준다면 영광스러운 은퇴를 맞이할 수 있을 것이다. 11월
이 되면 산에는 눈이 폴크스바겐 자동차의 지붕보다 더 높이 쌓일
것이다……. 어쩌면 폴크스바겐을 세 대 쌓아 놓은 것보다 더 높
이 쌓일 것이다.

"차에 있어라, 얘야. 초코바 사다 줄게."

"나는 들어가면 안 돼요?"

"전화를 걸어야 하거든. 비밀 일이야."

"그래서 집에서 걸지 않은 거예요?"

"맞아."

웬디는 돈이 떨어졌는데도 부득부득 전화를 놓았다. 그녀는 어
린아이, 특히 이따금 발작을 일으켜 기절하는 대니 같은 아이가
있으면 전화 없이 지낼 수 없다고 했다. 그래서 잭은 설치비 30달
러를 내놓았고, 그것도 힘든 와중에 보증금으로 90달러를 냈다.
정말 큰 타격이었다. 그리고 지금까지 전화는 입을 다물고 있다.

잘못 걸려 온 전화 두 통 외에는.

"베이비 루스막대사탕 상표명로 사다 주세요."

"그래. 가만히 앉아 있고 기어 갖고 놀지 마라. 알았지?"

"네. 지도를 보고 있을게요."

"그래."

잭이 차에서 내리자 대니는 글러브 박스자동차 앞좌석 앞에 작은 물품들을 넣는 칸를 열어서 콜로라도, 네브라스카, 유타, 와이오밍, 뉴멕시코, 다섯 장의 닳아 빠진 주유소 지도를 꺼냈다. 대니는 도로 지도를 좋아했다. 손가락으로 길을 더듬어 어디에서 어디로 연결되는지 보는 것이 재미있었다. 대니에게 서부로 이사 와서 가장 좋은 일은 새로운 지도가 생긴 것이다.

잭은 드러그스토어 계산대에 가서 대니의 초코바, 신문, 《작가 다이제스트》 10월 호를 샀다. 그는 여자에게 5달러를 내고 거스름돈을 25센트짜리 동전으로 달라고 했다. 잭은 손에 은색 동전을 쥐고 열쇠 찍어 내는 기계 옆 전화 부스로 걸어가 안으로 들어갔다. 여기에서는 삼면이 유리라서 차에 있는 대니를 볼 수 있었다. 아이는 지도 위로 머리를 숙이고 골똘히 쳐다보고 있었다. 잭은 아들에 대한 막무가내의 애정이 밀려오는 것을 느꼈다. 그 감정은 그의 얼굴에 돌처럼 단호한 표정으로 나타났다.

잭은 앨버트에게 의무적으로 거는 답례 전화를 집에서 걸 수 있을 거라 생각했다. 그는 웬디가 반대하는 말은 아무것도 하지 않을 생각이었다. 하지만 자존심이 싫다고 했다. 요즘 그는 거의 항상 자존심이 하라는 대로 따른다. 아내와 아들, 600달러가 든 계좌, 1968년 형 낡은 폴크스바겐, 그리고 자존심만이 그에게 남은 전부였기 때문이다. 자존심이 유일한 자기 소유였다. 은행 계좌만 해도 공동 명의였다. 1년 전, 잭은 뉴잉글랜드 최고 명문 고등학교 가운데 한 곳에서 영어를 가르치고 있었다. 비록 술을 끊기 전과 같은 부류는 아니었지만, 친구가 있었고 가끔 왁자하게 웃음을 터뜨릴 일도 있었고, 그의 능숙한 지도력과 작가 경력을 존중해 주는 동료 교사들이 있었다. 6개월 전만 해도 상황은 아주 좋았다. 2주마다 급료가 나오면 돈이 남아서 약간의 저축을 할 수도 있었다. 술을 마시던 시절에는 남는 돈이 한푼도 없었다. 앨버트 쇼클리가 아무리 술을 많이 샀어도 그랬다. 그와 웬디는 집을 하나 골라서 1년 정도 할부로 사면 어떨까 조심스레 의논하기 시작했더랬다. 시골에 농가를 하나 사서 칠팔 년에 걸쳐 완전히 개보수를 하는 것이다. 뭐 어떤가, 두 사람은 젊었으니 시간은 넉넉했다.

그때 그가 이성을 잃었다.

조지 햇필드.

희망의 냄새는 크로머트의 교장실의 오래된 가죽 냄새로 바뀌었다. 모든 것이 자신이 쓴 연극의 한 장면 같았다. 벽에는 스타빙튼 전 교장들의 자취가 남아 있었다. 학교가 처음 세워진 1879년 당시의 건물 모습을 찍은 판화, 1895년 밴더빌트의 기부로 건축되어 지금도 축구장 서쪽 끝에 서 있는, 담쟁이덩굴로 뒤덮인 커다란 체육관의 모습. 4월의 담쟁이덩굴이 크로머트의 좁은 창문 밖에서 바스락거렸고 난방기 증기가 뿜어내는 졸린 소리가 들려왔다. 이건 세트가 아냐라고 생각했던 기억이 났다. 이건 현실이야. 현실 속의 인생이라고. 어떻게 이리도 엉망진창을 만들 수가 있었을까?

"이건 심각한 상황이네, 잭. 아주 심각해. 이사회에서는 자네에게 결정을 전달해 달라고 하더군."

이사회는 잭의 사직을 원했고 잭은 그렇게 했다. 그런 일만 없었더라면 잭은 그해 유월, 종신 교사 재직권을 얻었을 것이다.

교장실에서 면담이 끝나자 잭의 인생에서 가장 어둡고 가장 무서운 밤이 왔다. 술에 취하고 싶은 마음, 술에 취해야만 하는 욕구가 그토록 절실했던 적은 없었다. 손이 떨렸다. 물건을 집어던졌다. 자꾸 웬디와 대니를 향해 집어던지고 싶었다. 그의 분노는 마치 낡은 목줄을 매단 야수와 같았다. 그는 가족들을 때릴까 두려워 집을 나갔다. 결국 술집 문 앞에서 멈췄다. 그가 그 안으로 들어가지 못했던 유일한 이유는, 그랬다가는 웬디가 떠날 것이며 대니를 데려갈 것임을 알았기 때문이다. 잭은 그들이 떠나는 날로부터 죽은 거나 다름없을 것이다.

망각을 선사하는 달콤한 액체를 전시해 놓은 술집에 들어가는 대신, 그는 앨버트 쇼클리의 집으로 갔다. 이사회의 투표 결과는 6대 1이었다. 그 한 표는 앨버트의 것이었다.

그는 다이얼을 돌렸고, 교환원은 3,000킬로미터 떨어진 곳의 앨버트 쇼클리와 3분간 통화하려면 1달러 85센트가 필요하다고 했다. 시간은 상대적인 거라고 생각하면서 잭은 25센트 동전을 여덟 개 넣었다. 전화가 동부로 연결되는 동안, 전자음이 희미하게 들려왔다.

앨버트의 아버지는 강철왕 아서 론글리 쇼클리였다. 그는 외아들 앨버트에게 엄청난 재산과 부동산, 회장직과 갖가지 이사회의 의석을 물려주었다. 이 가운데 하나가 스타빙튼 고등학교 이사회의 의석으로, 노인이 가장 마음에 들어했던 자선 사업이었다. 쇼클리 부자는 모두 이곳 졸업생이었으며, 앨버트는 가까운 배어에 살고 있어 학교 일에 개인적인 관심을 가질 수 있었다. 몇 년 동안 앨버트는 스타빙튼의 테니스 코치도 맡았다.

잭과 앨버트는 아주 자연스럽고 당연한 수순을 통하여 친구가 되었다. 여러 가지 학교 행사와 교사 모임에 함께 참석했고 두 사람이 항상 술에 제일 많이 취했다. 쇼클리는 아내와 별거 중이었고, 잭이 비록 웬디를 여전히 사랑하고 그녀와 아기 대니를 위해서 끊겠다고 진심으로 자주 다짐을 했지만, 그의 결혼 생활도 서서히 언덕 아래로 미끄러지고 있었다.

두 사람은 교사 파티가 끝나면 술집으로 가서 문 닫을 때까지 퍼마시다가는 어디 으슥한 길 막다른 곳에 차를 세워 놓고 가게에서 사 온 맥주를 마시곤 했다. 새벽이 밝아오면 잭은 전셋집으로 비틀거리며 들어오다 웬디와 아기가 소파에서 잠들어 있는 것을 발견하기 일쑤였다. 대니는 항상 소파 안쪽에서 조그만 주먹을 웬디의 턱 밑에 넣은 채 자고 있었다. 둘을 쳐다보면, 맥주와 담배, 마티니, 앨버트의 말버릇을 빌리자면 마티앙보다도 더 씁쓸하게 자기 혐오가 목구멍으로 밀려 올라왔다. 그럴 때면 잭은 신중하고 냉정하게 총이냐, 밧줄이냐, 면도칼이냐를 생각하게 되었다.

그렇게 술을 마신 것이 주중이라면, 그는 세 시간 자고 일어나 옷을 입고 두통약 엑세드린을 네 알 씹어먹은 다음, 여전히 숙취에서 헤어나지 못한 채로 9시의 미국 시인 수업을 하러 갔다. 좋은 아침이다, 얘들아. 오늘은 롱펠로가 화재로 아내를 잃은 사건에 대해 이야기해 주마.

그는 자신이 알코올 중독이라는 사실을 믿지 않았더랬다. 귓전에서 앨버트의 전화의 신호음이 들리기 시작하자 그런 생각이 들었다. 수업을 빼먹거나 면도도 안 한 채 간밤에 마신 마티앙의 악취를 풍기며 교단에 섰던 일. 난 아냐, 난 언제라도 끊을 수 있어. 웬디와 각방을 쓰며 지내던 밤들. 들어 봐, 난 멀쩡해. 자동차 펜더가 부서진 일. 물론 운전할 수 있지. 그녀가 욕실에서 내내 흘리던 눈물. 파티에서 술, 심지어 포도주가 나오기만 해도 동료들의 얼굴에 떠오르던 조심스러운 표정. 자신이 사람들 입에 오르고 있다는 사실을 서서히 깨닫게 된 것. 책상에 앉아서 대부분 백지를 뭉쳐 휴지통에 버리는 것 말고는 아무것도 못 하고 있다는 사실의 인식. 그는 서서히 봉오리를 틔우고 있는 미국 신인 작가에다 저 신비로운 문예 창작의 비밀을 가르칠 자격을 갖춘 사람으로서, 스타빙튼에서 이른바 스카우트한 교사였다. 그는 스무 편이 넘는 단편을 출판했다. 희곡을 한 편 쓰고 있었고, 머릿속 어디에선가 장편 소설을 한 편 구상하고 있을지도 모른다고 생각했다. 하지만 이제 글도 나오지 않았고 수업은 엉망이 되어 갔다.

잭이 아들의 팔을 부러뜨린 지 채 한 달이 안 되어, 어느 날 밤 그것은 마침내 끝났다. 그는 그 일로 결혼 생활은 끝났다고 생각했다. 남은 것은 웬디가 마음을 먹는 것뿐이었다……. 그녀의 어머니가 그렇게 특A급 악녀가 아니었다면 웬디는 대니가 움직일 수 있게 되자마자 뉴햄프셔로 가는 버스를 탔을 것이다. 모든 것은 끝났다.

자정이 조금 지난 때였다. 잭과 앨버트는 31번 도로를 타고 배어로 들어오던 중이었다. 앨버트는 재규어를 몰며 아슬아슬하게 굽은 길을 돌고 이따금 황색 복선의 중앙선을 넘나들었다. 그들은 둘 다 많이 취해 있었다. 그날 밤 마티앙이 실력을 발휘했다. 교량이 나오기 전 마지막 굽은 길을 시속 110킬로미터로 돌아 나오자 길에 어린이 자전거가 서 있었다. 재규어의 타이어에서 고무 닳는 날카로운 소리가 들려왔고, 잭은 앨버트의 얼굴이 허연 둥근 달처럼 운전대 위에 떠오르는 것을 보았다. 그리고 시속 65킬로미터로 자전거를 들이받는 소리가 들려왔고, 그것은 마치 찌부러진 새처럼 날아올라 손잡이가 바람막이에 부딪쳤다. 그러고는 다시 공중으로 날아올랐고 부릅뜬 잭의 눈앞에서 안전 유리가 박살났다. 다음 순간, 그는 자전거가 그들 뒤의 길에 떨어지면서 마지막으로 내는 무시무시한 충돌음을 들었다. 타이어가 위로 굴러가면서, 밑에서 뭔가 덜컹 하는 느낌이 들었다.

재규어는 휙 돌았고 앨버트는 아직도 운전을 하고 있었으며 잭은 멀리서 자신이 이렇게 말하는 소리를 들었다. "이런, 앨버트. 우리가 애를 치었어. 느껴졌어."

귀에는 전화 신호음이 계속 들려왔다. 빨리 받아, 앨버트. 제발 집에 있어. 이 일을 끝내게 해 줘.

앨버트는 교량 기둥에서 1미터도 떨어지지 않은 흡연 장소에 차를 세웠다. 재규어의 타이어 두 개에 펑크가 났다. 타이어 고무 자국이 4킬로미터나 갈지자로 남았다. 두 사람은 서로를 잠시 쳐다보다가 차가운 어둠 속에서 뒤로 달려갔다.

자전거는 완전히 박살나 있었다. 바퀴 하나가 없기에 앨버트가 돌아보자 길 한가운데 떨어져 있었다. 바퀴살 대여섯 개가 피아

노 선처럼 튀어나와 있었다. 앨버트가 황급히 말했다. "우리가 밟은 게 저것 같아, 재키 보이."

"그럼 애는 어디 있지?"

"애를 본 거야?"

잭은 이마를 찡그렸다. 모든 것이 정신없는 속도로 일어났다. 모퉁이를 돌아왔다. 재규어의 헤드라이트에 자전거가 언뜻 보였다. 앨버트가 뭐라고 소리를 질렀다. 그리고 부딪히고 나서 끼이이익 하고 미끄러지는 소리.

두 사람은 자전거를 갓길로 치웠다. 앨버트는 재규어로 돌아가 비상등을 켰다. 그리고 두 시간 동안 건전지를 네 개나 넣는 강력한 손전등으로 도로 양쪽을 뒤졌다. 아무것도 없었다. 밤늦은 시각이었지만 망가진 재규어와 손전등을 든 두 사람 옆으로 차가 서너 대 지나갔다. 아무도 멈추지 않았다. 나중에 잭은 그들에게 마지막 기회를 주기 위해 알 수 없는 섭리가 작용한 덕분에 경찰이 오지 않았고 지나가던 사람들도 그들을 부르지 않은 것이라고 생각했다.

2시 15분, 두 사람은 술이 깼지만 불안한 마음으로 재규어로 돌아왔다. 앨버트가 물었다. "아무도 타고 있지 않았다면, 저게 왜 길 한가운데 서 있었지? 길가에 세워 놓은 게 아니라 바로 딱 한가운데 서 있었다고!"

잭은 고개를 젓는 수밖에 없었다.

"상대편에서 응답이 없네요." 교환수가 말했다. "좀더 기다려 보시겠어요?"

"몇 번 더 울릴 때까지요. 괜찮죠?"

"네, 고객님." 예의 바른 목소리였다.

'받아, 앨버트!'

앨버트는 다리를 건너 제일 가까운 공중 전화로 가서 독신 친구에게 전화를 걸어, 차고에 가서 재규어의 스노타이어를 가져다가 배어 외곽의 31번 도로 교량 옆으로 갖고 와 주면 50달러를 주겠다고 했다. 20분 후, 친구는 파자마 윗도리에 청바지를 입고 나타났다. 그는 현장을 살펴보고 물었다.

"사람은 안 죽었어?"

앨버트는 이미 차의 뒷부분을 들어 올리고 있었고 잭은 나사를 풀고 있었다. "천만 다행으로, 아무도 안 죽었어."

"아무튼 바로 돌아가야 해. 돈은 아침에 줘."

"좋아." 앨버트가 올려다보지도 않고 말했다.

두 사람은 무사히 타이어를 갈고 함께 앨버트 쇼클리의 집으로 돌아왔다. 앨버트는 재규어를 차고에 넣고 시동을 껐다.

고요한 어둠 속에서 그가 말했다. "나는 술을 끊을래, 재키 보이. 이제 끝이야. 최후의 마티앙을 마신 거야."

전화 부스에서 땀을 흘리고 있던 잭은 자신이 앨버트의 결단력을 한번도 의심해 본 적 없다는 생각이 들었다. 그는 폴크스바겐의 라디오를 켜고 집으로 돌아갔고, 어떤 디스코 그룹이 계속해서 노래를 불렀다. 마치 주문처럼. 반드시 해내요……당신도 원하고 있어요……반드시 해내요 당신이 원하는……. 타이어가 미끄러지는 소리가 아무리 커도, 충돌음은 들렸다. 눈을 꽉 감으면 부서진 바퀴살을 하늘로 뻗은 채 찌부러진 자전거 바퀴가 보였다.

집에 들어가자 웬디는 소파에서 자고 있었다. 대니의 방을 들여다보자, 대니는 아기 침대에 누워 곤히 잠들어 있었다. 아직도 팔에 깁스를 한 채. 바깥의 가로등 불빛이 창문을 통하여 부드럽게 비추는 가운데 소아과 의사와 간호사들이 전부 서명을 해 놓은 하얀 석고의 검은 선이 보였다.

'사고였어요. 아이가 계단에서 떨어졌어요.'

(오, 이 더러운 거짓말쟁이)

'사고였어요. 제가 이성을 잃었어요.'

(이 염병할 술고래, 너는 더러운 걸레 같은 놈이야)

'이봐요, 들어 봐요, 부탁이에요, 단순한 사고라니까……'

하지만 마지막 간청은 그들이 11월 말의 마른 잡초 사이를 뒤지는 동안 비추었던 손전등의 모습에 밀려나 버렸다. 거기에는 필시 시체가 뻗은 채 경찰을 기다리고 있었을 것이다. 앨버트가 운전을 하고 있던 것은 상관없다. 그가 운전을 한 날도 있었던 것이다.

잭은 대니에게 이불을 덮어 주고 침실로 가서 장롱 맨 위에서 스페인 제 38구경 야마 권총을 꺼냈다. 그것은 구두 상자에 들어 있었다. 그는 침대에 근 한 시간 동안 앉아서, 넋을 잃고 그것이 발하는 치명적인 광택을 쳐다보고 있었다.

그가 그것을 다시 상자에 넣고, 상자를 장롱에 집어넣은 것은 새벽녘이었다.

그날 아침, 그는 과목 주임 교사 브루크너에게 전화를 걸어 수업받는 학생들에게 공지해 달라고 부탁했다. 독감에 걸렸다고. 브루크너는 무뚝뚝한 목소리로 알았다고 했다. 잭 토런스는 그 전해 독감에 엄청 자주 걸렸더랬다.

웬디는 스크램블드 에그와 커피를 만들어 주었다. 둘은 아무 말 없이 앉아 있었다. 들리는 소리라곤 뒷마당에서 대니가 성한 손으로 모래 더미 위에서 신나게 트럭을 굴리는 소리뿐이었다. 그녀는 설거지를 하러 갔다. 그에게 등을 돌린 채 그녀가 말했다. "잭, 생각해 봤는데."

"그래?" 그는 떨리는 손으로 담배에 불을 붙였다. 오늘은 이상하게도 숙취가 느껴지지 않았다. 떨림뿐. 그는 눈을 깜빡였다. 앞이 어두워진 순간, 자전거가 바람막이에 부딪혀 유리를 박살내는 광경이 보였다. 타이어가 비명을 질렀다. 손전등 불빛이 이리저리 움직였다.

"당신하고 나랑 대니를 위해 어째야 좋을지……, 이야기를 하고 싶어. 당신을 위해서도 말이야. 모르겠어. 빨리 의논을 했어야 되는 것 같은데."

"나를 위해 한 가지만 해 줄래?" 그는 흔들리는 담배 끝을 보며 물었다. "부탁 하나 들어줄 수 있겠어?"

"뭔데?" 그녀의 목소리는 심드렁했다. 그는 아내의 등을 쳐다보았다.

"그 얘기 일주일만 있다가 하자. 그때도 당신이 원한다면."

그러자 웬디가 손에 비누 거품을 묻힌 채 돌아보았다. 예쁜 얼굴이 하얗게 질린 채 환멸스럽다는 표정을 짓고 있었다. "잭, 약속은 소용없어. 당신은 또……."

웬디는 말을 멈추었다. 그의 눈을 보고 놀라서 갑자기 확신이 사라져 버린 듯.

"일주일만." 그의 목소리는 힘을 전부 잃고 속삭임처럼 가라앉았다. "부탁이야. 약속은 하지 않을게. 그때 가서도 의논할 필요가 있으면 할게. 당신이 원하는 거는 뭐든지."

그들은 햇빛이 비추는 부엌을 사이에 두고 한참 동안 서로를 바라보았다. 그녀가 아무 말도 하지 않고 개수대로 돌아서자 그는 몸을 떨기 시작했다. 술 생각이 간절했다. 모든 것을 제대로 바라볼 수 있도록, 딱 한 잔만……

"대니가 당신이 차 사고를 낸 꿈을 꾸었대." 웬디가 아무렇지도 않게 말했다. "걔는 가끔 희한한 꿈을 꿔. 오늘 아침에 옷을 입히는데 그러던걸. 잭, 그런 일 있었어? 혹시 차 사고 났어?"

"아니."

정오가 되자 간절한 술 생각은 미열이 되었다. 그는 앨버트의 집에 갔다.

"목말라?"

"뼛속까지 말랐어. 자네는 꼭 「오페라의 유령」에 나오는 론 체이니 같은 꼴을 하고 있군."

"들어와."

둘은 오후 내내 휘스트카드놀이의 일종를 쳤다. 술은 마시지 않았다.

한 주일이 지났다. 그와 웬디는 별로 대화하지 않았다. 하지만 그녀가 믿는 것이 아니라 지켜보고 있다는 것을 알 수 있었다. 그는 커피를 블랙으로 마시고 코카콜라를 수없이 마셔 댔다. 하룻밤에 여섯 캔짜리 콜라 한 팩을 다 마시고 욕실로 달려가 토해 버린 적도 있었다. 캐비닛의 술병에 든 술은 줄어들지 않았다. 수업이 끝나면 그는 앨버트 쇼클리네 집으로 갔다. 웬디는 그 누구보다도 앨버트 쇼클리를 미워했다. 그리고 집에 돌아오면, 웬디는 그에게서 스카치나 진 냄새가 난다고 주장하곤 했다. 하지만 잭이 말짱한 정신으로 저녁 시간 전에 그녀와 이야기를 하고, 커피를 마시고, 저녁을 먹은 후 대니와 놀아 주고, 콜라를 같이 마시고, 잠자리에 들기 전 동화책을 읽어 주고, 블랙 커피를 연신 손에 달고 학생들의 과제를 고쳐 주면, 웬디는 자기 생각이 틀렸음을 인정해야 했다.

몇 주가 지났고, 그때 못한 말은 그녀의 입술 뒤로 더 깊이 숨어 버렸다. 잭은 그 문제가 일단락되었음을 느꼈지만, 결코 완전히 종결되지는 않을 것임을 알고 있었다. 사는 것이 조금씩 편해졌다. 그러고는 조지 햇필드의 사건. 그는 다시 이성을 잃었고 이번에는 정신이 말짱한 상태였다.

"고객님, 상대편에서 아직도……."

"여보세요?" 앨버트의 목소리. 숨이 차 있다.

"통화하십시오." 교환수는 뚱하게 말했다.

"앨버트, 잭 토런스야."

"재키 보이!" 진심으로 반가운 목소리. "어떻게 지내나?"

"잘 있어. 고맙다는 말하려고 전화한 거야. 그 자리 얻었어. 아주 완벽해. 겨우내 눈에 갇혀서라도 저놈의 희곡을 끝내지 못하면 절대 완성 못할 거야."

"잘될 거야."

"어떻게 살아?" 잭이 머뭇거리며 물었다.

"목말라." 앨버트가 대답했다. "자넨?"

"뼛속까지."

"술 생각은?"

"날마다."

앨버트가 웃었다. "안 봐도 알겠군. 그런데 저 햇필드 사건 후에도 어떻게 참아냈는지 모르겠군. 그건 도무지 불가능한 일이었는데."

"내가 내 손으로 다 망쳐 놓은 거잖아." 그가 차분히 말했다.

"에이, 그만둬. 봄이 되면 이사회를 소집할 거야. 벌써부터 에핀저는 너무 성급하게 처리한 게 아니냐고 말하고 다녀. 그리고 그 희곡이 잘되면……."

"알았어. 잠깐, 아들이 저 밖에 차에 있어, 앨버트. 슬슬 지겨워지나 봐……."

"그래. 알겠어. 거기서 겨울 잘 지내라고, 잭. 도움이 되었다니 기쁘군."

"고마워, 앨버트." 그는 전화를 끊고 뜨거운 부스 안에서 눈을 감았다. 다시 부서진 자전거와 손전등 빛이 보였다. 다음 날 신문에 단신이 떴지만 사실 지면 메우기 용 기사일 뿐이었고 자전거 주인의 이름은 나오지 않았다. 어째서 그 자전거가 그 밤에 거기 있었는지는 늘 수수께끼였다. 어쩌면 그래서 다행이었는지도 몰랐다.

잭은 차로 돌아가서 대니에게 약간 녹은 베이비 루스를 주었다.

"아빠?"

"뭐, 똘똘아?"

대니는 머뭇거리며 아버지의 멍한 얼굴을 쳐다보았다.

"아빠가 호텔에서 돌아오기를 기다리고 있었을 때 무서운 꿈을 꾸었어요. 기억나요? 내가 잠들었던 거?"

"어……, 어."

하지만 소용없었다. 아빠의 마음은 대니와 함께 있지 않고 다른 곳에 가 있었다. 또 그 나쁜 생각을 하느라.

'아빠가 나를 다치게 하는 꿈이었어요, 아빠.'

"무슨 꿈이었는데, 얘야?"

"아무것도 아니에요." 주차장을 빠져나가는 동안 대니가 말했다. 아이는 지도를 도로 집어넣었다.

"정말?"

"네."

잭은 심란한 표정으로 아들을 흘끗 쳐다보고는 희곡 생각에 잠겼다.

한밤중의 상념

사랑은 끝나고, 그녀의 남자는 곁에서 자고 있었다.

그녀의 남자.

그녀는 어둠 속에서 살짝 미소를 지었다. 조금 벌어진 허벅지 사이에서는 그의 미지근한 정액이 아직도 흘러내리고 있었다. 그녀의 미소는 애처롭기도 하고 기쁜 듯도 했다. 그녀의 남자라는 말이 수백 가지 감정을 불러일으켰으므로. 감정 하나하나를 따로 놓고 생각해 보면 당혹스러웠다. 잠으로 빠져 들어가는 이 어둠 속에서 모두 합쳐 놓고 생각해 보면, 그것은 마치 텅 빈 나이트클럽에서 들려오는 먼 블루스 곡처럼 울적하지만 기분 좋았다.

당신을 사랑하는 것은 통나무를 굴리는 것 같아,

내가 당신의 여자가 될 수 없다면, 당신의 애완견은 절대로 되지 않을 거야.

빌리 홀리데이였던가? 아니면 페기 리처럼 더 시시한 가수였던가? 상관없었다. 울적한 짝사랑의 노래였고, 그녀의 조용한 머릿속에서 그것은 마치 가게 문 닫기 30분 전, 구식 주크박스에서 흘러나오는 노래처럼 달착지근하게 들렸다.

의식에서 점점 멀어지는 동안 웬디는 옆에 누운 이 남자와 함께 잔 침대가 몇 개인지 세어 보았다. 그들은 대학에서 만나 그의 아파트에서 처음 사랑을 나누었다……. 그것은 어머니가 그녀를 집에서 쫓아낸 지 석 달이 안 되었을 때였다. 어머니는 다시는 돌아오지 말라고, 어디론가 가고 싶으면 아버지에게 가라고, 두 사람의 이혼은 그녀 탓이라고 했다. 그게 1970년의 일이었다. 그렇게 오래전이었나? 한 학기가 지나자 두 사람은 동거하기 시작했고, 여름 방학에 아르바이트를 구했고, 4학년이 시작할 때 아파트에 계속 살 수 있었다. 그녀는 그 침대가 가장 뚜렷하게 기억났다. 가운데가 꺼진 커다란 더블베드였다. 그들이 사랑을 할 때면 움직일 때마다 녹슨 용수철이 삐걱거렸다. 그해 가을, 그녀는 마침내 어머니에게서 벗어날 수 있었다. 잭이 도와주었다. 어머니는 계속 때리고 싶어해, 잭은 그렇게 말했더랬다. 당신이 전화를 자주 걸수록, 용서해 달라고 기어들수록 어머니는 아버지와 함께 당신을 더 때릴 수 있어. 웬디, 그게 당신 잘못이라고 생각할 수 있으니까, 어머니에게는 좋겠지. 하지만 당신에게는 좋지 않아. 그해 둘은 그 침대에서 그 이야기를 하고, 또 했다.

(잭은 손가락에 담배를 끼운 채, 침대보를 허리에 감고 앉아 그녀의 눈을 쳐다보았다. 그의 그런 태도는 우습기도 하고 기분 나쁘기도 했다. 그리고 이렇게 말했다. '어머니는 당신에게 다시는 오지 말랬지, 그렇지? 다시는 문 앞에 얼씬거리지 말라고, 그렇지? 그러면 어째서 당신이 전화하면 바로 끊어 버리지 않지? 어째서 내가 같이 가면 집에 들여놓지 않겠다고 하는 거지? 내가 방해될 수도 있다고 생각하니까 그렇지. 당신을 계속 못살게 굴려고 그러는 거야. 계속 당

하고 있으면 당신은 바보야. 다시는 오지 말라고 했는데, 왜 시키는
대로 해 주지 않아? 그냥 내버려 둬요.' 결국 그녀는 그가 하라는 대
로 하게 되었다.)

　잠시 헤어져 있자는 것은 잭의 생각이었다. 둘의 관계를 냉정
하게 바라보기 위해서라고 말했다. 웬디는 그가 다른 사람에게
관심이 생긴 것일까 염려스러웠다. 나중에 알고 보니 그런 것이
아니었다. 봄이 되자 두 사람은 다시 만났고, 그는 그녀에게 아버
지를 만나러 갔었냐고 물었다. 그녀는 마치 채찍에 맞은 것처럼
펄쩍 뛰었다.

　'어떻게 알았어?'

　'그림자는 알고 있지.' 「The Shadow Knows」, 1970년대 미국 교과서에 실린 미스터리 소설.

　'나를 감시하고 있었어?'

　그러자 그가 참을 수 없다는 듯 웃음을 터뜨렸다. 그럴 때마다
그녀는 기분이 너무 이상했다. 마치 자신이 여덟 살 꼬맹이고, 그
가 자신보다 더 속마음을 잘 아는 것 같았다.

　'시간이 필요했지, 웬디.'

　'무슨?'

　'그러니까……, 누구랑 결혼하고 싶은지 알아보려고.'

　'잭, 무슨 소리야?'

　'청혼하는 것 같은데.'

　결혼식. 그녀의 아버지는 참석하고 어머니는 참석하지 않았다.
그녀는 그렇게 살 수도 있다는 것을 깨달았다. 잭만 있다면. 그리
고 착한 아들 대니가 생겼다.

　그때가 최고의 해였고 최고의 침대였다. 대니가 태어난 후, 잭

은 그녀에게 일자리를 주선해 주었다. 대여섯 명의 영문과 교수들을 위해 쪽지 시험, 시험, 강의 계획서, 강의록, 추천 도서 등의 타자를 쳐 주는 일이었다. 그녀는 결국 그중 교수 한 사람의 소설도 타자해 주었는데 그것은 출판되지 못했다……. 잭은 그것에 대해 아주 불경스럽고도 은밀한 만족감을 느꼈다. 그 일로 주급 40달러를 받았고, 그 실패한 소설을 타자한 두 달 동안은 주급이 60달러로 올랐다. 그들은 가운데 아기 좌석이 달린 5년 된 뷰익을 첫 차로 장만했다. 점점 형편이 좋아지는 전도유망한 신혼 부부. 대니 때문에 그녀는 어머니와 화해했다. 늘 긴장되고 마음 편한 순간은 없었지만, 그래도 화해는 화해였다. 대니를 데리고 찾아갈 때면 잭과 함께 가지 않았다. 그리고 어머니가 늘 대니의 기저귀를 다시 채우고, 이유식을 보며 얼굴을 찡그리고, 아기의 엉덩이나 사타구니에서 발진이 생기려고 하는 곳을 찾아내어 비난하는 것을 잭에게는 이야기하지 않았다. 어머니는 대놓고 말하지 않았지만 결국 자기 의사를 전달하고 말았다. 화해의 대가로, 웬디는 자신이 어머니로서 부적격이라는 느낌을 받아야 했다. 그것은 어머니가 웬디를 괴롭히는 손쉬운 수법이었다.

낮 시간 동안 웬디는 집에서 주부로 지내며, 방 네 개짜리 이층 아파트의 햇살 가득한 부엌에서 대니에게 우유를 먹였다. 고등학생 때부터 갖고 있던 낡은 휴대용 스테레오로 음악을 켜 놓고. 잭은 3시(또는 마지막 수업을 빼먹을 수 있을 때는 2시)에 집에 와서 대니가 자는 동안 그녀를 침실로 데려가곤 했고, 그러면 부적격이라는 염려는 사라지곤 했다.

밤이면 그녀는 타자를 치고, 그는 글을 쓰고 과제를 했다. 그 시절, 웬디가 타자기가 있는 방에서 나와 보면 둘은 함께 거실 소파에서 잠들어 있곤 했다. 잭은 팬티만 입고 대니는 엄지손가락을 입에 넣은 채 남편의 가슴에 편안하게 엎드려서. 그녀는 대니를 아기 침대에 눕히고 잭이 그날 밤 써 놓은 것을 읽어 본 다음, 깨워서 침대로 데려갔다.

최고의 침대, 최고의 해.

언젠가는 우리집 뜰에도 햇빛이 비칠 거야…….

그때까지만 해도 잭은 주량을 잘 조절할 수 있었다. 토요일 밤이면 그의 과 친구들이 한 무리씩 몰려왔고 맥주를 마시며 토론을 벌이곤 했다. 웬디는 거의 끼어들지 않았는데, 그녀의 전공은 사회학이고 그는 영문학이었기 때문이다. 피프스의 일기가 문학인지, 역사인지에 대한 논쟁, 찰스 올슨의 시에 대한 토론, 이따금 쓰고 있던 원고도 읽곤 했다. 그 밖에 수백 가지 이야깃거리. 아니 수천 가지 이야깃거리. 웬디는 끼어들고 싶은 마음이 전혀 없었다. 바닥에 다리를 꼬고 앉아서 한 손에는 맥주를 들고 다른 손으로 그녀의 종아리나 발목을 부드럽게 쓰다듬고 있는 잭의 옆자리, 흔들의자에 앉아 있는 것만으로 족했다.

뉴햄프셔 대학교의 경쟁은 치열했고, 잭은 글을 쓰느라 더 큰 부담을 안고 있었다. 그는 매일 밤 적어도 한 시간은 글쓰는 데 투자했다. 그것이 그의 일과였다. 토요일의 이런 모임은 그 스트레스를 푸는 데 꼭 필요한 시간이었다. 그렇지 않았더라면, 스트레스가 점점 쌓여 부풀어 오르다 언젠가는 폭발했을 것이다.

졸업 논문이 다 되어 갈 무렵, 잭은 스타빙튼에 자리를 얻었는데, 그가 쓴 단편들의 힘이 컸다. 그때 그가 쓴 단편 중에 네 편이 출판되었고, 그중 하나는 《에스콰이어》에 실렸던 것이다. 웬디는 그날을 생생하게 기억했다. 앞으로 3년이 더 지나도 그날을 잊을 수는 없을 것이다. 그녀는 그 편지 봉투가 잡지 구독 광고지인 줄 알고 버릴 뻔했다. 하지만 봉투를 열어보니, 그것은 《에스콰이어》에서 잭의 단편 「블랙홀에 관하여」를 다음해 초에 싣고 싶다는 편지였다. 그들은 900달러를 지불하겠다고 했다. 그것도 고료 전체가 아니라 계약금만으로. 그것은 타자 아르바이트 비 6개월 치에 육박하는 액수였다. 아기 의자에 앉아서 얼굴에 완두콩 크림이랑 쇠고기 수프를 여기저기 바른 채, 눈알을 굴리며 엄마를 쳐다보는 대니를 놓아두고 웬디는 전화로 달려갔다.

잭은 45분 후 학교에서 달려왔고, 그의 뷰익은 일곱 명의 친구들과 커다란 맥주 통으로 찌그러질 뻔했다. 웬디는 보통 맥주를 좋아하지 않지만 그날은 한잔했다. 축하 건배 후, 잭은 계약서에 서명하고 회신용 봉투에 넣은 다음 한 블록 떨어진 곳의 우체통에 넣었다. 돌아온 그는 문 앞에 엄숙한 표정으로 서더니 "왔노라, 보았노라, 이겼노라."라고 말했다. 환호와 박수갈채가 터져 나왔다. 밤 11시에 맥주 통이 바닥나자 잭과 아직 걸을 수 있었던 단 두 명은 술집으로 나갔다.

웬디는 잭을 따로 불러 아래층 복도로 데려갔다. 다른 두 명은 벌써 차에 타고서 술에 취해 뉴햄프셔 응원가를 부르고 있었다. 잭은 무릎을 꿇고 구두끈을 매느라 헤매고 있었다. 그녀가 말했다.

"잭, 안 돼. 당신은 운전은 고사하고 구두끈도 못 매잖아."

그는 일어서더니 그녀의 어깨에 가만히 손을 얹었다. "오늘 밤엔 원하기만 하면 달나라로 날아갈 수도 있어."

"안 돼. 온 세상 《에스콰이어》에 실린대도 안 돼."

"일찍 올게."

하지만 그는 새벽 4시가 되어서야 돌아와서는 비틀비틀, 중얼중얼거리며 계단을 올라와 대니를 깨웠다. 그는 아이를 달래려다 바닥에 떨어뜨렸다. 다른 것보다도 아이에게 멍든 것을 보면 어머니가 뭐라고 할까 생각하며 웬디가 달려 나왔다. 그리고 대니를 안아 올려 흔들의자에 앉아 달랬다. 그녀는 잭이 나간 다섯 시간 동안 대부분 어머니를 생각하고 있었다. 잭이 아무것도 되지 못할 거라는 어머니의 예언을 생각하며. '수재 좋지, 암. 생활 보호 대상자 중에 가방 끈 긴 수재들이 줄을 섰어.' 《에스콰이어》 얘기를 했을 때 어머니의 반응이 어땠더라? '위니프리드, 그 애를 잘못 안았구나. 이리 줘 봐라.' 그렇다면 남편도 잘못 안고 있는 것일까? 그렇지 않고서야 어째서 그가 집 바깥에서 즐거움을 찾으려 하는 것일까? 마음속에서 도무지 어쩔 수 없는 두려움이 솟아났고, 그가 자신과 전혀 무관한 이유에서 밖으로 나갔다는 생각은 들지 않았다.

"축하해." 웬디는 대니를 어르면서 말했다. 아이는 다시 잠든 참이었다. "당신 덕분에 뇌진탕을 일으켰을지도 몰라."

"그냥 멍든 것뿐이야." 잭은 후회하는 듯 부루퉁하게 말했다. 어린 아기를 떨어뜨리다니. 한순간 그녀는 그가 미웠다.

"어쩌면 그럴지도 모르지. 아닐지도 모르고." 웬디가 쏘아붙였다. 집을 나간 아버지에게 어머니가 그렇게 여러 번 했던 말을 자기 목소리로 들으니 속이 메스껍고 겁났다.

"그 엄마에 그 딸이군." 잭이 중얼거렸다.

"잠이나 자!" 웬디가 소리 질렀다. 두려움은 성난 목소리가 되어 튀어나왔다. "잠이나 자, 당신은 취했어!"

"이래라저래라 하지 마."

"잭……, 부탁이야. 우리 이러면……." 할 말이 없었다.

"이래라저래라 하지 말라고." 잭이 시무룩하게 다시 말하더니 침실로 들어갔다. 웬디는 흔들의자에 혼자 남았다. 다시 잠든 대니와 함께. 5분 후 잭이 코 고는 소리가 거실로 흘러나왔다. 그날 밤, 웬디는 처음으로 소파에서 잤다.

그녀는 꾸벅꾸벅 졸면서 침대에서 돌아누웠다. 엄습해 오는 잠 덕분에, 시간 순서와 무관하게 떠도는 그녀의 생각이 스타빙튼에서의 첫해를 지나고 남편이 대니의 팔을 부러뜨린 날까지, 점점 암울해지던 시절을 지나 그날의 아침 식사 때로 흘러갔다.

아직도 팔에 깁스를 하고 있던 대니는 바깥의 모래 더미에서 트럭을 갖고 놀고 있었다. 잭은 창백한 얼굴로 손가락 사이에 담배를 끼고서 탁자에 앉아 있었다. 그녀는 이혼해 달라고 하기로 마음먹었다. 그 문제를 놓고 일백 가지 각도에서 심사숙고해 보았다. 실은, 아이의 팔이 부러지기 6개월 전부터 생각해 왔던 일이다. 그녀는 대니만 아니었더라면 오래전에 결정을 내렸을 것이라 생각했지만 그것도 반드시 사실은 아니었다. 잭이 바깥에 나가 있는 기나긴 밤마다 그녀는 꿈을 꾸었고, 그 꿈에는 항상 어머니의 얼굴과 자신의 결혼식이 보였다.

('누가 이 여인을 보냅니까?' 웬디의 아버지가 가장 좋은 것이라

고는 해도 초라하기 짝이 없는 양복을 입고 서 있다. 그는 그때 이미 파산해 가는 통조림 회사의 외판원이었다. 그리고 아버지의 지친 표정, 너무나 늙고 창백해 보였던 얼굴. '제가 보냅니다.')

그걸 사고라고 부를 수 있는지는 몰라도, 그 사고 후에도 웬디는 자신의 결혼이 완전히 실패했음을 터놓고 인정할 수 없었다. 그녀는 잭이 자신뿐만 아니라 아내가 어떤 지경인지 알게 되는 기적이 일어나기를 바보처럼 바라며 기다렸다. 하지만 속도는 늦춰지지 않았다. 학교로 떠나기 전 한 잔. 스타빙튼 하우스에서 점심 식사를 하며 맥주 두세 잔. 저녁 식사 전 마티니 서너 잔. 과제물 채점하면서 또 대여섯 잔. 주말에는 더 심했다. 앨버트 쇼클리와 나가는 밤이면 더 더욱 심했다. 웬디는 몸이 아프지 않는데도 그런 고통을 겪을 수 있으리라고는 꿈도 꾸지 못했다. 그녀는 항상 아팠다. 얼마만큼이 그녀의 잘못인가? 그 질문이 그녀를 놓아주지 않았다. 어머니와 같은 기분이 들었다. 아버지와 같은 기분이 들었다. 이따금 그녀는 대니는 어떨까 생각해 보고, 언젠가 아이가 커서 원망하게 될 날을 두려워했다. 그리고 자신들이 어떻게 될지 궁금했다. 분명 어머니는 그녀를 받아들여 줄 것이고, 분명 기저귀를 다시 채우고 대니가 먹을 것을 다시 만들고 다시 차릴 것이다. 집에 와 보면 아이의 옷을 갈아입혀 놓고 머리카락을 자르거나, 어머니가 적합하지 않다고 생각한 책을 다락 어딘가 치워 놓은 꼴을 보며 1년을 지내면……, 아니, 반년을 그렇게 지내면 그녀는 완전히 신경 쇠약에 걸릴 것이다. 그러면 어머니는 그녀의 손을 토닥이며 위로하듯 말할 것이다. '네 잘못은 아니지만, 사실 전부 네 잘못이란다. 넌 전혀 준비가 안 되어 있었어. 넌

네 아버지와 나 사이에 들어왔을 때 네 본모습을 보여 주었지.'

내 아버지, 대니의 아버지. 내 아버지, 아이의 아버지.

('누가 이 여인을 보냅니까?' '제가 보냅니다.' 그리고 6개월 후 심장 발작사.)

그 전날 밤, 웬디는 그가 들어올 때까지 잠들지 않고 생각 끝에 결정을 내렸다.

반드시 이혼해야 한다고, 그녀는 자신에게 말했다. 어머니와 아버지는 이 결정과 무관했다. 그들의 결혼에 대한 그녀의 죄책감도, 자신이 부적격이라는 감정도. 단지 아들을 위해서, 자신을 위해서 내린 결정이었다. 자신이 젊은 시절에 뭔가라도 건질 생각이라면 말이다. 잔인하지만 분명한 사실이었다. 남편은 알코올 중독이었다. 그는 화를 참지 못했고, 이제 술을 너무 많이 마시고 글이 잘 써지지 않으니 평정을 유지할 수 없게 되었다. 사고든 아니든, 그는 대니의 팔을 부러뜨렸다. 올해 아니면 내년, 직장도 잃을 것이다. 이미 그녀는 다른 교사 아내들의 측은하다는 눈빛을 느끼고 있었다. 그녀는 엉망진창인 결혼 생활을 최대한 참아 냈다고 스스로에게 말했다. 이제 떠나야 한다. 잭에게는 언제든지 아이를 만날 권리를 허락할 것이고, 그녀가 뭔가 일자리를 찾아 자립할 수 있을 때까지만 그의 도움을 받을 것이다. 게다가 잭이 언제까지 양육비를 내줄 수 있을지 모르는 일이니 빠른 시일 내에 자립해야 한다. 그녀는 가급적 상처를 주지 않고 이 일을 처리할 것이다. 하지만 끝은 내야 했다.

그렇게 생각하면서 웬디는 어머니와 아버지의 얼굴에 쫓기며 불편한 선잠에 빠져들었다. 네가 바로 가정 파괴범이야, 어머니가 말했다. 누가 이 여인을 보냅니까, 목사가 말했다. 제가 보냅니다, 아버지가 말했다. 하지만 햇빛이 밝게 비추는 아침이 되어도 그녀는 똑같은 기분이었다. 그에게 등을 돌린 채 뜨뜻한 설거지 물에 팔목까지 담그고 그녀는 우울한 마음으로 말을 꺼냈다.

"대니랑 나를 위해서 어쩌야 좋을지 이야기하고 싶어. 당신을 위해서도 말이야. 빨리 의논을 했어야 되는 것 같은데."

그러자 그는 이상한 소리를 했다. 웬디는 그가 화를 내고 기분 나빠하면서 맞받아 칠 것이라 생각했다. 술을 넣어 두는 캐비닛으로 미친 듯이 달려갈 것이라 짐작했다. 하지만 그에게 어울리지 않는 부드럽고 거의 높낮이 없는 대답이 나왔다. 마치 그녀가 6년 동안 함께 살았던 잭이 간밤에 돌아오지 않은 것 같았다. 자신이 모르는 도플갱어로 바뀌어 버린 것 같았다.

"나를 위해 뭔가 해 줄 수 있어? 부탁 하나 들어줄 수 있어?"

"뭔데?" 목소리가 떨리지 않게 애써야 했다.

"그 얘기 일주일만 있다가 하자. 그때도 당신이 원한다면."

그리고 웬디도 그러자고 했다. 그 이야기는 결국 꺼내지 못했다. 그 한 주 동안 잭은 앨버트 쇼클리를 여느 때보다 더 자주 만났지만 집에 일찍 돌아오고 술 냄새도 풍기지 않았다. 웬디는 냄새가 난다고 상상했지만 실은 그렇지 않다는 것을 알고 있었다. 또 한 주가 지나고. 또 한 주가 지났다.

이혼 문제는 투표 없이 기각되었다.

무슨 일이 있었을까? 웬디는 아직도 전혀 영문을 모르고 있었다. 그 이야기는 두 사람 사이의 금기였다. 잭은 모퉁이를 돌았다가 예상도 못했던 괴물을 발견한 사람처럼 행동했다. 술은 캐비닛 안에 남아 있었지만 그는 손도 대지 않았다. 그녀는 그 술병들을 갖다 버릴까 하고 열두 번도 넘게 생각했지만, 그렇게 하면 뭔가 알 수 없는 마법이 깨어지기라도 할 것 같아 결국 늘 망설이고 말았다.

그리고 대니의 입장도 생각해 주어야 했다.

웬디에게 남편이 알 수 없는 사람이라면, 아들은 외경심의 대상이라 해야 할 것이다. 외경심이라는 말이 정확했다. 정확히 표현할 순 없지만 미신적인 두려움 말이다.

가볍게 졸고 있던 그녀에게 아이가 태어나던 순간의 모습이 떠올랐다. 그녀는 땀에 흠뻑 젖어 머리를 묶고 다리는 양쪽으로 벌린 채 분만대에 누워 있었다.

(그리고 의사가 한 번씩 들이마시게 한 가스 때문에 약간 흥분한 상태였다. 도중에 그녀는 자신이 집단 강간 선동 광고가 된 것 같다고 했고, 받아 본 아이의 수가 고등학교 한 곳은 너끈히 채울 만큼 나이 든 간호사는 그 말이 정말 우습다고 했다.)

다리 사이에 의사가 서 있고, 한쪽으로 좀 떨어진 곳의 간호사는 콧노래를 부르며 도구를 차려 놓고 있었다. 날카로운 통증이 점점 짧은 간격으로 찾아왔고 웬디는 창피함을 무릅쓰고 몇 차례 비명을 질렀다.

그러자 의사가 엄한 목소리로 힘을 주라고 했고 그녀는 지시에 따랐다. 그러자 뭔가 그녀에게서 빠져나가는 느낌이 들었다. 그건 절대 잊지 못할 뚜렷하고 특이한 느낌이었다. 그것이 빠져나가는 느낌. 그러자 의사가 아들의 다리를 잡아 들어 올렸다. 웬디는 아이의 조그만 성기를 보고 바로 아들임을 알았다. 그리고 의사가 산소 마스크를 찾아 손을 뻗는 동안, 그녀는 뭔가 다른 것을 보았다. 그것은 너무나도 무서운 것이라 더 이상 소리 지를 기운이 없다고 생각했는데도 다시 비명이 튀어나왔다.

'애한테 얼굴이 없어요!'

물론 대니는 귀여운 얼굴을 갖고 있었고, 태어날 때 아이의 얼굴을 가리고 있던 대양막은 웬디가 부끄럽게 생각하면서 간직하고 있는 조그만 항아리에 들어 있다. 그녀는 옛날 미신은 믿지 않았지만 그래도 그 대양막을 간직하고 있었다. 그녀는 아낙들이 하는 말을 듣지 않았지만 아들은 처음부터 남다른 면이 있었다. 그녀는 예지력이라는 것을 믿지 않았지만…….

'아빠 사고 났어요? 아빠한테 사고가 난 꿈을 꿨어요.'

뭔가 그를 바꾸어 놓았다. 웬디는 단순히 자신이 이혼하자고 해서 남편이 바뀐 것이라고 생각하지 않았다. 그날 아침이 되기 전, 무슨 일이 있었던 것이다. 그녀가 제대로 잠들지 못하고 있었을 때 무슨 일이 벌어진 것이다. 앨버트 쇼클리는 전혀 아무 일 없었다고 했지만 그 말을 할 때 눈길을 피했고 교사들 사이의 소문을 듣자하니 앨버트도 술을 끊었다고 했다.

'아빠 사고 났어요?'

어쩌면 운명과의 우연한 충돌 사고가 났을지도 모르겠다. 웬디는 그날과 이튿날 신문을 여느 때보다 샅샅이 읽었지만 잭과 관련 있을 만한 기사는 아무것도 없었다. 저런, 그녀는 중상자를 낸 뺑소니 사고나 술집 패싸움, 또는……, 누구도 알 수 없는 그런 사건의 기사를 찾고 있었던 것이다. 누군들 그러고 싶겠는가? 하지만 경찰이 찾아와서 질문을 하거나 영장을 갖고 와 폴크스바겐

범퍼에서 페인트 부스러기를 긁어 가는 일은 일어나지 않았다. 아무 일도 없었다. 오로지 남편이 180도 바뀐 것과 아들이 잠에서 깨자마자 이렇게 물었던 것뿐.

'아빠 사고 났어요? 아빠한테 사고가⋯⋯.'

깨어 있는 동안, 웬디는 대니를 위해서 잭과 헤어지지 않은 것이라고 생각했지만, 이제 가볍게 잠이 들자 인정할 수 있었다. 대니는 애초부터 무조건 잭의 편이었다. 그녀가 애초부터 아버지의 편이었던 것처럼. 그녀는 대니가 잭의 셔츠에 우유를 토하는 것을 본 기억이 없었다. 대니에게 이가 나기 시작해서 씹을 때마다 아픈 것이 눈에 보일 때에도 웬디가 포기하고 나면 잭은 먹일 수 있었다. 대니가 배가 아프면 웬디는 한 시간이나 달래야 아이가 조용해지기 시작했다. 하지만 잭이 그저 안아 올려 방을 두 바퀴 돌면 대니는 잭의 어깨에 얼굴을 묻고 엄지손가락을 입에 문 채 잠들었다.

그는 아이의 기저귀 가는 것도 마다하지 않았다. '큰 것'까지도. 그는 몇 시간씩 대니와 함께 앉아 무릎에서 아이를 번쩍 안아 올려주고 손가락 장난을 치고 이상한 표정을 지어서 대니가 아빠의 코를 찌르고 깔깔거리며 쓰러질 때까지 같이 놀아 주었다. 그는 이유식을 만들어 실수 없이 먹였고, 다 먹이고 나면 끝까지 트림을 시켰다. 그는 아들이 아직 아기일 때도 신문이나 우유를 사거나 철물점에 못을 사러 갈 때 차에 태워 데려가곤 했다. 대니가 겨우 여섯 달 되었을 때 스타빙튼 대 킨 고교 축구 시합에 데려갔고, 대니는 담요에 싸여 포동포동한 한 손에 조그만 스타빙튼 응원기를 꼭 쥐고서 경기 내내 아버지의 무릎 위에 꼼짝 않고 안겨 있었다.

대니는 어머니를 사랑했지만 아버지의 아들이었다.

게다가 시간이 지날수록 웬디는 아들이 이혼이라는 생각에 말
없이 반대하는 것을 느끼지 않았던가? 그녀는 부엌에서 저녁에
먹을 감자를 깎느라 이리저리 뒤집으면서 그 생각을 마음속에서
이리저리 뒤집어 보곤 했다. 그러다 부엌 의자에 다리를 꼬고 앉
아 있는 아이를 돌아보면, 아이는 겁에 질린 것 같기도 하고 비난
하는 것 같기도 한 눈빛으로 엄마를 쳐다보고 있었다. 함께 공원
을 걷다 보면 아이는 갑자기 엄마의 양손을 꼭 쥐며 이렇게 말하
곤 했다. 마치 캐묻듯이. "날 사랑해요? 아빠를 사랑해요?" 그러
면 당황한 그녀는 고개를 끄덕이며 이렇게 말하곤 했다. "물론이
지, 내 귀염둥이." 그러면 아이는 오리 연못으로 달려가 꽥꽥 하
는 소리를 지르곤 했다. 오리들은 놀라 날개를 파닥이며 연못 반
대편으로 달아났고 그녀는 의아한 마음으로 아이의 뒷모습을 바
라보고 있었다.

심지어 잭과 문제를 상의라도 해 보겠다는 결심이, 웬디 자신
의 약한 마음 때문이 아니라 아들의 굳은 의지 때문에 누그러진
때도 몇 번이나 있었다.

'난 그런 거 믿지 않아.'

하지만 잠든 그녀는 그것을 믿었고, 허벅지에 흘러내린 남편의
정액이 마르는 동안, 그녀는 세 사람이 영원히 하나가 되었다고
느꼈다. 그들이 셋이자 하나임이 망가진다면, 그것은 자신들 탓
이 아니라 외부의 탓일 거라고.

이러한 믿음은 대부분 잭에 대한 사랑을 중심으로 생긴 것이었

다. 그녀는 그에 대한 사랑을 멈춘 적이 없었다. 비록 대니의 '사고' 직후 어두웠던 시기 동안은 잠시 그랬을지 몰라도. 그리고 그녀는 아들을 사랑했다. 무엇보다 그녀는 둘을 함께 사랑했다. 둘이 걷거나 차를 타거나, 그냥 앉아. 잭의 커다란 머리와 대니의 조그만 머리가 기민하게 노처녀의 손에 들린 부채를 향했다가 콜라를 나누어 마시고 우스꽝스러운 광경을 쳐다보는 것을. 그녀는 그들과 함께 사는 것이 좋았고, 앨버트가 잭에게 주선해 준 호텔 관리 일이 다시 좋은 시절로 돌아가는 출발점이 되기를 기도했다.

그리고 바람이 불어와서, 베이비,
내 우울함을 날려 버릴 거야……

부드럽고 달콤하고 나긋나긋한 그 노래가 돌아와 머물더니 더 깊은 잠 속으로 따라 들어왔다. 거기서 생각은 멈추고 꿈속에 보였던 얼굴들은 잊혀졌다.

대니의 침실에서

대니는 아직도 귓전을 울리는 소리 때문에 깨어났다. 술에 취해 잔인할 정도로 성난 음성이 갈라진 소리로 외쳐 댔다. '이리 와서 벌을 받아! 남자답게 벌을 받아! 내가 잡으러 가겠어! 내가 잡으러 가겠어!'

하지만 이제 쿵쿵거리는 것은 대니의 두근거리는 심장뿐이었고, 밤중에 들리는 소리는 멀리서 들려오는 경찰의 사이렌뿐이었다.

아이는 꼼짝하지 않고 침대에 누워서 침실 천장에 비친, 바람에 나부끼는 나뭇잎의 그림자를 올려다보고 있었다. 그것들은 서로 구불구불 엮여서 마치 정글의 덩굴, 두꺼운 카펫에 엮여 있는 문양처럼 보였다. 아이는 닥터 덴튼 파자마를 입고 있었지만 파자마와 피부 사이에는 점점 더 땀방울이 차올랐다.

"토니?" 아이가 속삭였다. "거기 왔니?"

대답이 없었다.

아이는 침대 밖으로 살짝 나와 가만히 창가로 가서 지금은 고요해진 아라파호 거리를 내다보았다. 새벽 2시였다. 밖에는 낙엽이 날아다니는 텅 빈 보도와 주차해 놓은 자동차들, 그리고 클리프 브라이스 주유소 건너편 모퉁이에 목을 길게 빼고 서 있는 가

93

로등뿐이었다. 고개를 숙이고 꼼짝 않고 서 있는 가로등은 우주
쇼에 등장하는 괴물 같았다.

아이는 토니가 희미한 모습으로 손짓하고 있는지 눈을 가늘게
뜨고 거리 양쪽을 살펴보았지만, 거기엔 아무도 없었다.

나무 사이로 바람이 한숨 소리를 내었고, 낙엽은 아무도 없는
보도와 주차되어 있는 자동차의 휠캡 주변으로 바스락거리며 날
아올랐다. 그것은 기운 없이 청승맞은 소리를 내었고, 소년은 볼
더 전체에서 그 소리를 들으며 깨어 있는 건 자기밖에 없을지도
모른다고 생각했다. 최소한 사람 중에서는 혼자뿐일 거라고. 밤중
에 저 밖에서, 주린 배를 안고 그림자 사이로 살금살금 돌아다니며
주위를 돌아보며 쿵쿵거리는 것이 또 뭐가 있을지는 알 수 없는 일
이지만.

'내가 잡으러 가겠어! 내가 잡으러 가겠어!'

"토니?" 아이는 다시 불러 보았지만 별로 기대하지는 않았다.

대답하는 것은 바람뿐이었다. 이번에는 좀더 세게 불어닥쳐 대
니의 방 창문 아래 낙엽을 흩어 놓았다. 그중 일부는 빗물받이로
미끄러져 들어가고 나머지는 춤을 추다 지친 듯이 거기 앉아 있
었다.

'대니…… 대니이이이……'

낯익은 목소리에 아이는 깜짝 놀라 조그만 손을 창틀에 얹고
창 밖으로 목을 뺐다. 토니의 목소리와 함께 밤이 아무도 모르게
살아난 것 같았다. 바람이 다시 잦아들고 낙엽도 가만 있고 그림
자도 움직이지 않는데 속삭임이 들렸다. 아이는 한 블록 아래 버
스 정류장 옆에 더 검은 그림자가 서 있는 것을 본 듯했지만 그게

진짜인지, 착각인지 알 수 없었다.

'가지 마, 대니……'

그러자 다시 바람이 몰아쳤고 눈을 가늘게 뜨고 보자 정류장 옆의 그림자는 사라졌다……, 만약 거기 정말 있었다면 말이다. 아이는 창문 옆에 서 있었다.

(일 분 동안? 한 시간 동안?)

좀더 기다려 보았지만 아무 소리도 들리지 않았다. 결국 아이는 침대로 돌아가 담요를 끌어당겨 덮고는, 외계인 가로등이 던지는 그림자가 구불구불 엮여서 사람을 잡아먹는 식물로 변해 자기 몸을 감고 목숨을 빼앗아 어둠 속으로 끌고 가려는 것을 지켜보았다. 그 어둠 속에는 무서운 단어 하나만이 붉게 깜빡이고 있었다.

'해살.'

2

THE SHINING

폐점일

오버룩의 광경

엄마는 걱정하고 있었다.

엄마는 폴크스바겐 자동차가 이 산을 끝까지 올라갔다 내려올 수 있을지, 혹시 차가 고장 나 모두 길가에 서 있다가 돌진하는 차에 받히지는 않을지 염려스러웠다. 대니는 자신 있었다. 아빠가 마지막으로 갈 수 있다고 생각했다면 아마도 될 거다.

"거의 다 왔어." 잭이 말했다.

웬디는 관자놀이에서 머리를 뒤로 쓰다듬어 넘겼다. "다행이야."

그녀는 오른쪽 자리에 앉아서 빅토리아 홀트의 문고판을 펼쳐 놓고 있었지만, 표지가 밖으로 보이게 뒤집어 놓은 상태였다. 웬디는 대니가 가장 예쁜 옷이라고 생각하는 푸른 원피스를 입고 있었다. 세일러 컬러가 달려 있어서 그녀는 아주 젊어 보였다. 꼭 고등학교 졸업반 여학생처럼. 아빠는 자꾸만 엄마 허벅지에 손을 얹었고 엄마는 웃으면서 떼어 냈다. "그러지 마."라고 하면서.

대니는 산을 열심히 쳐다보았다. 아빠가 볼더 근처의 플래티론 이라는 산에 데려간 적이 있었는데, 여기는 훨씬 더 크고, 이중에 서 제일 높은 봉우리에는 눈이 곱게 깔려 있었다. 아빠는 그 눈은 종종 1년 내내 녹지 않는다고 했다.

그리고 그들은 정말 산속으로 들어왔다. 밖에서 돌아보는 게 아니었다. 사방에 깎아지른 듯한 바위 면이 솟아 있었고, 그 꼭대기는 하도 높아서 창 밖으로 고개를 꺾어도 보일락 말락 했다. 볼더를 떠날 때 기온은 25도 정도였다. 이제, 정오가 조금 지난 시간에 이곳 공기는 버몬트의 11월처럼 쌀쌀했고 아빠는 난방기를 켰다……. 하지만 그렇게 성능이 좋은 것은 아니었다. 그들은 '낙석 주의'라는 표지판 몇 개를 지나왔고(엄마가 지날 때마다 읽어주었다), 아빠는 혹시 바위가 떨어질까 조심스럽게 멈추곤 했지만 그런 일은 없었다. 적어도 아직까지는.

30분 전, 그들은 또 하나의 표지판을 지나왔는데 아빠는 그것이 아주 중요한 것이라고 했다. 그 표지판에는 '사이드와인더 통로 진입'라고 씌어져 있었고, 아빠는 겨울에는 제설차가 그 표지판이 있는 곳까지 올 수 있다고 했다. 그 이후에는 경사가 아주 급해졌다. 겨울이 되면, 방금 본 표지판 직전까지 지나온 작은 마을인 사이드와인더로부터 유타 주 버클랜드까지 길 전체가 폐쇄되었다.

이제 또 하나의 표지판이 지나갔다.

"저건 뭐예요, 엄마?"

"'저속 차량은 우측 차선을 이용하시오.'라는 거야. 우리보고 하는 말이네."

"우리 차로 무사히 갈 수 있어." 아빠가 말했다.

"제발, 하느님." 엄마가 말하면서 손가락으로 행운의 표시를 했다. 아빠가 엄마의 발가락이 나오는 샌들을 내려다보자, 발가락도 행운의 표시를 하고 있었다. 아빠는 킥킥 웃었다. 엄마도 따라 웃었지만 아직도 걱정하는 것을 알 수 있었다.

길은 완만한 S자 커브로 감아 돌며 계속 올라갔고, 잭은 자동차의 스틱 기어를 4단에서 3단으로, 그리고 2단으로 낮추었다. 자동차는 헐떡거리며 버텼고, 웬디의 시선은 40에서 30으로, 그리고 20으로 떨어져 가는 속도계 바늘에 꽂혔다.

"연료 펌프가……." 그녀가 머뭇거리며 말을 꺼냈다.

"앞으로 5킬로미터는 더 갈 수 있어." 잭이 바로 받아 말했다.

오른쪽에서 바위 담이 사라지고 로키산맥의 소나무와 가문비나무로 검푸르게 뒤덮인 깊은 골짜기가 모습을 드러냈다. 소나무숲이 옅어지면서 몇 백 미터나 되는 회색 바위 낭떠러지가 되었다. 웬디는 폭포 하나가 그 위로 떨어지며 마치 푸른 그물에 잡힌 금빛 물고기처럼 이른 오후의 햇살을 반사하고 있는 것을 보았다. 산은 아름다웠지만 험준했다. 그 산은 실수를 여러 번 용서해 줄 것 같지 않았다. 불길한 예감이 목구멍에 치밀어 올랐다. 더 서쪽으로 시에라네바다의 도너 일행^{19세기 미국 캘리포니아를 향해 떠났던 이주민 일행}협로는 눈으로 덮여 있어서, 살아 남으려면 사람을 잡아먹는 수밖에 없는 곳이었다. 산은 실수를 여러 번 용서해 주지 않았다.

잭은 클러치를 밟고 기어를 비틀어 1단으로 옮겼다. 엔진에서 거센 소리를 내면서 그들은 힘겹게 위로 올라갔다.

웬디가 말했다. "있잖아, 사이드와인더를 지나온 다음부터는 차를 다섯 대도 못 본 것 같아. 그중 한 대는 호텔 리무진이었어."

잭이 고개를 끄덕였다. "그건 덴버 스테이플턴 공항으로 바로 가는 거야. 왓슨 말로는 호텔 위에 벌써 얼음이 얼었다고 해. 내일 더 위쪽에는 눈이 더 내린다는 예보도 있고. 지금 산을 지나가는 사람은 주 도로들로 다니려고 할 거야. 혹시나 해서 말이지.

그놈의 울먼이란 자는 아직 거기 있겠군. 아마 그럴 거야."

"식료품 저장실은 꽉 채워 놓은 게 확실해?" 협로를 지나다가 사람을 잡아먹었다는 도너 일행을 아직도 생각하면서 웬디가 물었다.

"그렇다고 했어. 그가 할로런에게 당신과 함께 가 보라고 했어. 할로런이 요리사야."

"아." 그녀가 속도계를 보면서 조그맣게 말했다. 시속 20킬로미터에서 15킬로미터로 떨어졌다.

"저기가 꼭대기야." 잭이 300미터 앞을 가리키며 말했다. "저기 가면 전망대가 있고, 거기서 오버룩이 보여. 잠깐 차를 세우고 쉬게 해야지." 잭은 고개를 뒤로 돌려 담요 더미 위에 앉아 있는 대니를 쳐다보았다. "무슨 생각하니, 애야? 사슴이나 순록이 보일지도 몰라."

"네, 아빠."

폴크스바겐은 어렵사리 계속 올라갔다. 속도계는 8킬로미터 선 바로 위로 떨어졌고 잭이 도로 밖으로 나가자 덜컹거리기 시작했다.

("저건 무슨 표지판이에요, 엄마?" "'전망대.'" 웬디는 꼬박꼬박 읽어 주었다.)

잭은 비상 브레이크를 밟은 다음 폴크스바겐의 기어를 중립에 놓았다.

"나가자." 그가 말하면서 밖으로 나갔다.

그들은 함께 가드레일 쪽으로 걸어갔다.

"저기야." 잭이 11시 방향을 가리키며 말했다.

웬디는 진부한 표현 속에 진실이 있음을 알았다. 그야말로 숨이 딱 멎는 것 같았던 것이다. 한순간 그녀는 숨을 쉴 수 없었다. 그 장관에 숨이 멎었다. 그들은 한 봉우리의 꼭대기 근처에 서 있었다. 거리가 얼마나 되는지는 알 수 없지만, 저 너머 훨씬 더 높은 산이 하늘로 솟아 있었고, 삐죽삐죽한 끝은 저물기 시작하는 햇빛의 후광에 실루엣만 보일 뿐이었다. 아래로는 계곡 바닥이 전부 펼쳐져 있었고, 낑낑거리는 자동차로 올라온 비탈길은 아찔할 정도로 급하게 떨어져 너무 오래 쳐다보고 있으면 메스껍다가 토하게 될 것 같았다. 그 맑은 공기 속에서는 이성의 고삐에서 풀려난 상상력이 활기를 띠었다. 그래서 보기만 해도 어쩔 수 없이 자신이 몸을 날려 아래로, 아래로 떨어지면서, 하늘과 절벽이 서서히 자리를 바꾸고 입에서는 마치 느린 풍선처럼 비명소리가 흘러나오고, 머리카락과 옷이 나부끼는 모습이 보였다…….

그녀는 거의 억지로 그 아래서 눈을 떼어 잭의 손가락이 가리키는 쪽을 바라보았다. 이 첨탑처럼 뾰족한 봉우리 옆으로 도로가 매달려 돌아가며 계속해서 북서쪽을 향하는 것이 보였다. 계속 위로 올라가지만 각도는 조금 완만해졌다. 더 위쪽을 바라보니 빽빽한 소나무 숲이 널찍하고 네모 반듯한 잔디밭으로 바뀌더니, 산비탈에 우뚝 솟은 호텔이 이 모든 광경을 내려다보며 서 있었다. 오버룩 호텔. 그것을 보자 웬디는 다시 숨을 쉬고 말할 수 있게 되었다.

"어머나, 잭. 근사해!"

"그렇지. 울먼은 이곳이 미국에서 제일 아름다운 곳이라고 생각한대. 그 작자 말은 상관하지 않지만, 그래도……, 대니! 대니야, 왜 그래?"

웬디는 아이를 찾아 돌아보았고, 갑자기 걱정 때문에 경탄이고 뭐고 모두 사라졌다. 그녀는 아이에게 달려갔다. 아이는 가드레일을 잡고서 호텔을 올려다보고 있었다. 얼굴은 잿빛이 되어서. 아이의 눈은 곧 기절할 사람처럼 멍했다.

그녀는 옆에 무릎을 꿇고 앉아 아이의 어깨를 쓰다듬으며 진정시키려고 했다. "대니, 왜……."

잭이 옆으로 왔다. "괜찮아?" 그는 대니를 조금 흔들어 주었고 그러자 아이의 눈이 또렷해졌다.

"괜찮아요, 아빠. 기분 좋아요."

"왜 그랬니, 대니? 어지러웠어?" 웬디가 물었다.

"아뇨. 그냥……, 생각하느라고요. 미안해요. 놀랄 줄 몰랐어요." 아이는 자기 앞에 무릎 꿇고 앉아 있는 부모를 쳐다보더니 당황한 듯 조금 웃어 보였다. "햇빛 때문에 그랬나 봐요. 햇빛이 눈에 비쳤어요."

"호텔에 가서 물 마시자." 아빠가 말했다.

"네."

그리고 경사가 완만해지자 좀더 확실히 위로 움직이는 차 안에서 아이는 부모 사이에 앉아 계속 밖을 내다보았다. 길이 펼쳐지며 거대한 서향 창문들이 햇빛을 반사하고 있는 오버룩 호텔의 모습이 문득문득 보였다. 여기가 바로 눈보라 속에서 본 곳이었다. 섬뜩하게 낯익은 사람의 모습이 정글 문양의 카펫이 깔린 긴 복도를 따라 그를 찾아다니던, 어둡고 시끄럽던 그곳. 토니가 가지 말라고 경고했던 그곳. 그곳이 여기였다. 그곳이 여기였다. '해살'이 뭔지 몰라도 그것은 여기에 있었다.

체크아웃

울먼은 널찍하고 고풍스러운 현관 바로 안쪽에서 그들을 기다리고 있었다. 그는 잭과 악수하고 나서 웬디에게 냉랭한 표정으로 고개를 숙였다. 아마도 그녀가 수수한 군청색 원피스 어깨로 금발을 늘어뜨리고 로비로 들어올 때 사람들의 시선이 쏠린 것을 울먼도 눈치 챘을 것이다. 원피스 자락은 조신하게 무릎에서 5센티미터 위에 떨어졌지만, 더 보지 않아도 늘씬한 다리임을 알 수 있었다.

울먼은 대니에게만 진심으로 따뜻하게 대해 주는 것 같았지만 웬디는 전에도 그런 경험이 있었다. 대니는 보통 W. C. 필스_{미국의 유}^{명한 코미디언. 아이들을 싫어한 것으로 유명하다}가 어린이들에게 느꼈던 감정을 갖고 있는 사람들에게도 어린아이로 느껴지는 모양이었다. 울먼은 허리를 약간 굽히고 대니에게 손을 내밀었다. 대니는 웃지 않고 정중하게 악수했다. 잭이 말했다.

"아들 대니입니다. 그리고 집사람 위니프리드이고요."

"반갑습니다." 울먼이 말했다. "몇 살이지, 대니?"

"다섯 살입니다."

"벌써 높임말을 할 줄 아는군요." 울먼은 미소를 지으며 잭을 쳐다보았다. "예의가 바릅니다."

"물론이지요." 잭이 말했다.

"그리고 토런스 부인." 그는 마찬가지로 약간 허리를 숙였고 웬디는 한순간 그가 자기 손에 입을 맞추는 줄 알았다. 그녀는 엉거주춤 손을 내밀었고, 울먼은 손을 잡았지만 아주 잠깐 양손으로 꼭 잡았을 뿐이다. 그의 손은 자그마하고 건조하고 부드러웠고, 웬디는 그가 손에 분을 발랐을 것이라고 생각했다.

로비는 웅성거리고 있었다. 등받이가 높은 예스러운 의자에는 거의 전부 사람들이 앉아 있었다. 벨보이들은 여행 가방을 들고 들락날락 바빴고, 황동으로 된 커다란 금전 출납기가 자리 잡고 있는 데스크에는 사람들이 줄을 서 있었다. 거기 붙어 있는 '뱅크 아메리카드'와 '마스터 카드' 표시는 대단히 시대착오적으로 보였다.

오른쪽으로, 꽉 닫아 밧줄로 묶어 놓은 커다란 더블 도어 쪽 고풍스러운 벽난로에서 자작나무 장작이 타고 있었다. 장작불 코앞까지 당겨 놓은 소파에는 수녀 셋이 앉아 있었다. 그들은 양쪽에 가방을 쌓아 놓고 앉아 수다를 떨며 체크아웃 줄이 좀 짧아지기를 기다리고 있었다. 웬디가 쳐다보았을 때, 그들은 마치 소녀처럼 깔깔거리며 웃음을 터뜨렸다. 웬디는 자기 입술에도 미소가 떠오르는 것을 느꼈다. 수녀들은 전부 예순이 넘어 보였다.

뒤에서는 웅성웅성 이야기를 나누는 소리, 데스크 뒤에서 일하는 직원 둘 중 하나가 '딩!' 하고 종을 울리는 소리, 약간 조바심 섞인 "프런트요!"라는 소리 등이 들려왔다. 그 소리를 듣자니 뉴욕 비크먼 타워에서 잭과 보낸 신혼 여행의 강렬하고 따스한 추억이 떠올랐다. 처음으로 웬디도 이곳이 자기들 세 식구에게 꼭 필요한 곳일 수도 있다는 믿음을 갖게 되었다. 사람들을 떠나 셋이서만 보내는 한 철, 일종의 가족 허니문. 웬디는 보는 것마다 눈을 휘둥그렇게 뜨고 쳐다보는 대니에게 사랑을 담뿍 담은 미소를 보냈다. 회색 리무진이 또 한 대 바깥에 도착했다.

"시즌 마지막 날입니다." 울먼이 말하고 있었다. "폐점 일은 언제나 정신 없지요. 한 3시쯤 오실 줄 알았습니다, 토런스 씨."

"폴크스바겐이 혹시 신경 쇠약을 일으키지 않을까 해서 시간을 넉넉히 잡고 출발했습니다. 그런데 괜찮았어요." 잭이 말했다.

"참 다행이로군요." 울먼이 말했다. "조금 있다가 세 분께 이곳을 구경시켜 드리겠습니다. 물론 딕 할로런이 부인께 오버룩의 주방을 안내해 드리려고 합니다. 하지만……."

직원 하나가 다가오더니 거의 그의 앞머리를 잡아당기듯 데려갔다.

"실례합니다, 울먼 씨……."

"음? 무슨 일이지?"

"브랜트 부인 때문에요." 직원이 초조한 표정으로 말했다. "아메리칸 익스프레스 카드로만 계산을 하시겠답니다. 작년 시즌 말부터는 아메리칸 익스프레스 카드를 받지 않는다고 말씀드렸는데도……." 직원은 토런스 가족을 쳐다보더니 다시 울먼에게 시선을 돌렸다. 그리고 어깨를 으쓱했다.

"내가 처리하지."

"감사합니다, 울먼 씨." 직원은 데스크로 돌아갔다. 그 앞에는 기다란 모피 코트를 걸치고 검은 털목도리를 두른 여자 하나가 큰 소리로 항의하고 있었다.

"나는 1955년부터 오버룩에 왔다고." 그녀는 미소를 지으며 어깨를 으쓱거리는 직원에게 말하고 있었다. "두 번째 남편이 저 지긋지긋한 로크 코트에서 뇌졸중을 일으켜 죽은 다음에도 계속 왔어. 그날 햇빛이 너무 뜨겁다고 내가 말을 했는데 말이야. 그리고 한번도……, 다시 말하겠어. 한번도 아메리칸 익스프레스 카드 이외에 다른 걸로 계산한 적이 없다고. 경찰을 부르려면 불러 봐! 나를 끌어내라고 해! 그래도 아메리칸 익스프레스 카드 말고 딴 걸로는 계산할 수 없어. 다시 말하겠어……."

"실례합니다." 울먼 씨가 말했다.

그들은 로비 건너편에서 울먼이 정중하게 브랜트 부인의 팔꿈치를 잡고, 그녀가 비난의 화살을 자신에게 돌리자 양손을 펼치고 고개를 끄덕이는 모습을 쳐다보았다. 울먼은 그녀의 말을 경청하더니 다시 고개를 숙이고 뭐라고 대답했다. 브랜트 부인은 의기양양해서 미소를 짓더니 불쌍한 데스크 직원을 쳐다보며 큰소리로 말했다. "다행히 이 호텔 직원 중에 완전 속물이 아닌 사람이 하나는 있었네!"

그녀는 모피 코트의 커다란 어깨에 키가 닿을락 말락 하는 울먼이 팔을 잡고 안쪽 사무실로 안내하는 것에 따랐다.

"와!" 웬디가 미소를 지으며 말했다. "돈 값을 하는 사람이군요."

"하지만 저 부인을 좋아하는 건 아니에요." 대니가 바로 말했다. "그냥 좋아하는 척하는 거예요."

잭이 아들을 내려다보며 씩 웃었다. "그 말이 맞다, 얘야. 하지만 아첨은 세상이란 바퀴를 돌아가게 하는 윤활유거든."

"아첨이 뭐예요?"

"아첨이란 말이야." 웬디가 말해 주었다. "네 아빠가 좋아하지도 않으면서 내가 새로 산 노란색 바지가 예쁘다고 하거나, 내가 살을 더 뺄 필요가 없다고 하는 거야."

"아. 그럼 좋은 거짓말이오?"

"그거랑 아주 비슷한 거란다."

대니는 엄마를 유심히 보더니 말했다. "예뻐요, 엄마." 두 사람이 서로 쳐다보고는 웃음을 터뜨리자 대니는 무슨 뜻인지 어리둥절한 표정을 지었다.

"울먼이 나한테는 별로 아첨을 하지 않았어." 잭이 말했다. "저기 창문 옆으로 가자, 다들. 데님 재킷을 입고 여기 한가운데 서 있으니까 사람들 눈에 띄는 것 같아. 솔직히 문 닫는 날은 한 사람도 없을 줄 알았는데. 내 생각이 틀렸나 보군."

"당신은 멋져." 웬디가 이렇게 말하더니 둘은 다시 웃었다. 웬디는 한 손으로 입을 막았다. 대니는 아직도 뭐가 어떻게 돌아가는 건지 알 수 없었지만 상관없었다. 엄마아빠는 서로 사랑하고 있었다. 대니는 엄마가 이곳을 보고 어딘가를 추억하고 있다고 생각했다.

'비크먼이라는 곳'

그곳에서 엄마는 행복했다. 대니는 자기도 엄마처럼 이곳을 좋아하게 되길 바랐다. 그는 토니가 보여 준 것이 항상 현실로 나타나는 것은 아니라고 스스로에게 되뇌었다. 조심해야지. '해살'이라는 것이 어디 있는지 살펴볼 것이다. 하지만 꼭 그래야 하기 전에는 아무 말도 하지 않을 것이다. 엄마아빠가 행복하게 웃고 있었고 나쁜 생각을 하지 않았기 때문에.

"여기 경치 좀 봐." 잭이 말했다.

"와, 멋지다! 대니, 이리 와 봐!"

하지만 대니는 그 경치가 특별히 멋지다고 생각하지 않았다. 대니는 높은 곳을 싫어했다. 높은 곳에 오면 어지러웠다. 호텔 길이만큼 뻗어 있는 넓은 정문 너머로 아름답게 손질한 잔디밭(오른쪽에는 골프 연습용 녹지가 있었다)의 경사를 따라 내려가면 긴 직사각형 수영장이 있었다. 수영장 한쪽 끝에는 조그만 삼각대 위에 '오늘은 쉽니다'라는 표지판이 놓여 있었다. '오늘은 쉽니다'는 '멈춤', '비상구', '피자' 외에 대니가 혼자서 읽을 수 있는 몇 가지 표지판 가운데 하나였다.

수영장 저쪽으로는 소나무, 버드나무, 가문비나무 묘목 사이로 자갈길이 꼬불꼬불 나 있었다. 여기에는 대니가 모르는 표지판이 있었다. '로크(ROQUE).' 그 아래 화살표가 있었다.

"R, O, Q, U, E가 뭐예요, 아빠?"

"운동 경기야. 크로케랑 약간 비슷한데, 잔디밭이 아니라 커다란 당구대처럼 생긴 자갈 코트에서 하는 거야. 아주 옛날부터 있었던 운동이란다, 대니야. 여기서 가끔 경기를 하기도 해."

"크로케 방망이로 치는 거예요?"

"그런 거야." 잭이 대답해 주었다. "손잡이가 조금 짧고 머리에 양면이 있는 것만 달라. 한쪽은 딱딱한 고무이고 반대쪽은 나무로 되어 있지."

'나와, 이 새끼야!'

"'로크'라고 읽는 거야." 아빠가 이야기했다. "배우고 싶으면 하는 법을 가르쳐 줄게."

"봐서요." 대니가 생기 없이 작은 목소리로 대답해서 부모는 아이의 머리 위로 이상하다는 눈빛을 주고받았다. "하지만 좋아하지 않을지도 몰라요."

"맘에 들지 않으면 안 해도 돼, 얘야. 괜찮아?"

"그럼요."

"저 동물들은 마음에 드니?" 웬디가 물었다. "전정 나무라는 거야." 로크 코트로 이어지는 자갈길 너머 여러 가지 동물 모양으로 깎아 놓은 나무들이 있었다. 눈썰미가 좋은 대니는 토끼, 개, 말, 암소, 장난치는 사자 세 마리를 알아보았다.

"저 동물들 때문에 앨버트 아저씨가 나를 이 일에 추천해 준 거란다." 잭이 아들에게 말했다. "아저씨는 내가 대학에 다닐 때 조경 회사에서 일한 적이 있는 걸 알거든. 사람들의 잔디밭, 나무, 울타리를 손봐 주는 회사야. 나는 어떤 부인의 정원수를 다듬어 주었지."

웬디는 손으로 입을 막고 킥킥거리며 웃었다. 그녀를 쳐다보며 잭이 말했다. "정말이야. 일주일에 한 번은 정원수를 손봐 주었다니까."

"관둬요." 웬디가 말하곤 또 킥킥거렸다.

"그분네 울타리가 멋있었어요, 아빠?" 대니가 묻자, 이 말에 둘 다 폭소를 터뜨렸다. 웬디는 하도 많이 웃어서 뺨에 눈물이 흘러내렸고, 핸드백에서 클리넥스 휴지를 한 장 꺼냈다.

"그건 동물 모양이 아니었어, 대니." 웃음이 멈추자 잭이 말했다. "카드 모양이었어. 스페이드, 하트, 클럽, 다이아몬드. 하지만 나무는 자라잖니……."

'얘가 움직이거든.' 왓슨이 말했다……. 아냐, 나무가 아냐, 보일러야. '항상 들여다보지 않으면, 당신이랑 가족들이 깨어나 보면 저놈의 달에 가 있을지도 몰라요.'

그들은 어리둥절해서 잭을 쳐다보았다. 그의 얼굴에서 미소가 사라졌다.

"아빠?" 대니가 물었다.

잭은 딴생각을 하다 정신을 차린 듯 눈을 깜박였다. "나무가 자라서 모양이 흐트러지거든. 그래서 일주일에 한두 번씩 잘라 줘야 해. 날씨가 아주 추워져서 자라기를 멈출 때까지 말이야."

"놀이터도 있네." 웬디가 말했다. "우리 아들은 좋겠구나."

놀이터는 전정 나무 뒤쪽에 있었다. 미끄럼틀 두 대, 저마다 높이가 다른 그네 여섯 개, 정글짐 하나, 시멘트 고리로 만든 터널 하나, 모래 상자, 그리고 오버룩이랑 똑같이 생긴 장난감 집.

"맘에 드니, 대니?" 웬디가 물었다.

"그럼요." 대니가 말했다. 자기 기분보다는 훨씬 더 흥분한 것처럼 들리기를 바라며. "멋져요."

놀이터 뒤에는 눈에 띄지 않는 보안 철책이 되어 있었고, 그 너머 호텔로 연결되는 넓은 포장 도로가 나 있었으며, 그 너머에 보이는 계곡은 오후의 푸른 안개 속에 가려져 있었다. 대니는 고립이라는 말은 몰랐지만, 그것을 온몸으로 느꼈을 것이다. 멀리 아래쪽으로, 햇빛에서 잠시 쉬어 가기로 한 기다란 검은 뱀처럼 사이드와인더를 통해 볼더로 돌아가는 도로가 이어져 있었다. 그 길은 겨우내 폐쇄될 것이다. 대니는 그 생각을 하니 숨이 약간 막히는 것 같았고, 아빠가 어깨에 손을 얹자 깜짝 놀랐다.

"마실 것 곧 갖다 줄게, 얘야. 저 사람들이 지금은 좀 바쁘구나."

"네, 아빠."

브랜트 부인은 주장을 관철해 낸 듯한 표정으로 안쪽 사무실에서 나왔다. 잠시 후 두 명의 벨보이가 여행 가방 여덟 개를 겨우 끌고서 의기양양하게 문 쪽으로 걸어가는 그녀의 뒤를 따랐다. 대니는 창문을 통해서 회색 제복에 육군 대위 같은 모자를 쓴 남자가 그녀의 기다란 은색 차를 문 앞으로 가져와 세우고 내리는 것을 보았다. 그는 그녀를 보고 모자에 손을 얹어 인사하고는 달려가 차의 짐칸을 열었다.

그러자 이따금씩 반짝하는 빛이 번득이더니 대니는 그녀의 생각을 완전히 알 수 있었다. 그것은 대니가 사람들로 북적이는 장소에 갈 때면 느끼곤 하는 뒤죽박죽 낮게 웅성거리는 감정 위로 둥둥 떠왔다.

'저 사람 바지 속으로 들어갔으면 좋겠네.'

벨보이들이 그녀의 가방을 짐칸에 넣는 것을 보고 있던 대니가 이마를 찌푸렸다. 그 여자는 짐 싣는 것을 감독하고 있던, 회색 제복의 남자를 좀 날카롭게 노려보고 있었다. 왜 그 여자는 저 남자의 바지 속에 들어가고 싶어할까? 추운 걸까? 저렇게 긴 모피 코트를 입고도? 게다가 그렇게 춥다면, 왜 자기가 바지를 입지 않는 걸까? 엄마는 겨울에는 내내 바지를 입는데.

회색 제복의 남자가 짐칸 문을 닫고 돌아와 그녀가 차에 타는 것을 도왔다. 대니는 그녀가 혹시 바지 얘기를 하는지 유심히 보았지만, 미소를 지으며 1달러를 팁으로 주기만 했을 뿐이다. 잠시 후 그녀는 커다란 은색 차를 타고 도로를 따라 내려갔다.

그는 왜 브랜트 부인이 주차 담당의 바지를 입고 싶어하는지 어머니에게 물어볼까 하다가 그만두기로 했다. 질문을 했다가 엄청난 곤란에 빠지는 경우가 가끔 있다. 전에도 그런 적이 있었다.

그래서 대니는 그들이 함께 앉아 있던 조그만 소파 가운데 끼여 앉아 사람들이 전부 체크아웃하는 것을 쳐다보았다. 엄마와 아빠가 행복해하고 서로를 사랑했기 때문에 기뻤지만 약간 걱정되는 것은 어쩔 수 없었다. 그건 어쩔 수 없었다.

할로런

조리사는 웬디가 상상했던 전형적인 리조트 호텔 주방 사람의 이미지와 전혀 달랐다. 우선, 그런 사람은 조리사라는 평범한 이름이 아니라 주방장이라고 부르는 법이다. 조리란, 웬디가 아파트 부엌에서 파이렉스 캐서롤 용기_{도자기나 유리로 된 냄비}에 기름칠을 한 다음 먹다 남은 음식을 전부 붓고 국수를 넣어서 만드는 것을 가리키는 말이었던 것이다. 더군다나 뉴욕《선데이 타임스》의 리조트 란에 광고를 하는 오버룩 같은 곳의 요리 마법사는 키가 작달막하고 통통하게 살이 찌고 얼굴이 하얀 사람(필스베리 회사의 밀가루 반죽 소년처럼)이어야 했다. 그런 사람에게는 40년대 뮤지컬 코미디 스타처럼 가느다라니 펜으로 그린 듯한 콧수염이 나 있고, 눈은 검고 프랑스 억양에 가증스러운 성격을 지녀야 했다.

할로런도 눈은 까맸지만, 그게 전부였다. 그는 키가 큰 흑인이었고 약간 곱슬거리는 머리는 희끗희끗해지기 시작했다. 남부 억양이 약간 있었고 자꾸 웃어 대며 치아를 드러냈는데, 이가 너무 하얗고 가지런해서 1950년에 시어스 앤 로벅 사에서 나온 의치 같았다. 웬디의 아버지도 의치가 하나 있었는데, 아버지는 그것을 로버커라고 부르며 이따금 저녁 식탁에서 우스꽝스럽게 그녀에게 내밀어 보이곤 했다…… 지금 생각해 보면, 그럴 때는 항상 어머니가 뭔가 가지러, 또는 전화를 받으러 나갔을 때였다.

대니는 푸른 옷을 입은 커다란 흑인을 올려다보고 있다가, 할로런이 가볍게 안아 올려 팔에 안고는 "겨울에 너는 여기서 지내지 않을 거지."라고 말하자 빙그레 웃었다.

"지낼 거예요." 대니가 수줍게 씩 웃으며 말했다.

"아냐, 너는 나랑 세인트피트에 가서 요리도 배우고 날마다 저녁때 게 잡으러 바닷가에 나가자. 좋지?"

대니는 즐겁게 킬킬거리며 싫다고 고개를 저었다. 할로런은 아이를 내려놓았다.

할로런은 진지하게 허리를 숙이고 말했다. "혹시 마음을 바꿀 거면 서두르는 게 좋을 거다. 30분만 있으면 나는 차를 타고 갈 거거든. 그리고 두 시간 반이 지나면 콜로라도, 덴버 시 스테이플턴 국제 공항, B홀 32번 게이트 앞에 앉아 있을 것이고. 그리고 세 시간이 지나면, 미애머 공항에서 차를 빌려서 햇빛 찬란한 세인트피트로 가고 있을 거야. 어서 수영복을 입고, 눈에 갇혀 꼼짝도 못하는 사람들을 비웃어 줄 생각을 하면서 말이다. 알겠냐, 꼬마야?"

"예." 대니가 웃으며 대답했다.

할로런은 잭과 웬디 쪽을 향했다. "아주 착한 아이 같구려."

"저희도 그렇게 생각합니다." 잭이 말하며 손을 내밀었다. 할로런이 그 손을 잡았다. "저는 잭 토런스입니다. 아내인 위니프리드이고요, 방금 안아 주신 아이는 대니예요."

"반갑소. 부인, 위니라고 부를까요, 프레디라고 부를까요?"

"웬디예요." 그녀가 미소를 지으며 대답했다.

"네. 위니나 프레디보다 예쁘군요. 이쪽이오. 울먼 씨가 안내해 드리라고 하니, 안내해 주리다." 그는 고개를 젓더니 작은 소리로 중얼거렸다. "그리고 그자를 그만 봐도 된다니 기쁘지 않겠소."

할로런은 웬디가 평생 가 본 주방 가운데 가장 거대한 주방으로 그들을 안내했다. 그곳은 반짝반짝 윤이 나게 깨끗했다. 표면은 전부 광택이 났다. 그냥 큰 정도가 아니라 압도적이었다. 웬디는 할로런의 곁에서 걸어가고, 전혀 문외한이었던 잭은 대니와 조금 뒤처져서 걸어왔다. 기다란 벽에는 과도부터 양손으로 잡을 수 있는 커다란 식칼에 이르는 칼들이 전부 걸려 있었고, 그 옆에는 개수통 네 개짜리 개수대가 있었다. 볼더의 아파트 부엌 식탁만큼 큰 빵 도마가 하나 놓여 있었다. 바닥부터 천장까지 스테인리스 냄비와 팬이 벽 한가득 걸려 있었다.

"들어올 때마다 빵 부스러기를 흘려 놓아야 길을 잃지 않을 것 같아요." 웬디가 말했다.

"겁먹을 것 없소." 할로런이 말했다. "커 봤자 어차피 부엌인걸요. 이런 도구들 중에 대부분은 손도 대지 않을 거요. 깨끗하게만 써 줘요. 내가 당신이라면, 이 스토브를 쓰겠소. 스토브는 전부 셋인데, 이게 제일 작은 거요."

작다니, 웬디는 그것을 쳐다보고 어이가 없었다. 버너는 열두 개, 보통 오븐 두 개, 불고기판 한 개, 소스를 데우거나 콩을 굽는 데 쓰는 가열판 하나, 브로일러 하나, 그리고 보온기 하나, 게다가 헤아릴 수도 없는 다이얼과 온도계.

"전부 가스요." 할로런이 말했다. "전에 가스로 요리해 본 적 있지요, 웬디?"

"예……."

"나는 가스가 좋다오." 그가 말하며 버너 하나를 켰다. 푸른 불꽃이 튀어나왔고, 할로런은 섬세한 손놀림으로 불꽃 세기를 아주 작게 맞추었다. "요리할 불꽃을 보여 주리다. 위의 버너 스위치가 어디 있는지는 알겠죠?"

"예."

"오븐의 다이얼에는 전부 표시를 해 두었소. 나는 가운데 오븐을 좋아한다오. 열이 제일 일정하니까. 하지만 원하는 쪽을 써요. 필요할 때는 셋 다 써도 좋고."

"하나만 해도 텔레비전에 나오는 저녁 만찬 준비를 할 수 있겠네요." 웬디가 맥없이 웃으며 말했다.

할로런은 껄껄 웃어 댔다. "자, 괜찮으면 앞으로 가 봅시다. 개수대 옆에 먹을 수 있는 것의 목록을 전부 적어 놨어요. 보이죠?"

"여기 있어요, 엄마!" 대니가 종이 두 장을 가져왔는데, 앞뒤로 빼곡하게 써 놓은 것이었다.

"착하구나." 할로런이 대니의 머리를 쓰다듬어 주며 종이를 받았다. "정말로 나랑 플로리다에 안 갈래? 이 세상에서 제일 맛있는 새우 크레올 만드는 법도 배우고?"

대니는 양손으로 입을 막고 킥킥거리며 아버지 옆으로 돌아갔다.

"세 사람이 여기서 1년은 먹을 수 있는 양일 거요." 할로런이 말했다. "여긴 냉장실, 대형 냉동고, 온갖 종류의 야채 저장 상자, 냉장고 두 대가 있어요. 보여 줄 테니 갑시다."

그리고 10분 동안 할로런은 상자와 문을 열어 웬디가 여태까지 본 적 없는 엄청난 양의 식량을 보여 주었다. 식량의 양은 웬디를 놀라게 했지만 안심이 될 정도는 아니었다. 도너 일행이 자꾸만 생각났다. 사람을 잡아먹었다는 이야기 때문이 아니라(이렇게 많은 식량을 가지고 서로를 잡아먹을 정도가 되려면 정말로 긴 시간이 흘러야 할 것이다), 이것이 정말 심각한 일이라는 생각이 다시금 들었던 것이다. 눈이 내리면, 여기에서 빠져나가려고 할 때 사이드와인더까지 한 시간 동안 운전하면 되는 것이 아니라 대대적인 작전이 필요해진다. 그들은 이 버려진 특급 호텔에 앉아 동화 속에 나오는 주인공처럼 남은 음식을 먹으며 눈 쌓인 처마 주위에서 찬바람 부는 소리를 듣고 있게 될 것이다. 버몬트에서 대니가 팔을 부러뜨렸을 때

(잭이 대니의 팔을 부러뜨렸을 때)

웬디는 전화에 붙어 있는 작은 카드에 적힌 번호를 돌려 응급 구조대를 불렀다. 그들은 딱 10분 만에 집에 도착했다. 그 카드에는 다른 번호도 적혀 있었다. 경찰차는 5분, 소방차는 그보다 더 빨리 부를 수 있었다. 소방서는 세 블록 걸어가 한 블록 올라가면 있었기 때문이다. 전등이 나가면 부를 사람, 샤워 설비가 막히면 부를 사람, 텔레비전이 고장 나면 부를 사람의 전화 번호도 있었다. 하지만 여기서 대니가 또 발작을 일으켜 기절하거나 혀를 깨물면 어떻게 될까?

'오 하느님, 이게 무슨 생각일까요!'

만일 여기 불이 나면? 잭이 엘리베이터 통로에서 떨어져 머리에 금이 가면? 만일……?

'만일 우리가 즐겁게 보낸다면, 그러니 그만둬, 위니프리드!'

할로런은 우선 대형 냉동실을 보여 주었는데, 거기 들어가자

숨쉴 때마다 만화에 나오는 말풍선처럼 하얗게 입김이 나왔다. 냉동실 안은 벌써 겨울이 온 것 같았다.

커다란 비닐 봉지에 약 5킬로그램씩 포장한 햄버거가 열두 봉지였다. 나무로 가로대를 친 벽에 통닭 마흔 마리가 매달려 있었다. 깡통 햄 여남은 개는 포커 칩인 양 쌓여 있었다. 닭 아래에는 쇠고기 열 덩어리, 돼지고기 열 덩어리, 그리고 커다란 양고기 다리가 놓여 있었다.

"양고기 좋아하니, 똘똘아?" 할로런이 씩 웃으며 대니에게 물었다.

"좋아해요." 대니가 곧바로 대답했다. 하지만 대니는 양고기를 먹어 본 적이 없었다.

"그럴 줄 알았다. 추운 날 밤에는 양고기 큼직한 것 두 장에다 민트 젤리를 곁들인 것만 한 음식도 없지. 여기 민트 젤리도 있고. 양고기를 먹으면 배가 편하단다. 소화가 잘되는 고기거든."

뒤에서 잭이 의아한 듯 물었다. "우리가 '똘똘이'라고 부르는지 어떻게 아셨어요?"

할로런이 돌아보았다. "네?"

"대니 말입니다. 저 아이를 가끔 '똘똘이'라고 부르거든요. 벅스 버니 만화에 나오는 박사처럼요."

"좀 박사처럼 생기지 않았소?" 할로런은 대니를 보며 코를 찡긋하더니 쪽 하고 입을 맞추곤 말했다. "에에에에에. 잘 있었어, 똘똘아?"

대니는 킬킬거리며 웃었고, 할로런은

'정말 플로리다에 가고 싶지 않니, 똘똘아?'

라고 분명하게 말했다. 대니는 한마디한마디를 똑똑히 들었다. 아이는 깜짝 놀라 약간 겁이 나서 할로런을 쳐다보았다. 할로런은 엄숙하게 눈을 찡긋하더니 식량 쪽으로 돌아섰다.

웬디는 조리사의 넓은 등 뒤에서 아들을 쳐다보았다. 그녀는 할로런과 아들 사이에 자신은 이해할 수 없는 뭔가가 오고 갔다는 아주 기묘한 느낌을 받았다.

"소시지 열두 상자, 베이컨 열두 상자가 있소." 할로런이 말했다. "돼지는 이만하면 됐지요. 이 서랍에는 버터 10킬로그램이 들어 있다오."

"진짜 버텁니까?" 잭이 물었다.

"최상등급이오."

"뉴햄프셔의 벌린에서 살았던 어린 시절 이후론 진짜 버터를 먹어 본 적이 없는 것 같아요."

"흠, 그럼 여기서 마가린이 그리워질 때까지 진짜 버터를 먹게 될 거요." 할로런이 말하고서 웃었다.

"이 상자 위에 빵이 있어요. 흰 빵 서른 덩어리, 검은 빵 스무 덩어리요. 오버룩에서는 흑백 인종 비율을 맞추고 있다는 것 아니오. 쉰 덩어리로는 부족하겠지만 재료는 충분하고 갓 구운 빵이 냉동보다 낫지. 이 아래는 생선이 있소. 머리에 좋은 음식이죠, 그렇지, 똘똘아?"

"그래요, 엄마?"

"할로런 씨가 그렇다고 하시면 옳은 말씀이란다, 얘야." 웬디가 미소를 지었다.

대니는 코를 찡긋했다. "난 생선을 좋아하지 않아요."

"그건 틀린 말이다." 할로런이 말했다. "너를 좋아하는 생선을 아직 만난 적이 없는 거야. 여기 있는 이 생선은 너를 아주 좋아할 거다. 송어 2.5킬로, 넙치 5킬로, 참치 캔 열다섯……."

"아, 참치는 좋아해요."

"그리고 바다에서 제일 맛좋은 가자미 2.5킬로. 대니, 내년 여름이 되면 너는 이 늙은이……." 그는 뭔가 잊었다는 듯 손가락을 딱 쳤다. "근데, 내 이름이 뭐냐? 방금 내가 그 생각을 흘린 것 같은데."

"할로런 씨요." 대니가 씩 웃으면서 말했다. "친구들은 딕이라고 부르고요."

"그렇다! 너도 친구가 되었으니 딕이라고 불러라."

할로런이 저쪽 구석으로 안내하는 동안, 잭과 웬디는 어리둥절한 눈짓을 주고받았다. 두 사람 모두 할로런이 이름을 알려 주었는지 기억을 더듬어 보았다.

"그리고 이것은 특별입니다." 할로런이 말했다. "여러분이 좋아했으면 좋겠구려."

"어머나, 정말 이렇게까지 마음 쓰시지 않아도 되는데." 웬디가 감동해서 말했다. 그것은 폭이 넓은 붉은색 리본으로 묶은 10킬로그램짜리 칠면조였다.

"추수 감사절에는 칠면조를 드셔야죠, 웬디." 할로런이 진지하게 말했다. "크리스마스에 쓸 닭고기는 여기 어디 있을 거요. 분명히 찾을 수 있을 거예요. 이제 전부 감기 들기 전에 밖으로 나갑시다. 그렇지, 똘똘아?"

"예!"

냉장 창고에는 더 놀라운 것이 많았다. 분유 100상자(할로런은 갈 수 있을 때까지는 사이드와인더에서 신선한 우유를 사다 아들에게 먹이라고 조언했다), 10킬로그램짜리 설탕 다섯 봉지, 당밀 한 항아리, 시리얼, 유리 항아리에 든 쌀, 마카로니, 스파게티, 엄청난 양의 과일과 과일 샐러드 통조림, 방 안을 온통 가을 냄새로 가득 채운 신선한 사과 한 무더기, 건포도, 건자두, 건복숭아(할로런은 "행복해지려면 이걸 꼭 먹어야 해."라고 말하고선 쇠사슬에 구식 전구가 늘어뜨려져 있는 냉장실 천장이 울리도록 웃어 댔다), 감자로 가득한 우묵한 상자, 좀더 적은 양의 토마토, 양파, 순무, 호박, 양배추.

"뭐라고 할까……." 밖으로 나오면서 웬디가 말을 꺼냈다. 하지만 일주일에 30달러어치의 장을 보며 살다가 한꺼번에 그렇게 많은 신선한 식량을 보고 난 웬디는 너무 놀라서 아무 말도 할 수 없었다.

"좀 늦었군요." 할로런이 시계를 보더니 말했다. "그러니 그냥 캐비닛과 냉장고만 죽 안내해 주리다. 치즈, 깡통 우유, 가당 연유, 이스트, 베이킹 소다, 식탁에서 잡담할 때 먹는 파이 한 자루 가득, 아직 익지도 않은 바나나 몇 다발……."

"그만하세요." 웬디가 한 손을 들고 웃으며 말했다. "어차피 다 외우지 못할 거예요. 정말 대단해요. 그리고 깨끗하게 쓰겠다고 약속드릴게요."

"내 부탁은 그것뿐이오." 할로런은 잭을 쳐다보았다. "올먼 씨가 말도 안 되는 쥐 얘기를 하던가요?"

잭이 씩 웃었다. "다락층에 있을지도 모른다고 했고, 왓슨 씨는 지하에도 몇 마리 더 있을지 모른다고 하더군요. 지하에 종이가 2톤은 쌓여 있던데, 둥지에 쓰려고 갉아먹은 것은 한 장도 못 봤는데요."

"그 왓슨이란 사람……." 할로런은 짐짓 슬프다는 듯이 고개를 저으며 말했다. "혹시 만난 사람 중에 말을 제일 지저분하게 하는 사람 아니던가요?"

"특이한 사람이기는 하더군요." 잭도 맞장구를 쳤다. 잭이 만난 사람 중에 말을 제일 지저분하게 하는 사람은 바로 자기 아버지였다.

"안된 일이지." 할로런은 오버룩 식당과 연결된 넓은 자동문 쪽으로 앞장서며 말했다. "그 집안에는 아주 옛날에 돈이 좀 있었다오. 왓슨의 할아버지라나 증조할아버지라나, 잘 기억은 안 나지만 그 사람이 이곳을 지었어요."

"그렇다고 하더군요." 잭이 말했다.

"그런데 어떻게 된 거예요?" 웬디가 물었다.

"음, 운영을 못 한 거지요." 할로런이 말했다. "왓슨이 사연을 전부 이야기해 줄 거요. 그냥 놔두면 하루에 두 번도 해 줄 거요. 그 노인네는 이곳에 아주 집착이 대단했어요. 아마도 그것 때문에 병이 든 것 같소. 아들이 둘 있었는데, 그중 하나는 호텔을 짓던 중에 낙마 사고로 죽었다고 해요. 그게 1908년인가, 9년에 있었던 일이라지. 노인네의 마누라는 독감으로 죽었고 노인네랑 막내아들만 남았지요. 그들은 결국 할아버지가 지은 호텔의 관리자가 되었다오."

"안됐네요." 웬디가 말했다.

"무슨 일이 있었습니까? 그 노인한테?" 잭이 물었다.

"실수로 전등 소켓에 손가락을 넣었다가 그걸로 끝장이 났지요. 30년대 대공황 때문에 이곳이 10년간 문 닫기 전에 일이었다오.

어쨌든 잭, 두 분도 주방에 쥐가 있는지 잘 살펴 주었으면 고맙겠소. 혹시 보면……, 쥐약을 쓰지 말고 덫을 놓아 주시오."

잭이 눈을 깜빡였다. "물론이죠. 주방에 누가 쥐약을 놓겠어요?"

할로런은 비웃듯 웃어 댔다. "울먼이지, 누구겠소. 작년 가을에 그자가 그런 생각을 했다오. 내가 이렇게 말했어요. '울먼 씨, 내년 5월 우리가 여기 전부 모여서, 내가 전통적인 개점 만찬(맛있는 소스를 곁들인 연어라오)을 내놓았는데, 전부 배가 아파 의사가 찾아와서는, '울먼, 무슨 짓이오? 당신은 미국에서 제일가는 갑부 여든 명에게 쥐약 중독을 일으키게 했소.'라고 하면 어쩔 셈이오?'"

잭은 고개를 뒤로 젖히고 껄껄 웃어 댔다. "울먼이 뭐라던가요?"

할로런은 입에다 먹을 것을 넣은 것처럼 혀로 뺨을 불룩하게 하더니 말했다. "'덫을 놓으십시오, 할로런.'이라더군요."

이번에는 모두가 웃었다. 결국, 아무것도 모르는 울먼 씨와 관계된 것이라는 점 외에는 뭐가 재미있는지 잘 알지 못했으면서도 대니까지 덩달아 웃었다.

네 명은 텅 빈 조용한 식당을 지나갔다. 그곳에는 만년설로 덮인 산봉우리가 보이는 유명한 서향 창문이 있었다. 하얀 아마포 식탁보는 전부 튼튼한 투명 비닐로 덮여 있었다. 이제 돌돌 말아 놓은 카펫은 보초병처럼 한쪽 구석에 서 있었다.

넓은 실내의 맞은편에는 박쥐 날개처럼 생긴 문이 있었고, 그 위에는 고풍스러운 글씨체로 금박을 입혀 '콜로라도 라운지'라 씌어져 있었다.

잭이 쳐다보는 곳을 보고 할로런이 말했다. "혹시 술을 하면, 따로 가져오는 게 좋을 거요. 저곳은 싹 비었어요. 어젯밤 직원들 파티가 있었거든. 아마 여기 여직원과 벨보이는 전부 오늘 머리가 아플 거요. 나도 마찬가지이고."

"술은 안 마십니다." 잭이 짧게 말했다. 그들은 로비로 돌아갔다.

주방을 둘러본 30분 동안, 로비는 많이 비었다. 긴 중앙 홀은 조용하고 텅 빈 모습을 띠기 시작했고, 잭은 곧 거기에 익숙해질 것이라 생각했다. 등받이가 높은 의자에는 아무도 앉아 있지 않았다. 난롯가에 앉아 있던 수녀들은 모두 떠났고 벽난로의 불도 기분 좋은 빛을 발하는 석탄 더미 바로 위까지 잦아들었다. 웬디는 주차장을 내다보았고, 자동차 여남은 대 말고는 모두 사라진 것을 보았다.

웬디는 폴크스바겐에 다시 타고 볼더로 돌아갈 수 있었으면 하고 바랐다……. 아니, 다른 어느 곳이라도 좋았다.

잭은 울먼을 찾았지만 그는 로비에 없었다.

핀을 꽂아 잿빛 금발머리를 올린 젊은 여직원이 다가왔다. "짐은 정문 밖에 두었어요, 딕."

"고마워요, 샐리." 그는 그녀의 이마를 톡 하고 두드렸다. "겨울 즐겁게 보내요. 결혼한다고 했지."

그녀가 등을 꽂꽂이 세우고 걸어가자 할로런은 토런스 가족에게로 왔다. "비행기를 놓치지 않으려면 서둘러야겠소. 모두 행운을 빕니다. 즐거운 시간 될 거요."

"고맙습니다." 잭이 말했다. "친절하게 대해 주셔서 고마워요."

"주방 잘 쓸게요." 웬디가 다시 약속했다. "플로리다에서 잘 지내세요."

"늘 그런다오." 할로런이 말했다. 그는 무릎에 손을 얹고 허리를 굽혀 대니를 쳐다보았다. "마지막 기회다, 친구. 플로리다에 안 올래?"

"안 갈 것 같아요." 대니가 웃으며 말했다.

"좋아. 차에 가방 싣는 것을 도와줄래?"

"엄마가 허락하시면요."

"그래라. 하지만 재킷의 단추를 채워야 해." 웬디가 말했다. 웬디가 단추를 채워 주려고 몸을 숙였다. 하지만 할로런이 한 발 먼저 커다란 갈색 손가락을 능숙하게 움직였다.

"금방 들여보내리다." 할로런이 말했다.

"네." 웬디가 말하고서는 문까지 따라나섰다. 잭은 아직도 울먼을 찾아 사방을 돌아보았다. 오버룩의 마지막 투숙객들이 체크아웃을 하고 있었다.

빛

현관 바로 바깥에 가방 네 개가 쌓여 있었다. 그 가운데 셋은 크기가 엄청 큰 것으로, 검은색 모조 악어 가죽을 덮은 낡은 여행 가방이었다. 나머지 하나는 빛 바랜 격자 무늬 직물로 된 커다란 지퍼 가방이었다.

"저거 들 수 있겠지?" 할로런이 대니에게 물었다. 그는 한 손에 큰 여행 가방 두 개를 들고 나머지 하나를 다른 쪽 손에 집어 들었다.

"그럼요." 대니가 말했다. 대니는 양손으로 가방을 들고 조리사를 따라 정문 계단을 내려갔다. 어른스럽게 낑낑대지 않고, 무게에 지지 않으려고 안간힘을 쓰면서.

그들이 도착한 이후로 매서운 가을 바람이 불어왔다. 그 바람이 주차장에 불어닥치자 대니는 지퍼 가방을 앞으로 들고 서서 눈을 찡그렸다. 버드나무 낙엽이 이제 거의 텅 빈 아스팔트 바닥 위를 굴러다녔고, 그것을 본 대니는 지난 주 악몽을 꾸다가 깨어나 토니가 가지 말라고 한 것을 들었던, 혹은 들었다고 생각했던 날 밤이 생각났다.

할로런은 낙타색 플리머스 퓨리의 짐칸 옆에 가방을 놓았다. "이 차는 별것 아냐." 그는 대니에게 털어놓았다. "빌린 거거든.

베시는 저쪽에 두었어. 그게 진짜 차이지. 1950년 형 캐딜락. 정말 잘 달리지 않겠니? 정말 대단하지. 이 산을 오르기엔 너무 오래되어서 플로리다에 둔단다. 도와줄까?"

"아뇨." 대니가 말했다. 아이는 힘든 내색을 하지 않고 마지막열 발자국 내지 열두 발자국을 마저 걸었고, 커다란 안도의 한숨을 내쉬며 가방을 내려놓았다.

"착하구나." 할로런이 말했다. 그는 푸른 재킷 호주머니에서 커다란 열쇠 꾸러미를 꺼내더니 짐칸을 열었다. 가방을 들어 올리면서 그가 말했다. "네게 빛이 있구나, 꼬마야. 내 평생 만나 본 사람 중에 가장 환한 빛이야. 나는 이번 1월에 예순 살이 된단다."

"네?"

"너는 어떤 능력이 있지." 할로런이 돌아보며 말했다. "나는 그걸 빛이라고 불러. 우리 할머니도 그렇게 부르셨어. 할머니도 그 능력이 있었지. 내가 너만 할 때 우리는 부엌에 앉아서 입도 벙긋 안 하고 오랫동안 이야기를 나누곤 했지."

"정말요?"

할로런은 배가 고플 때와 비슷한 표정으로 입을 딱 벌린 대니에게 미소를 지으며 말했다. "이리 와서 나랑 몇 분만 차에 앉아 있자. 너랑 이야기를 하고 싶구나." 그는 짐칸 문을 쾅 닫았다.

오버룩의 로비에서 웬디 토런스는 커다란 흑인 조리사가 운전석에 타자, 아들이 조수석에 타는 것을 보았다. 날카로운 공포가 엄습해 왔고 그녀는 잭에게 할로런이 아들을 플로리다에 데려간다고 한 말이 진심이었다고 말하려고 입을 열었다. 유괴라고. 하지만 그들은 거기 앉아 있을 뿐이었다. 웬디는 아들의 조그만 머리 윤곽이 할로런의 커다란 머리 쪽으로 주의 깊게 바라보고 있는 모습을 간신히 볼 수 있었다. 이렇게 먼 거리에서도 웬디는 알아볼 수 있었다. 그 작은 머리는 아들이 텔레비전에서 특히 흥미를 끄는 것을 볼 때나, 아이와 아버지가 카드놀이를 할 때처럼 움직였다. 아직도 울먼을 찾고 있던 잭은 눈치 채지 못했다. 웬디는 입을 다문 채 할로런의 자동차를 초조한 마음으로 쳐다보며 대니가 그렇게 머리를 움직일 만한 이야기가 대체 무엇일지 궁금해했다.

차 안에서 할로런은 이렇게 말하고 있었다. "너 같은 사람이 혼자뿐인 줄 알았을 때는 좀 외로웠지?"

이따금 외로울 뿐 아니라 겁나기도 했던 대니는 고개를 끄덕였다. "할아버지가 만나 보신 사람은 저뿐인가요?"

할로런이 웃으며 고개를 저었다. "아냐, 꼬마야. 아니다. 하지만 네 빛이 가장 환하다."

"그럼 그런 사람이 많아요?"

"아니. 하지만 이따금 만나게 돼. 많은 사람들이 약간씩 빛을 지니고 있어. 그걸 모르는 사람들도 있단다. 하지만 그런 사람들은 마누라가 월경 때문에 우울할 때면 꽃을 선물하고, 공부를 안 하고도 시험을 잘 치고, 방에 걸어 들어오는 사람을 보기만 해도 기분이 어떤지 잘 알 수 있지. 그런 사람을 한 오륙십 명 보았다. 하지만 자기가 빛을 발하고 있는 것을 아는 사람은 나까지 합해서 열두어 명밖에 안 되었어."

"와." 대니가 이렇게 감탄하고 잠깐 생각해 보더니 말했다. "브랜트 부인 아세요?"

"그 여자?" 할로런이 깔보듯 말했다. "그 여자에게는 빛이 없어. 매일 밤마다 저녁 식사를 두세 번씩 바꿔 달라고 할 줄이나 알지."

"그건 저도 알아요." 대니가 진지하게 말했다. "그런데 차를 모는 회색 제복 입은 사람 아세요?"

"마이크 말이니? 물론이지. 그 친구는 왜?"

"할로런 씨, 왜 그 부인이 그 아저씨 바지를 입고 싶어해요?"

"무슨 소리냐, 얘야?"

"그러니까 부인이 그 아저씨를 보더니, 아저씨 바지 속에 들어가고 싶다고 생각했어요. 저는 그게 왜……."

하지만 더 말을 이을 수 없었다. 할로런이 고개를 젖히니, 가슴속에서 웃음 덩어리가 터져 나와 차 안을 마치 대포알처럼 휘젓고 다녔다. 그 기세에 차가 흔들거렸다. 대니는 당황해서 미소를 지었고 마침내 폭풍이 잦아들었다. 할로런은 항복을 표시하는 백기처럼 가슴에서 커다란 실크 손수건을 꺼내더니 눈물을 닦았다.

"얘야." 그는 아직도 조금씩 큭큭거리며 말했다. "너는 열 살도 되기 전에 인간에 대해서 전부 알게 되겠구나. 널 부러워해야 할지, 말아야 할지 모르겠다."

"하지만 브랜트 부인은……."

"그 여자는 상관할 것 없다. 그리고 엄마한테 묻지도 마. 엄마는 속상할 뿐이니까. 내 말뜻 알지?"

"예." 대니가 말했다. 대니는 아주 잘 알고 있었다. 전에도 그런 식으로 엄마를 속상하게 한 적이 있었다.

"저 브랜트 부인이란 여자는 못 말리는 할망구야. 그것만 알면 돼." 할로런은 대니를 찬찬히 쳐다보았다. "얼마나 세게 던질 수 있니, 똘똘아?"

"네?"

"내게 소리를 한번 질러 봐라. 나를 보고 생각해 봐. 내 생각만큼 할 수 있는지 궁금하구나."

"무슨 생각을 할까요?"

"아무거나 좋아. 강하게 생각하면 된다."

"좋아요." 데니는 잠깐 생각하더니, 그것을 집중시켜 할로런에게 던졌다. 대니는 이런 일을 해 본 적이 없었지만 마지막 순간 본능적으로 그 생각의 본래 세기를 누그러뜨렸다. 할로런 씨를 다치게 하고 싶지 않았던 것이다. 그래도 그 생각은 대니가 생각지도 못했던 세기로 쏜살처럼 튀어나갔다. 마치 놀런 라이언의 강속구에다 조금 더 속력을 붙인 것 같았다.

(할아버지가 다치지 않았으면 좋겠다)

대니가 한 생각은 이랬다.

'딕 아저씨!'

할로런은 움찔하더니 몸을 의자로 확 젖혔다. 치아가 딱 하는 소리를 내며 맞부딪쳤고 아랫입술에서 피가 조금 흘렀다. 반사적으로 무릎 위에 있던 손이 가슴 높이로 올라왔다가 다시 내려앉았다. 잠시 동안 의식적으로 통제하지 못한 채 눈꺼풀이 파르르 떨렸고, 대니는 겁이 났다.

"할로런 씨? 딕? 괜찮아요?"

"모르겠다." 할로런이 말하고서 힘없이 웃었다. "정말 모르겠어. 세상에, 너는 정말 엄청나구나."

"죄송해요." 대니가 더욱 놀라서 말했다. "아빠를 불러올까요?

달려가서 불러올게요."

"아냐. 이제 괜찮다. 괜찮아, 대니. 그냥 여기 앉아 있어라. 정신이 좀 없는 것뿐이야."

"온 힘을 다한 건 아니었어요." 대니가 고백했다. "마지막 순간에 겁이 났거든요."

"아마도 그래서 천만다행이었을 거다……. 그랬다면 귓구멍으로 골수가 흘러나왔을 거야." 할로런은 대니의 놀란 표정을 보고 미소를 지었다. "다친 데는 없다. 너는 기분이 어땠니?"

"강속구를 던지는 놀런 라이언이 된 것 같았어요." 아이가 금방 대답했다.

"야구를 좋아하는구먼?" 할로런이 관자놀이를 쓱쓱 문질렀다.

"아빠랑 저는 앤젤스를 좋아해요. 동부 리그에서는 레드 삭스를 좋아하고요, 서부 리그에서는 앤젤스를 좋아해요. 월드 시리즈에서 레드 삭스가 신시내티랑 경기하는 걸 봤어요. 그때는 훨씬 더 어릴 때였어요. 그리고 아빠는……." 대니의 얼굴이 어두워지고 수심이 떠올랐다.

"아빠는, 뭐냐?"

"잊어먹었어요." 아이는 엄지손가락을 입에 넣고 빨려고 했지만, 그건 아기들이나 하는 짓이었다. 대니는 손을 다시 무릎 위에 내려놓았다.

"엄마랑 아빠가 하는 생각을 알 수 있니, 대니?"

"제가 원하면 대부분 알아요. 하지만 그렇게 잘 안 해요."

"왜?"

"그게……." 대니는 불안한 표정으로 말을 잠시 멈추었다. "그건 마치 침실에서 엄마아빠가 아기를 만들 때 하는 걸 훔쳐보는 것 같잖아요. 그거 아세요?"

"나도 알았더랬지." 할로런이 엄숙하게 말했다.

"엄마아빠는 그걸 좋아하지 않아요. 제가 생각을 훔쳐보는 것을 좋아하지 않을 거예요. 비겁한 짓이에요."

"무슨 말인지 알겠구나."

"하지만 엄마아빠의 기분은 알아요. 그건 어쩔 수 없어요. 할아버지 기분도 알아요. 제가 아프게 했지요. 죄송해요."

"그냥 두통일 뿐이야. 아까는 숙취 때문에 머리가 더 아팠단다. 다른 사람들의 마음도 읽을 수 있니?"

"아직 읽는 법을 몰라요. 글자 몇 개밖에 몰라요. 하지만 아빠가 올 겨울에 글을 가르쳐 주실 거예요. 아빠는 커다란 학교에서 읽기랑 쓰기를 가르치셨어요. 주로 글쓰기를 가르치셨지만 읽을 줄도 아세요."

"내 말은 다른 사람들이 생각하는 걸 알 수 있냐고?"

대니는 그것에 대해 생각해 보았다.

"크게 들리면 알 수 있어요." 아이가 마침내 대답했다. "브랜트 부인이 바지 생각할 때처럼요. 엄마랑 제가 신발을 사러 큰 가게에 간 적이 있었는데요. 큰 애 하나가 라디오를 쳐다보면서 집어 갈 생각을 하고 있었어요. 그러더니 '잡히면 어쩌지?' 하고 생각했어요. 그러곤 정말 갖고 싶다고 생각했어요. 그러더니 다시 잡히는 걸 생각했어요. 그 애는 그 생각을 하느라 괴로워했고 저도 괴로워졌어요. 엄마는 신발 가게 아저씨랑 이야기하고 계셨고, 그래서 제가 다가가서 말했어요. '얘, 그 라디오 집어 가지 마. 어서

가.' 그러니까 그 애는 정말 무서웠나 봐요. 후닥닥 가 버렸어요."

할로런은 활짝 웃었다. "정말 그랬겠구먼. 다른 것도 할 수 있니, 대니? 생각이랑 기분 말고 더 있어?"

조심스럽게. "할아버지는 뭐가 더 있어요?"

"그럴 때도 있지." 할로런이 말했다. "자주는 아니고. 이따금……, 이따금 꿈을 꾼단다. 너도 꿈을 꾸니, 대니?"

"가끔요. 깨어 있을 때 꿈을 꿔요. 토니가 나타난 다음부터요." 대니의 엄지손가락이 다시 입으로 들어가고 싶어했다. 대니는 엄마아빠 이외에 아무에게도 토니 이야기를 한 적이 없었다. 대니는 엄지손가락을 빠는 쪽 손을 무릎으로 되돌려보냈다.

"토니가 누군데?"

그때 대니는 섬광처럼 번쩍하며 모든 것을 깨달았다. 그 상태는 무엇보다도 더 두려웠다. 마치 안전할 수도 있고 치명적인 위험이 도사리고 있을 수도 있는, 알 수 없는 상황을 문득 보게 되는 것과 같았다. 대니는 너무 어려서 그것이 안전한지 위험한지 분간할 수 없었다. 너무 어려서 알 수 없었다.

"왜 그러세요?" 대니가 소리쳤다. "뭔가 걱정이 되셔서 저한테 이런 걸 다 물어보시는 거죠? 왜 저를 걱정하세요? 왜 우리를 걱정하세요?"

할로런은 조그만 아이의 어깨에 커다란 갈색 손을 얹었다. "쉿. 어쩌면 아무 일도 아닐지 몰라. 하지만 뭔가 중요한 거라면……. 네 머릿속에는 뭔가 커다란 것이 들어 있지, 대니. 그게 뭔지 알려면 한참 더 자라야 할 것 같구나. 그것에 대해 담대해져야 한다."

"하지만 저는 아무것도 몰라요!" 대니가 크게 말했다. "알지만,

그래도 제대로 알 수 없어요! 사람들……, 사람들이 무슨 생각을 하는지는 느낄 수 있지만 제가 무엇을 느끼는지는 모르겠어요!" 대니는 불쌍한 표정으로 무릎을 내려다보았다. "저도 글을 읽을 수 있었으면 좋겠어요. 토니가 표지를 보여 주기도 하는데 대부분 읽을 수가 없어요."

"토니가 누구냐?" 할로런이 다시 물었다.

"엄마랑 아빠는 토니를 '보이지 않는 친구'라고 불러요." 대니가 조심스럽게 그 말을 되풀이하며 말했다. "하지만 걔는 진짜로 진짜예요. 저는 그렇게 생각해요. 이따금 제가 뭔가를 알려고 아주 열심히 노력하면 그 애가 찾아와요. 그러고는 '대니, 내가 뭘 보여 줄게'라고 말해요. 그러면 저는 기절하는 것 같아요. 그냥……, 꿈이 보여요. 할아버지 말씀처럼." 대니는 할로런을 쳐다보고 조그만 소리로 말했다. "전에는 좋은 꿈이었어요. 하지만 지금은……, 꿈을 꾸다가 겁나서 우는 것을 뭐라고 하지요?"

"악몽 말이냐?" 할로런이 물었다.

"예. 맞아요. 악몽이에요."

"이곳이 나오는 꿈이냐? 오버룩이 나오는 꿈?"

대니는 다시 엄지손가락을 내려다보았다. "예." 대니가 속삭였다. 그러고는 할로런의 얼굴을 올려다보며 갈라진 소리로 말했다. "하지만 아빠한테 말할 수가 없어요. 할아버지도 얘기하면 안 돼요! 아빠는 이 일자리를 맡아야 해요. 앨버트 아저씨가 아빠한테 구해 줄 수 있는 일자린 여기뿐이고요. 연극 쓰는 것도 마쳐야 하거든요. 그렇지 않으면 아빠는 다시 나쁜 일을 시작하게 될 거예요. 저는 그게 뭔지 알아요. 술에 취하는 거예요. 아빠가 전에

항상 취해 있었을 때, 그게 나쁜 일이었어요!" 대니는 울먹이며
말을 멈추었다.

"쉬잇." 할로런이 말하면서 거칠거칠한 재킷에 대니의 얼굴을
당겨 안아 주었다. 좀약 냄새가 살짝 풍겼다. "괜찮다, 얘야. 그리
고 엄지손가락을 입에 넣고 싶으면, 하고 싶은 대로 하려무나."
하지만 그의 얼굴엔 심란한 표정이 떠올랐다.

할로런이 말했다. "네가 보는 것 말이야, 나는 그걸 빛이라고
하고, 성경에서는 환상이라고 하고, 과학자 중에는 예견이라고
하는 사람들도 있지. 나는 그것에 대한 책을 읽어 봤단다. 공부를
한 거지. 전부 미래를 내다본다는 뜻이야. 무슨 말인지 알겠니?"
대니는 할로런의 외투에 대고 고개를 끄덕였다.

"내가 그런 빛 가운데 가장 강한 빛을 본 것이 기억난다…….
잊을 수 없지. 1955년이었어. 그때 나는 아직 군대에 있었고, 서
독에 주둔하고 있었다. 저녁 먹기 한 시간 전이었고, 나는 개수대
옆에 서서 취사병 하나가 감자 껍질을 하도 못 깎아 혼꾸멍을 내
주고 있었지. 내가 '자, 어떻게 하는 건지 보여 주마.' 라고 말했
어. 그 녀석이 감자랑 칼을 내밀고, 그러고는 주방 전체가 모조리
사라졌어. 짠 하고 사라지는 거야. 너는……, 꿈을 꾸기 전에 토
니란 친구를 본다고 했지?"
대니가 고개를 끄덕였다.

할로런은 아이에게 팔을 둘렀다.

"나는 오렌지 냄새를 맡는단다. 그날 오후 내내 오렌지 냄새가
났는데 대수롭지 않게 생각했어. 그날 밤 식단에 오렌지가 들어
있었거든. 발렌시아 오렌지가 서른 상자나 와 있었어. 그놈의 주

방에 있는 사람은 다 오렌지 냄새를 맡았지.

　잠깐 동안 나는 기절한 줄 알았어. 그러더니 뭐가 터지는 소리가 들리고 불꽃이 보이더구나. 비명소리가 들렸어. 사이렌 소리도. 그러고는 증기가 쉭쉭거리는 소리가 들렸지. 그러더니 거기조금 더 가까이 간 것 같다가, 열차가 선로에서 탈선해서 옆으로뒤집어져 있는 것이 보였어. 조지아와 사우스캐롤라이나 철도라고 씌어 있더라. 그래서 동생 칼이 그 열차에 타고 있다가 열차가뒤집혔고, 칼이 죽었다는 생각이 팍 하고 들더라. 그런 거야. 그리고 그건 사라지고 겁을 잔뜩 먹은 멍청한 꼬맹이 취사병이 내앞에서 감자랑 칼을 내밀고 서 있는 거야. 그 녀석이 말하더군.'괜찮으십니까, 중사님?' 그래서 내가 말했지. '아니. 동생이 방금 조지아에서 죽었다.' 그러곤 겨우 국제 전화로 엄마랑 통화를하게 되자, 그 이야기를 해 주시더라.

　하지만 나는 벌써 그 일을 알고 있었지."

　할로런은 그 기억을 떨쳐 버리려는 듯 고개를 천천히 저으며눈을 휘둥그렇게 뜬 아이를 내려다보았다.

　"하지만 네가 잊지 말아야 할 것은 이거다, 얘야. 그런 것이 항상 현실로 나타나는 건 아니야. 딱 4년 전, 메인 주, 롱 레이크에서 소년 캠프 조리사를 맡은 적이 있었어. 그래서 비행기에 타려고 보스턴의 로건 공항 탑승구 옆에 앉아 있었지. 그런데 오렌지냄새가 나기 시작하는 거야. 한 오 년 만에 처음이었지, 아마. 그래서 혼잣말을 했단다. '이런, 이번에는 또 무슨 놈의 일이 생기려나?' 그러고는 혼자 있고 싶어서 화장실에 들어가 앉았어. 기절하진 않았는데, 그런 기분이 드는 거야. 내 비행기가 추락할 거라는 기분이 점점 더 강하게. 그러더니 그런 기분이 사라지고 오렌지 냄새도 없어지기에 끝난 줄 알았지. 그래서 델타 항공사 데스크에 돌아가 비행기를 세 시간 후로 바꾸었어. 그랬더니 어떻게 된 줄 아니?"

"어떻게 되었어요?" 대니가 속삭이듯 물었다.

"아무 일도 없었어!" 할로런이 껄껄 웃으며 말했다. 아이도 약간 미소를 짓는 것을 보자 할로런은 마음이 놓였다. "아무 일도 없었다고! 그 고물 비행기는 아무 탈도 없이 정시에 도착했다. 그러니 알겠지…… . 그런 예감이 이루어지지 않을 때도 있는 거란다."

"아." 대니가 말했다.

"아니면 경마를 할 때 말이다. 나는 경마장에 자주 가는데, 꽤 따곤 하지. 말이 출발선 옆으로 다가갈 때 레일 옆에 서 있으면, 이 말인지 저 말인지 약간 빛이 느껴지기도 해. 보통 그런 예감은 큰 도움이 되지. 언젠가는 1등, 2등, 3등을 다 맞춰서 일찌감치 일을 그만두고 여생을 즐길 만큼 돈을 딸 수 있을 거라고 늘 생각하지. 하지만 그런 일은 아직 일어나지 않았다. 게다가 경마가 끝난 다음에 지갑이 두둑해져서 택시를 타고 집에 가는 날보다는 내 발로 걸어가는 날이 더 많지. 아마도 하늘나라에 계신 하느님 빼곤, 항상 빛을 느끼는 사람은 아무도 없을 게야."

"네." 대니는 거의 1년 전, 스타빙튼에 살던 집에서 토니가 아기가 침대에 누워 있는 모습을 보여 준 일을 생각하며 말했다. 대니는 아주 신이 났고, 한참 있어야 일어날 일임을 알고서 기다렸지만 결국 아기는 태어나지 않았다.

"자, 잘 들어라." 할로런이 대니의 양손을 꼭 잡으며 말했다.

"나도 여기서 나쁜 꿈을 꾸었고 나쁜 예감도 받았다. 이제 두 시 즌째 일하고 있는데 한 열두 번은……, 악몽을 보았을 거야. 그중 에 대여섯 번은 뭔가 보았다고 생각했다. 아니, 그게 뭔지는 말하 지 않으마. 너처럼 어린아이에게 해 줄 이야기는 아니니까. 아주 더러운 이야기야. 동물처럼 생긴 저놈의 나무에서도 일이 있었 지. 또 한 번은, 들로레스 비커리라는 여직원이 있었는데, 그 여 자도 빛을 조금 지니고 있었어. 하지만 그 여자는 그 사실을 몰랐 던 것 같아. 울먼이 그 여자를 해고시켰단다……. 그게 뭔지 알 지, 똘똘아?"

"예." 대니가 숨김없이 말했다. "아빠는 교사 일에서 해고되셨 어요. 그래서 우리가 콜로라도로 이사 오게 된 것 같아요."

"음, 울먼은 그 여자가 객실 한 곳에서 뭔가를 봤다고 하는 바 람에 해고했어. 그 방에서는……, 음, 예전에 나쁜 일이 일어났단 다. 217호 실이었는데, 거기에 들어가지 않겠다고 약속해 주면 좋 겠구나, 대니. 겨울 내내 말이다. 가까이 가지 마라."

"알겠어요." 대니가 말했다. "그 누나가 할아버지께 가서 봐 달 라고 했어요?"

"응. 그랬지. 그 방에서는 안 좋은 일이 있었어. 하지만……, 그런 일이 사람을 해칠 수 있는 건 아니지 싶다. 대니, 내가 하고 싶은 말은 그거야. 빛을 가진 사람들은 앞으로 일어날 일도 볼 수 있지만, 예전에 일어난 일을 보기도 하는 것 같더구나. 하지만 그 건 마치 책에 나오는 그림과 같아. 책에서 무서운 그림 본 적 있 니, 대니?"

"예." 대니는 「푸른 수염」 이야기와 푸른 수염의 새 아내가 문을 열고 머리들을 보는 장면의 그림을 생각하며 대답했다.

"하지만 그 그림이 널 해칠 수 없다는 것도 알고 있었지?"

"예에……." 대니는 약간 분명치 않게 대답했다.

"음, 이 호텔도 그것과 마찬가지다. 까닭은 모르지만 여기서 일어났던 온갖 나쁜 일들이 말이야. 손톱 쪼가리나 지저분한 놈들이 의자 바닥에 붙여 놓은 코딱지처럼 그 나쁜 일의 작은 조각이 아직도 여기 남아 있는 것 같아. 세상의 모든 호텔에서 나쁜 일이 벌어지고 있는데, 왜 하필 여기서만 그런지는 모르겠지만 말이다. 호텔 여러 곳에서 일해 봤지만 아무 탈도 없었거든. 여기만 그렇단다. 하지만 대니야, 그런 게 사람을 해칠 거라고는 생각하지 않아." 그는 아이의 어깨를 부드럽게 흔들며 마지막 한마디한 마디를 강조해서 말했다. "그러니 복도나 방이나 저 바깥에서 혹시 뭔가를 보더라도……, 그냥 딴 곳을 쳐다봐라. 다시 쳐다보면 사라지고 없을 테니. 내 말 알아듣겠니?"

"예." 대니는 기분이 훨씬 좋아졌고 안심이 되었다. 아이는 무릎을 꿇고 앉아 할로런의 뺨에 입을 맞추고 꼭 끌어안았다. 할로런도 아이를 안아 주었다.

아이를 놓아주고 할로런이 물었다. "네 가족들 말이야, 빛을 지니고 있지 않지?"

"예. 그런 것 같지 않아요."

"너한테 한 것처럼 시험을 해 봤다. 네 엄마는 아주 조금 느꼈어. 내 생각에 어머니들은 누구나 조금씩 빛을 지니고 있는 것 같아. 최소한 아이가 자라나서 자신을 지킬 수 있을 때까지는 말이다. 네 아빠는……."

할로런은 잠간 말을 멈추었다. 아이의 아버지를 살펴보았지만 도무지 알 수가 없었다. 빛을 가진 사람 같지도 않았고, 그렇다고 전혀 가지지 못한 사람 같지도 않았다. 대니의 아버지를 찔러 본 느낌은……, 이상했다. 마치 잭 토런스는 뭔가, 뭔가를 숨기고 있는 것 같았다. 아니면 뭔가를 워낙 깊은 곳에 억누르고 있어서 알 수 없는 것 같기도 했다.

"빛이 전혀 없는 것 같더구나." 할로런이 말을 끝맺었다. "그러니 부모님 걱정은 하지 마라. 너만 조심하면 돼. 여기에 널 해칠 것은 없을 거라고 생각한다. 그러니 침착해라. 알았지?"

"알겠습니다."

"대니! 얘, 똘똘아!"

대니가 주위를 둘러보았다. "엄마예요. 저를 찾고 계세요. 가 봐야겠어요."

"그렇구나. 여기서 즐겁게 지내려무나, 대니. 어쨌든 최대한 말이야."

"예. 고마워요, 할로런 씨. 기분이 훨씬 좋아졌어요."

미소를 담은 생각이 그의 머릿속에 들어왔다.

'친구들은 딕이라고 불러.'

'예, 딕. 좋아요.'

두 사람의 눈이 마주쳤고 딕 할로런은 윙크를 했다.

대니는 자동차 좌석 끝으로 가서 조수석 문을 열었다. 밖으로 나갈 때 할로런이 말했다. "대니?"

"예?"

"혹시 문제가 있으면……, 나를 불러라. 좀 전에 한 것처럼 크게 불러. 플로리다에 있더라도 들을 수 있을지 모르니. 혹시 듣거들랑 당장 달려오마."

"좋아요." 대니가 미소를 지으며 말했다.

"잘 지내라, 친구."

"예."

대니는 문을 쾅 닫고 주차장을 가로질러 현관문을 향해 달려갔다. 웬디가 차가운 바람 속에서 팔짱을 끼고 서 있었다. 쳐다보던 할로런의 입가에서 커다란 미소가 서서히 사라졌다.

여기에 널 해칠 것은 없을 거라고 생각한다.

생각한다.

하지만 생각이 틀렸으면 어쩌지? 217호 실 욕조에서 그것을 본 후, 이번 시즌을 마지막으로 오버룩을 그만둘 거라고 생각했다. 그건 책에 나오는 어떤 그림보다 더 끔찍했고, 여기서 보니 어머니에게 달려가는 소년은 너무나 조그맣게 보였다…….

생각한다…….

그는 동물 전정 나무로 시선을 돌렸다.

그는 갑자기 시동을 켜고 기어를 넣은 다음 차를 몰았다. 돌아보지 않으려 애쓰면서. 하지만, 물론 돌아보았고, 당연히 현관 앞은 비어 있었다. 그들은 실내로 들어갔다. 오버룩이 그들을 삼켜 버린 것 같았다.

호텔 관람

"무슨 이야기를 했니, 얘야?" 웬디가 안으로 들어가며 물었다.

"아, 그냥요."

"그냥치고는 참 오랫동안 이야기했구나."

아이는 어깨를 으쓱했고, 웬디는 그 몸짓이 아빠를 닮았다고 생각했다. 잭보다도 더 잭을 닮은 몸짓이었다. 웬디는 대니에게 서 더 이상 이야기를 끌어낼 수 없을 것이다. 웬디는 강렬한 분노 와 뒤섞인, 훨씬 더 강렬한 사랑을 느꼈다. 사랑은 본능적인 것이 었고 분노는 자신이 고의적으로 따돌림받았다는 느낌에서 나온 것이었다. 두 사람이 함께 있을 때면, 웬디는 마치 아웃사이더 같 은, 주연 배우의 연기가 펼쳐지는 가운데 배경에서 왔다 갔다 하 는 엑스트라가 된 기분이 들었다. 그렇지만 올 겨울에는 그녀를 따돌리지 못할 것이다. 저 잘난 남자들. 그러기엔 숙소가 좀 좁을 것이다. 웬디는 남편과 아들 사이를 질투하고 있음을 문득 깨닫 고 부끄러움을 느꼈다. 그건 자기 어머니와 너무나 비슷한 감정 이었다……. 너무나 비슷한 감정이라 위로가 되지 않았다.

이제 로비에는 울면, 프런트 계장(두 사람은 출납기 앞에서 정산 중이었다), 따뜻한 바지와 스웨터로 갈아입고 정문에서 짐이 내려 오기를 기다리는 여직원 둘, 그리고 관리 담당 왓슨밖에 남지 않왔다. 왓슨은 웬디가 자기를 쳐다보는 것을 보고는 윙크했다. 분명 외설적인 윙크였다. 웬디는 황급히 시선을 피했다. 잭은 레스토랑 바깥쪽 창가에 서서 경치를 바라보고 있었다. 그는 넋을 잃고 꿈을 꾸는 것 같았다.

울먼이 권위 있게 탕 하는 소리를 내며 닫는 것을 보니, 금전 등록기의 정산이 끝난 것 같았다. 그는 테이프에 머리글자를 써넣더니 조그만 지퍼 케이스에 넣었다. 웬디는 한숨 돌린 표정을 짓는 프런트 계장에게 속으로 박수를 보냈다. 울먼은 부족한 금액은 언제든지 계장의 봉급에서 깎을 사람으로 보였다, 피 한 방울 흘리지 않고. 웬디는 울먼이라는 사람도, 잘난 체하며 바쁜 척하는 그의 태도도 그다지 마음에 들지 않았다. 그는 웬디가 생각하는 전형적인 상사 형의 사람이었다. 손님들에게는 사카린처럼 달콤하게 굴다가도 무대 뒤의 직원들에게는 비열한 폭군처럼 굴 것임에 틀림없었다. 하지만 이제 업무는 끝났고 계장의 얼굴에는 커다랗게 기쁨이 떠올랐다. 어쨌든 이제 웬디와 잭과 대니를 빼고는 모두 일이 끝난 셈이었다.

"잭 토런스 씨." 울먼이 고압적인 목소리로 불렀다. "이쪽으로 와 주시겠습니까?"

잭은 웬디와 대니에게도 같이 가자고 고갯짓을 하면서 걸어갔다.

사무실로 들어갔던 계장은 외투를 걸치고 다시 나왔다. "즐거운 겨울 보내십시오, 울먼 씨."

"글쎄." 울먼이 냉담하게 말했다. "5월 20일이네, 브래덕. 하루 빨리 와도, 하루 늦게 와도 안 돼."

"예, 알겠습니다."

브래덕은 직위에 걸맞게 침착하고 당당한 표정으로 데스크를 돌아 나갔지만, 울먼에게 완전히 등을 돌리자 방학을 맞은 학생처럼 씩 웃었다. 그는 아직도 정문에서 차를 기다리고 있는 여직원 둘에게 짧게 이야기를 건넸고 큭큭거리는 웃음소리가 터져 나왔다.

이제 웬디는 그곳의 적막감을 느끼기 시작했다. 바깥에 부는 오후의 바람이 내는 희미한 고동 소리만 빼고, 모든 것을 두꺼운 담요로 덮어 놓은 것처럼 적막이 호텔을 뒤덮었다. 웬디가 서 있는 위치에서 안쪽 사무실이 들여다보였는데, 이제 텅 빈 책상 두 개와 회색 서류 캐비닛 두 개는 무균 상태처럼 깨끗해 보였다. 그 너머 할로런의 티끌 하나 없는 주방이 보였고, 동그란 창이 달린 주방문 양쪽은 고무 쐐기를 박아 젖혀 놓았다.

"몇 분만 있다가 호텔 전체를 안내해 드리죠." 울먼이 말했고 웬디는 울먼이 '호텔'이라는 말을 할 때 항상 방점을 찍고 있다는 생각이 들었다. 들어 보면 알 수 있었다. "부군은 오버룩의 내부와 외부를 잘 알게 되시리라 생각합니다, 토런스 부인. 하지만 부인과 아드님은 분명 로비 층과 숙소가 있는 1층을 주로 쓰게 될 겁니다."

"분명 그렇겠죠." 웬디가 얌전하게 중얼거렸고 잭은 그녀에게 아무도 모르게 눈짓했다.

"아름다운 곳입니다." 울먼이 거창하게 말했다. "저는 이곳 자랑을 즐기는 편입니다."

'그러시겠죠.' 웬디가 생각했다.

"3층으로 가서 내려오며 구경합시다." 울먼이 말했다. 그는 정말 신이 난 것 같았다.

"혹시 저희 때문에……." 잭이 말을 꺼냈다.

"아닙니다. 이제 이번 시즌 업무는 완전히 종료되었습니다. 그리고 나는 볼더에서 하룻밤을 묵을 겁니다. 물론, 볼더라도에서요. 이쪽 덴버에서 유일하게 묵을 만한 호텔이죠……. 물론, 오버룩을 빼고 말입니다. 이쪽으로 가죠."

그들은 함께 엘리베이터에 탔다. 엘리베이터는 황동으로 번쩍번쩍하게 치장되어 있었고, 울먼이 문을 당기기 전에 가볍게 내려왔다. 대니는 조금 불안한 듯한 표정을 지었고, 울먼은 아이를 내려다보며 미소를 지었다. 대니도 마주보고 웃으려고 했지만 그다지 성공하지 못했다.

"걱정 마라, 꼬마야. 집이랑 똑같이 안전하지." 울먼이 말했다.

"타이타닉도 그랬죠." 엘리베이터 천장 한가운데 유리로 세공한 공을 올려다보며 잭이 말했다. 웬디는 웃지 않으려고 입을 꽉 다물었다.

울먼은 재미있다고 생각하지 않았다. 그는 덜그럭 쾅 하며 안쪽 문을 닫았다. "타이타닉은 단 한 차례 운행을 위해 만든 것이지요, 토런스 씨. 이 엘리베이터는 1926년에 설치된 이후 수천 번을 왕복했습니다."

"그렇다니 안심이군요." 잭이 말했다. 그는 대니의 머리를 쓰다듬었다. "추락하지 않을 거야, 똘똘아."

울먼은 레버를 꺾었고, 잠시 동안 발밑에서 덜컹거리며 모터가 괴로워하는 소리가 난 것 빼고는 아무 일도 일어나지 않았다. 웬디는 네 사람이 병에 갇힌 파리처럼 층간에 발이 묶여 봄에 발견되는 장면을 상상했다…… 약간씩 뜯어먹힌 채…… 도너 일행처럼…….

'그만둬!'

엘리베이터는 부르르 떨더니 아래부터 덜컹거리며 올라가기 시작했다. 그러더니 덜컹거리는 것이 멈추었다. 3층에서 울먼은 쿵 하며 엘리베이터를 멈추었고 문을 열었다. 엘리베이터는 아직 바닥에서 20센티미터쯤 아래에 있었다. 대니는 3층 복도 바닥과 엘리베이터 바닥의 높이가 차이 나는 것을 보고서는, 세상은 제정신이 아니라는 사실을 방금 확인한 사람의 표정을 지었다. 울먼은 헛기침을 하더니 엘리베이터를 약간 위로 올리고는 갑자기 멈추었다(아직 5센티미터 아래였다). 어쨌든 그들은 모두 내렸다. 그들의 무게가 빠져나가자 엘리베이터는 거의 바닥 높이에 맞게 올라왔지만 웬디는 전혀 안심이 되지 않았다. 집처럼 안전하든 말든, 웬디는 위아래로 움직여야 할 때는 계단을 이용하기로 마음먹었다. 그리고 어떤 경우든 세 식구가 이 덜컹거리는 것에 함께 타지 못하게 할 작정이었다.

"뭘 보고 있니, 똘똘아?" 잭이 농담을 던졌다. "무슨 자국이라도 있니?"

"그럴 리가 없지요." 울먼이 짜증 나서 말했다. "카펫은 이틀 전에 모두 세탁했습니다."

웬디도 복도 카펫을 내려다보았다. 예쁘긴 하지만 자신의 집에 어울리는 스타일은 전혀 아니었다. 만일 그녀가 카펫을 깔 집을 가질 날이 온다면 말이다. 군청색 털 직물 카펫에는 이국적인 새가 가득 앉아 있는 나무와 덩굴, 밧줄로 가득한 초현실적인 정글의 광경이 수놓아져 있었다. 짜 넣은 문양은 전부 명암 없는 검은 색이라서 윤곽만 보일 뿐이었다.

"카펫이 마음에 드니?" 웬디가 대니에게 물었다.

"응, 엄마." 시원찮은 대답이었다.

그들은 편안한 정도로 넓은 복도를 걸어갔다. 벽지는 카펫보다 밝은 푸른색 실크였다. 전기 촛대가 3미터 간격으로 2미터 정도의 높이에 달려 있었다. 런던의 가스등을 흉내 낸 전구에는 갈지자 모양의 금속 테로 고정시킨 뿌연 크림색 유리 갓이 달려 있었다.

"저것 참 예쁘네요." 웬디가 말했다.

울먼이 기분 좋은 듯 고개를 끄덕였다. "드원트 씨가 전쟁, 그러니까 이차 대전 후에 호텔 전체에 저 등을 설치하셨지요. 사실, 3층의 장식은 전부는 아니더라도 대부분 그분이 착안하신 겁니다. 여기가 프레지덴셜 스위트룸입니다."

그는 마호가니 문에 열쇠를 밀어 넣고 활짝 열어젖혔다. 거실의 커다란 서향 창문을 보자 모두 숨을 멈추었다. 아마도 울먼이 바라던 바였을 것이다. 그는 미소를 지었다. "경치 좋지 않습니까?"

"정말 그렇군요." 잭이 말했다.

창문은 거실 전체 길이와 거의 같았고, 그 너머로 태양은 두 개의 톱니 같은 봉우리 사이에 정확히 걸려 암벽과 꼭대기의 설경에 금빛을 비추고 있었다. 그림 엽서에서나 볼 수 있는 경치 속에 드문드문 떠 있는 구름도 금빛으로 물들어 있었고, 삼림 경계선 아래 그늘을 드리우고 있는 전나무 사이로 햇빛이 어슴푸레하게 비치고 있었다.

잭과 웬디는 그 장관에 넋이 나가 대니를 쳐다보지 않았다. 대니는 창문 바깥이 아니라 왼쪽의 붉은색과 하얀색 줄무늬 벽지를 쳐다보고 있었는데, 그쪽에는 안쪽 침실 문이 열려 있었다. 그리고 부모와 동시에 대니가 숨이 멎을 정도로 놀란 것은 아름다움 때문이 아니었다.

말라붙은 피가 회백색 조직 덩어리와 함께 벽지에 엉겨붙어 있었던 것이다. 그것을 보자 대니는 어지러웠다. 그것은 공포와 고통에 고개를 뒤로 젖히고 입을 벌린, 머리 반쪽이 부서진 남자의 얼굴을 피로 그려 놓은 것 같았다…….

'그러니 혹시 뭔가를 보더라도……, 그냥 딴 곳을 쳐다봐라. 다시 쳐다보면 사라지고 없을 테니. 내 말 알아듣겠니?'

대니는 아무렇지도 않은 표정을 지으려고 애쓰면서 일부러 창밖을 내다보았고, 엄마의 손이 다가오자 그것을 잡았다. 엄마 손을 꽉 잡거나 달리 내색하지 않으려고 하면서.

지배인은 아빠에게 큰 창문을 꽉 닫아 두어 강한 바람이 불어들어오지 않도록 하라고 이야기하고 있었다. 잭은 고개를 끄덕이고 있었다. 대니는 조심스럽게 벽을 다시 쳐다보았다. 말라붙은 커다란 핏자국은 사라졌다. 거기 사방에 흩뿌려져 있던 회색 점들도 사라졌다.

그리고 울먼은 그들을 안내하여 밖으로 나왔다. 엄마는 아들에게 산이 멋지냐고 물었다. 대니는 산에 관심이 없었지만 그렇다고 했다. 울먼이 문을 닫을 때 대니는 어깨 너머로 돌아보았다. 핏자국이 다시 보였다. 이번에는 방금 묻은 모습으로. 바로 그쪽을 쳐다보고 있던 울먼은 여기 묵었던 유명 인사들의 이야기를 늘어놓고 있었다. 대니는 입술을 하도 세게 물어 피가 났지만 그런 줄도 모르고 있었다. 복도를 걸어갈 때, 대니는 조금 뒤로 처져 손등으로 피를 닦아 내고 생각했다.

'피'

'할로런 씨가 피를 본 것일까, 아니면 그보다 더 지독한 것을 본 것일까?'

'여기에 널 해칠 것은 없을 거라고 생각한다.'

목구멍까지 비명이 치밀어 올랐지만 대니는 그것을 입밖에 내지 않을 셈이었다. 엄마와 아빠는 그런 것을 볼 수 없다. 그런 것을 본 적이 없었다. 대니는 입을 다물고 있을 것이다. 엄마와 아빠는 서로를 사랑하고 있었고, 그게 현실이다. 다른 것은 책에 나오는 그림과 같은 것일 뿐이다. 그림 중에는 무서운 것도 있지만 그것은 사람을 해치지 못한다. 그것은…… 나를…… 해치지 못한다.

울먼 씨는 미궁처럼 꼬불꼬불한 복도를 앞장서 가며 3층의 다른 객실을 몇 곳 구경시켜 주었다. 이 위층은 전부 스위트룸이라고 울먼 씨가 말했지만 대니에게 달콤한 것은 아무것도 보이지 않았다. 그는 마릴린 먼로라는 여자가 아서 밀러라는 남자와 결혼했을 때 묵었던 방을 구경시켜 주었다. 대니는 마릴린과 아서가 오버룩 호텔에 묵은 지 얼마 되지 않아서 '이혼' 했다는 사실을 어렴풋이 알 수 있었다.

"엄마?"

"응, 얘야?"

"그 사람들이 결혼을 했으면 왜 성이 달라요? 엄마랑 아빠는 성이 같잖아요."

"그렇지. 하지만 우리는 유명한 사람들이 아니잖니, 대니." 잭이 말했다. "유명한 여자들은 결혼한 다음에도 성을 바꾸지 않거든. 그런 사람들한테는 이름이 생계 수단이거든."

"생계 수단요." 대니가 어리둥절해서 말했다.

"아빠 말씀은, 사람들이 마릴린 먼로를 보러 극장에 많이 갔지만 마릴린 밀러를 보러 가지는 않을지도 모른다는 뜻이야." 웬디가 말했다.

"왜요? 그래도 똑같은 여자잖아요. 그걸 모르는 사람도 있나요?"

"그렇지, 하지만……." 웬디는 도와달라는 듯 잭을 쳐다보았다.

"트루먼 카포테가 여기 묵었지요." 울먼이 짜증 난다는 듯이 말을 잘랐다. 그리고 문을 열었다. "제가 있었을 때였지요. 정말 좋은 사람이었습니다, 유럽식 매너를 지닌."

이 방에는 특별히 눈에 띄는 것이 없었고(울먼이 자꾸 스위트라고 불렀지만 사탕 같은 건 하나도 없었다는 사실만 빼면), 대니가 무서워할 만한 것도 전혀 없었다. 사실, 3층에는 신경 쓰이는 것이 하나 더 있었는데 그 까닭은 알 수 없었다. 그것은 모서리를 돌아, 온통 금니가 박힌 아가리를 벌리고 있는 것처럼 문을 열고 기다리고 있는 엘리베이터로 돌아가기 전, 벽에 달려 있는 소화전이었다.

그것은 구식 소화전으로, 한쪽 끝은 커다란 붉은 밸브에, 다른 쪽 끝은 놋쇠 노즐에 연결되어 있는 납작한 호스가 여남은 번 둘둘 감겨 있는 것이었다. 호스가 접힌 부분은 붉은 강철 조각으로 고정시켜 놓았다. 화재가 일어날 경우, 그 강철 조각을 위로 젖히고 한번 세게 밀어 주면 호스를 꺼낼 수 있도록 되어 있었다. 대니도 그 정도는 알 수 있었다. 사물이 어떻게 작동되는지 잘 아는 재주를 가졌으니까. 두 살 반 때, 대니는 스타빙튼 집 계단 꼭대기에 장치해 둔 안전문을 열 수 있었다. 대니는 그 열쇠를 어떻게 잠그는지 보아 두었다. 아빠는 그것을 '요령'이라고 말했다. '요령'이 있는 사람도 있고 없는 사람도 있었다.

이 소화전은 대니가 유치원 같은 곳에서 본 것보다 좀더 오래된 것이었다. 하지만 그렇게 희귀한 것도 아니었다. 그런데도 파란 벽지에 잠자고 있는 뱀처럼 똬리를 틀고 있는 모습을 보니 왠지 모를 희미한 불안감이 느껴졌다. 그리고 모서리를 돌아 그것이 안 보이게 되자 마음이 놓였다.

"물론 창문은 전부 닫아 두어야 합니다." 울먼 씨가 엘리베이터에 타면서 말했다. 이번에도 엘리베이터는 발밑에서 삐그덕거리며 내려갔다. "하지만 프레지덴셜 스위트룸의 창문이 특히 걱정됩니다. 처음 거기 창문을 다는 데 든 비용은 420달러였는데, 30년도 더 된 시절이었지요. 요즘 그 창문을 바꾸려면 여덟 배는 더 들 겁니다."

"꼭 닫아 두겠습니다." 잭이 말했다.

그들은 2층으로 내려갔고, 거기에는 객실도 더 많았고 복도도 더 꼬불꼬불했다. 이제 해가 산 뒤로 넘어가 창문에 비치는 햇빛이 약해지기 시작했다. 울먼 씨는 그들에게 방 한두 곳을 보여 주었고, 그게 다였다. 그는 딕 할로런이 경고했던 객실 217호 앞에서는 발걸음을 늦추지 않고 지나쳐 버렸다. 대니는 문에 붙은 평범한 번호판을 불안한 마음으로 쳐다보았다.

그리고 1층으로 내려갔다. 여기서 울먼 씨는 로비로 다시 내려가는 두꺼운 카펫이 깔린 계단 앞에 갈 때까지 아무 객실도 보여 주지 않았다. "여기가 여러분의 숙소입니다. 마음에 드시기를 바랍니다."

그들은 안으로 들어갔다. 대니는 거기에는 뭐가 있을까 신경을 곤두세웠다. 하지만 아무것도 없었다.

웬디 토런스에게는 안도감이 밀려왔다. 사람의 온기가 느껴지지 않는, 고급 프레지덴셜 스위트룸에서 어색하고 기가 죽었던 것이다. 역사적인 건물을 복구해서 에이브러햄 링컨이나 프랭클린 루스벨트가 묵었던 곳이라는 명패가 붙어 있는 방을 구경하는 건 좋지만 세계에서 가장 위대한(아니, 어쨌든 '가장 큰 권력이 있는'이라고 그녀는 말을 바꾸었다) 사람들이 누웠던 곳에 남편과 함께 누워 행여 사랑을 나누기라도 한다고 상상하는 것은 전혀 다른 문제였다. 그러나 이 숙소는 더 소박하고 아늑하며 살기 좋아 보였다. 웬디는 이곳에서라면 한 철 정도 어려움 없이 지낼 수 있으리라 생각했다.

"아주 아늑하네요." 웬디가 울먼에게 말했고, 그녀의 목소리에는 감사의 뜻이 담겨 있었다.

울먼이 고개를 끄덕였다. "소박하지만 아늑하지요. 시즌 중 이 스위트룸에는 조리사와 아내, 또는 조리사와 조수가 지냅니다."

"할로런 씨가 여기서 지내셨어요?" 대니가 불쑥 물었다.

울먼 씨는 생색내듯 대니에게 고개를 돌렸다. "그래. 할로런 씨와 네버스 씨가 지냈지." 그는 다시 잭과 웬디 쪽을 쳐다보았다. "여기가 거실입니다."

편안하지만 그다지 비쌀 것 같지 않은 의자 몇 개, 한때는 비쌌겠지만 지금은 한쪽 옆에 길게 홈이 팬 커피 탁자 하나, (《리더스

다이제스트》, 40년대 추리 소설 클럽 삼부작 등으로 가득 차 있고 웬디의 흥미를 끈) 책장 두 개, 객실에 비치된 담황색의 목재 콘솔보다 훨씬 덜 우아해 보이는, 상표를 알 수 없는 호텔 텔레비전이 한 대 놓여 있었다.

"물론, 주방은 없습니다." 울먼이 말했다. "하지만 식품 운반용 소형 승강기는 있습니다. 이곳은 주방 바로 위입니다." 그는 네모난 판벽을 밀고 널찍한 정사각형 쟁반을 보여 주었다. 한번 밀자 쟁반은 사라지고 뒤에 달린 밧줄이 보였다.

"비밀 통로네!" 대니가 신나서 어머니에게 말했다. 벽 뒤의 신나는 승강기 통로에 반하는 바람에 모든 두려움을 잠시 잊고서. "「애봇과 코스텔로 괴물을 만나다」에 나오는 거랑 똑같아요!"

울먼 씨는 이마를 찡그렸지만 웬디는 아이의 말을 들어주며 미소를 지었다. 대니는 소형 승강기로 달려가 승강기 통로 아래를 내려다보았다.

"이쪽으로 오시죠."

그는 거실 반대편의 문을 열었다. 넓고 통풍이 잘되는 침실이었다. 한 쌍의 일인용 침대가 있었다. 웬디는 남편을 쳐다보며 미소 짓고 어깨를 으쓱했다.

"괜찮아." 잭이 말했다. "침대를 당겨서 붙여 놓으면 돼."

울먼 씨는 진심으로 의아해서 돌아보았다. "네?"

"침대 말입니다. 붙여 놓을 수 있다고요."

"아, 그렇지요." 울먼은 잠시 무슨 말인지 모르겠다는 표정으로 말했다. 그러고는 표정이 밝아지더니 셔츠 깃 있는 부분부터 얼굴이 빨개지기 시작했다. "좋을 대로 하십시오."

그는 다시 거실로 나와 두 번째 문을 열어 두 번째 방을 보여 주었다. 거기에는 2층 침대가 놓여 있었다. 한쪽 구석에서 난방기가 통통 소리를 내고 있었고, 바닥에 깐 카펫에는 샐비어와 선인장이 요란하게 수놓아져 있었다. 대니가 벌써 그것에 반해 버린 것을 웬디는 알 수 있었다. 이 작은 방의 벽은 진짜 소나무 판지로 되어 있었다.

"여기서 지낼 수 있겠니, 똘똘아?" 잭이 물었다.

"그럼요. 이층에서 잘 거예요. 괜찮죠?"

"네가 좋으면 그렇게 하렴."

"카펫도 마음에 들어요, 울먼 씨. 왜 이런 카펫을 전부 다 깔지 않으세요?"

한순간 울먼 씨는 레몬을 깨문 표정을 지었다. 그러더니 미소를 짓고는 대니의 머리를 토닥거리며 말했다. "여기가 여러분의 숙소입니다. 바깥에 달려 있는 욕실은 제외하고요. 크지는 않지만 물론 호텔의 다른 부분을 쓰실 수 있을 겁니다. 왓슨의 말로는 로비의 난롯가도 작업하기 좋다고 하고, 식당에서 식사를 해도 무방합니다." 그는 대단한 호의를 베푸는 사람처럼 말했다.

"좋습니다." 잭이 말했다.

"내려갈까요?" 울먼 씨가 물었다.

"네." 웬디가 대답했다.

그들은 엘리베이터를 타고 아래층으로 내려갔고, 이제 로비에는 왓슨만 남고 아무도 없었다. 가죽 재킷을 입은 왓슨은 이쑤시개를 물고 정문에 기대어 서 있었다.

"벌써 출발한 줄 알았는데요." 울먼 씨가 약간 냉랭한 목소리로 말했다.

"여기 토런스 씨에게 보일러에 대해 일러둘 게 있어서 남아 있었소." 왓슨이 몸을 곧추세우며 말했다. "녀석을 잘 살피시오, 친구. 그럼 아무 일도 없을 거요. 하루에 두어 번씩 압력을 낮추어 주시오. 자꾸 기어 올라가니까."

'기어 올라간다.' 대니가 생각했다. 그 말이 대니 마음속의 길고 고요한 복도, 사람들이 쳐다보지 않는 거울이 늘어선 복도에 메아리를 울렸다.

"알겠습니다." 아빠가 대답했다.

"별일 없을 거요." 왓슨이 말하고는 잭에게 손을 내밀었다. 잭은 악수를 했다. 왓슨은 웬디를 쳐다보며 고개를 숙였다. "부인도."

"기뻐요." 웬디가 말하고는 이상한 소리처럼 들리겠다고 생각했다. 평생 살던 뉴잉글랜드에서 이곳으로 온 웬디는, 왓슨이라는 폭신폭신한 머리카락을 가진 남자가 단 몇 마디만으로 서부란 어떤 곳인지를 요약해서 보여 준다고 생각했다. 아까 던졌던 끈적거리는 윙크는 제외하고도 말이다.

"토런스 씨 댁 도련님." 왓슨은 진지하게 말하며 손을 내밀었다. 이제 악수를 배운 지 1년이 다 되어 가는 대니는 정중하게 손을 내밀어 왓슨의 손에 잡혔다. "저분들께 잘해 드려라, 댄."

"예, 알겠습니다."

왓슨은 대니의 손을 놓고 몸을 쭉 폈다. 그는 울먼을 쳐다보았다. "내년에나 보겠군요." 그는 손을 내밀었다.

울먼은 냉정하게 그 손을 잡았다. 그의 분홍빛 반지에 로비의 전등 빛이 비쳤다.

"5월 20일입니다, 왓슨. 하루 일찍 와도 안 되고 하루 늦게 와도 안 됩니다."

"예, 알겠소." 왓슨이 말했고, 잭은 왓슨이 속으로 한 말을 읽을 수 있을 것 같았다. '이 빌어먹을 땅딸보야.'

"즐거운 겨울 보내시오, 울먼 씨."

"오, 글쎄요." 울먼이 쌀쌀맞게 말했다.

왓슨은 정문 가운데 하나를 열었다. 바람은 더 큰 소리를 내었고 그의 재킷 깃이 펄럭이기 시작했다. "안녕히 계시오."

대답한 사람은 대니였다. "예, 잘 지낼게요."

그다지 멀지 않은 조상이 이곳의 소유주였던 왓슨은 초라한 모습으로 문을 빠져나갔다. 문이 닫히고 바람이 멎었다. 그들은 모두 왓슨이 낡은 검은색 카우보이 부츠를 신고 정문 앞의 넓은 계단을 터덜터덜 내려가는 모습을 바라보았다. 그가 주차장을 가로질러 인터내셔널 하비스터 픽업 트럭으로 걸어가 타는 동안 노란 버드나무 낙엽이 뒤에서 굴러다녔다. 시동을 걸자, 배기구에서 푸른 연기가 나왔다. 그가 차를 후진시켜 주차장을 빠져나가는 동안 그들은 주문에라도 걸린 듯 입을 다물고 있었다. 트럭은 언덕 너머로 사라지더니, 더 작은 모습으로 다시 나타나 주 도로를 타고 서쪽으로 향했다.

한순간, 대니는 지금껏 그 어느 때보다도 외롭다는 느낌이 들었다.

정문

　토런스 가족은 이제 너무 작아지고 팔꿈치가 튀어나오기 시작한 작년 가을에 산 외투 지퍼를 꼭 잠근 대니를 가운데 세우고 마치 가족 사진 포즈를 취하듯 오버룩 호텔의 긴 정문 앞에 함께 서 있었다. 웬디는 아들 어깨에 한 손을 얹고, 잭은 오른쪽에서 아들의 머리에 한 손을 얹은 채였다.

　울먼 씨는 값비싸 보이는 갈색 모헤어소아시아의 앙고라 염소의 털 외투의 단추를 채운 채 그들보다 한 계단 아래 서 있었다. 이제 태양은 완전히 산 너머로 지고, 금빛 석양이 기다란 자주색 그림자를 남겼다. 주차장에 남은 세 대의 차는 호텔 트럭, 울먼의 링컨 컨티넨털, 그리고 토런스의 낡은 폴크스바겐뿐이었다.

　"그럼, 열쇠를 챙기셨죠." 울먼이 잭에게 말했다. "그리고 가열로와 보일러에 대해서도 확실히 알고 계신 것이지요?"

　잭은 고개를 끄덕이며 울먼에게 진심으로 동정심을 느꼈다. 이번 시즌의 업무는 전부 끝났고, 내년 5월 12일까지 하루 일찍도 늦게도 말고 딱 그날까지 모든 일이 깔끔하게 매듭지어졌는데도, 이 모든 것을 관할하며 호텔 얘기를 할 때마다 얼마나 열중해 있는지 어조에서 드러나는 이 울먼이란 사람은 혹시나 하는 생각이 자꾸만 드는 것이다.

"모두 문제없는 것 같습니다." 잭이 말했다.

"좋습니다. 연락하지요." 하지만 울먼은 아직도 바람이 손을 내밀어 자신을 차로 데려다 주길 기다리는 듯 잠시 서성거렸다. 그는 한숨을 내쉬었다. "좋아요. 즐거운 겨울 보내십시오, 토런스 씨, 토런스 부인. 너도, 대니."

"감사합니다." 대니가 말했다. "즐거운 겨울 보내세요."

"글쎄다." 울먼이 똑같이 말했고 슬픈 목소리였다. "아주아주 솔직히 말하면, 플로리다에서 지낼 곳이 엉망입니다. 일도 바쁘지요. 오버룩이 제 진짜 일자리입니다. 그러니 저를 대신해서 잘 지켜 주십시오, 토런스 씨."

"내년 봄에 오실 때에도 호텔은 여기 잘 있을 겁니다." 잭이 이렇게 말하자, 대니에게 어떤 생각이 번쩍 스치고 지나갔다.

'하지만 우리는?'

그리고 사라졌다.

"물론이지요. 물론 그럴 겁니다."

울먼은 동물 모양으로 깎은 나무들이 바람에 부대끼고 있는 놀이터 쪽을 내다보았다. 그러고는 사무적으로 다시 한번 고개를 끄덕였다.

"그럼, 안녕히 계십시오."

그는 차로 재빠르게 종종걸음으로 걸어갔다. 그리고 그처럼 덩치 작은 사람에게는 우스꽝스러울 정도로 큰 차에 올라탔다. 링컨의 시동이 걸리고, 그가 주차장을 빠져나오는 동안 미등에 불이 들어왔다. 차가 나가자 주차 칸 앞의 조그만 팻말에 '지배인 울먼 씨 전용'이라고 적혀 있는 것이 보였다.

"그렇군." 잭이 가만히 중얼거렸다.

그들은 차가 동쪽 경사로를 따라 내려가 보이지 않게 될 때까지 쳐다보고 있었다. 그것이 사라지자, 세 사람은 잠시 아무 말 없이 무서운 느낌이 들도록 서로를 쳐다보았다. 그들만 남았다. 이제 아무도 봐 줄 사람 없는 잘 정돈된 잔디밭에 버드나무 낙엽이 아무렇게나 날아다녔다. 그들 세 사람 말고는 가을 낙엽이 잔디밭을 굴러다니는 모습을 봐 줄 사람은 아무도 없었다. 호텔과 정원이 갑자기 두 배로 커져, 그들을 왜소하고 무기력하게 만들자 잭은 자신의 생명력이 조그만 불씨 하나로 줄어든 것 같은 기묘한 위축감을 느꼈다.

그때 웬디가 말했다. "어머나, 똘똘아. 콧물이 줄줄 흐르는구나. 안으로 들어가자."

그들은 안으로 들어갔고, 윙윙거리는 바람 소리가 들리지 않게 문을 꼭 닫았다.

3

THE SHINING

벌집

지붕 위에서

"이런 망할 놈의 새끼!"

잭 토런스는 놀라기도 하고 아프기도 해서 고함을 질렀다. 그리고 파란 작업복을 철썩 때려서 자신을 쏜 커다란 말벌을 떨쳐내었다. 잭은 최대한 재빨리 지붕 위를 타고 올라가며, 밖으로 보이는 벌집에서 그 말벌의 형제들이 달려나와 전쟁을 하자고 덤비는 건 아닌지 고개를 돌려 살펴보았다. 만일 그렇다면 큰일이다. 벌집은 그가 있는 자리와 사다리 사이에 있었고, 다락으로 연결된 뚜껑문은 안에서 잠겨 있었다. 지붕에서 호텔과 잔디밭 사이의 시멘트 테라스 바닥까지의 높이는 21미터쯤 되었다.

벌집 위의 고요하고 맑은 하늘에는 아무런 변화도 일어나지 않았다.

잭은 지붕 꼭대기에 걸터앉아 인상을 쓰고 나지막이 휘파람을 불며 오른손 집게손가락을 살펴보았다. 쏘인 자리는 벌써 부어오르고 있었고, 잭은 저 벌집을 기어서 지나간 다음 사다리를 타고 내려가 얼음 찜질을 해야겠다고 생각했다.

10월 20일이었다. 웬디와 대니는 호텔 트럭(오래되어 덜컹거리는 다지였지만, 이제 심한 소음이 나는 데다 폐차 직전인 폴크스바겐보다는 훨씬 더 믿음직했다)을 타고 우유도 사고 크리스마스 쇼핑을 몇 가지 하러 사이드와인더로 나갔다. 쇼핑하기엔 이른 때이지만 언제 눈이 쌓일지 알 수 없기 때문이었다. 벌써 눈보라가 몇 차례 지나갔고, 오버룩에서 내려가는 길에는 얼어붙은 곳도 있었다.

지금까지 가을은 거의 초자연적으로 느껴질 정도로 아름다웠다. 그들이 이곳에 와서 지낸 석 주 동안 황금 같은 하루하루가 이어졌다. 상쾌한 영하 1도의 아침이 지나면 오버룩의 경사 완만한 서쪽 지붕 위에서 지붕 널을 교체하는 일을 하기 딱 적당한 15도 정도의 오후가 되었다. 잭은 나흘 전까지 그 작업을 마칠 수 있겠다고 웬디에게 장담했더랬지만 서두를 이유가 없었다. 그 위에서 바라보는 경치는 프레지덴셜 스위트룸에서 보는 경치는 저리 가라 할 만큼 장관이었다. 더군다나 작업 자체도 약이 되어 주었다. 지붕 위에서 잭은 지난 3년간 겪었던 깊은 상처를 치유받는 것 같았다. 잭은 그 위에서 평화로움을 느꼈다. 이제 그 3년의 세월이 어지러운 악몽처럼 느껴지기 시작했다.

지붕 널은 심하게 썩어 있었고, 그중 지난겨울의 눈보라에 완전히 날아가 버린 것도 있었다. 잭은 썩은 널을 전부 벗겨 옆으로 던지면서 혹시 대니가 돌아다니다가 맞을까 봐 "폭탄이다!"하고 소리쳤다. 말벌에게 쏘였을 때 그는 낡은 배수 장치를 떼어 내고 있던 중이었다.

얄궂게도 그는 지붕에 오를 때마다 벌집을 조심해야 한다고 다짐했다. 혹시나 해서 살충제도 갖고 다녔다. 하지만 오늘 아침에는 너무나 고요하고 평화로워 그만 경계를 늦추고 만 것이다. 잭은 천천히 쓰고 있던 연극의 세계로 돌아가 머릿속으로 저녁때 쓸 장면을 구상하고 있었다. 극은 아주 순조롭게 진행되고 있었고, 웬디는 별 말이 없었지만 기뻐하고 있는 것을 잭도 알고 있었다. 스타빙튼에서 불행하게 보낸 마지막 6개월, 술 생각을 떨쳐 버리지 못해서 과외의 글쓰기는커녕 수업에도 제대로 집중할 수 없던 그 기간 동안, 잭은 가학적인 교장 덴커와 어린 주인공 게리 벤슨 사이에 벌어지는 중요한 장면에서 더 나아가지 못하고 있었다.

그러나 지난 열이틀 밤, 잭이 아래층 사무실에서 빌려 온 사무용 의자에 앉아 있는 동안 막혔던 것은 솜사탕 녹듯 사라져 버렸다. 그는 힘도 들이지 않고서 덴커의 성격 묘사에서 부족했던 부분을 채워 넣었고, 거기에 입각해서 2막 대부분을 다시 써서 새로운 장면에 어울리도록 했다. 그리고 말벌이 훼방을 놓기 전까지 구상하고 있던 3막의 흐름은 점점 더 분명하게 떠올랐다. 그는 2주 안에 초고를 완성하고, 1월 1일까지는 그놈의 연극을 완전히 탈고할 수 있을 것이라고 생각했다.

잭은 뉴욕에 에이전트를 갖고 있었다. 필리스 샌들러라는 붉은 머리 여자로, 허버트 테리튼스를 피우고 종이컵에 짐빔을 마시며 문학계는 션 오케이시²⁰세기 초에 활동한 아일랜드 출신 극작가를 정점으로 쇠퇴했다고 생각하는 사람이었다. 필리스는 《에스콰이어》에 실렸던 것을 포함해서 잭의 단편 세 편을 팔아 주었다. 잭은 필리스에게 「작은 학교」라는 연극을 쓰고 있으며, 재능 있는 학생이었다가 20세기 초 뉴잉글랜드 고등학교의 잔인한 교장이 되어 버린 덴커와 그의 어린 시절을 떠올리게 하는 학생 게리 벤슨 사이의 갈등을 기본 구조로 하는 줄거리라고 편지를 보냈다. 필리스는 답장에다 흥미로운 작품이 될 것 같다고 하면서, 쓰기 전에 오케이시를 읽어 보라고 권해 주었다. 그녀는 그전에 한 번 더 편지를 보내와 대체 연극이 어떻게 되고 있느냐고 묻기도 했다. 잭은 심사가 뒤틀려 답장에다 「작은 학교」는 "작가의 슬럼프라는 사막에 가로막혀" 손에서 종이로 옮기지 못한 채 막연히, 어쩌면 영원히 미뤄지고 있다고 전했다. 이제 연극은 그녀의 손에 넘어간 것이나 다름없다는 기분이 들었다. 호평을 받을지, 아니 실제로 무대에 올려질지는 별개의 문제였다. 그리고 잭은 그런 문제에 별로 신경 쓰는 것 같지도 않았다. 그에게는 그 연극 자체가 걸림돌이자, 스타빙튼 고등학교에서 보낸 괴로운 시절, 결혼 생활, 아들에게 잔인한 폭력을 행사한 일, 이제 와서 생각하니 또 한 차례 이성을 잃고 날뛰었던 것일 뿐인, 주차장에서 벌어진 조지 햇필드와의 사건을 모두 종합한 거대한 상징처럼 느껴졌다. 지금 와서 돌이켜 보면, 알코올 중독도 스타빙튼과 자신의 창조력을 억제하고 있던 안정된 생활로부터 자유로워지려는 무의식적인 욕망에서 기인한 것이라고 생각되었다. 잭은 술을 끊었지만, 자유로워지려는 욕망은 그것만으로 부족할 정도로 컸던 것이다. 그래서 조지 햇필드 사건이 일어난 것이다. 이제 그 시절에서 남은 것은 자신과 웬디가 쓰는 침실 책상 위의 저 연극 한 편뿐이었고, 그것을 끝맺어 필리스의 콧구멍만 한 뉴욕 사무실로 보내 버리면 새 출발을 시작할 수 있는 것이다. 장편은 아니다. 잭은 또 3년 동안 늪에 빠져 허우적거릴 각오는 되어 있지 않았다. 하지만 단편은 반드시 더 쓸 것이다. 어쩌면 단편집을 낼 수 있을지도 모르는 일이었다.

잭은 조심스럽게 기어서 지붕 경사면을 타고 내려와, 새로 깐 지붕 널과 방금 벗겨 낸 부분 사이의 경계선을 지나왔다. 그는 드러난 말벌집의 왼쪽 가장자리에서 조심스럽게 움직이며 상황을 봐서 위험하면 후퇴하여 사다리를 타고 내려갈 준비를 했다.

배수 장치를 빼낸 부분으로 허리를 숙이고 들여다보았다.

낡은 배수 장치와 지붕 끝에 방수용 밑칠을 한 곳 사이의 공간에 벌집이 있었다. 엄청나게 큰 것이었다. 회색 종이 뭉치는 지름 60센티미터는 되어 보였다. 배수 장치와 판 사이의 공간이 너무 좁아서 모양은 완벽하지 않았지만, 그래도 거기 사는 조그만 녀석들은 상당히 솜씨가 좋은 것 같았다. 벌집 표면은 꿈틀거리며 기어다니는 벌레로 가득했다. 놈들은 몸뚱이가 노란, 작고 조용한 꿀벌이 아니라 크고 사나운 벽 말벌이었다. 가을 날씨 때문에 놈들은 둔해졌지만, 어렸을 때부터 말벌에 대해 알고 있던 잭은 한 번만 쏘여서 다행이라고 생각했다. 그리고 울먼이 한여름에 이 일을 시켰다면, 작업을 맡아 그 부분의 배수 장치를 뜯어낸 사람은 엄청난 변을 당했을 것이라 생각했다. 정말이다. 벽 말벌 여남은 마리가 동시에 덤벼들어 얼굴이며 손과 팔, 그리고 바지를 뚫고 다리를 쏘아 대면, 20미터 높이에 있다는 사실을 싹 잊어버릴 수도 있을 것이다. 놈들을 피하려다 지붕 가장자리에서 그냥 뛰어내려 버리는 수도 있었을 것이다. 아무리 커 봤자 몽당연필 절반만 한 그놈들을 피해서 말이다.

잭은 어디선가, 신문 일요일판 부록이나 잡지 기사에서 교통사고 사망 전체의 7퍼센트는 원인이 밝혀지지 않는다는 이야기를 읽은 적이 있었다. 기계 고장도 과속도 음주 운전도 악천후도 아니라는 것이다. 그저 차 한 대가 텅 빈 길에서 박살나 있고 운전자 한 사람이 사망하여 경위를 설명하지 못하는 경우이다. 그 기사에 한 경찰관의 인터뷰가 실려 있었는데, 그는 이런 이른바 '수수께끼 충돌'의 다수가 차량에 들어온 곤충 때문이라는 이론을 내세웠다. 말벌, 꿀벌, 또는 거미나 모기. 운전자는 신경이 예민해져 벌레를 손으로 잡거나 창 밖으로 내몰려고 한다. 벌레에게 쏘이는 경우도 있다. 어쩌면 운전자가 단순히 통제력을 잃은 것뿐일 수도 있다. 어쨌든 쾅……! 끝장이다. 그러고 나면, 보통 털끝 하나 상하지 않은 벌레는 연기를 내뿜는 차에서 유유히 빠져나가 푸른 초원으로 날아간다. 경찰관은 그런 피해자의 검시를 할 때면, 병리학자에게 벌레의 독성분을 찾아봐 달라고 부탁한다는 것을 잭은 기억했다.

이제, 위에서 내려다본 벌집은 잭이 지금까지 겪어 온 일(또는 그가 그동안 지켜 온, 언제 잃어버릴지 모르는 덧없는 것)이자 동시에 더 나은 미래를 암시하는 상징처럼 느껴졌다. 그간 일어났던 일을 달리 어떻게 설명할 수 있을까? 그는 아직도 잭 토런스는 수동태로 두고서 스타빙튼에서 겪은 모든 불행을 바라보아야 한다고 생각했기 때문이다. 그는 아무 짓도 하지 않았다. 모든 것이 그를 향해서 일어난 일이었다. 스타빙튼의 교사진 가운데 술을 많이 마시는 사람들도 여럿 있었고, 그중 두 사람은 바로 영어 교사였다. 잭 터니는 토요일 오후에 맥주를 통으로 사다가 뒷마당에 쿵 하고 내려놓고 일요일에 축구나 옛날 영화를 보면서 그것을 전부 비우곤 했다. 하지만 그는 주중에는 정신이 말짱했다. 이따금 점심때 순한 칵테일을 마실 뿐이었다.

잭과 앨버트 쇼클리는 중독자였다. 그들은 물에 혼자 빠져 죽기보다는 함께 죽기를 선택할 만큼 사교성이 남아 있는 부랑자들처럼 서로 의지했다. 단지, 빠질 곳은 바닷물이 아니라 술독이었던 것뿐이다. 동면하는 여왕벌을 빼고는 모두 죽음을 맞는 겨울이 다가오자 느릿느릿 본능에 따르고 있는 말벌을 내려다보던 잭은 좀더 생각해 보았다. 그는 아직도 알코올 중독자였으며 앞으로도 항상 그럴 것이다. 어쩌면 고교 시절 2학년 학교 파티의 밤, 처음으로 술을 마셔 본 그때로부터 내내 중독자였을지도 모른다. 그것은 의지력, 또는 음주 윤리, 성격과 무관한 것이었다. 어딘가 스위치가 고장 났거나 차단기가 작동하지 않는 것이었고, 그가 원했건 원하지 않았건 처음에는 서서히, 그리고 스타빙튼에서 가속이 붙어 아래로 추락했던 것이다. 좍 미끄러져 내려오자, 바닥에는 주인 없는 망가진 자전거와 팔 부러진 아들이 기다리고 있었다. 잭 토런스는 수동태였다. 그리고 그의 성미도 마찬가지였다. 그는 평생 이성을 잃지 않으려고 애썼지만 허사였다. 일곱 살 때, 성냥을 갖고 놀았다고 이웃 아주머니에게 엉덩이를 맞은 것이 기억났다. 그는 밖으로 뛰쳐나가 지나가는 자동차에 돌멩이를 던졌다. 아버지가 그것을 보고는 고함을 지르며 어린 재키에게 달려 내려왔다. 아버지는 잭의 엉덩이를 시뻘겋게 부어오르도록 때려 주었다……. 눈에는 멍이 들었다. 아버지가 구시렁거리며 텔레비전을 보러 집으로 들어가자 잭은 길에 돌아다니던 개를 발로 차서 도랑에 빠뜨렸다. 초등학교 시절에는 스무 번 남짓 싸움을 했고, 고등학교에 가서는 그보다 더 잦아서 성적이 좋았음에도 두 차례 정학을 당하고 방과 후 면담은 셀 수 없이 여러 번 했다. 축구는 어느 정도 안전 밸브 역할을 해 주었지만, 그는 매 경기, 매 순간, 매 번의 공격 차단과 태클을 개인적인 공격으로 받아들이고 분통을 터뜨렸던 것이 생생하게 기억났다. 잭은 훌륭한 선수였고 3학년과 4학년 때는 경기 연맹에서 지명도 받았지만, 그것이 모두 불같은 성격 덕분……, 또는 그 탓임을 잘 알고 있었다. 잭은 축구를 즐기는 것이 아니었다. 모든 경기는 보복의 경기였다.

하지만 그런데도 잭은 자신이 나쁜 놈이라고 생각하지 않았다. 비열하다고 생각하지도 않았다. 그는 늘 자신이 언젠가 골칫거리가 생기기 전에 이성을 잃지 않는 법을 배우게 될 정말 착한 녀석이라고 생각했다. 음주 문제 역시 곧 다스리게 될 것이라고 생각했다. 하지만 육체적으로 알코올 중독자임이 분명한 만큼이나 그는 감정적으로도 중독자였다. 그 두 가지는 필시 보이지 않는 어딘가, 잭 내면의 깊은 곳에서 하나로 연결되어 있음이 분명했다. 하지만 서로 연결되어 있든 별개의 것이든, 사회적인 것이든 심리적인 것이든 생리적인 것이든 그는 근원에 자리 잡고 있는 원인에는 크게 개의치 않았다. 그는 결과에 대처하는 데 급급했다. 엉덩이를 맞은 것, 아버지에게 두들겨 맞은 것, 정학, 운동장에서 싸우다 교복을 찢은 것, 나중에는 숙취, 서서히 무너지는 결혼 생활, 완전히 망가진 자전거 바퀴, 대니의 팔이 부러진 것. 그리고 물론, 조지 햇필드 사건도.

잭은 자신도 모르는 사이 '인생의 거대한 말벌집'에 손을 댄 것이라고 생각했다. 이미지로 따지면 허름하기 짝이 없는 것이었다. 하지만 잭은 현실 속의 사건으로는 쓸 만하다고 여겼다. 그는 한여름, 썩어 버린 배수 장치에 손을 집어넣었던 것이고, 성스럽고 정당한 불길에 팔이 몽땅 타 버리고, 의식적인 사고가 무너지고, 교양 있는 행동이라는 개념 자체가 쓸모 없는 것이 되어 버렸던 것이다. 시뻘겋게 달아오른 바늘이 손을 찌르고 있는데 누군들 이성적으로 행동할 수 있겠는가? (너무나도 결백하다고 생각했던) 삶의 근저에서 연기가 맹렬하게 뿜어 나오며 나를 덮치려고 하는데 어떻게 가장 가깝고 소중한 사람들을 사랑하며 살 수 있겠는가? 지상에서 20미터 높이의 경사진 지붕에서 어디로 가는지도 모르고 왜 겁에 질렸는지 기억하지도 못한 채, 발만 삐끗했다 하면 아래로 곤두박질 치는 상황에서 미친 듯이 뛰어다니고 있는 사람이 자기 행동에 책임을 질 수 있겠는가? 잭은 그럴 수 있다고 생각지 않았다. 부지불식간에 벌집에 손을 집어넣게 된 것은, 교양 있는 자아와 사랑과 존경과 명예를 버리기로 악마와 계약을 맺은 것과는 전혀 다른 일이라고 생각했다. 그것은 무조건 당한 일일 뿐이었다. 수동적으로 말 한마디 못한 채 이성적 존재를 포기하고 신경질을 부릴 수밖에 없었던 것이다. 딱 5초 만에 대학 교육을 받은 사람에서 울부짖는 고릴라로 변해서.

잭은 조지 햇필드를 생각했다.

키가 크고 탐스러운 금발의 조지 햇필드는 오만하게 느껴질 정도로 아름다운 소년이었다. 딱 붙는 색 바랜 청바지에 스타빙튼 티셔츠를 입고, 아무렇게나 팔을 걷어올려 검게 그을린 팔꿈치를 드러낸 조지 햇필드를 보면, 잭은 젊은 시절의 로버트 레드퍼드가 떠올랐다. 그는 조지가 큰 어려움 없이 점수를 넣을 것이라 의심치 않았다. 10년 전 축구 귀신 잭 토런스만큼이나 쉽게. 그는 조지를 질투하거나 그의 외모를 시기한 것이 아니라고 솔직하게 말할 수 있었다. 사실, 그는 무의식적으로 조지를 자기 연극의 주인공 게리 벤슨과 동일시하기 시작했다. 게리는, 음침하게 늙어가며 그를 너무나 미워하게 되는 덴커를 부각시키는 인물이었다. 그러나 잭 토런스 자신은 조지 학생에게 그런 감정을 느낀 적이 없었다. 만일 그랬더라면 잭도 알 수 있었을 것이다. 그 점에 대해서는 확신했다.

조지는 잭의 수업에서 겉도는 존재였다. 축구와 야구 스타였던 그의 학업 성적은 그다지 중요한 문제가 아니었고, 그는 평균 C, 역사나 식물학에서 이따금 B를 맞는 데 만족했다. 그는 경기장에서는 치열한 선수였지만 교실에서는 둔하고 유쾌한 학생이었다. 잭은 그런 종류의 학생들을 잘 알고 있었는데, 간접적인 교사 경험보다는 고교와 대학 시절의 체험에서였다. 조지 햇필드는 전형적인 운동 선수였다. 교실에서는 조용하고 평범한 인물이었지만, 적당한 경쟁의 자극이 주어지면 (프랑켄슈타인의 괴물 머리에 전극을 갖다 대었을 때처럼이라고 잭은 생각했다) 조지는 엄청난 파괴력을 발휘할 수 있었다.

1월, 조지는 스무 명 남짓한 학생들과 함께 토론 팀에 가입 신청을 냈다. 그는 잭에게 솔직히 털어놓았다. 그의 아버지는 변호사이며, 아들이 자신의 뒤를 잇기를 바랐다. 딱히 하고 싶은 일도 없었던 조지도 기꺼이 따르고자 했다. 성적이 뛰어나지는 못했지만, 그래 봤자 고등학생인 데다 아직 저학년이었다. 꼭 그래야 한다면 조지의 아버지가 배후에서 손을 쓸 수도 있었다. 조지가 지닌 운동 능력이면 다른 길도 열 수 있었다. 하지만 브라이언 햇필드는 아들이 토론 팀에 들어가야 한다고 생각했다. 그것은 좋은 훈련이었고 법과 대학 입학 승인 때 항상 중요한 변수로 작용하는 것이기도 했다. 그래서 조지는 토론 팀에 들어왔고 3월 말, 잭은 그를 탈퇴시켰다.

늦겨울에 가진 팀별 토론은 조지 햇필드의 경쟁심에 불을 붙였다. 그는 단호한 토론자로서 찬성이나 반대 입장을 맹렬히 연습했다. 주제가 마리화나의 합법화이든, 사형 제도 부활이든, 석유 할당제이든 상관없었다. 조지는 모든 문제에 정통했고, 자신은 어느 입장에 서거나 상관없다고 솔직히 시인할 정도로 강경했는데, 이런 경향은 고등학교 수준의 토론자에서 찾아보기 드물며 가치 있는 것임을 잭은 알고 있었다. 진정한 투기꾼과 진정한 토론자 사이에는 큰 차이가 없었다. 둘 다 절호의 기회를 노린다는 점에서는 똑같았다. 여기까지는 아주 좋았다.

하지만 조지 햇필드는 말을 더듬었다.

이 결함은 숙제를 해 왔건, 안 해 왔건 조지가 항상 냉정하고 침착하게 앉아 있던 교실이나 말을 잘하는 것이 미덕이 못 되는 스타빙튼 운동장에서는 절대 드러나지 않았던 것이다.

토론에 열중하면 조지는 말을 더듬기 시작했다. 그가 열을 낼수록 증세는 더 심해졌다. 그리고 반대편 토론자를 참패시켰다고 생각하면, 그의 언어 중추와 입 사이에 일종의 흥분 상태가 일어나 시계가 똑딱이는 동안 얼어붙어 있곤 했다. 그것은 쳐다보기 괴로운 광경이었다.

"그, 그, 그러므로 저는 도, 도, 도, 도스키 씨가 말한 겨, 경우에서 사, 사실은 최, 최근의 겨, 결정에 의해서 뒤떨어진 것으로 보아야 한다고 새, 생각……."

버저 소리가 나면 조지는 홱 돌아서서 그 옆에 앉아 있던 잭을 노려보곤 했다. 그럴 때, 조지는 얼굴이 시뻘게져서 공책을 한 손에 꾸깃꾸깃 구겨 쥐고 있었다.

잭은 조지가 알아서 나가 주기를 기대하며 버티고 있었다. 그는 그 기대를 포기하기 일주일 전, 늦은 오후에 있던 일을 기억했다. 다른 학생들이 나간 다음에도 조지는 남아 있더니 잭에게 시비를 걸어 왔다.

"선생님이 타이머를 빨리 마, 맞추셨죠."

잭은 가방에 도로 넣고 있던 서류에서 고개를 들었다.

"조지, 무슨 말이지?"

"저는 5부, 분을 다 쓰지 모, 못 했어요. 선생님이 시계를 앞당겨 놓으셨죠. 제가 시계를 보, 보고 있었어요."

"시계와 타이머 시각은 조금 다르다, 조지. 하지만 나는 그놈의 다이얼을 건드리진 않았다. 스카우터의 명예를 걸고 맹세해."

"다, 다, 당신이 그렇게 했어!"

조지가 자기 권리를 지키겠다는 표정으로 도전해 오자 잭도 이성을 잃었다. 그는 알코올을 끊은 지 두 달이 되었고, 두 달이란 굉장히 긴 시간이었으며, 그래서 지쳐 있었다. 잭은 자제심을 잃지 않기 위하여 마지막 한마디를 더했다. "분명히 말해 두는데 난 그런 적 없다, 조지. 네가 말을 더듬기 때문이야. 그 원인을 혹시 알고 있니? 수업 시간엔 더듬지 않잖아."

"나는 더, 더, 더드, 더드, 더듬지 아, 않아!"

"목소리를 낮추어라."

"나를 빼, 빼려는 거야! 당신은 비, 빌어먹을 팀에서 나를 빼, 빼, 빼고 싶어해!"

"목소리를 낮추라고 했다. 이성적으로 이야기해 보자."

"여, 엿이나 머, 먹어!"

"조지, 말더듬을 자제할 수 있다면, 나는 네가 참가해 주는 것이 기쁘겠다. 너는 연습을 열심히하고 배경 지식도 훌륭해서 당황하는 일이 드물지. 하지만 그런 것은 다 소용없다. 네가 그⋯⋯."

"나는 더듬은 저, 적 없어!" 그가 소리쳤다. "다, 당신 때문이야! 마, 만일 다른 사람이 토, 토, 토론 티, 팀을 맡으면 나는⋯⋯."

잭의 분노 수치가 조금 더 올라갔다.

"조지, 네가 말 더듬는 걸 어떻게 할 수 없다면 회사든 어디든 변호사는 될 수 없을 거다. 법학이란 축구와는 달라. 매일 밤 두 시간씩 연습한다고 해서 되는 게 아니다. 어쩔 셈이냐, 이사회 앞에 서서 '자, 자, 자, 여, 여러분, 이 부, 부, 부, 불법'이라고 말할 거냐?"

잭은 갑자기 얼굴이 붉어졌다. 화가 나서가 아니라 자신의 잔인한 말이 부끄러웠기 때문이다. 눈앞에 서 있는 아이는 성인이 아니라 열일곱 살 난 소년이었고, 인생에서 처음으로 큰 패배를 겪고 있는 중이라 어쩌면 잭에게 그에 대처할 방법을 알려 달라고 도움을 청하고 있는 것일지도 몰랐다.

조지는 마지막으로 잭을 노려보더니 입술을 비틀어 참고 있던 말을 터뜨려 놓았다.

"다, 당신이 시간을 당겨 노, 노, 놓았어! 당신은 나를 미, 미워해. 왜냐면 다, 당신은⋯⋯. 다, 당신은⋯⋯."

알아들을 수 없는 소리를 지르며 조지는 교실에서 달려 나가더니 유리창이 흔들릴 정도로 문을 세게 닫았다. 잭은 텅 빈 복도에서 조지의 아디다스 운동화가 내는 소리를 귀로 듣는다기보다는 몸으로 느끼며 서 있었다. 이성을 잃은 일과 조지가 말을 더듬는 것을 조롱한 데 대한 부끄러움에 사로잡힌 잭이 처음 느낀 것은 음험한 기쁨이었다. 조지 햇필드는 난생 처음 가질 수 없는 것을 원했던 것이다. 난생 처음으로 아빠의 돈으로 해결해 줄 수 없는 것이 생겼던 것이다. 언어 교정 센터에는 뇌물도 소용없었다. 혓바닥에게 일주일에 50달러를 더 주고 크리스마스 보너스를 준다고 해도 낡은 레코드 바늘처럼 떨어 대는 것을 멈추지는 못할 것이다. 그러다 기쁨은 수치심에 묻혀 버렸고 잭은 대니의 팔을 부러뜨린 다음에 느꼈던 기분을 맛보았다.

'오, 하느님, 나는 나쁜 놈은 아닙니다. 제발.'

조지의 후퇴에서 느꼈던 음험한 기쁨은 극작가 잭 토런스보다는 극중 인물 덴커에게 어울렸다.

'당신은 나를 미워해. 왜냐하면 당신은……'

왜냐하면 잭이 어쨌단 말일까?

대체 잭이 조지 햇필드를 미워할 무슨 이유가 있단 말인가? 조지의 창창한 미래 때문에? 그 아이가 로버트 레드퍼드랑 조금 닮았고, 수영장의 다이빙 대에서 이중 회전을 하면 여학생들이 전부 입을 다물고 쳐다보기 때문에? 그 아이가 타고난 자질로 축구와 야구를 멋지게 해내기 때문에?

말도 안 된다. 정말 말도 안 된다. 잭은 조지 햇필드에게서 부러운 것이 아무것도 없었다. 사실 따지고 보면, 잭은 조지가 불행히도 말을 더듬는 것에 조지 본인보다도 더 속이 상했다. 조지는 정말로 뛰어난 토론자가 되었을 것이기 때문이다. 그리고 정말 그런 일은 없었지만, 행여 잭이 타이머를 당겨 놓았다면 그것은 그와 다른 학생들이 조지가 쩔쩔 매는 것을 두고 보기 괴로웠기 때문이다. 그것은 학부모 초청회의 연사가 대본 내용을 잊어버리는 상황이 일어났을 때 지켜보기 괴로운 것과 같았다. 그가 혹시라도 타이머를 일찍 맞추어 놓았다면, 그것은 그저……, 그저 조지를 고통에서 벗어나게 해 주기 위해서였을 것이다.

하지만 잭은 타이머를 일찍 맞추지 않았다. 그것은 분명했다.

일주일 후, 그는 조지를 탈퇴시켰고 그때는 이성을 잃지 않았다. 소리를 지르고 협박한 것은 조지였다. 그 일주일 후, 잭은 토론 연습 도중에 폴크스바겐 짐칸에 놓아둔 자료를 찾으러 주차장으로 나갔고 거기 조지가 있었다. 긴 금발을 얼굴에 나부끼며 무릎을 꿇고 앉아 한 손에는 사냥용 칼을 들고서. 녀석은 폴크스바겐의 오른쪽 앞 타이어를 자르고 있었다. 뒤쪽 타이어는 완전히 구멍 나 있었고 폴크스바겐은 지친 강아지처럼 주저앉아 있었다.

잭의 눈앞이 새빨개졌고, 그 다음에 벌어진 일은 거의 기억나지 않았다. 굵은 고함소리가 목구멍에서 튀어나온 것은 기억났다. "좋아, 조지. 네가 그러고 싶다면, 이리 와서 벌을 받아라."

놀란 조지가 겁먹은 표정으로 올려다보았다. 조지는 이렇게 말했다. "토런스 선생님……." 마치 이게 전부 실수였고, 자기가 여기 왔을 때 타이어에는 구멍이 나 있었으며, 어쩌다 갖고 있던 칼끝으로 앞 타이어에서 먼지를 떨어내던 것뿐이라고 해명하려는 듯…….

잭은 주먹을 꽉 쥐고 걸어갔고 씩 웃고 있었던 것 같다. 하지만 그것은 확실치 않았다.

마지막으로 기억나는 것은 조지가 칼을 치켜들고 이렇게 말한 것이다. "더 다가오지 않는 게 좋을 거야……."

그리고 그 다음에 있었던 일은 프랑스 어 교사 스트롱 선생이 잭의 팔을 잡고 소리 지르던 것이었다. "그만둬요, 잭! 그만둬요! 애를 죽이겠어요!"

잭은 바보처럼 눈을 껌벅거리며 사방을 둘러보았다. 사냥용 칼은 4미터쯤 떨어진 주차장 아스팔트 위에서 악의 없이 반짝이고 있었다. 그의 가련한 고물차, 한밤중 음주 운전의 오랜 동반자였던 폴크스바겐이 납작해진 세 개의 바퀴 위에 주저앉아 있었다. 앞 펜더 오른쪽에는 새로 움푹 들어간 곳이 있었고, 그 자국 한 가운데에는 붉은 칠이나 피 같은 것이 묻어 있었다. 한순간, 그는 혼란에 빠졌다.

'이런 빌어먹을 앨버트. 우리가 결국 그 애를 친 거야.'

며칠 전 밤에 있었던 일이 떠올랐다. 그리고 시선이 조지에게로 갔다. 조지는 얼이 빠져 눈을 껌벅이며 아스팔트 위에 뻗어 있었다. 잭의 토론 팀이 밖으로 나와 문가에 모여 조지를 쳐다보았다. 대단치는 않아 보였지만, 머리가 찢어진 탓에 조지의 얼굴에는 피가 흘렀고 귀에서도 피가 났는데, 뇌진탕 때문일지도 몰랐다. 조지가 일어서려고 하자 잭은 스트롱 선생을 뿌리치고 조지에게로 갔다. 조지는 몸을 움츠렸다.

잭은 조지의 가슴에 손을 얹고 다시 뒤로 밀었다. "가만 누워 있어. 움직이지 마라." 그는 겁에 질려 두 사람을 쳐다보던 스트롱 선생에게 고개를 돌렸다.

"양호 선생님을 불러 주세요, 스트롱 선생님." 스트롱 선생은 돌아서서 교무실로 달려갔다. 그리고 그는 토론 팀을 쳐다보았고 그들의 눈을 빤히 쳐다보았다. 그는 다시 정신을 차렸고 본모습을 완전히 되찾았으며, 그럴 때면 버몬트 주 전체에서 그보다 더 선한 사람은 없기 때문이었다. 학생들도 그 점은 잘 알고 있었다.

"이제 집에 가도 좋다." 잭이 나직이 말했다. "내일 다시 만나자."

하지만 그 주가 끝날 무렵 토론 팀 가운데 여섯 명이 탈퇴했고 그중 두 명은 뛰어난 학생이었지만, 물론 그것은 별 문제가 되지 않았다. 그 즈음 잭 본인도 탈퇴하게 되리라는 사실을 통고받았기 때문이다.

하지만 잭은 어찌어찌 술에 손을 대지 않을 수 있었고, 그것만으로도 대단하다고 생각했다.

그리고 그는 조지 햇필드를 미워한 것이 아니었다. 그것은 확신했다. 그는 먼저 싸움을 시작한 것이 아니라 방어한 것뿐이다.

'당신은 나를 미워해. 왜냐하면 당신은……'

하지만 조지는 아무것도 몰랐다. 아무것도. 잭은 전지전능한 하느님 앞에 맹세할 수 있었고, 마찬가지로 타이머를 단 1분도 앞당겨 놓지 않았다고 맹세할 수 있었다. 미움 때문이 아니라 동정심 때문이었다면 몰라도.

말벌 두 마리가 배수 장치에 난 구멍 옆의 지붕 위를 느릿느릿 기어다니고 있었다.

잭은 놈들이 날기에는 둔하지만 엄청나게 효율적으로 움직이는 날개를 펼치고 혹시 쏠 만한 상대를 찾기 위해 시월의 햇볕 속으로 기어나오는 모습을 보고 있었다. 신께서는 놈들에게 침을 주셨고, 잭은 놈들이 그것을 누군가에게 써먹어야 한다고 생각했다.

여기 앉아서 저 아래 반갑지 않은 광경을 내려다보며 옛일을 생각한 지 얼마나 되었을까? 잭은 시계를 쳐다보았다. 30분이 다 되었다.

그는 지붕 가장자리로 가서 한쪽 다리를 내리고 돌출 부분 바로 아래 놓인 사다리 맨 윗칸을 발로 더듬어 찾았다. 그는 대니의 손이 닿지 않도록 살충제를 높은 선반에 얹어 둔 창고로 내려갈 생각이었다. 그것을 가지고 돌아오면 이번에는 놈들이 놀랄 차례다. 쏘일 수도 있지만 도로 쏘아 줄 수도 있는 것이다. 잭은 진심으로 그 논리를 믿었다. 앞으로 두 시간이면, 벌집은 찢어 놓은 종이나 다름없게 변할 것이고 대니가 원하면 방에 갖다 두어도 될 것이다. 잭도 어린아이였을 때 방에다 벌집을 갖다 둔 적이 있었다. 거기서는 늘 옅은 장작 연기와 휘발유 냄새가 났다. 대니는 바로 침대 머리맡에 벌집을 달아 놓을 수도 있을 것이다. 위험할 것 없었다.

"점점 더 나아지고 있어."

소리를 내어 말할 생각은 아니었지만, 고요한 오후에 울려 퍼지는 잭의 목소리는 자신감을 느끼게 해 주었다. 그는 정말로 더 나아지고 있었다. 이제 수동형을 졸업하고 능동형으로 나아가면서 한때 자신을 미치게 만들었던 일을 냉정히 바라볼 수 있게 되었다. 그리고 어떤 일을 마치기에 좋은 장소가 따로 있다면, 여기가 바로 그곳임에 틀림없었다.

잭은 살충제를 가지러 사다리를 내려갔다. 놈들은 대가를 치를 것이다. 그를 쏜 대가를.

정원 아래서

잭은 2주 전 창고 안쪽에서 희게 칠한 커다란 등나무 의자를 찾아내어, 평생 그렇게 못 생긴 것은 처음 본다는 웬디의 반대를 무릅쓰고 현관문 앞으로 끌어다 놓았다. 그가 거기에 앉아 E. L. 닥터로의 『어려운 시대에 오신 것을 환영합니다』를 읽고 있을 때 아내와 아들이 호텔 트럭을 타고 덜컹거리며 올라왔다.

웬디는 엔진을 신나게 공회전시키며 공터에 트럭을 세우고는 시동을 껐다. 한쪽만 켜졌던 트럭의 미등이 꺼졌다. 엔진은 부릉거리더니 마침내 멈추었다. 잭은 의자에서 일어나 그들을 맞으러 걸어 내려갔다.

"아빠!" 대니가 부르더니 언덕 위로 달려왔다. 대니는 한 손에 상자를 들고 있었다. "엄마가 사 준 것 좀 보세요!"

잭은 아들을 들어 올려 두 번 흔들어 주고 입에다 세게 뽀뽀를 했다.

"잭 토런스, 제2의 유진 오닐, 미국의 셰익스피어!" 웬디가 이렇게 부르며 미소를 지었다. "이렇게 높은 산속에서 만나다니 희한한 일이군요."

"어중이떠중이들을 감당하지 못해서 말입니다, 부인." 그가 이렇게 말하며 웬디를 감싸안았다. 그들은 입을 맞추었다. "어땠어?"

"재미있었어. 대니는 나 때문에 계속 덜컹거린다고 투덜거렸는데 트럭이 멈춘 적은 한번도 없었어……. 어머, 잭, 일이 끝났네!"

웬디는 지붕을 쳐다보았고 대니도 그녀의 시선을 따랐다. 오버룩의 서쪽 지붕 꼭대기에 새로 얹은, 나머지 부분보다 약간 밝은 초록색의 넓은 지붕 널을 바라본 대니는 얼굴을 살짝 찌푸렸다. 그리고 손에 쥔 상자를 내려다보더니 다시 얼굴이 밝아졌다. 밤이면 토니가 보여 주었던 광경이 처음처럼 선명하게 되살아나지만 햇살 가득한 낮에는 쉽게 무시할 수 있었다.

"봐요, 아빠, 이거!"

잭은 아들에게서 상자를 받아 들었다. 그것은 모형 자동차였고 대니가 전에 감탄했던 빅 데디 로스의 그림을 본뜬 것이었다.

폭주 폴크스바겐이라는 이름이 붙은 이 자동차 상자에는 59년형 캐딜락 쿠페 드 빌처럼 기다란 미등에 불을 밝히고 진흙탕 길을 달리는 커다란 자주색 폴크스바겐 그림이 그려져 있었다. 폴크스바겐에는 선루프가 달려 있었고, 혹이 달린 거대한 괴물이 무시무시하게 웃으며 커다란 영국 경주용 모자를 거꾸로 쓰고서 손톱이 기다란 손으로 자동차를 찌르고 있는 그림이었다.

웬디는 미소를 짓고 있었고 잭은 그녀에게 윙크했다.

"그래서 네가 마음에 든단다, 똘똘아." 잭이 상자를 도로 주며 말했다. "취향이 고요하고 침착하고 내성적인 쪽이거든. 내 아들답게도."

"내가 「딕과 제인」을 전부 다 읽을 수 있게 되면, 아빠가 이거 조립하는 걸 도와주실 거라고 엄마가 말씀하셨어요."

"주말쯤이면 되겠네." 잭이 말했다. "저 잘 빠진 트럭에다 또 뭘 신고 오셨는지요, 부인?"

"잠깐……, 잠깐." 웬디는 잭의 팔을 잡아끌었다. "훔쳐보기 없기. 저기에 당신 것도 있어. 대니랑 내가 안에 갖다 놓을 거야. 우유는 갖다 놓아도 돼요. 운전석 바닥에 있어."

"나는 당신한테 그런 존재로군." 잭은 손으로 이마를 치며 말했다. "짐 나르는 말, 들판에 흔해 빠진 동물. 이쪽으로 끌어, 저쪽으로 끌어, 이려이려."

"저 우유를 주방으로 끌어 줘요, 아저씨."

"너무하는군!" 잭은 소리를 치고는 바닥에 쓰러졌다. 그러자 대니가 그 위에 올라서 키득거렸다.

"일어나, 황소." 웬디가 말하고는 운동화 끝으로 쿡쿡 찔렀다.

"봤지?" 잭이 대니에게 말했다. "엄마가 나보고 황소래. 네가 증인이다."

"증인! 증인!" 대니는 신나서 따라하고는 엎드린 아빠에게 달려들었다.

잭이 일어나 앉았다. "참, 나도 너한테 줄 게 있다. 현관에 가면 내 재떨이 옆에 있어."

"뭐예요?"

"뭐더라? 가서 봐라."

잭은 일어났고, 두 사람은 나란히 서서 대니가 잔디밭을 달려가 현관 앞 계단을 두 칸씩 뛰어 올라가는 모습을 보았다. 그는 웬디의 허리에 팔을 둘렀다.

"행복해, 여보?"

웬디는 진지한 표정으로 남편을 올려다보았다. "결혼한 후로 지금이 가장 행복해."

"진심이야?"

"하느님께 맹세코."

잭은 웬디를 꽉 껴안았다. "사랑해."

웬디도 감동을 받아 남편을 꼭 껴안았다. 잭 토런스는 사랑한다는 말을 남발하는 사람이 아니었다. 결혼 전과 결혼 후, 잭이 웬디에게 사랑한다고 말한 횟수는 손가락으로 꼽을 정도였다.

"나도 사랑해."

"엄마! 엄마!" 대니가 정문 앞에서 흥분한 목소리로 불렀다. "이리 와 보세요! 와! 끝내 줘요!"

"뭔데?" 주차장에서 둘이 손을 잡고 걸어가며 웬디가 물었다.

"글쎄." 잭이 말했다.

"이런, 복수해 줄 거야." 웬디가 팔꿈치로 남편을 찔렀다. "기억나면 두고 봐."

"오늘 밤에 받았으면 좋겠는데." 잭이 말하자 웬디가 웃었다. 잠시 후 그가 물었다. "대니도 행복한 것 같아?"

"당신이 알 거 아냐. 매일 밤 잠들기 전에 대니랑 한참씩 얘기하는 건 당신이잖아."

"커서 뭐가 되고 싶은지, 산타클로스가 진짜로 있는지, 그런 얘길 하는걸. 대니에겐 아주 중요한 문제거든. 전에 같이 놀던 스콧이 무슨 이야기를 흘렸나 봐. 나한테 오버룩에 대해선 별로 이야기하지 않았어."

"나한테도 마찬가지야." 웬디가 말했다. 둘은 이제 정문 앞 계단을 올라가고 있었다. "하지만 대니는 별로 말이 없거든. 그리고 살도 빠진 것 같아, 잭. 진짜 그런 것 같아."

"키가 커서 그래."

대니는 등을 돌리고 있었다. 아이는 잭의 의자 옆 탁자 위에 놓인 뭔가를 살피고 있었는데, 웬디에게는 뭔지 보이지 않았다.

"잘 먹지도 않아. 전에는 그렇게 잘 먹더니."

"나이가 들면 덜해진대." 잭이 막연하게 말했다. "잡지에서 읽었던 것 같아. 일곱 살이 되면 다시 포크 두 개로 퍼먹고 있을걸."

두 사람은 계단 맨 위에서 걸음을 멈추었다.

"글읽기도 굉장히 열심이야." 웬디가 말했다. "대니는 우리를 기쁘게 해 주려고 배우고 싶어하는 거야……. 당신을 기쁘게 해 주려고." 웬디가 머뭇거리며 덧붙였다.

"무엇보다도 자기 자신이 기쁘기 때문이지." 잭이 말했다. "그거 갖고 부담 준 적 없어. 실은 대니가 너무 열심히하지 않기를 바란다고."

"대니의 건강 검진 예약을 하면, 당신은 날 바보라고 생각할까? 사이드와인더에 의사가 한 사람 있다던데. 슈퍼마켓 직원이 가르쳐 줬는데……."

"눈이 오면 어쩌나 걱정되지?"

웬디는 어깨를 으쓱했다. "그런가 봐. 바보 같은 짓이라고 생각하면……."

"아냐. 우리 세 사람 전부 예약해도 좋아. 건강 검진 결과를 받고 나면 두 발 뻗고 잘 수 있을 거야."

"오늘 오후에 예약할게." 웬디가 말했다.

"엄마! 이거 봐요, 엄마!"

대니는 손에 커다란 회색 물체를 들고 웬디에게 달려왔는데, 괴기스럽게도 웬디는 한순간 그것이 뇌라고 생각했다. 정체를 알고 나자 그녀는 본능적으로 움츠렸다.

잭은 아내에게 팔을 둘렀다. "괜찮아. 거기 살던 녀석들 중에 달아나지 않은 것은 다 떨어내었어. 살충제를 썼거든."

웬디는 아들이 들고 있는 커다란 말벌집을 쳐다보았지만 손은 대지 않았다. "정말 안전한 것 확실해?"

"확실해. 나도 어릴 때 방에 벌집을 두었어. 아빠가 주셨지. 네 방에다 둘래, 대니?"

"예! 지금요!"

대니는 돌아서 문으로 달려 들어갔다. 둘은 아이가 중앙 계단으로 달려가는 소리를 들었다.

"저 위에 말벌이 있었구나. 쏘이지 않았어?" 웬디가 말했다.

"내 훈장이 어디 갔더라?" 잭이 이렇게 말하며 손가락을 보여 주었다. 붓기는 이미 빠지기 시작했지만 웬디는 손가락을 후후 불어 주고 살짝 입맞추었다.

"침은 뽑았어?"

"말벌은 침을 남기지 않아. 꿀벌만 침이 남지. 꿀벌 침에는 가시가 있거든. 말벌의 침은 매끄러워. 그래서 더 위험한 거야. 반복해서 쏠 수 있거든."

"잭, 정말로 대니가 벌집을 갖고 있어도 괜찮을까?"

"살충제에 씌어져 있는 방법대로 했어. 두 시간 만에 벌레를 하나도 남김없이 전부 죽이고 잔유물 없이 분해된다고 씌어져 있었어."

"정말 싫어." 웬디가 말했다.

"뭐……, 말벌 말이야?"

"뭐든 쏘는 것 말이야." 웬디가 말했다. 그녀는 두 손으로 팔꿈치를 잡으며 가슴 위로 팔짱을 꼈다.

"나도 그래." 잭이 말하며 그녀를 껴안았다.

대니

복도 끝 침실에서 웬디는 잭이 아래층에서 갖고 올라온 타자기가 30초 동안 활기 차게 탁탁거리다가, 일이 분 동안 조용해졌다가, 다시 짧게 탁탁거리는 소리를 들을 수 있었다. 마치 어딘가에 숨어서 듣는 기관총 소리 같았다. 하지만 그 소리가 웬디에게는 음악 같았다. 잭은 결혼 2년째 《에스콰이어》에서 사 준 단편을 쓴 이후로 이렇게 꾸준히 글을 쓴 적이 없었다. 그는 잘되든 못 되든 연말까지는 연극을 완성할 것이고, 뭔가 새로운 글을 시작할 것이라고 했다. 그는 필리스가 「작은 학교」를 여기저기 보여 주었을 때 아무런 반응이 없어도 상관없고 작품이 그냥 묻혀 버려도 상관없다고 했으며, 웬디도 그 말을 믿었다. 그가 글을 쓴다는 행동 자체가 그녀에게 큰 희망을 불어넣어 주었다. 그 연극이 대단한 작품이 되리라고 기대해서가 아니라 남편이 괴물로 가득한 방의 커다란 문을 천천히 닫고 있는 것이 느껴졌기 때문이다. 그가 그 방에서 등을 돌린 지는 오래되었지만 이제야 비로소 문을 닫고 있었던 것이다.

타자기 자판이 한 번씩 찍힐 때마다, 그 문은 조금씩 더 닫혔다.

"'이것 봐, 딕, 이것 봐.'"

대니는 잭이 볼더의 수많은 중고 서점을 온종일 뒤지고 다니면

서 엄선한 다섯 권의 낡은 읽기 교과서 가운데 첫 권을 들여다보고 있었다. 그 책을 떼고 나면 대니는 바로 2학년 수준의 읽기 능력을 갖출 터였고, 웬디는 잭에게 그 계획이 너무 야심만만한 것 같다고 말했다. 아들이 똑똑한 것은 알고 있었지만 너무 빨리, 너무 많은 것을 밀어붙이는 것은 안 좋을 수도 있다. 잭도 같은 의견이었다. 절대 부담을 주지 않을 거라고 했다. 하지만 아이가 빨리 배운다면 그들도 준비를 해야 할 것이다. 그리고 지금 웬디는 잭의 그런 생각이 옳은 게 아니었을까 의아해졌다.

4년 동안 「세서미 스트리트」와 3년 동안 「일렉트릭 컴퍼니」로 준비를 마친 대니는 거의 무서울 정도의 속도로 배우고 있었다. 웬디는 그것이 심란했다. 대니는 광석 라디오와 글라이더를 선반에 얹어 놓고 지루하기 짝이 없는 작은 책에 열중해 있었다. 마치 글 읽기에 목숨이라도 건 사람처럼. 아이의 작은 얼굴은 아들 방에 놓아 준 전기 스탠드의 아늑한 불빛 아래서 긴장하여 창백해 보였다. 그는 글 읽기와 매일 오후 아버지가 정해 주는 연습장 페이지를 엄청나게 진지하게 대하고 있었다. 사과와 복숭아 그림. 그 아래 잭이 커다랗고 깔끔하게 찍어 낸 글씨로 사과라고 적어 놓았다. 낱말과 맞는 그림에 동그라미를 그리시오. 그러면 아들은 그림과 낱말을 열심히 쳐다보고 입술을 움직여 소리 내어 보느라 땀을 뻘뻘 흘렸다. 그리고 오른손에 쥔 빨간 색연필로 대니는 서른 개 정도의 낱말을 혼자서 쓸 수 있게 되었다.

아이의 손가락은 교재에 적힌 단어 아래를 천천히 훑어 갔다. 그 위에는 19년 전, 웬디가 초등학교 시절에 본 기억이 어렴풋이 나는 그림이 있었다. 갈색 고수머리의 소년이 웃고 있다. 짧은 원피스를 입은 금발 머리 소녀가 한 손에 줄넘기를 들고 있다. 강아지 한 마리가 커다랗고 붉은 고무공을 따라 달리고 있다. 1학년의 친구들. 딕, 제인, 지프.

"'자, 지프 뛰어라.'" 대니가 천천히 읽었다. "'뛰어라, 지프, 뛰어라. 뛰어라, 뛰어라, 뛰어라.'" 아이는 손가락을 한 줄 아래로 내리면서 멈추었다. "저……." 아이는 얼굴을 더 바짝 갖다 대어 코가 책장에 닿을 지경이었다. "저……."

"그렇게 가까이 보면 안 돼, 똘똘아." 웬디가 조용히 말했다. "눈이 나빠져. 그건……."

"말하지 마세요!" 아이가 발딱 일어나 앉으며 말했다. 놀란 목소리였다. "말하지 마세요, 엄마. 내가 읽을 수 있어요!"

"알았어, 얘야. 하지만 그건 그렇게 중요한 일이 아냐. 진짜로."

대니는 들은 체도 하지 않고 다시 앞으로 몸을 숙였다. 아이의 얼굴에는 어디 대학 체육관에서 졸업 기록 시험을 칠 때나 볼 수 있을 표정이 떠올랐다. 웬디는 그것이 점점 더 마음에 들지 않았다.

"저……. 그. 오. 이응. 저 그오옹? 저 그오웅. 공!" 갑작스런 승리감. 격렬한 승리감. 아이의 목소리에서 느껴지는 사나움이 웬디를 두렵게 했다. "'저 공을 보아라!'"

"맞았어." 웬디가 말했다. "얘야, 오늘 밤은 그만하자."

"두 쪽만 더요, 엄마? 네?"

"안 돼, 똘똘아." 웬디는 붉은 표지의 책을 단호하게 덮었다. "잘 시간이야."

"조금만요!"

"조르지 마, 대니. 엄마 힘들어."

"좋아요." 하지만 아이는 교본을 빤히 쳐다보고 있었다.

"가서 아빠한테 인사하고 씻어. 이 닦는 것 잊지 말고."

"네."

아이는 파자마 바지와 앞에는 축구공, 뒤에는 '뉴잉글랜드 애국자들'이라고 씌어져 있는 커다란 플란넬 티셔츠를 입고 엉거주춤 걸어 나갔다.

잭의 타자기가 멈췄고 웬디는 대니가 입맞추는 소리를 들었다. "주무세요, 아빠."

"잘 자라, 똘똘아. 공부는 어떠니?"

"잘되는 것 같아요. 엄마가 그만하라고 했어요."

"엄마 말이 옳아. 여덟시 반이 지났잖아. 화장실 가니?"

"예."

"그래. 네 귀에서 감자가 자라 나오고 있구나. 양파랑 당근이랑 파랑……."

대니가 킥킥거리는 소리가 차츰 줄어들더니 화장실 문 닫히는 소리와 함께 끊어졌다. 웬디와 잭은 어떻게든 살펴보려고 하지만 대니는 화장실에 있을 때는 꼭 문을 닫았다. 그것은 그곳에 잭과 웬디의 탄소 복사물이나 복합물이 아니라 또 하나의 인간이 살고 있다는 증거였고, 그 증거는 점점 더 많아지고 있었다. 그 생각에 웬디는 좀 서글퍼졌다. 언젠가 아이는 웬디에게 낯선 사람이 될 테고, 그녀는 그에게 낯설게 느껴질 것이다……. 하지만 그녀의 어머니가 그녀에게 낯설어진 만큼은 아닐 것이다. 그렇게 되지는 않게 해 주세요, 하느님. 아이가 자라서도 어머니를 사랑하게 해 주세요.

잭의 타자기는 다시 드문드문 소리를 내기 시작했다.

대니의 책상 옆 의자에 계속 앉아 있던 웬디는 아들의 방을 훑어보았다. 글라이더의 날개는 말끔하게 고쳐졌다. 아이의 책상에는 그림책, 색칠 공부책, 표지 절반이 찢겨 나간 스파이더맨 만화책, 크레용, 흐트러진 블록 더미가 쌓여 있었다. 폴크스바겐 모형은 비닐 포장을 뜯지 않은 채 맨 위에 잘 놓여 있었다. 대니가 이런 속도로 진도를 나아간다면, 아이와 아버지는 주말이 아니라 내일 밤이나 모레 밤에 그것을 함께 조립할 것이다. 곰돌이 푸와 크리스토퍼 로빈의 그림이 벽에 예쁘게 붙어 있었다. 그것은 곧 마약을 하는 록 가수의 사진으로 바뀔 것이라고 웬디는 생각했다. 순수에서 경험으로. 인간의 본성이란다. 움켜쥐고 포효하라. 그래도 그 생각을 하니 서글퍼졌다. 내년이 되면 대니는 학교에 갈 것이고, 최소한 아이와 함께하는 시간의 절반을, 어쩌면 그 이상을 친구들에게 빼앗길 것이다. 웬디와 잭은 스타빙튼에서 매사가 순조롭게 느껴졌던 시절에 둘째를 가지려고 해 보았지만, 웬디는 지금 다시 피임약을 먹고 있다. 모든 것이 너무나 불분명했다. 아홉 달 후에 그들이 어찌 될지는 하느님만이 아실 일이었다.

웬디의 눈길이 말벌집으로 갔다.

침대 옆 커다란 플라스틱 판에 놓인 그것은 대니의 방에서 가장 높은 자리를 차지하고 있었다. 아무리 비어 있다 하더라도 웬디는 꺼림칙했다. 세균이 있을지도 모른다는 생각이 어렴풋이 들어서 잭에게 물어보려 했지만 그가 비웃을 것 같았다. 하지만 내일 잭이 없을 때 따로 의사에게 물어볼 것이다. 그녀는 수많은 생물들이 씹어서 타액과 함께 만들어 놓은 그것이 잠든 아들의 머리맡에 있다는 것 자체가 마음에 들지 않았다.

욕실에 아직도 물 흐르는 소리가 났고, 웬디는 일어나 아무 일도 없는지 확인하러 큰 침실로 들어갔다. 잭은 쳐다보지 않았다. 그는 타자기를 노려보며, 이 사이에 필터 담배를 끼우고 자신이 창조하는 세계에 몰두해 있었다.

웬디는 닫힌 욕실 문을 가볍게 두드렸다. "괜찮니, 똘똘아? 자는 것 아냐?"

대답이 없었다.

"대니?"

대답이 없었다. 웬디는 문을 열어 보려고 했다. 잠겨 있었다.

"대니?" 이제 걱정이 되었다. 계속해서 흐르는 물소리 외에는 아무것도 들리지 않자 불안해졌다. "대니? 문 좀 열어 봐, 애야."

대답은 없었다.

"대니!"

"이런, 웬디, 밤새 문을 두드리고 있으면 집중할 수가 없잖아."

"대니가 욕실에서 문을 잠그고 앉아 대답을 안 해!"

잭은 성가신 표정으로 책상에서 일어나 나왔다. 그는 문을 한 번 세게 두드렸다. "문 열어, 대니. 장난치지 마."

대답은 없었다.

잭은 더 세게 쳤다. "장난치지 마, 똘똘아. 잘 시간에는 자는 거야. 문 안 열면 때려 줄 테다."

'이성을 잃고 있어.' 웬디는 그렇게 생각했고 더욱 두려워졌다. 그는 2년 전 그날 저녁 이후 화를 내며 대니에게 손찌검한 적은 없었지만 지금 이 순간은 그럴 수 있을 만큼 화가 난 것 같았다.

"대니, 애야……." 웬디가 입을 열었다.

대답이 없었다. 물 흐르는 소리뿐.

"대니, 내가 이 문을 부수고 열면, 너는 오늘 밤 똑바로 누워서 못 잘 거다." 잭이 경고했다.

아무 소리도 없었다.

"부수고 들어가." 웬디가 말했다. 갑자기 말하기가 어려워졌다. "빨리."

그는 한쪽 발을 들어 손잡이 오른쪽을 세게 찼다. 자물쇠는 변변치 못했다. 그것은 곧장 떨어져 나갔고 문이 덜컹거리며 열리더니 욕실 타일 벽에 부딪혀 튕겨 나왔다.

"대니!" 웬디가 소리 질렀다.

세면대에 물이 세차게 흐르고 있었다. 그 옆에는 뚜껑을 연 치약 튜브가 놓여 있었다. 대니는 왼손에 힘없이 칫솔을 들고 입 주위에 옅은 치약 거품을 묻힌 채 욕조 가장자리에 앉아 있었다. 아이는 세면대 위에 달린 약장 앞 거울을 넋 잃은 듯 노려보고 있었다. 아이의 표정은 공포에 취한 것 같았고, 웬디에게 처음 든 생각은 아이가 간질 발작 같은 것을 일으켰다는 것이었다. 그리고 아이가 혀를 깨물었을지도 모른다고.

"대니!"

대니는 대답이 없었다. 아이의 목구멍에서 갈라진 소리가 새어 나왔다.

그러자 웬디는 옆으로 홱 밀쳐져서 수건 걸이에 부딪혔고, 잭이 달려와 아들 앞에 무릎을 꿇고 앉았다.

"대니." 그가 불렀다. "대니, 대니!" 그는 대니의 멍한 눈앞에서 손가락을 쳐서 소리를 냈다.

"어……셔." 대니가 말했다. "토너먼트 경기. 스트로크. 너어어어어……."

"대니……."

"로크!" 대니가 갑자기 어른처럼 굵은 소리로 말했다. "로크. 스트로크. 로크 방망이……, 양면이 있어. 가아아아아아아아……."

"오, 잭 어떡해. 쟤가 왜 저러는 거야?"

잭은 아이의 팔꿈치를 잡고 세게 흔들었다. 대니의 머리가 힘없이 뒤로 젖혀지더니 막대에 꽂은 풍선처럼 앞으로 튕겨 나왔다.

"로크. 스트로크. 해살."

잭이 아이를 다시 흔들자 대니의 눈빛이 갑자기 제대로 돌아왔다. 손에서 칫솔이 떨어지더니 톡 하는 소리를 내며 타일 바닥에 부딪혔다.

"네?" 아이가 주위를 둘러보며 물었다. 아이는 아버지가 무릎을 꿇고 앉아 있고 웬디가 벽에 기대어 서 있는 것을 보았다. "왜요?" 대니가 더욱 놀라며 다시 물었다. "으, 으, 왜, 왜 그, 그, 그……."

"말 더듬지 마!" 잭이 아이 얼굴에 대고 소리를 질렀다. 대니는 놀라서 소리를 지르고 온몸을 경직시키며 아버지에게서 빠져나가려 하더니 울기 시작했다. 잭은 쓰라린 마음으로 아이를 꼭 껴안았다. "오, 애야, 미안하다, 미안해, 똘똘아. 제발. 울지 마. 미안해. 괜찮아."

물은 계속해서 세면대에 흘러 들어가고 있었고, 웬디는 시간이 거꾸로 흘러가 술에 취한 남편이 아들의 팔을 부러뜨리곤 똑같은 말로 아들을 달래던 그때로 돌아가는 악몽 속으로 들어온 듯한 기분이 들었다.

'오, 얘야. 미안하다. 미안해, 똑똑아. 제발. 정말 미안하다.'

웬디는 둘에게 달려가 대니를 잭의 품에서 꺼내어(그녀는 남편의 얼굴에서 성난 표정을 읽었지만 나중에 생각하기로 했다) 안아 올렸다. 웬디는 아들을 안고 작은 침실로 걸어갔고, 대니는 엄마 목에 팔을 감고 있었으며, 잭은 두 사람을 쫓아갔다.

웬디는 대니의 침대 위에 앉아 아이를 흔들어 어르며 뜻도 없는 말을 중얼거렸다. 웬디는 잭을 올려다보았고, 이제 그의 눈빛에는 걱정만 담겨 있었다. 그는 왜 그러냐는 듯 눈썹을 치켜 올렸다. 웬디는 살짝 고개를 저었다.

"대니." 웬디가 말했다. "대니, 대니, 대니야. 이제 괜찮아, 똑똑아. 아무렇지도 않아."

마침내 대니는 조용해졌고 품안에서 약하게 몸을 떨고 있을 뿐이었다. 하지만 아이가 먼저 말을 건넨 사람은 잭이었다. 잭은 그들 곁에 앉아 있었고 웬디는 전처럼 약한 쓰라림을 느꼈다.

'그가 먼저야. 항상 그가 먼저였어.'

쓰라린 질투. 잭은 아이에게 소리를 쳤고 자신은 달래 주었건만, 그래도 대니가 말을 건 것은 아버지였다.

"나쁜 짓을 했으면 미안해요."

"아무것도 염려할 것 없다, 똑똑아." 잭이 머리를 쓰다듬었다. "거기서 대체 무슨 일이 있었니?"

대니는 천천히, 멍한 표정으로 고개를 저었다. "모……몰라요. 왜 말을 더듬지 말라고 했어요, 아빠? 나는 말 더듬지 않아요."

"물론 그렇지." 잭이 따뜻하게 말했지만, 웬디는 심장에 차가운 손가락이 닿는 느낌이 들었다. 잭은 마치 유령을 본 것처럼 갑자기 겁먹은 표정을 지었다.

"타이머가 어쨌다고요……." 대니가 중얼거렸다.

"뭐?" 잭이 몸을 앞으로 숙였고 대니는 엄마 품에서 움찔했다.

"잭, 애가 놀라잖아!" 책망하는 목소리였다. 모두가 겁먹고 있다는 생각이 문득 들었다. 하지만 대체 뭐가 무섭다는 것일까?

"몰라요, 몰라요." 대니는 아버지에게 말했다. "뭐……, 내가 뭐라고 했어요, 아빠?"

"아무것도 아냐." 잭이 중얼거렸다. 그는 바지 뒷주머니에서 손수건을 꺼내 입을 닦았다. 웬디는 다시 시간이 거꾸로 돌아간다는 느낌을 받았다. 그것은 그가 술을 마시던 때 자주하던 행동이었다.

"왜 문을 잠갔니, 대니?" 웬디가 부드럽게 물었다. "왜 그랬어?"

"토니." 아이가 대답했다. "토니가 그러라고 했어요."

그들은 아이의 머리 위에서 눈짓을 교환했다.

"토니가 왜 잠그라고 했는지 말해 주든, 얘야?" 잭이 조용히 물었다.

"이를 닦으면서 글 읽기를 생각하고 있었어요." 대니가 말했다. "아주 열심히요. 그러다……, 그러다 토니가 거울 속에 있는 게 보였어요. 그 애가 나한테 다시 보여 줄 게 있다고 했어요."

"그러니까 그 애가 네 뒤에 있었다고?" 웬디가 물었다.

"아뇨. 거울 속에 있었어요." 대니는 그 점을 힘주어 강조했다.

"아주 깊숙이 들어 있었어요. 그래서 나도 거울 속으로 들어갔는데. 그리고 기억나는 것은 아빠가 나를 흔들고 있는 거였고, 그래서 내가 또 무슨 잘못을 한 줄 알았어요."

잭은 두들겨 맞은 듯 얼굴을 찡그렸다.

"아냐, 똘똘아." 그가 조용히 말했다.

"토니가 문을 잠그라고 했어?" 웬디가 아들의 머리를 쓰다듬으며 말했다.

"예."

"그럼 그 애가 보여 주려고 한 게 뭐였니?"

대니는 엄마 품속에서 몸을 긴장시켰다. 마치 아이 몸의 근육이 피아노 줄 같은 것으로 변한 듯했다. "기억 안 나요." 아이가 당황해서 말했다. "기억나지 않아요. 묻지 마세요. 아……아무것도 기억 안 나요!"

"쉬." 웬디가 놀라서 말했다. 그녀는 아이를 다시 흔들기 시작했다. "기억 안 나도 괜찮아. 그렇고말고."

마침내 대니는 긴장을 풀기 시작했다.

"내가 좀 같이 있어 줄까? 동화책 읽어 줄까?"

"아뇨. 스탠드만 켜 주세요." 아이는 부끄러운 듯 아버지를 쳐다보았다. "아빠, 잠깐만 있어 주실래요?"

"그럼, 똘똘아."

웬디는 한숨을 쉬었다. "거실에 있을게, 잭."

"그래."

웬디는 일어나 대니가 이불 속으로 들어가는 것을 보았다. 아이는 아주 작아 보였다.

"정말 괜찮니, 대니?"

"괜찮아요. 스누피만 켜 주세요, 엄마."

"그래."

웬디는 개집 지붕에 스누피가 누워서 자고 있는 그림이 그려져 있는 스탠드의 스위치를 켰다. 오버룩에 오기 전까지 대니가 밤 중에 스탠드를 켜 달라고 한 적이 없었지만, 여기 와서는 청해 왔다. 그녀는 책상 스탠드와 등을 끄고, 대니의 하얗고 동그란 얼굴 과 잭의 얼굴을 돌아보았다. 그녀는 잠시 머뭇거렸다.

'그래서 나도 거울 속으로 들어갔어요.'

그러고는 조용히 밖으로 나갔다.

"잠 오니?" 잭이 대니의 이마에서 머리카락을 쓸어 주며 물었다.

"예."

"물 마실래?"

"아뇨……."

5분 동안 침묵이 흘렀다. 잭은 여전히 대니를 토닥여 주고 있었다. 아이가 잠들었다고 생각하고 조용히 일어나 방을 나가려던 참에 대니가 잠결에 말했다.

"로크."

잭은 뼛속까지 얼어붙어 뒤를 돌아보았다.

"대니……?"

"엄마를 아프게 하지 않을 거죠, 그렇죠, 아빠?"

"그럼."

"저도요?"

"그럼."

다시 침묵.

"아빠?"

"응?"

"토니가 와서 로크 얘기를 해 주었어요."

"그랬니, 똘똘아? 뭐라고 하던?"

"별로 기억나는 건 없어요. 거기 이닝이 있다고 한 것만 기억나요. 야구처럼요. 웃기죠?"

"응." 잭의 심장이 묵직하게 쿵쿵거렸다. 어떻게 아들이 그런 것을 알 수 있었을까? 로크 경기에는 이닝이 있지만 야구가 아니라 크로케와 같은 방식이었다.

"아빠……?" 아이는 이제 거의 잠들었다.

"응?"

"해살이 뭐예요?"

"햇살? 햇빛 말하는 거 같구나."

침묵.

"자니, 똘똘아?"

대니는 잠이 들어 천천히 고른 숨을 내쉬고 있었다. 잭은 앉아서 아이를 잠시 내려다보았고, 밀물처럼 사랑이 밀려드는 것을 느꼈다. 왜 아들에게 그렇게 소리를 질렀을까? 아이가 조금 더듬는 건 아주 당연한 일이었다. 얼이 빠져 있었거나 기절 비슷한 상태에서 정신을 차린 것이었고, 그런 상황에서 말을 더듬는 것은 너무나 당연했다. 너무나. 그리고 아이는 타이머란 말을 한 것이 아니었다. 뭔가 다른, 뜻모를 말이었을 것이다.

로크에 이닝이 있다는 것을 대니가 어떻게 알았을까? 누군가 이야기해 준 것일까? 울먼이? 할로런이?

잭은 자기 손을 내려다보았다. 긴장해서 주먹을 꽉 쥐고 있었다. '오 술 생각이 너무나 간절하다.'

손톱이 조그만 낙인처럼 손바닥을 파고들고 있었다. 그는 서서히 손을 폈다.

"사랑한다, 대니." 그가 속삭였다. "정말이야."

그는 방을 나왔다. 그는 비록 조금이긴 하지만 이성을 잃었고, 그것만으로도 충분히 괴롭고 두려웠다. 술 한잔이면 그런 감정을 잊을 수 있을 것이다. 정말이다. 그러면 그것과

(타이머에 관한 것)

다른 모든 것을 잊을 수 있을 것이다. 그 말은 절대 잘못 들은 것이 아니었다. 절대. 똑똑히 들었다. 잭은 복도로 나와 뒤를 돌아보고 무의식적으로 손수건으로 입을 닦았다.

그들의 모습은 스탠드 불빛에 검은 실루엣으로 비쳤다. 웬디는 팬티만 입고서 아이의 침대로 가서 다시 이불을 덮어 주었다. 아이는 이불을 발로 차냈다. 잭은 문 앞에 서서 아내가 아이의 이마에 손을 짚어 보는 것을 보았다.

"열 있어?"

"아니." 웬디가 대니 뺨에 입을 맞추었다.

"예약을 해서 정말 다행이야." 웬디가 문 쪽으로 나오자 잭이 말했다. "그 의사가 대니의 증상에 대해서 알까?"

"슈퍼 직원 말로는 굉장히 좋은 의사래. 그것밖에 몰라."

"뭔가 문제가 있으면 장모님 댁으로 대니랑 당신을 보내려고

해, 웬디."

"싫어."

"나도 알아." 그가 아내에게 팔을 두르며 말했다. "당신 기분 안다고."

"내가 엄마한테 어떤 감정을 갖고 있는지 당신은 전혀 몰라."

"웬디, 달리 당신을 보낼 곳이 없잖아. 그건 알고 있지."

"당신도 오면⋯⋯."

"이 일자리가 없으면 우린 끝장이야." 그가 잘라 말했다. "그거 알고 있지."

웬디의 그림자가 천천히 고개를 끄덕였다. 그녀도 알고 있었다.

"울먼이랑 면접했을 때, 그자가 허풍을 떠는 것뿐이라고 생각했어. 이제 그때 같은 확신은 없어졌어. 어쩌면 정말로 당신이랑 대니를 데리고 오지 말걸 그랬나 봐. 아무리 가까운 곳이라도 60킬로미터나 떨어져 있는 곳이라니."

"나는 당신을 사랑해." 웬디가 말했다. "그리고 대니는 당신을 훨씬 더 사랑해. 그게 가능할지는 모르겠지만 말이야. 쟤는 아마상심할 거야, 잭. 당신이 우리를 딴 곳으로 보내면 상심할 거야."

"그렇게 말하지 마."

"의사가 뭔가 문제가 있다고 하면 내가 사이드와인더에서 일자리를 찾아볼게." 웬디가 말했다. "사이드와인더에서 직장을 못 구하면 대니랑 나는 볼더로 갈게. 어머니한테는 갈 수 없어, 잭. 그럴 순 없어. 그러라고 하지 말아 줘. 나는⋯⋯, 죽어도 못 가."

"그 맘 알 것 같아. 기운 내. 아무 일도 아닐지 모르잖아."

"응."

"예약은 2시인가?"

"응."

"침실 문은 열어 두자, 웬디."

"나도 그러고 싶어. 하지만 이제 푹 잘 것 같아."

하지만 대니는 푹 자지 못했다.

쿵……쿵……쿵쿵쿵쿵…….

대니는 미로처럼 꼬불꼬불한 복도를 달리며 육중하게 울리는 소리로부터 도망치고 있었다. 맨발은 파랑과 검정 무늬가 있는 바닥을 작게 소리 내며 딛고 있었다. 등 뒤 어딘가에서 로크 방망이가 벽을 치는 소리가 들릴 때마다 대니는 비명을 지르고 싶었다. 하지만 그래서는 안 된다. 그래서는 안 된다. 비명을 지르면 그때는

(그때는 해살)

'이리 나와서 벌을 받아, 이 빌어먹을 울보야!'

오, 그 목소리의 주인이 그를 잡으러 다가오는 소리가 들렸다. 낯선 정글의 호랑이처럼 복도를 돌진해 오는 소리가. 사람을 잡아먹는 놈이.

'이리 나와, 이 개새끼야!'

내려가는 계단에 닿을 수만 있다면, 이 3층을 벗어날 수만 있다면 살 수 있을지도 몰랐다. 엘리베이터라도. 잊어버린 것을 기억해 낼 수만 있다면. 하지만 사방은 어두웠고 두려움 때문에 대니는 방향 감각을 잃었다. 그는 한 복도에서 다른 복도로 달려 들어

갔고 심장이 불붙은 얼음처럼 목구멍으로 튀어나올 것만 같았다. 모서리를 돌 때마다 이 복도에 어슬렁거리는 인간 호랑이랑 딱 마주칠 것만 같아서.

쿵쿵거리는 소리와 끔찍한 목쉰 소리는 이제 바로 등 뒤에서 들려왔다.

방망이가 휙 공기를 갈랐다.

'로크……스트로크……로크……스트로크……해설'

그리고 벽에 부딪혔다. 정글 카펫에 발이 닿는 작은 소리. 씁쓰름한 주스처럼 입안에 공포가 퍼졌다.

'너는 잊어버린 것을 기억할 거야……. 하지만 정말 그럴까? 그게 무엇이었을까?'

대니는 모서리를 또 돌았고, 막다른 골목에 왔음을 알고 공포에 질렸다. 삼면이 온통 잠겨 있는 문뿐이었다. 서쪽. 건물 서쪽이었고 밖에는 눈보라가 비명을 질러 대며 몰아치는 소리가 들려왔다.

대니는 벽에 몸을 기대고 두려움에 떨며 울고 있었다. 심장은 덫에 걸린 토끼처럼 팔딱였다. 엠보싱 처리가 된 하늘색 실크 벽지에 등이 닿자 다리에 힘이 빠졌고 대니는 카펫 위에 쓰러져 덩굴 무늬 정글 위에 두 팔을 뻗고 숨을 몰아쉬었다.

더 크게. 더 크게.

복도에는 호랑이가 있었고, 호랑이가 날카롭게 포효하며 모서리를 막 돌아 나오려 하고 있었고, 로크 방망이를 두드리는 소리가 났다. 이 호랑이는 두 발로 걷는 놈이었고 그건…….

대니는 헉 하며 벌떡 일어나 눈을 크게 뜨고 손으로 얼굴을 가린 채 어둠 속을 노려보았다.

한 손 위에 뭔가 있었다. 기어다니는 것이.

말벌. 세 마리였다.

놈들이 대니를 동시에 쏘았고 바로 그때 모든 환상이 부서져 검은 홍수처럼 대니에게 쏟아지자, 대니는 어둠 속에서 비명을 질렀다. 말벌들이 왼손을 자꾸만자꾸만 쏘고 있었다.

불이 켜졌고 팬티만 입은 아빠가 눈을 크게 뜨고 서 있었다. 졸린 눈을 한 엄마가 겁을 먹고 그 뒤에 서 있었다.

"떼어내 줘요!" 대니가 소리 질렀다.

"이런 세상에!" 잭이 말했다. 놈들을 본 것이다.

"잭, 왜 그러는 거야? 왜 그래?"

잭은 대답하지 않고 침대로 달려가 베개를 들고 대니의 왼손을 마구 때렸다. 또. 또. 웬디는 벌레 같은 것이 공중으로 날아가는 것을 보았다.

"잡지 가져와!" 그는 웬디에게 소리 질렀다. "때려서 죽여!"

"말벌이야?" 웬디가 이렇게 말하더니 한동안 무슨 영문인지 모르겠다는 듯 가만 있었다. 그러더니 정신을 차린 그녀는 감정을 폭발시켰다. "말벌이라니, 오 세상에. 잭, 당신이……."

"빌어먹을 입 닥치고 죽여!" 그가 고함쳤다. "시키는 대로 해!"

한 놈이 대니의 책상 위에 앉았다. 웬디는 색칠 공부책을 집어 들고 말벌을 내리쳤다. 끔찍한 갈색 자국이 남았다.

"커튼에 한 마리 더 있어." 그가 말하더니 대니를 품에 안고 달려갔다.

그는 아이를 자기 침실로 데려가 웬디 쪽 침대에 내려놓았다.

"거기 가만 누워 있어라, 대니. 내가 말할 때까지 저 방엔 오면 안 돼. 알겠지?"

얼굴이 퉁퉁 붓도록 울던 대니는 고개를 끄덕였다.

"우리 아들 용감하지."

잭은 복도를 달려가 계단을 내려갔다. 등 뒤에서 색칠 공부책을 내리치는 소리가 두 번 들리더니 아내가 비명을 지르는 소리가 들렸다. 그는 발걸음을 늦추지 않고 계단을 둘씩 내려가 불 꺼진 로비로 갔다. 그는 울먼의 사무실을 통과하여 주방으로 가다가 허벅지를 울먼의 참나무 책상 모서리에 부딪혔지만 느끼지도 못했다. 그는 주방문을 젖히고 개수대 쪽으로 갔다. 저녁에 쓴 접시는 아직도 건조기에 쌓여 있었다. 웬디는 거기에 접시를 두어 물기가 마르도록 했다. 잭은 꼭대기에서 커다란 파이렉스 볼을 낚아챘다. 접시 하나가 바닥에 떨어져 박살 났다. 그것은 무시한 채 그는 돌아 나와 사무실을 통과하여 계단을 올라갔다.

웬디는 대니 방 문 밖에서 숨을 몰아쉬며 서 있었다. 얼굴은 백지장 같았다. 눈은 번득이고 머리카락은 땀에 젖어 목에 들러붙어 있었다. "전부 잡았어." 그녀가 멍하게 말했다. "하지만 한 놈한테 쏘였어. 잭, 전부 죽었다고 했잖아." 웬디가 울기 시작했다.

잭은 대꾸 없이 그녀를 지나쳐 가 대니 침대 옆의 벌집으로 파이렉스 볼을 가져갔다. 벌집에는 움직이는 것이 아무것도 없었다. 아무것도 없었다. 어쨌든 겉에는 아무것도 보이지 않았다. 그는 벌집 위로 볼을 뒤집어씌웠다.

"자, 됐어." 그가 말했다.

그들은 침실로 돌아갔다.

"어딜 쏘였어?" 잭이 웬디에게 물었다.

"내……, 팔뚝에."

"어디 봐."

웬디는 그에게 팔을 보여 주었다. 손바닥과 손목 사이, 팔찌를 차는 부분 바로 위에 조그만 구멍이 나 있었다. 그 주변의 살이 부어오르고 있었다.

"벌침에 알레르기 있어?" 잭이 물었다. "잘 생각해 봐! 만일 그러면 대니도 그럴지 몰라. 저 빌어먹을 놈들이 애를 대여섯 번이나 쏘아 놨어."

"아니." 웬디가 좀더 침착하게 대답했다. "나……, 난 그냥 벌이 싫을 뿐이야. 아주 싫어."

대니는 침대 발치에 앉아서 왼손을 잡고 들여다보고 있었다. 놀라서 퀭해진 두 눈이 원망하듯 잭을 쳐다보았다.

"아빠, 다 죽었다고 했잖아요. 손이……, 너무 아파요."

"어디 보자, 똘똘아……. 아냐, 만지지 않을 거야. 그러면 더 아플 거다. 그냥 내밀기만 해 봐."

대니가 손을 내밀자 웬디가 신음소리를 냈다. "오, 대니……. 오, 이 손 좀 봐!"

나중에 의사가 살펴보니 쏘인 곳이 모두 열한 곳이었다. 지금 그들에게 보이는 것은 손바닥과 손가락에 후추를 뿌려 놓은 듯이 난 작은 구멍뿐이었다. 심하게 붓고 있었다. 대니의 손은 만화 속에서 벅스 버니나 대피 덕이 자기 손을 망치로 쳤을 때처럼 보였다.

"웬디, 욕실에서 스프레이 좀 가져와." 잭이 말했다.

웬디는 그것을 가지러 갔고, 잭은 대니 옆에 앉아서 아이의 어깨에 팔을 둘렀다.

"손에 스프레이를 뿌린 다음에 폴라로이드 사진을 찍어 두자, 똘똘아. 그리고 엄마아빠랑 함께 자는 거야, 알겠지?"

"네. 근데 사진은 왜 찍어요?"

"나쁜 사람들을 고소할 때 쓰려고 말이야."

웬디는 소화기 모양으로 생긴 스프레이를 갖고 돌아왔다.

"아프지 않을 거야, 애야." 그녀가 말하면서 뚜껑을 열었다.

대니는 손을 내밀었고, 웬디는 손등과 손바닥이 번들거릴 때까지 스프레이를 뿌렸다. 아이는 길게 한숨을 내쉬었다.

"따끔거리니?" 웬디가 물었다.

"아뇨. 좀 나아요."

"자, 이거. 씹어 먹어." 웬디는 오렌지 맛 어린이용 아스피린 다섯 알을 내밀었다. 대니는 그것을 받아 한 알씩 입에 넣었다.

"너무 많은 거 아냐?" 잭이 물었다.

"많이 쏘였잖아." 웬디는 화난 목소리로 받아쳤다. "가서 그 벌집을 없애 버려, 잭 토런스. 지금 당장."

"잠깐만."

잭은 서랍장으로 가더니 맨 위 서랍에서 폴라로이드 사진기를 꺼냈다. 그는 더 깊은 곳을 뒤지더니 플래시큐브^{섬광 전구 네 개가 차례로 발광하는 장치}를 찾아냈다.

"잭, 뭐하려고?" 웬디가 약간 신경질적인 목소리로 물었다.

"제 손 사진을 찍는 거예요." 대니가 진지하게 말했다. "그래 갖고 나쁜 사람들을 고소할 때 쓰려고요. 그렇죠, 아빠?"

"맞아." 잭이 진지하게 말했다. 그는 플래시를 찾아내어 카메라에 연결시켰다. "손을 내밀어 봐, 얘야. 한 군데당 오천 달러는 받을 수 있을 거다."

"대체 무슨 소리야?" 웬디는 비명에 가까운 소리를 질렀다.

"무슨 소리냐면, 저 빌어먹을 살충제에 적힌 대로 했단 말이야. 그놈들을 고소할 거야. 저 망할 놈의 살충제에 결함이 있었어. 그게 분명해. 그렇지 않고서야 어떻게 이럴 수가 있어?"

"아." 웬디는 작은 소리로 말했다.

그가 사진 네 장을 찍어서 인화지를 뽑아내고 웬디는 목에 걸고 있던 조그만 시계 목걸이로 시간을 쟀다. 손을 벌에게 쏘인 것으로 몇 천 달러를 벌 수도 있다는 말에 신이 난 대니는 놀랐던 데에서 좀 회복하여 적극적으로 관심을 보이기 시작했다. 손에서는 둔한 통증이 느껴졌고 머리도 약간 아팠다.

잭이 카메라를 치우고 서랍장 위에 인화지를 얹어 놓고 말리는 동안 웬디가 말했다. "오늘 밤 의사에게 데려가야 하는 것은 아닐까?"

"통증이 아주 심하지 않으면 괜찮아. 벌 독에 알레르기가 심한 사람은 30초 만에 당해."

"당하다니? 무슨……."

"혼수 상태. 아니면 발작."

"오. 오, 세상에." 웬디는 팔짱을 끼고 아득한 표정을 지었다.

"기분이 어떠니, 얘야? 잘 수 있겠어?"

대니는 눈을 깜박거렸다. 악몽은 마음속에서 희미한 배경처럼 사라져 갔지만 아이는 아직도 놀란 상태였다.

"엄마아빠랑 같이 자도 되면요."

"물론이지. 오, 얘야, 정말 미안해."

"괜찮아요, 엄마."

웬디는 다시 울기 시작했고 잭은 아내의 어깨를 감싸안았다. "웬디, 살충제에 적힌 방법대로 했다고 맹세해."

"아침에 그거 치워 줄 거야? 응?"

"물론이지."

세 사람은 침대에 함께 누웠고 잭이 침대 위의 등을 끄려다가 움직임을 멈추고는 이불을 걷어 냈다. "벌집 사진도 필요해."

"빨리 갔다 와."

"알았어."

잭은 서랍장으로 가서 카메라와 플래시큐브를 꺼내더니 대니에게 손가락으로 동그라미를 만들어 보여 주었다. 대니는 빙그레 웃고 다치지 않은 손으로 같은 신호를 보냈다.

'대단한 녀석이야, 정말 대단한 녀석.' 잭은 대니의 방으로 걸어가며 생각했다.

대니 방의 전등은 아직 켜져 있었다. 잭은 이층 침대 쪽으로 걸어가 그 옆의 탁자를 쳐다보았고, 그러자 온몸에 소름이 끼쳤다. 목덜미의 털이 다 곤두섰다.

투명한 파이렉스 볼 속에 든 벌집은 거의 보이지 않을 지경이었다. 유리 안쪽에는 말벌들이 우글거리고 있었다. 몇 마리인지 세기도 어려울 지경이었다. 최소한 쉰 마리. 어쩌면 백 마리쯤.

잭은 심장을 두근거리며 사진을 찍은 다음 카메라를 내려놓고 현상되기를 기다렸다. 그는 손바닥으로 입술을 닦았다. 한 가지 생각이 그의 마음속에 자꾸만자꾸만 떠올랐다.

'너는 이성을 잃었어. 너는 이성을 잃었어. 너는 이성을 잃었어.'

그러자 미신에 가까운 두려움이 솟아났다. 놈들이 돌아온 것이다. 그는 말벌을 죽였지만 놈들이 돌아온 것이다.

마음속에서 그는 놀라서 우는 아이의 얼굴에 대고 소리치는 자신의 목소리를 들었다. '말 더듬지 마!'

그는 다시 입을 닦았다.

그는 대니의 책상으로 가서 서랍을 뒤져 보드판이 대어져 있는 커다란 직소 퍼즐을 꺼냈다. 그것을 침대 탁자로 가져가, 볼과 벌집을 조심스럽게 그 위에 밀어 올렸다. 말벌은 감옥 속에서 성난 듯이 웅웅거렸다. 그러고 나서 볼이 미끄러지지 않도록 손으로 꽉 잡은 다음 잭은 복도로 나갔다.

"끝났어, 잭?" 웬디가 물었다.

"끝났어요, 아빠?"

"잠깐만 아래층에 내려갔다 올게." 그는 아무렇지도 않은 목소리로 말했다.

'어떻게 이런 일이 있을 수가? 도대체 어떻게?'

살충제는 분명 불발탄이 아니었다. 고리를 빼내자 새하얀 연기가 솟아나는 것이 보였다. 그리고 두 시간 후 다시 올라가서 꼭대기 구멍에 흩어져 있는 작은 시체들을 떨어 내렸던 것이다.

'그럼 어떻게? 자연 재생이란 말인가?'

말도 안 되는 소리다. 17세기의 낡은 유물이란 말이다. 곤충은 재생하지 못한다. 게다가 혹시 말벌 알이 열두 시간 만에 성충이 될 수 있다 하더라도 지금은 여왕벌이 알을 낳는 시기가 아니다. 그것은 4월이나 5월이었다. 가을은 말벌이 죽는 때였다.

살아 있는 모순이나 다름없는 말벌들이 볼 아래서 맹렬하게 웅웅거렸다.

잭은 그것을 아래층으로 가져가 주방으로 갔다. 주방 뒤쪽에 밖으로 통하는 문이 하나 있었다. 벌거벗은 셈이나 마찬가지인 그의 몸에 차가운 밤바람이 불어닥쳤고, 싸늘한 콘크리트 바닥에 발이 닿자마자 감각이 사라졌다. 호텔의 영업 시즌 중에 우유가 배달되던 곳이었다. 잭은 수수께끼가 들어 있는 볼을 조심스럽게 바닥에 놓고 일어나면서 문 밖에 달려 있는 온도계를 보았다. 온도계에는 '세븐업으로 상쾌하게'라고 적혀 있었고 수은주는 영하 3.8도를 가리키고 있었다. 놈들은 추위 때문에 아침이면 모두 죽을 것이다. 잭은 들어가서 문을 단단히 닫았다. 잠깐 생각하고 나더니 문을 잠그기까지 했다.

잭은 다시 주방을 나와 전등을 껐다. 그는 잠시 어둠 속에 서서 술 생각을 했다. 갑자기 호텔에는 수천 가지 소리가 숨어 있는 것 같았다. 끽끽거리는 소리, 신음소리, 말벌집이 말라붙은 과일처럼 매달려 있는 처마 밑에 바람이 부딪치는 소리.

놈들이 돌아왔다.

그러자 갑자기 오버룩이 전처럼 좋게 느껴지지 않았다. 아들을 쏘고, 살충제를 썼는데도 기적처럼 살아 돌아온 말벌이 아니라 호텔 자체가 문제인 것처럼 느껴진 것이다.

잭이 아내와 아들이 있는 위층으로 올라가기 전 마지막으로 한 생각은 단호하고 확실하고 분명했다.

'앞으로는 이성을 잃지 말자. 어떤 일이 있더라도.'

잭은 그들을 향해 복도를 걸어가다가 손등으로 입술을 닦았다.

건강 검진

　속옷만 입고 진찰대에 누워 있는 대니 토런스는 아주 작아 보였다. 아이는 위에서 커다란 검은 기계를 돌리고 있는 에드먼즈("그냥 빌이라고 부르세요."라고 했다) 선생님을 쳐다보고 있었다.

　"겁먹지 마, 친구." 빌 에드먼즈가 말했다. "뇌전도라는 건데 아프지 않아."

　"뇌……."

　"줄여서 'EEG'라고 부른단다. 네 머리에 전선을 여러 개 붙일 거야. 아니, 꽂는 게 아니라 테이프로 붙이는 것뿐이야. 그리고 기계 여기에 달린 펜이 네 뇌파를 기록할 거란다."

　"「육백만 불의 사나이」에 나오는 것처럼요?"

　"그거랑 비슷하지. 커서 스티브 오스틴처럼 되고 싶니?"

　"아뇨." 간호사가 대니의 머리에서 조금씩 머리카락을 깎은 부분에 전선을 붙이기 시작했다. "아빠는 언젠가 회로가 돌아 버려서……, 큰일 날 거라고 하세요."

　"나도 그 큰일이라는 것 잘 알지." 에드먼즈 박사가 온화하게 말했다. "나도 몇 번 당해 봤거든. 도와줄 것도 없는데 말이다. EEG를 해 보면 많은 것을 알 수 있단다, 대니."

　"어떤 거요?"

"예를 들면 간질 증세가 있는지 같은 것 말이다. 그게 뭐냐하면……."

"저도 간질이 뭔지 알아요."

"정말?"

"그럼요. 버몬트에 살 적 우리 유치원에 어떤 애가 있었어요. 어릴 땐 저도 유치원에 다녔거든요. 근데, 걔가 간질이었어요. 그 애는 플래시보드를 쓸 수 없었어요."

"그게 뭐니, 대니?" 에드먼즈가 기계를 켰다. 그래프 용지에 가느다란 선이 그어지기 시작했다.

"색색 전등이 많이 달려 있는 거예요. 그걸 켜면, 색깔 몇 개는 불이 들어오고 다른 것은 안 들어와요. 그럼, 색깔 수를 세어서 올바른 버튼을 누르면 불이 꺼져요. 그런데 브렌트는 그걸 할 수 없었어요."

"밝은 불빛이 간질 발작을 일으키는 경우가 있기 때문이란다."

"플래시보드를 써서 브렌트가 자빠진 것일지도 모른다고요?"

에드먼즈와 간호사는 잠깐 재미있다는 시선을 주고받았다. "우아하지는 못하지만 정확한 표현이로구나, 대니."

"네?"

"네 말이 옳다고 했다. 단 '자빠졌다'는 말 대신 '발작'이란 말을 써야 해. 그건 바른 말이 아니거든……. 자, 이제 가만히 누워 있어라."

"예."

"대니, 이……, 뭐라고 불러야 할지는 모르겠지만 이 증상이 있을 때 눈앞에 밝은 불빛이 보인 적 있니?"

"아뇨."

"이상한 소리는? 땡땡거리는 소리나 딩동 하는 소리는?"

"없어요."

"오렌지 냄새나 톱밥 냄새처럼 이상한 냄새를 맡은 적은?"

"없어요, 선생님."

"정신을 잃기 전에 울고 싶을 때도 있니? 슬프지 않은데도 말이야."

"아뇨."

"그럼, 됐다."

"제가 간질병인가요, 빌 선생님?"

"그런 것 같지는 않구나, 대니. 가만 누워 있어라. 거의 다 끝났어."

기계에서 웅 하는 소리가 나더니 5분간 더 작동했고, 그러고 나자 에드먼즈 박사는 스위치를 껐다.

"끝났다, 대니." 에드먼즈가 짧게 말했다. "샐리 간호사가 전극을 떼어내 주면 옆방으로 가자. 잠깐 얘기를 해 보고 싶구나. 알았지?"

"예."

"샐리, 전극을 떼어 내고 대니가 들어오기 전에 결핵 검사를 해 줘요."

"알겠습니다."

에드먼즈는 기계에서 나온 긴 종이 두루마리를 잘라 내어 들여다보면서 옆방으로 들어갔다.

"팔을 아주 조금만 찌를 거야." 대니가 바지를 입은 다음 간호사가 말했다. "결핵에 걸리지 않았는지 확인하는 거야."

"작년에도 유치원에서 그거 했어요." 별로 희망은 없었지만 그래도 말해 보았다.

"하지만 그건 오래전이었고 대니는 이제 다 큰 소년이지, 그렇지?"

"그런 것 같아요." 대니가 한숨을 쉬고는 각오하고 한 팔을 내밀었다.

셔츠를 입고 신발을 신은 다음, 대니는 미닫이문을 열고 에드먼즈의 진찰실로 들어갔다. 에드먼즈는 생각에 잠겨 다리를 흔들며 책상 가장자리에 걸터앉아 있었다.

"어서 와라, 대니."

"네."

"이제 손은 어떠니?" 그는 가볍게 붕대를 감은 대니의 왼손을 가리켰다.

"별로 안 아파요."

"다행이구나. 네 뇌전도를 보았는데 이상이 없는 것 같다. 하지만 결과를 그것 전공인 덴버의 친구에게 보내 보려고 한단다. 확실히 해 두려고 말이야."

"예, 선생님."

"토니 얘기 좀 해 봐라, 댄."

대니는 발뺌했다. "그 애는 그냥 보이지 않는 친구일 뿐이에요. 제가 만들어 낸 거예요. 친구로 삼으려고요."

에드먼즈는 웃으며 대니의 어깨에 손을 얹었다. "네 엄마랑 아빠도 그렇게 말씀하시더구나. 하지만 이제 우리 둘만 있잖니. 나

는 네 의사란다. 사실을 말해 주면 네가 허락하지 않는 한 부모님
께 말하지 않겠다고 약속하마."

대니는 그 문제를 생각해 보았다. 아이는 에드먼즈를 쳐다보았
고 약간의 집중력을 써서 에드먼즈의 생각, 또는 최소한 기분을
알아내려고 했다. 그러자 갑자기 그의 머릿속에 희한하게 편안한
이미지가 떠올랐다. 서류 캐비닛이 하나 둘씩 미끄러져 닫히며
탁 하는 소리와 함께 잠겼다. 그 캐비닛 문 한가운데에는 조그만
표지에 A-C 비밀, D-G 비밀……이라고 적혀 있었다. 그것을
보자 대니는 마음이 조금 편해졌다.

그는 조심스럽게 말했다. "저도 토니가 누군지는 몰라요."

"네 또래니?"

"아뇨. 적어도 열한 살은 되었을 거예요. 그보다 더 나이가 많
을지도 몰라요. 가까이에서 본 적은 한번도 없어요. 어쩌면 자동
차를 몰 수 있을 만큼 나이를 먹었을지도 몰라요."

"그 애를 멀리서만 본다고, 응?"

"예, 선생님."

"그럼, 그 애는 네가 정신을 잃기 전에 항상 나타나니?"

"음, 정신을 잃는 게 아니에요. 그 애랑 같이 가는 거예요. 그
러면 그 애가 뭘 보여 줘요."

"어떤 걸 보여 주는데?"

"음……." 대니는 잠시 생각하더니 에드먼즈에게 토니가 아빠
의 글이 들어 있는 짐 가방이 있는 곳을 알려 주었고, 버몬트와
콜로라도 사이에서 이삿짐 센터 사람들이 그것을 잃어버린 것이
아니었다는 걸 이야기해 주었다. 그 짐 가방은 내내 층계 밑에 있

었던 것이다.

"그래서 토니가 말한 곳에서 아빠가 그걸 찾아내셨구나?"

"예, 선생님. 근데 토니가 말해 준 것은 아니에요. 보여 주었어요."

"알겠구나. 대니, 어젯밤에는 토니가 무엇을 보여 주었니? 네가 욕실 문을 잠그고 앉아 있었을 때 말이다."

"기억이 안 나요." 대니가 재빨리 대답했다.

"확실하니?"

"예, 선생님."

"좀 전에 내가 네가 욕실 문을 잠갔다고 했는데. 하지만 그게 아니지? 토니가 문을 잠근 거지."

"아뇨, 선생님. 토니는 진짜가 아니라서 문을 잠글 수 없었어요. 그 애가 저보고 문을 잠가 달라고 해서 제가 잠갔어요."

"토니가 항상 잃어버린 물건이 어디 있는지 가르쳐 주니?"

"아뇨, 선생님. 어쩔 때는 일어날 일을 보여 주기도 해요."

"정말?"

"네. 한 번은 토니가 그레이트 배링턴에 있는 놀이 공원이랑 동물원을 보여 준 적 있었어요. 토니는 아빠가 제 생일날 거기에 데려가 주실 거라고 했어요. 그리고 정말로 그랬어요."

"그 밖에는 또 뭘 보여 주지?"

대니는 얼굴을 찡그렸다. "표지판이오. 토니는 항상 이상한 낡은 표지판을 보여 줘요. 그런데 저는 그걸 읽을 수 없어요. 아무것도 읽을 수가 없어요."

"왜 토니가 그런다고 생각하니, 대니?"

"모르겠어요." 대니의 표정이 밝아졌다. "하지만 아빠엄마가 읽는 법을 가르쳐 주고 계시고요, 저는 아주 열심히 공부하고 있어요."

"토니의 표지를 읽으려고 말이구나."

"예, 읽는 법을 배우는 것도 좋고요. 하지만 토니의 표지를 읽고 싶기도 해요."

"토니가 좋으니, 대니?"

대니는 타일 바닥을 쳐다보며 아무 말도 하지 않았다.

"대니?"

"모르겠어요." 대니가 대답했다. "전에는 좋아했어요. 전에는 토니가 매일 와 주기를 바랐어요. 그 애는 항상 좋은 것만 보여 주었거든요. 특히 엄마랑 아빠가 '이혼'을 생각하지 않게 된 다음에는요." 에드먼즈의 눈빛이 날카로워졌지만 대니는 눈치 채지 못했다. 아이는 자기 생각을 표현하는 데 집중해서 바닥을 빤히 쳐다보고 있었다. "하지만 이제는 토니가 나타날 때마다 나쁜 것을 보여줘요. 무시무시한 거요. 어젯밤 욕실에서처럼요. 토니가 제게 보여 주는 것은 말벌이 쏠 때처럼 저를 아프게 해요. 토니가 보여 주는 것은 여기를 아프게 해요." 대니는 한 손가락을 관자놀이에 갖다 대었다. 조그만 소년이 무슨 뜻인지도 모르면서 자살의 시늉을 하고 있었다.

"그게 뭐지, 대니?"

"기억나지 않아요!" 대니가 괴로워하며 소리를 질렀다. "알 수 있으면 말씀드릴 거예요! 너무 무서워 기억하고 싶지 않아서 기억나지 않는 것 같아요. 깨어났을 때 기억나는 건 '해살' 뿐이에요."

"햇살 말이냐?"

"해살이오."

"그게 뭐니, 대니?"

"저도 몰라요."

"대니?"

"예, 선생님?"

"토니가 지금 나타나게 할 수 있니?"

"모르겠어요. 그 애가 날마다 나타나는 건 아니거든요. 앞으로 더 나타나고 싶어하는지도 모르겠어요."

"한번 해 보렴, 대니. 내가 여기서 기다려 줄 테니."

대니는 의심스러운 듯 에드먼즈를 쳐다보았다. 에드먼즈는 고개를 끄덕이며 격려했다.

대니는 한숨처럼 길게 숨을 내쉬며 고개를 끄덕였다. "하지만 정말 될지는 저도 몰라요. 누가 쳐다보고 있는데 해 본 적은 한번도 없거든요. 그리고 토니가 날마다 나타나는 건 아니고요."

"나타나지 않으면 할 수 없지." 에드먼즈가 말했다. "한번 해 보기만 하려무나."

"네."

아이는 시선을 에드먼즈가 천천히 흔들고 있는 구두 쪽으로 떨어뜨리고, 밖에 있는 엄마와 아빠 쪽으로 정신을 집중했다. 그들은 여기 어딘가 있다……. 정확히는 저 그림이 걸린 벽 바로 너머에 있었다. 그들이 들어왔던 대기실에. 엄마아빠는 나란히 앉아 있었지만 이야기는 하지 않았다. 잡지를 뒤적이고 있었다. 걱정하면서, 대니에 대해서.

아이는 이마를 찡그리고 더욱 집중하여 엄마가 무슨 생각을 하는지 느끼려고 했다. 한 방에 있지 않을 때에는 그렇게 하기가 더 힘들었다. 그리고 대니는 느끼기 시작했다. 엄마는 동생 생각을 하고 있었다. 엄마의 동생. 그 동생은 죽었다. 엄마는 그 사건이 엄마를

'나쁜 년?'

나약한 여자로 만들었다고 생각하고 있었다. 동생이 죽었기 때문에. 어린아이였을 때 엄마의 동생은

'차에 치였다 오 하느님 에일린의 일 같은 건 다시는 겪을 수 없어요 하지만 저 애가 정말로 아프면 어쩌지 암 수막염 백혈병 뇌종양 존 건터의 아들처럼 아니면 근육 무력증 오 어쩌지 저 애 또래의 아이들은 백혈병에 잘 걸리는데 방사선 치료 화학 치료 우리는 그런 치료를 해 줄 능력도 없어 하지만 그렇다고 길거리에서 죽게 하진 않을 거야 어쨌든 아이는 괜찮을 거야 괜찮을 거야 괜찮을 거야 그런 생각 하면 안 돼'

'대니……'

'에일린 생각이랑'

'대니이……'

'자동차'

'대니이……'

하지만 토니는 나타나지 않았다. 목소리만 들릴 뿐이다. 그리고 그 목소리가 사라지는 동안, 대니는 그 소리를 따라 어둠 속으로 들어가, 빌 선생님의 흔들거리는 구두 사이의 알 수 없는 구멍 속으로 굴러 들어가, 커다랗게 쿵쿵거리는 소리를 지나, 뭔가 무

시무시한 것이 도사리고 있는 어둠 속에서 고요하게 떠다니는 욕조를 지나, 달콤하게 울려 퍼지는 교회 종소리 비슷한 소리를 지나, 유리 건물 아래 시계를 지나갔다.

그러자 거미줄로 장식된 가녀린 한 줄기 빛이 어둠을 갈랐다. 약한 빛에 축축하고 불쾌하게 보이는 돌바닥이 모습을 드러냈다. 그다지 멀지 않은 곳에서 기계 소리가 계속 들려왔는데, 두려운 소리는 아니었다. 졸음이 몰려 왔다. 그것이 바로 잊혀진 것임을 깨닫고 대니는 몽롱한 상태에서도 놀랐다.

대니의 눈이 어둠에 적응하자 바로 앞에 토니의 모습이 실루엣으로 보였다. 토니는 뭔가 쳐다보고 있었고 대니도 그게 무엇인지 열심히 쳐다보았다.

'네 아빠야. 아빠 보이니?'

물론 보였다. 아무리 어두컴컴한 지하실이지만 아빠를 알아보지 못할 리가 있겠는가? 아빠는 바닥에 무릎을 꿇고 앉아 판지 상자와 나무 상자 위로 회중 전등 불빛을 비추고 있었다. 판지 상자는 곰팡이 슬고 낡은 것이었다. 상자 중에는 찢겨져 바닥에 서류가 흘러나온 것도 있었다. 신문, 책, 영수증처럼 보이는 종이를 인쇄한 것들. 아빠가 대단히 흥미롭다는 표정으로 그것을 살펴보고 있었다. 그러다 아빠는 고개를 들더니 전등을 다른 방향으로 비추었다. 불빛이 새로운 책 한 권을 비추었는데, 그것은 금실로 묶은 커다랗고 흰 책이었다. 대니는 갑자기 아빠에게 소리쳐 그 책을 보지 말라고, 보면 안 되는 책이라고 말하고 싶었다. 하지만 아빠는 그 책 쪽으로 다가갔다.

들려오는 기계음이 아빠가 매일 서너 번씩 살펴보는 오버룩의 보일러 소리라는 것을 뒤늦게 깨달았다. 그 기계 소리가 뭔가 불길하고 규칙적인 소리로 바뀌었다. 그것은 마치……, 마치 쿵쿵거리는 소리처럼 들리기 시작했다. 그리고 곰팡이와 습기, 썩은 종이의 냄새는 뭔가 다른 것, '나쁜 것'이 내는 향나무 냄새 같은 것으로 바뀌고 있었다. 아빠가 책을 향해 손을 뻗어……, 붙잡는 동안 그 냄새가 수증기처럼 퍼져 나왔다.

토니는 어둠 속 어딘가에 있었다.

'이 비인간적인 장소는 인간을 괴물로 만들어. 이 비인간적인 장소는'

알 수 없는 말을 자꾸만자꾸만 반복하면서.

'인간을 괴물로 만들어'

이제는 보일러 소리가 아니라 방망이를 휘둘러 실크 벽지를 치는 소리와 먼지 떨어지는 소리를 들으며, 다시 어둠 속으로 떨어진다. 푸른색과 검은색으로 짠 정글 카펫에 엎드린 채.

'나와'

'이 비인간적인 장소'

'벌을 받아!'

'인간을 괴물로 만들어'

머릿속에 울려 퍼지는 헉 하는 소리와 함께 대니는 어둠 밖으로 튀어나왔다. 손이 다가오자, 대니는 토니의 세계 속에 있던 오버룩의 어두운 것이 현실 세계로 쫓아 나왔다고 생각하고 몸을 움츠리며 피했다. 그러자 에드먼즈 박사가 말했다. "괜찮아, 대니. 괜찮다. 아무 일도 없어."

대니는 그가 의사이며 자신이 진료실에 있다는 사실을 깨달았다. 대니는 덜덜 떨기 시작했다. 에드먼즈가 안아 주었다.

반응이 잦아들자 에드먼즈가 물었다. "괴물이라는 말을 했지, 대니. 그게 뭐지?"

"이 비인간적인 장소는." 대니가 쉰 소리로 말했다. "토니가 말했어요. 이 비인간적인 장소는……장소는……장소는……." 아이가 고개를 저었다. "기억이 안 나요."

"기억해 봐!"

"못 해요."

"토니가 나타났니?"

"예."

"뭘 보여 주든?"

"어둠이오. 쿵쿵거리는 소리랑. 기억이 나지 않아요."

"어디에 있었지?"

"묻지 마세요! 기억나지 않아요! 묻지 마세요!" 아이는 두려움과 불안 속에서 흐느껴 울기 시작했다. 그것은 젖은 종이 뭉치처럼 끈적거리는 것으로 녹아 들어 해독할 수 없는 기억 속으로 사라졌다.

에드먼즈는 정수기로 가서 종이컵에 차가운 물 한 잔을 담아 갖다 주었다. 대니는 그것을 마셨고 에드먼즈는 한 잔을 더 갖다 주었다.

"좀 낫니?"

"예."

"대니, 너를 힘들게 하고 싶지는 않구나……. 괴롭히려는 건 아니다. 하지만 토니가 나타나기 전에 뭐든 기억나는 것 없니?"

"엄마요." 대니가 느릿느릿 말했다. "엄마는 제 걱정을 하고 계세요."

"엄마들은 항상 그래, 대니."

"아뇨……. 엄마에게는 어릴 때 죽은 여동생이 있었어요. 에일린이래요. 엄마는 에일린이 차에 치였던 일을 생각하면서 제 걱정을 하고 계셨어요. 그것 말고는 기억나지 않아요."

에드먼즈는 아이를 빤히 쳐다보았다. "바로 지금 그 생각을 하고 계신다고? 밖에 대기실에서?"

"예, 선생님."

"대니. 그걸 어떻게 알았지?"

"모르겠어요." 대니가 지친 목소리로 대답했다. "아마 빛 때문일 거예요."

"뭐라고?"

대니는 아주 천천히 고개를 저었다. "너무너무 힘이 없어요. 엄마아빠한테 가면 안 되나요? 이제 질문에 대답하고 싶지 않아요. 힘들어요. 그리고 배도 아프고요."

"토할 것 같니?"

"아뇨, 선생님. 그냥 엄마랑 아빠한테 가고 싶어요."

"좋아, 대니." 에드먼즈는 일어섰다. "밖으로 나가서 부모님을 잠깐 만난 다음에 나랑 이야기하게 안으로 들어오시라고 하렴. 알겠니?"

"예, 선생님."

"밖에 책이 있다. 책 좋아하지?"

"예, 선생님." 대니가 예의 바르게 대답했다.

"착한 아이로구나, 대니."

대니는 힘없이 미소를 지어 보였다.

"아이에게서는 아무 문제도 발견되지 않았습니다." 에드먼즈 박사가 토런스 부부에게 말했다. "신체적으로는 그렇고. 정신적으로는 영리하고 상상력이 풍부한 편입니다. 흔한 일이지요. 아이들에게는 상상력이 자기 몸보다 큰 경우가 있어요. 대니의 상상력은 나이에 비해서 대단히 큽니다. 혹시 아이의 지능 검사를 해 보셨어요?"

"저는 그런 것을 믿지 않습니다." 잭이 말했다. "부모와 선생의 기대를 옭아매는 것이지요."

에드먼즈 박사는 고개를 끄덕였다. "그럴 수도 있지요. 하지만 대니의 지능 검사를 한다면 또래 집단보다 훨씬 더 높은 수치가 나올 거라고 생각합니다. 다섯 살에서 여섯 살짜리 남자 아이치고 대니의 언어 능력은 놀라운 수준입니다."

"저희들은 대니에게 아이들이 쓰는 말을 쓰지 않습니다." 잭이 자부심을 드러내며 말했다.

"알아듣기 쉬운 말로 따로 설명할 필요가 없으실 것 같더군요." 에드먼즈는 말을 멈추고 펜을 만지작거렸다. "저와 함께 있는 동안 아이가 최면 상태에 들어갔습니다. 제가 부탁했지요. 어젯밤 욕실에서 보셨다는 상태와 똑같더군요. 아이의 근육이 전부 느슨해지고 몸에서 힘이 빠지고 안구가 회전했습니다. 교과서적인 자기 최면 상태였습니다. 저는 아주 놀랐습니다. 지금도 놀람이 가시지 않는군요."

토런스 부부는 바짝 당겨 앉았다. "어떻게 되었나요?" 웬디가 긴장해서 물어보았고 에드먼즈는 대니의 최면 상태와 "괴물", "어둠", "치는 소리" 따위를 중얼거렸다고 조심스럽게 이야기해 주었다. 최면이 끝난 다음에는 눈물을 흘리고 히스테리에 가까운 반응을 보이며 신경성 복통이 있었다고도 전했다.

"또 토니로군." 잭이 말했다.

"그게 무슨 뜻일까요? 선생님은 혹시 아세요?" 웬디가 물었다.

"약간은 알 것 같습니다. 두 분께서 좋아하지 않을 수도 있어요."

"어쨌든 말씀해 주십시오." 잭이 말했다.

"대니가 해 준 이야기를 분석해 보면 '보이지 않는 친구'는 여러분이 뉴잉글랜드에서 이곳으로 이사 오기 전까지는 진짜 친구였어요. 토니는 이사 온 이후부터 위협적인 존재가 된 겁니다. 즐거운 놀이가 악몽이 되었는데, 아드님은 그 악몽이 정확히 무엇이었는지 기억할 수 없어서 더욱 무서워하고 있어요. 그건 아주 당연한 일이지요. 우리는 누구나 무서운 꿈보다는 즐거운 꿈을 더 잘 기억하지요. 의식과 잠재 의식 사이에는 완충기가 있고, 거기에는 청교도들이 잔뜩 살고 있어요. 이 검열관이 적은 양만 걸러 보내 주고 보통 걸러져 나오는 것은 상징으로만 나타날 뿐이지요. 프로이트의 이론을 아주 단순하게 설명한 것인데, 어쨌든 우리가 정신의 작용에 대해서 알고 있는 바를 충분히 설명해 주는 것이지요."

"이사한 것이 대니에게 그렇게 큰 충격을 주었다고 생각하세요?" 웬디가 물었다.

"그럴 수도 있습니다. 심리적인 상처를 주는 상황에서 이사를 한 것이라면 말이죠." 에드먼즈가 말했다. "그런 것입니까?"

웬디와 잭은 눈짓을 주고받았다.

"저는 고등학교 선생이었습니다." 잭이 천천히 말을 꺼냈다. "실직했습니다."

"그렇군요." 에드먼즈가 말했다. 그는 만지작거리던 펜을 단호히 홀더에 도로 꽂았다. "하지만 그것 말고도 한 가지 더 있습니다. 듣고 마음이 아프실지도 모르겠군요. 아드님은 두 분께서 심각하게 이혼에 대해 생각하고 계셨다고 믿고 있는 것 같아요. 대니는 아무렇지 않게 그 이야기를 했지만, 더 이상은 두 분께서 그 생각을 안 한다고 믿고 있기 때문입니다."

잭이 입을 딱 벌렸고 웬디는 뺨을 한 대 맞은 것처럼 온몸을 움츠렸다. 그녀의 얼굴에서 핏기가 싹 가셨다.

"저희는 그 얘기를 입밖에 꺼낸 적도 없었어요!" 웬디가 말했다. "아이 앞에서 이야기한 적도 없고 저희들끼리도 없었어요! 저희는……."

"선생님께서 모든 것을 아시는 게 좋겠습니다." 잭이 말했다. "대니가 태어난 지 얼마 안 되어서 저는 알코올 중독이 되었습니다. 대학 시절 내내 술을 많이 마셨고, 웬디와 만난 다음에 조금 주춤했다가 대니가 태어나고 제가 정말 직업으로 삼고자 하는 글쓰기가 잘되지 않자 최악의 상황이 되었습니다. 대니가 세 살 반이었을 때, 제가 작업하던 원고 더미에 맥주를 좀 쏟은 적이 있었어요……. 어쨌든 제가 여기저기 던져 놓은 원고였는데……. 그래 갖고 저는……. 오, 빌어먹을." 잭의 목소리는 갈라졌지만 눈은 젖지도 흐려지지도 않았다. "입으로 말하자니 정말 더럽게도 잔인하군요. 제가 아이의 엉덩이를 때려 주려고 하다 팔을 부러뜨렸습니다. 석 달 후 저는 술을 끊었어요. 그 후로 손도 대지 않았습니다."

"그렇군요." 에드먼즈는 비난이나 위로의 기색을 담지 않고 아무렇지 않게 말했다. "물론, 팔이 부러졌던 것은 저도 알았습니다. 잘 나았더군요." 그는 책상에서 조금 물러나 앉더니 다리를 꼬았다. "솔직히 말씀드려도 된다면, 아이는 그 후로 전혀 학대받지 않은 것이 분명합니다. 벌에 쏘인 것을 빼면 학대 아동에게 흔한 멍이나 딱지 같은 상처가 전혀 없었습니다."

"물론이죠." 웬디가 강하게 말했다. "잭이 고의로……."

"아냐, 웬디. 저는 고의로 그랬습니다. 제 마음속 어딘가에서 정말로 고의로 그랬던 겁니다. 그렇지 않다면, 그보다 더 나쁜 상황일지도 몰라요." 잭은 에드먼즈를 다시 쳐다보았다. "뭔가 알고 계시죠, 선생님? 저희들이 이혼이란 말을 꺼낸 것은 지금이 처음입니다. 알코올중독이란 말, 그리고 아동 학대란 말도 마찬가지입니다. 셋 다 방금 5분 만에 처음으로 입에 담은 겁니다."

"그게 문제의 근원에 있을지도 몰라요." 에드먼즈가 말했다. "저는 정신과 의사는 아닙니다. 대니를 아동 정신과 의사에게 데려가 보시기를 원한다면, 볼더의 미션 리지 종합 병원에서 진료 경험이 있는 좋은 의사를 하나 소개시켜 드리지요. 하지만 제 진단이 정확할 겁니다. 대니는 지능이 높고 상상력이 풍부하고 직관이 빠른 아이입니다. 두 분께서 생각하시는 것만큼 아이가 두 분의 결혼 문제에 동요했으리라고는 생각지 않아요. 어린아이들은 수용력이 뛰어납니다. 아이들은 부끄러움이 뭔지 모르기 때문에 어떤 것을 숨기려고 하지 않지요."

잭은 손을 쳐다보고 있었다. 웬디가 잭의 한 손을 꼭 잡았다.

"하지만 대니는 뭔가 잘못된 것을 감지했어요. 아이의 시각에서 그중 가장 중요한 것은 팔이 부러진 것이 아니라 두 분 사이에 금이 간 것, 또는 금이 가고 있는 것이었지요. 대니는 제게 이혼 이야기는 했지만 팔이 부러진 일은 이야기하지 않았습니다. 간호사가 팔의 상처가 뭐냐고 묻자 아이는 아무것도 아니라고 했습니다. 그건 아무런 심리적 압박도 주지 않는 것이었습니다. '옛날에 다친 거예요.'라는 것이 대니의 대답이었을 겁니다."

"저 아이." 잭이 중얼거렸다. 그는 입을 꽉 다물고 있어서 뺨의 근육이 튀어나왔다. "저희들은 저런 애를 가질 자격이 없습니다."

"그래도 여러분의 아들이지요." 에드먼즈가 건조하게 대답했다. "어쨌든 대니는 이따금 환상의 세계로 들어가곤 합니다. 그것도 전혀 이상한 일은 아닙니다. 많은 아이들에게 일어나는 일입니다. 제 기억으로는 저도 대니만 할 때 보이지 않는 친구가 있었어요. 척, 척이라고 말하는 수탉이었지요. 물론 저 말고는 아무도 척, 척을 볼 수 없었어요. 저는 형이 둘 있었는데, 저만 내버려 두고 나갈 때가 많아서 그런 경우에 척, 척이 친구가 되어 주었지요. 물론 두 분도 대니의 보이지 않는 친구가 마이크나 핼이나 더치가 아니라 토니라는 이름을 가진 까닭을 아시겠지요."

"예." 웬디가 말했다.

"그 이야기를 대니에게 해 본 적이 있습니까?"

"아뇨." 잭이 말했다. "이야기를 해 봐야 할까요?"

"그러실 건 없습니다. 때가 되면 자신만의 논리에 따라 깨닫게 될 겁니다. 그런데 대니의 환상은 일반적인 보이지 않는 친구 신드롬의 경우보다 상당히 더 깊이가 있습니다. 대니는 토니를 그만큼 더 많이 원했던 것이지요. 토니가 나타나면 즐거운 일을 보여 주곤 했습니다. 때로는 놀라운 것을 보여 주었지요. 항상 좋은 것만 보여 주었고요. 토니가 아빠가 잃어버린 짐 가방이 어디 있는지도 알려 주었지요……, 층계 아래에 있다고 말입니다. 또 한번은 토니가 엄마와 아빠가 대니 생일날 놀이 공원에 데려갈 것이라고 알려 주기도 했고요……."

"그레이트 배링턴이었어요!" 웬디가 큰 소리로 말했다. "하지만 그런 것을 어떻게 알았을까요? 섬뜩하지 않나요. 이따금씩 알아내는 것이 말예요. 그건 꼭……."

"예지력이 있다고요?" 에드먼즈가 미소를 지으며 물었다.

"대니는 대양막을 쓰고 태어났어요." 웬디가 힘없이 말했다.

에드먼즈의 미소는 커다란 웃음으로 변했다. 잭과 웬디는 시선을 주고받은 다음, 따라서 미소를 지었다. 두 사람 모두 마음이 편해진 것에 놀랐다. 대니가 이따금씩 '운 좋은 추측'을 하는 것에 대해서도 둘은 거의 입밖에 내어 이야기하지 않았던 것이다.

"다음번에는 대니가 공중 부양을 할 수 있다고 하시겠군요." 에드먼즈가 여전히 웃으며 말했다. "아뇨, 아뇨, 그런 게 아닙니다. 그것은 초감각적인 것이 아니고 인간이 갖고 있는 직관력입니다. 대니의 경우에는 그것이 유난히 발달해 있지요. 토런스 씨, 대니가 짐 가방이 층계 밑에 있다는 것을 알았던 것은 아빠가 그곳 말고 다른 곳은 다 찾아보았기 때문이었습니다. 소거법이죠.

너무 간단한 추리법이라, 엘러리 퀸이 들으면 코웃음을 칠 겁니다. 좀더 있었으면 토런스 씨도 스스로 생각해 내셨을 겁니다. 그레이트 배링턴의 놀이 공원은 말입니다. 거기 가자고 한 것이 원래 누구였습니까? 두 분이셨습니까, 아니면 대니였습니까?"

"물론, 대니였어요." 웬디가 말했다. "아침에 하는 어린이 방송에서 계속 광고를 했거든요. 대니는 너무너무 가고 싶어했어요. 하지만 선생님, 문제는 저희들은 그럴 돈이 없었답니다. 그래서 그렇게 이야기해 주었지요."

"그랬더니 제가 1971년에 단편을 팔았던 남성 잡지에서 50달러 수표를 보내왔어요." 잭이 말했다. "그 단편의 재판을 연감인가 뭔가에 낸다고요. 그래서 그 돈을 대니에게 쓰기로 했지요."

에드먼즈가 어깨를 으쓱했다. "소망 충족에다 운 좋은 우연의 일치였군요."

"제기랄, 그 말씀이 딱 맞네요." 잭이 말했다.

에드먼즈가 미소를 지었다. "그리고 대니 말로는 토니가 실제로 일어나지 않은 일도 보여 주었다고 하더군요. 그릇된 인식에서 나온 환상일 뿐입니다. 이른바 신비론자나 독심술가들이 의식적으로, 비뚤어진 방식으로 하는 일을 대니는 무의식적으로 하고 있는 거지요. 저는 그 점을 높이 삽니다. 살아가는 동안 대니가 안테나를 접을 일이 생기지 않는다면 대단한 사람이 될 거라고 생각합니다."

웬디는 고개를 끄덕였다. 물론 그녀는 대니가 대단한 사람이 될 것이라고 생각했지만 의사의 설명은 뭔가 부족해 보였다. 그것은 버터가 아니라 마가린 같았다. 에드먼즈는 그들과 함께 살아 본 적이 없었다. 그래서 대니가 잃어버린 단추를 찾아내거나 《TV 가이드》가 침대 밑에 있을지도 모른다고 하거나 날씨가 맑은 데도 유치원에 갈 때 장화를 신는 게 좋겠다고 했을 때……, 그래서 그날 오후 웬디의 우산을 쓰고 쏟아지는 빗속을 걸어왔을 때, 에드먼즈는 함께 있어 본 적이 없었던 것이다. 그는 대니가 얼마나 희한하게 그것을 전부 미리 알아냈는지 알지 못했다. 웬디가 여느 때와 달리 저녁에 차를 마시려고 부엌에 나가 보면 자신의 컵에 티백이 담겨 있는 것을 발견하곤 했다. 도서관에 책을 반납하는 날이면 복도 탁자 위에 책이 전부 가지런히 쌓여 있고 맨 위에 대출 카드가 놓여 있곤 했다. 또 잭이 폴크스바겐에 왁스 칠을 할 생각을 하면 벌써 대니는 밖에 나가서 광석 라디오로 음악을 들으며 구경하려고 앉아 있곤 했다.

웬디가 말했다. "그럼 왜 지금은 악몽이 되었을까요? 왜 토니가 욕실 문을 잠그라고 했을까요?"

"토니가 필요 이상 오래 살았기 때문이라고 생각합니다." 에드먼즈가 말했다. "그 아이, 대니 말고 토니는 부인과 남편께서 결혼 생활을 계속하려고 애쓰던 시절에 태어났습니다. 대니 아빠는 술을 너무 많이 드시고 계셨지요. 팔이 부러지는 사고도 있었고요. 두 분 사이에 불길한 침묵이 오갔고."

불길한 침묵, 그렇다. 어쨌든 그 말은 사실이었다. 딱딱하게 굳은, 긴장된 식사 시간에 오가는 대화라곤 버터 좀 집어 줘, 대니, 당근 남은 것 다 먹어라, 또는 먼저 나가 볼게 뿐이었다. 잭이 밖에 나간 밤이면 웬디는 소파에 멍하니 드러누워 있었고 대니는 텔레비전을 보았다. 아침이면 그녀와 잭은 겁먹은 생쥐를 사이에 둔 사나운 고양이 두 마리처럼 서로 눈치를 보며 돌아다녔다. 그 말은 모두 사실이었다.

'오 하느님, 상처의 아픔이 가시는 날이 과연 올까요?'

무시무시할 정도로 사실이었다.

에드먼즈가 다시 말을 이었다. "하지만 상황이 바뀌었습니다. 아시다시피 어린이에게 정신 분열증 행동은 아주 흔한 것입니다. 말은 하지 않아도, 우리 어른들은 누구나 아이들이 제정신이 아니라는 사실에 동의하고 받아들입니다. 아이들에게는 보이지 않는 친구가 있습니다. 우울하면 세상에서 물러나 벽장에 들어가 앉아있기도 합니다. 아이들은 담요나 곰 인형, 호랑이 인형을 영험한 부적처럼 여기기도 합니다. 엄지손가락을 빨기도 합니다. 어른이 실제로 존재하지 않는 것을 보는 경우에는 정신 병원에 가야 한다고 하지요. 아이가 침실에서 요정을 보거나 창 밖에서 흡혈귀를 본다면 우리는 그저 귀여워서 미소 지을 뿐입니다. 어린이들에게서 일어나는 이런 온갖 현상을 설명해 주는 한마디는……."

"'크면 없어질 것이다.'" 잭이 말했다.

에드먼즈는 눈을 깜박였다. "제가 하려던 말이 바로 그겁니다. 맞아요. 이제 보니, 대니는 정신 이상을 일으킬 조건을 갖추었던 것 같군요. 불행한 가정 생활, 풍부한 상상력, 너무나 진짜 같은 보이지 않는 친구. 아동기의 정신 분열증이 '커서 없어지는' 대신 대니는 자라면서 그 속으로 들어갔던 것이지요."

"그래서 자폐증이 된 건가요?" 웬디가 물었다. 그녀는 자폐증에 대한 책을 읽은 적이 있었다. 그 말만 들어도 무서웠다. 그것은 무시무시하고 새하얀 적막을 뜻하는 것 같았다.

"가능성은 있지만 반드시 그런 것은 아닙니다. 대니는 언젠가 토니의 세계로 들어가 '진짜 세상'으로 나오지 않을 수도 있었던 것이지요."

"세상에." 잭이 말했다.

"하지만 이제 기본적인 상황이 전혀 달라졌습니다. 토런스 씨는 더 이상 술을 마시지 않지요. 지금은 세 사람이 과거 어느 때보다도 단란한 가족이 될 수밖에 없는 조건을 제공하는 새로운 곳에 살고 있습니다. 특히 저처럼 아내와 아이들과 하루에 두세 시간밖에 함께 지내지 못하는 경우보다는 훨씬 더 단란하지요. 제 생각으로는, 이제 대니가 치유되기에 완벽한 상황이 된 것 같습니다. 그리고 대니가 토니의 세계와 '진짜 세계'를 분명하게 구분할 수 있다는 사실 자체가 아이의 정신 상태가 기본적으로 건강하다는 것을 보여 준다고 생각합니다. 대니는 두 분이 이제는 이혼 생각을 하시지 않는다고 하더군요. 대니의 생각이 맞습니까?"

"예." 웬디가 말했고 잭은 그녀의 손을 아플 정도로 꽉 쥐었다. 웬디도 잭의 손을 맞잡았다.

에드먼즈는 고개를 끄덕였다. "대니는 이제 정말로 토니가 더이상 필요 없습니다. 대니는 토니를 자신의 사고 체계 속에서 몰아내고 있는 겁니다. 토니는 이제 즐거운 환상을 가져오지 않고 적대적인 악몽만을 가져와, 대니는 그것을 단편적으로만 기억할 수 있게 되었지요. 대니는 힘들고 절망적인 생활 환경 속에서 토니를 자기 것으로 만들었고 토니는 쉽게 떠나지 않습니다. 하지만 곧 떠날 겁니다. 아드님은 약을 끊고 있는 중독자와 비슷한 구석이 있는 것이지요."

그는 일어섰고 토런스 부부도 일어섰다.

"말씀드린 대로 저는 정신과 의사는 아닙니다. 내년 봄에 오버룩에서 일이 끝날 때까지도 악몽이 계속된다면 볼더의 의사에게 데려가 보시기를 권합니다."

"그러겠습니다."

"자, 이제 나가서 대니에게 집으로 가도 된다고 말해 주지요." 에드먼즈가 말했다.

"감사 말씀을 드리고 싶습니다." 잭이 힘겹게 말했다. "오랜만에 마음이 가벼워졌습니다."

"저도 그래요." 웬디가 말했다.

문 앞에서 에드먼즈가 걸음을 멈추더니 웬디를 쳐다보았다. "토런스 부인, 혹시 여동생이 있었습니까? 에일린이라는?"

웬디는 놀란 표정으로 그를 쳐다보았다. "예, 있었어요. 그 애는 뉴햄프셔, 서머스워스의 저희 집 앞에서 죽었어요. 그 애가 여섯 살, 제가 열 살 때요. 동생은 공을 잡으러 도로로 나갔다가 배달 트럭에 치였어요."

"대니도 그 이야기를 알고 있나요?"

"모르겠어요. 모를 것 같은데요."

"대니 말로는 부인께서 대기실에서 동생 생각을 하고 계신다더군요."

"그랬어요." 웬디가 천천히 대답했다. "그러니까 그게……, 오, 대체 얼마 만에 그 애 생각을 한 건지도 모르겠네요."

"두 분 중에 '해살'이란 단어에 뭔가 생각나시는 것 있습니까?"

웬디는 고개를 저었고 잭이 말했다. "어젯밤에도 잠들기 직전에 그 말을 했어요. 햇살이라고."

"아뇨, '해살'이랍니다." 에드먼즈가 고쳐 주었다. "대니는 그 것을 상당히 강조하던데요."

"오." 잭이 말했다. 잭은 호주머니에서 손수건을 꺼내어 입술 을 닦았다.

"'빛'이라는 것이 뭔지 기억나는 것 있으십니까?"

이번에는 둘 다 고개를 저었다.

"별것 아닐 것 같습니다." 에드먼즈가 말했다. 그는 대기실로 나가는 문을 열었다. "여기 집에 가고 싶은 대니 토런스라는 사람 혹시 있나요?"

"아빠! 엄마!" 작은 탁자 앞에 앉아 『야생 동물의 고향』을 천천 히 뒤적이며 아는 단어를 중얼중얼 읽고 있던 대니가 벌떡 일어 났다.

그는 잭에게 달려갔고, 잭은 아이를 안아 올렸다. 웬디는 대니 의 머리카락을 쓰다듬어 주었다.

에드먼즈는 대니를 빤히 쳐다보았다. "엄마랑 아빠가 싫으면, 여기 빌이랑 같이 살아도 된단다."

"아뇨, 선생님!" 대니는 힘주어 말했다. 아이는 한쪽 팔을 잭의 목에, 다른 쪽 팔을 웬디의 목에 두르고 행복한 미소를 지었다.

"좋아." 에드먼즈가 미소를 지으며 말했다. 그는 웬디를 쳐다 보았다. "무슨 일이 있으면 전화하십시오."

"예."

"아마 그럴 일은 없을 겁니다." 에드먼즈는 웃으며 말했다.

스크랩북

11월 1일. 아내와 아들이 로크 코트 뒤에서 3킬로미터 정도 올라가면 있는 빈 제재소로 이어지는 좁다란 길을 따라 하이킹을 하고 있을 때 잭은 그 스크랩북을 발견했다. 여전히 청명한 날씨가 이어지고 있었고, 가을인데도 세 사람은 일광욕을 할 수 있었다.

잭은 지하에 내려가 보일러의 압력을 낮추었고 그저 충동적으로 배관 설계도가 놓여 있던 선반에서 회중 전등을 꺼내어 옛날 서류들을 살펴보기로 했던 것이다. 그는 한 달 후에나 쥐덫을 놓을 생각이었지만 어디에 놓으면 적당할지 궁리하던 중이었다. '놈들이 전부 휴가에서 집으로 돌아오기를 기다릴 거야.'라고 그는 웬디에게 말했다.

잭은 앞에 전등을 비추며 엘리베이터 통로(웬디의 주장에 따라 그들은 이사 들어온 후 엘리베이터를 사용하지 않았다)를 지나 조그만 석조 아치를 통과하여 들어갔다. 종이 썩는 냄새에 잭은 코를 찡그렸다. 뒤에서 보일러가 천둥치는 것 같은 소리를 내어 그는 깜짝 놀랐다.

잭은 곡조도 없는 휘파람을 불면서 불빛을 여기저기 비추어 보았다. 요 아래에는 안데스산맥의 축소 모델이 하나 놓여 있었다. 대부분 오랜 세월과 습기 때문에 형태가 사라진 서류가 담긴 상자와 궤짝도 여남은 개 흩어져 있었다. 상자 가운데 부서져서 누렇게 바랜 서류가 돌바닥에 흩어져 있는 것도 있었다. 노끈으로 묶어 놓은 신문 더미도 있었다. 상자 가운데는 장부 같은 것이 든 것도 있었고, 고무 밴드로 묶은 구매서가 들어 있는 것도 있었다. 잭은 그 가운데 하나를 잡아당겨 위의 전등을 비추어 보았다.

로키마운틴 택배
수신: 오버룩 호텔
발신: 콜로라도 주 덴버 16번가 1210번지 사이디스 창고
전달: 캐너디언 퍼시픽 철도
내용물: 델시 화장실용 화장지 400상자, 1대형/상자

서명: DEF
날짜: 1954년 8월 24일

잭은 미소를 지으며 서류를 다시 상자에 던져 넣었다.

그가 그 위로 전등을 비추어 보자, 거미줄에 묻히다시피 한 전구 하나가 매달려 있는 것이 보였다.

그는 발끝으로 서서 전구를 돌려 끼워넣어 보았다. 희미한 불빛이 들어왔다. 잭은 화장지 구매서를 다시 집어 들어 그것으로 거미줄을 닦아 내었다. 불빛은 그다지 밝아지지 않았다.

계속 회중 전등을 쓰면서 잭은 상자와 종이 더미를 헤치며 쥐가 다니는 흔적을 찾아보았다. 놈들이 여기에 있는 것은 분명하지만, 아주 오랜 기간은 아니었을 것이다……. 아마도 몇 년 정도

되었겠지. 잭은 오래되어 가루가 된 배설물과 오래된 새 종이를 갉아 만든 둥지를 몇 개 발견했다.

잭은 신문 묶음에서 신문을 한 장 꺼내어 헤드라인을 읽어 보았다.

존슨 대통령, 순서에 입각한 직위 인양 약속
내년부터 JFK가 착수한 사업이 진행될 것이라고 한다

그 신문은 1963년 12월 19일자 《로키마운틴 뉴스》였다. 잭은 그것을 다시 신문 더미 위에 얹어 놓았다.

그는 10년, 또는 20년 전의 뉴스를 볼 때 누구나 느낄 수 있는 평범한 역사 의식에 끌린 것이라 생각했다. 그는 쌓여 있는 신문과 기록 가운데 끊긴 곳이 있음을 알았다. 1937년에서 1945년, 1957년에서 1960년, 1962년에서 1963년 사이에는 아무것도 없었다. 아마도 호텔이 문을 닫은 기간일 것이라고 짐작되었다. 호텔이 일확천금을 꿈꾸는 자들 사이에 있었을 때.

잭에게 울먼이 설명해 준 오버룩의 다사다난한 역사는 그다지 설득력이 없었다. 오버룩의 경치 좋은 입지만 보더라도 계속해서 성공을 누릴 수 있었을 것 같았다. 제트 엔진이 발명되기 전에도 미국에는 제트기를 타고 유람 다니는 갑부족이 있었고, 잭이 보기에 오버룩은 그들이 이주해 오자마자 눈독을 들이기에 충분한 곳이었다. 그 말이 맞는 것 같았다. 5월에는 월도프, 6월, 7월에는 베어 하버 하우스, 8월, 9월초에는 오버룩, 그리고 버뮤다, 하바나, 리오 등등. 잭은 예전의 숙박 명부를 발견하였고, 그것이 그 사실을 입증해 주었다. 1950년 넬슨 록펠러. 1927년 헨리 포드와 일가족. 1930년 진 할로. 1956년 클라크 게이블과 캐럴 롬버드. 1956년 '데릴 F. 자누크와 일행'이 맨 위층 전체를 빌리기도 했다. 복도에서 금전 등록기로 현금이 물밀듯 밀려 들어왔을 것이다. 분명 경영에 엄청난 문제가 있었음이 분명했다.

그렇다, 역사는 신문 헤드라인에만 기록되어 있는 것이 아니었다. 그것은 언뜻 보기에 아무것도 아닌 회계 장부와 룸 서비스 전표에도 묻혀 있었던 것이다. 1922년, 워렌 G. 하딩은 밤 10시에 연어 한 마리를 통째로 쿠어스 맥주 한 상자와 함께 주문했다. 그럼 대체 누구와 함께 먹고 마셨던 것일까? 포커 게임을 했던 것일까? 전략 회의? 대체 무엇이었을까?

잭은 시계를 흘끔 보고는 여기 내려온 사이에 45분이 지났음을 알고 놀랐다. 손과 팔은 시커멓게 되었고 아마 몸에서는 퀴퀴한 냄새가 날 것이다. 잭은 웬디와 대니가 돌아오기 전에 위층으로 올라가 씻기로 마음먹었다.

그는 서류 더미 사이를 천천히 걸어가며 뭔가 신나는 것이 없을까 신경을 곤두세웠다. 이런 기분이 되어 본 것은 정말 오랜만이었다. 그가 농담 삼아 혼자 다짐하곤 했던 그 책이 갑자기 정말로 나올 것처럼 느껴졌다. 그것은 소설이나 역사, 또는 두 가지를 겸한, 이곳을 중심으로 일백 가지 방향으로 가지를 뻗어 나가는 장편이 될 수 있을 것이다.

잭은 거미줄이 잔뜩 쳐진 전등 아래 일어서서 아무 생각 없이 호주머니에서 손수건을 꺼내어 입을 닦았다. 바로 그때 그 스크랩북이 보였다.

잭의 왼쪽에는 상자 다섯 개가 피사의 사탑처럼 기우뚱하게 쌓여 있었다. 꼭대기의 상자에는 구매서와 장부가 들어 있었다. 그 맨 위에는 하얀 가죽 표지가 되어 있고 두 개의 금색 링으로 묶은 두툼한 스크랩북이 아무도 모르는 오랜 세월 동안 잠자고 있었다.

호기심이 발동한 잭은 그쪽으로 가서 스크랩북을 집어 내렸다. 첫장에는 먼지가 수북이 쌓여 있었다. 그는 그 면을 입 쪽으로 가져가, 뭉게뭉게 구름을 피워 올리며 먼지를 불어 버리고 첫장을 열었다. 그 와중에 카드 한 장이 파닥거리며 떨어졌고 잭은 그것이 돌바닥에 닿기 전에 붙잡았다. 그것은 불을 환히 밝힌 오버룩의 모습을 새겨 넣은 고급스러운 미색 카드였다. 잔디밭과 놀이터는 일본식 등불을 밝혀 장식해 놓았다. 한 걸음만 발을 떼면 30년 전 오버룩 호텔 속으로 걸어 들어갈 수 있을 것 같았다.

오버룩 호텔

개관을 축하하기 위한
가면 무도회에 참석하시어
자리를 빛내 주시기 기원합니다.

호리스 M. 드윈트 배상

만찬은 오후 8시에 제공될 예정입니다.
자정에 가면을 벗고 댄스파티가 시작됩니다.
1945년 8월 29일

답신 부탁드립니다.

8시에 만찬! 자정에 댄스파티!

잭은 미국 최고의 갑부와 그들과 동행한 여인들이 식당에 모인 모습이 눈에 선했다. 턱시도와 하얗게 풀 먹인 셔츠, 야회복, 밴드의 연주, 반짝이는 하이힐. 잔이 부딪치는 소리, 유쾌하게 샴페인 터뜨리는 소리. 전쟁은 끝났다, 아니 거의 끝났다. 밝게 빛나는 미래가 펼쳐져 있었다. 미국은 세계의 최강국이었으며 마침내 미국 스스로 그 사실을 깨닫고 받아들였다.

그리고 자정이 되면 드원트가 직접 외친다. "가면을 벗으십시오! 가면을 벗으십시오!" 가면을 벗어던지면…….

'붉은 사신이 모두를 덮쳤다!'

잭은 이마를 찌푸렸다. 대체 어디서 떠오른 것일까? 그것은 미국의 위대한 대중 작가 포의 문장이었다. 그리고 그가 손에 들고 있던 초대장에서 빛나는 이 오버룩은 에드거 앨런 포의 절규와는 가장 거리가 먼 곳이 분명했다.

그는 초대장을 도로 끼워 넣고 다음 장을 넘겼다. 덴버 신문 가운데 하나의 기사가 스크랩되어 있었고, 그 아래 '1947년 5월 15일'이라고 날짜가 적혀 있었다.

호화 산악 리조트 유명 인사를 초청하여 재개장
드원트는 오버룩 호텔이 세계의 명소가 될 것이라고 말했다.
——특집 기사 담당, 데이비드 펠튼

오버룩 호텔은 38년의 역사 동안 개장과 재개장을 반복해 왔지만, 신비에 휩싸인 캘리포니아 출신 백만장자 호리스 드원트가 보여 준 스타일과 화려함을 갖춘 적은 없었다.

최근에 맡은 이 사업에 백만 달러——삼백만 달러에 가깝다고하는 이들도 있다——를 투입했음을 공개한 드원트는 "새로운 오버룩 호텔은 세계의 명소가 될 것이며, 손님들은 30년이 지난 후에도 이곳에서의 일박을 잊지 못할 것."이라고 한다.

라스베이거스에 상당한 재산을 갖고 있다는 드원트에게 오버룩 매입 및 개장이 콜로라도에서 카지노 식 도박을 합법화하려는 전쟁 개시를 알리는 것이냐고 묻자 항공, 영화, 군수, 선박업에 관여하고 있는 이 사업가는 그 사실을 부인했다……, 미소와 함께. "도박은 오버룩의 가치를 떨어뜨릴 것."이라고 그는 말했다. "그리고 내가 라스베이거스에 도전한다고는 생각지 마십시오! 그런 일을 하기에는 그쪽에 나를 견제하는 사람들이 너무 많단 말입니다! 콜로라도에서 도박을 합법화하기 위해 로비할 생각은 전혀 없습니다. 그건 계란으로 바위 치기가 될 것입니다."

오버룩이 공식 개장하는 날(실제 작업이 끝난 며칠 전 엄청난 규모의 성공적인 파티가 열렸다), 새로 칠하고 벽지를 바르고 장식한 객실에는 유명 인사들이 묵게 될 것이다. 그 가운데에는 시크 사의 디자이너 코르바 스타니와…….

잭은 흐뭇한 미소를 지으며 다음 장을 넘겼다. 거기에는《뉴욕 선데이 타임스》의 여행란 전면 광고가 있었다. 그 다음 장에는 드원트에 대한 기사가 있었는데, 그는 옛날 신문 속의 사진에서도 사람을 꿰뚫는 시선을 던지는, 머리가 벗겨진 남자였다. 무테 안경을 썼고 이롤 플린^{1930년대 활동하던 미국의 영화 배우}과 전혀 닮지 않은, 40년대 형의 펜으로 그린 듯한 콧수염을 기르고 있었다. 전형적인 회계사의 얼굴이었다. 그를 돋보이게 하는 것은 두 눈이었다.

잭은 그 기사를 재빨리 훑어보았다. 지난해 《뉴스위크》에 실린 드원트에 대한 기사에서 대부분 읽은 내용이었다. 세인트폴의 가난한 가정에서 출생, 고등학교 중퇴, 해군 입대. 초고속 승진 후 자신이 설계한 신종 프로펠러의 특허를 놓고 치열한 싸움에 휘말려듦. 해군과 호리스 드원트라는 일개 청년의 전쟁에서, 엉클 샘^{미국 정부를 가리키는 말}은 뻔한 승자의 손을 들어 주었다. 하지만 엉클 샘은 그 후로 단 한 건의 특허도 얻지 못했다.

이십대 후반에서 삼십대 초반, 드원트는 항공 사업에 뛰어들었다. 그는 파산한 농약 공중 살포 회사를 사들여, 그것을 항공 우편 서비스로 바꾸어 큰 성공을 거두었다. 특허가 줄줄이 나왔다. 신형 단엽 비행기의 날개 설계, 함부르크와 드레스덴, 베를린에 포화를 퍼부었던 플라잉 포트리스 기에 사용된 폭탄 수송 장치, 알코올로 냉각하는 기관총, 훗날 미국 제트기에서 사용되는 탈출 좌석의 원형.

그리고 이 투자가 겸 회계사는 계속해서 투자를 넓혀 갔다. 뉴욕과 뉴저지의 소소한 화약 공장. 뉴잉글랜드의 직물 공장 다섯 곳. 파산하여 신음하는 남부의 화학 공장 몇 곳. 대공황이 끝날 무렵에 그의 재산은, 엄청나게 싼값에 사들였고 그보다도 더 낮은 값에나 팔 수 있는 회사 소유권 여남은 개 정도였다. 드원트는 그 재산을 전부 다 팔아 현금화하면 3년 된 중고 시보레 자동차

값을 장만할 수 있을 거라고 자랑한 적도 있었다.

드윈트가 생존하는 데 써먹은 방법 가운데는 그다지 향기롭지 못한 것도 있었다는 소문을 잭은 기억하고 있었다. 밀주 사업. 중서부 지방에서 매춘. 비료 공장이 있던 남부 연안 지역에서 밀수. 그리고 초창기 서부 도박 사업과 연계.

어쩌면 드윈트가 한 투자 가운데 가장 유명한 것은 쓰러져 가던 톱 마크 스튜디오를 사들인 것이었다. 그곳은 아역 스타 리틀 마저리 모리스가 1934년 헤로인 과다 복용으로 사망한 후 이렇다 할 히트 작을 전혀 내놓지 못하고 있었다. 그녀는 열네 살이었다. 부부간의 화해를 이끌고, 닭을 죽였다는 부당한 비난을 받은 개들을 살려 주는 착한 일곱 살짜리 소녀 역할을 전문으로 맡았던 리틀 마저리를 위하여 톱 마크 사는 할리우드 역사상 최대 규모의 장례식을 마련했다. 공식 기사에서는 마저리가 뉴욕 고아원의 위문 방문 중에 '소모성 질환'에 걸렸다고 발표했다. 그리고 일부 냉소가들은 그 영화사에서 그렇게 성대한 장례식을 치른 것은 스스로를 파묻고 있다는 것을 알았기 때문이라고 했다.

드윈트는 헨리 핀클이라는 유능한 사업가이자 지칠 줄 모르는 섹스광을 고용하여 톱 마크를 운영했고, 진주만 공격 이전 2년 동안 그 영화사는 예순 편의 영화를 만들었으며 그중 쉰다섯 편이 상영되었다. 나머지 다섯 편은 정부 교육용 영화였다. 상업 영화들은 대성공을 거두었다. 그 가운데 한 편을 찍는 동안, 무명의 의상 디자이너가 무도회 장면에 등장할 여주인공을 위하여 끈 없는 브래저어를 임시 방편으로 고안해 내었고, 거기서 그 여배우는 엉덩이 갈라진 틈 바로 밑에 있는 점 외에는 모든 것을 다 노

출했다. 드원트는 이 사업에서도 명성을 얻었고 그의 평판, 또는 악명은 점점 더 높아 갔다.

전쟁이 그를 부자로 만들어 주었고, 그는 그 후로도 계속 많은 돈을 벌어들였다. 시카고에 살면서 자신이 엄격하게 통제하는 드원트 사 이사회 이외에는 모습을 잘 드러내지 않던 그는 유나이티드 항공사, 라스베이거스(호텔 카지노 네 곳의 대주주이며 그 밖에도 최소한 여섯 곳에 관여하고 있다고 했다), 로스앤젤레스, 미국 전체를 손에 넣고 있다는 소문이 나돌았다. 왕족, 대통령, 지하 세계 중심 인물들의 친구였다는 그는 세계 최고의 갑부로 꼽혔다.

'그러나 오버룩을 성공시키지는 못했어.'라고 잭은 생각했다. 그는 스크랩북을 잠시 내려놓고 가슴 호주머니에 늘 갖고 다니는 작은 수첩과 샤프를 꺼냈다. 그는 "사이드와인더 도서관에서 H. 드원트를 찾아볼 것."이라고 휘갈겨 적었다. 그는 수첩을 도로 집어넣고 다시 스크랩북을 들었다. 몰두한 표정에 흐릿한 눈을 하고서. 그는 책장을 넘기는 동안 손으로 끊임없이 입을 닦아 댔다.

잭은 이어지는 자료를 넘기며 나중에 좀더 자세히 읽어 볼 것을 기억해 두었다. 대부분 신문 보도 자료를 오려 붙인 것이었다. 다음주 오버룩에서는 이러저러한 일이 있을 것이며, 라운지(드원트의 시절에는 레드아이 라운지라는 이름이었다)에서는 이러저러한 사람들이 공연할 것이다. 연예인들은 라스베이거스에서 날리는 이들이었고, 초대 손님 가운데는 톱 마크 사의 간부나 스타가 많았다.

그리고 1952년 2월 1일자 기사가 나왔다.

백만장자 경영자 콜로라도의 투자물 매각하기로

오버룩과 기타 투자물에 대하여 캘리포니아의 투자자들과
계약했음을 발표—— 경제부, 로드니 컨클린

탄탄한 드원트 사의 시카고 본부에서 어제 발표한 짤막한 통신
문은 백만장자(또는 억만장자) 호리스 드원트가 1954년 10월 1일
까지 콜로라도의 모든 투자물을 매각하기로 결정했음을 밝혔다.
드원트의 투자물에는 천연가스, 석탄, 수력 전기, 콜로라도 토지
가운데 6억 평 이상을 소유하고 있는 콜로라도 선샤인 주식회사라
는 토지 개발 회사 등이 있다.

콜로라도에서 가장 유명한 드원트의 투자물인 오버룩 호텔은
이미 매각되었다고, 드원트는 어제 가진 기자 회견에서 밝혔다.
구매자는 캘리포니아 토지 개발 회사의 이사를 역임했던 찰스 그
런딘을 대표로 하는 캘리포니아 투자자 그룹이었다. 드원트는 가
격을 밝히지 않았지만 믿을 만한 소식통에 따르면……

그는 모조리 다 팔아치웠다. 오버룩 호텔만이 아니었다. 하지
만 어쩐 일인지……, 어쩐 일인지…….

잭은 손등으로 입술을 닦고 술 생각을 했다. 술이 있으면 집중
이 더 잘될 텐데. 잭은 책장을 더 뒤로 넘겼다.

캘리포니아 투자자 그룹은 호텔을 두 시즌 개장한 다음, 마운틴
뷰 리조트라는 콜로라도의 그룹에 매각했다. 마운틴뷰는 1957년
부패와 착복, 주주 사기 등의 비난 가운데 파산하고 말았다. 그
회사의 회장은 대법원에 출두하라는 소환을 받은 지 이틀 후 권

총 자살했다.

호텔은 1961년까지 문을 닫았다. 그것에 대한 기사는 단 하나, "과거의 특급 호텔 몰락하다."라는 헤드라인의 일요일판 특집 기사였다. 관련 사진을 보니 잭의 마음이 아팠다. 정문의 칠은 벗겨지고 잔디밭은 헐벗고 폭풍우와 돌팔매에 창문은 부서져 있었다. 정말로 책을 쓰게 된다면 이 장면도 등장할 것이다. 새로 태어나기 위해 잿더미가 되는 불사조 같은 모습. 잭은 이곳을 잘 돌보겠다고, 아주 열심히 돌보겠다고 다짐했다. 이전까지 잭은 오버룩에 대해 자신이 맡은 책임이 얼마나 큰지 깨닫지 못했던 것 같았다. 그것은 역사에 대한 책임을 지는 것과도 흡사했다.

1961년, 퓰리처 상 수상자 두 명을 포함한 네 명의 작가들이 오버룩을 임대하여 작가 학교로 다시 열었다. 그렇게 1년이 흘렀다. 그러나 학생 가운데 하나가 3층 방에서 술에 취하여 창문을 깨고 아래 시멘트 테라스로 떨어져 죽었다. 신문에서는 자살일 가능성도 있다는 보도가 나왔다.

'큰 호텔에는 스캔들이 있게 마련이지.'라고 왓슨이 말했다. '큰 호텔마다 유령이 있는 것과 같은 이치요. 왜냐? 뭐, 사람들이 왔다 갔다 하니까……'

갑자기 잭은 오버룩의 무게가 자신을 위에서 짓누르는 것이 느껴지는 듯했다. 110개의 객실, 창고, 주방, 식료품 창고, 냉장실, 라운지, 무도회장, 식당……

'방에는 여인들이 오고 간다'

'……그리고 시뻘건 죽음이 모두를 덮쳤다!'

잭은 입술을 훔치고 스크랩북의 다음 장을 넘겼다. 그는 이제 책의 삼 분의 일을 남겨 두었고, 처음으로 지하실의 기록 더미 가운데 맨 위에 놓여 있던 이 책이 누구의 것인지 궁금해졌다.

새로운 헤드라인이 적혀 있었다. 1963년 4월 10일자였다.

라스베이거스 그룹 콜로라도의 유명 호텔 매입
아름다운 경치를 자랑하는 오버룩, 회원 전용 클럽으로 변신

하이 컨트리 투자사 대변인 로버트 T. 레핑은 로키산맥 높이 자리 잡은 유명한 리조트 오버룩 호텔에 대한 협상에 타결을 보았다고 라스베이거스에서 오늘 발표했다. 레핑은 구체적인 투자자 이름을 거론하지 않았지만 호텔은 회원 전용의 나이트클럽으로 바뀔 것이라고 말했다. 그는 자신이 대변하는 투자자 단체가 미국 및 외국 회사의 고위층 간부에게 회원권을 팔고자 한다고 말했다.

하이 컨트리는 몬타나, 와이오밍, 유타에도 호텔을 소유하고 있다.

오버룩은 백만장자 호리스 드원트가 소유하던 1946년에서 1952년 사이에 전 세계적으로 유명한 호텔이 되었다. 드원트는……

다음 장의 기사는 넉 달 후 날짜의 단신이었다. 오버룩은 새로운 경영진의 지휘 하에 개장했다. 그 신문사에서는 소유주가 누구인지 알아내지 못했거나 관심이 없었던 것 같았다. 잭은 뉴잉글랜드에서 보았던 '비즈니스 상사'라는 자전거와 부속 상점 체인 외에 그렇게 익명성이 두드러진 이름은 들어 본 적이 없었지만, 신문에서는 하이 컨트리 투자사라는 이름 외에는 아무것도 거론하지 않았기 때문이다.

잭은 그 장을 넘기고 다음에 스크랩되어 있는 기사를 살펴보았다.

백만 장자 드원트, 뒷문으로 콜로라도에 돌아오는가?

하이 컨트리 사 간부 —— 경제부, 로드니 컨클린

콜로라도에 위치한 경치 좋은 리조트이자 한때 백만장자 호리스 드원트의 소유였던 오버룩 호텔의 복잡한 재정난이 이제야 전모를 드러내기 시작했다.

작년 4월 10일, 이 호텔은 라스베이거스의 하이 컨트리 투자사에 매각되어 외국인과 내국인 부유층의 회원 전용 클럽으로 개장될 예정이었다. 현재 정통한 소식통에 따르면 하이 컨트리 사의 사장은 찰스 그런딘(53)이며, 그는 1959년까지 캘리포니아 토지개발 회사의 사장을 역임했고 드원트 사의 시카고 본사 부사장 직을 사퇴한 바 있다.

이에 따르면, 하이 컨트리 투자사는 드원트가 조종하는 것이며 그는 오버룩 호텔을 두 번째로, 분명 특별한 상황 하에서 손에 넣은 것일지도 모른다는 추측이 나오고 있다.

1960년 탈세 혐의로 고소되었다가 무죄 판결을 받은 적 있는 그런딘은 인터뷰를 일체 거절하고 있으며, 사생활을 철저히 비밀에 붙이고 있는 호리스 드원트는 전화 인터뷰에서 노코멘트로 일관했다. 주 하원 의원 딕 바우스는 철저한 조사를 요구했으며……

이 기사의 날짜는 1964년 7월 27일이었다. 그 다음 기사는 그해

9월, 일요일자 신문에 실린 칼럼이었다. 글을 쓴 사람은 조시 브래니거라는, 잭 앤더슨 일파를 샅샅이 조사했던 조사원이었다. 잭은 브래니거가 1968년이나 69년에 죽었다는 사실을 어렴풋이 기억하고 있었다.

콜로라도는 마피아 자유 지대?

——조시 브래니거

요즘 미국의 조직 두목들에게 각광 받는 휴가지는 로키산맥 한 가운데 위치한 인적 드문 호텔일 가능성이 높다. 1910년 처음 문을 연 이래 여러 단체와 개인의 손을 전전하며 운영되어 온 오버룩 호텔은 현재 사업가의 휴양을 위한 회원 전용 클럽으로 운영되고 있다. 문제는, 오버룩의 회원들이 대체 어떤 사업에 종사하고 있느냐이다.

8월 16일에서 23일 사이에 그곳에 있던 회원들을 살펴보면 대충 짐작할 수 있다. 아래의 목록은 드원트 사가 소유한 꼭두각시 회사로 알려졌던 하이 컨트리 투자사의 전 직원이 입수한 것이다. 현재로서는 하이 컨트리 사에 대한 드원트의 소유권은 라스베이거스 일부 도박계 거물들의 소유권보다 적을 가능성이 큰 것으로 보인다. 그리고 바로 이 도박계 인사들은, 과거 혐의를 받거나 유죄 판결을 받은 지하 세계 거물들과 연루되었던 자들이기도 하다.

8월의 화창한 일주일 동안 오버룩에 투숙했던 이들은 다음과 같다.

찰스 그런딘, 하이 컨트리 투자사 사장. 올해 7월, 그가 하이 컨트리 사의 사장임이 알려졌을 때, 그가 전에 드원트 사의 간부 직을 사임한 바 있다는 사실이 발표되었다. 이 칼럼을 위한 인터뷰 제의를 거절한 은발의 그런딘은 탈세 혐의로 기소되었다가 무죄 판결 받은 바 있었다(1960).

찰스 '베이비 찰리' 바타글리아, 60세의 라스베이거스 흥행사(카지노 그린백, 럭키 본스 온더 스트립의 대 주주). 바타글리아는 그런딘과 개인적인 친분이 두터운 친구이다. 그는 1932년, 잭 '더치' 모건의 암흑가 스타일 암살로 재판을 받았다가 무죄 판결받은 적이 있었다. 연방 기관에서는 그가 마약 밀거래, 매춘, 청부 살인 등에 연루되어 있다는 혐의를 두고 있지만 '베이비 찰리'는 1955년에서 56년 소득세 포탈 죄로 단 한 차례 수감되었을 뿐이다.

리처드 스컨, 펀 타임 자동 기계 회사 주요 주주. 펀 타임 사는 네바다 주에서 사용하는 슬롯 머신과 그 밖에 지역의 핀볼 머신과 주크박스(동전을 넣으면 음악이 나오는 기계)를 제작하고 있다. 스컨은 살상 무기 공격(1940), 불법 무기 소지(1948), 탈세 음모(1961)로 복역한 바 있다.

피터 자이스, 곧 70세가 되는 마이애미 수입상. 지난 5년 동안, 자이스는 국외 추방에 맞서 싸워 왔다. 그는 장물 취득 및 은닉(1958)과 탈세 음모(1954) 혐의로 유죄 판결을 받은 바 있다. 매력적이고 기품 있고 예의 바른 피터 자이스는 측근에게 '포파'라는 애칭으로 불리고 있으며, 살인 및 살인 방조 혐의로 재판을 받았다. 스컨의 펀 타임 사에 큰 몫의 주식을 갖고 있는 자이스는 라스베이거스 카지노 네 곳의 주주로도 알려져 있다.

비토리오 기넬리, 일명 '도끼수 비토'. 암흑가 스타일의 살인 혐의로 두 차례 재판을 받았으며, 그중 하나는 보스턴 범죄 집단의 두목 프랭크 스코피의 도끼 암살이었다. 기넬리는 스물세 차례 기소되었고 열네 차례 재판을 받았지만, 1940년 상점에서 물건을 훔친 죄목으로 단 한 차례 유죄 판결을 받았을 뿐이다. 최근 기넬리는 라스베이거스를 중심으로 한 조직의 서부 지역을 담당하게 되었다는 설이 있다.

칼 '지미 릭스' 프라시킨. 샌프란시스코의 투자자로서 기넬리의 후계자로 지목되고 있다. 프라시킨은 드원트 사, 하이 컨트리 투자사, 펀 타임 사, 라스베이거스 카지노 세 곳의 주식을 상당수 보유하고 있다. 프라시킨은 미국 내에서는 범죄 기록이 없지만, 멕시코에서 사기 혐의로 기소되었다가 3주 만에 기소 취하된 적이 있다. 프라시킨은 라스베이거스 카지노에서 거둬들인 돈을 세탁하고, 거금을 조직의 합법적인 서부 지역 사업에 되돌리는 책임을 맡고 있는 것으로 생각된다. 그리고 이러한 사업 가운데 현재 콜로라도의 오버룩 호텔도 포함될지 모른다.

현재 시즌 중에 투숙한 그 밖에 인물로는…….

기사는 더 이어졌지만, 잭은 줄곧 손으로 입술을 닦으면서 재빨리 훑어보기만 했다. 라스베이거스에 관련된 은행가 한 명. 의류 지구에 적을 두고 있지만 의류 제조 이외에도 분명히 따로 하는 일이 있을 법한 뉴욕 사나이들. 마약, 중범죄, 강도, 살인에 연루되었다는 설이 있는 사람들.

세상에, 정말 대단한 이야기이다! 게다가 그것은 바로 여기, 이 텅 빈 방에 놓여 있었던 것이다. 샴페인을 들이켜며. 수백 만 달러가 오가는 계약을 대통령들이 묵었던 바로 그 스위트룸에서 맺으며. 그렇다, 이야깃거리가 있었다. 엄청난 이야기가. 어지러운 기분으로, 잭은 수첩을 꺼내어 관리 일이 끝나면 덴버 도서관에서 이 사람들을 전부 찾아보도록 메모해 두었다. 호텔마다 유령이 있는 법이라고? 오버룩에는 유령 집회가 열리기에도 족했다. 처음에는 자살, 그러고는 마피아, 그 다음엔 무엇이었을까?

다음 기사는 성난 찰스 그런딘이 브래니거의 주장을 부인한 내용이었다. 잭은 그것을 보고 씩 웃었다.

다음 장의 기사는 너무 커서 접혀 있었다. 잭은 그것을 펼쳐 보고 히익 하는 소리를 냈다. 거기 실린 사진이 눈앞에 튀어나올 것 같았다. 1966년 6월 이후 벽지는 바뀌었지만, 잭은 그 창문과 경치를 너무나도 잘 알고 있었다. 그것은 바로 프레지덴셜 스위트룸의 서향 창문이었다. 그제야 살인 사건이 눈에 들어왔다. 침실문 옆 거실 벽에는 피와 뇌임이 분명한 하얀 점이 튀어 있었다. 담요로 덮은 시체 옆에 멍한 표정을 한 경찰관이 서 있었다. 잭은 홀린 듯이 쳐다보다가 위의 헤드라인을 읽었다.

콜로라도 호텔에서 벌어진 암흑가 총격 사건
암흑가 거물, 회원 전용 클럽에서 총에 맞아 살해되다
그 밖에 두 명 사망

콜로라도, 사이드와인더(UPI) —— 이 고요한 콜로라도의 소도시에서 60킬로미터 떨어진 로키산맥 한가운데에서 암흑가 스타일의 처형이 집행되었다. 3년 전 한 라스베이거스 회사의 회원 전용 클럽으로 매입되었던 오버룩 호텔이 바로 이 세 건의 총격 살인 사건의 현장이었다. 그 가운데 두 사람은 20년 전 보스턴에서의 살인 사건에 연루되었다는 설로 '도끼수'라는 별명을 얻은 비토리오 기넬리의 동료 또는 경호원이었다.

경찰에 신고한 것은 오버룩의 지배인 로버트 노먼으로, 그는 총성을 들었으며, 투숙객 가운데 스타킹을 얼굴에 뒤집어쓰고 총을 든 두 남자가 비상 탈출구로 내려가 신형 갈색 컨버터들을 타고 달아나는 것을 목격한 사람이 있다고 전했다.

주 경찰관 벤저민 무어러는 미국 대통령 두 명이 투숙한 바 있는 프레지덴셜 스위트룸 문 바깥에서 두 사람의 시신을 발견했는데, 이들의 신원은 라스베이거스의 빅터 T. 부어맨과 로저 마카시로 밝혀졌다. 무어러는 스위트룸 내부에서 벽에 기대어 쓰러져 있는 기넬리의 시신을 발견했다. 기넬리는 살해되던 당시 범인들을 피하여 달아나고 있었던 것으로 추측된다. 무어러는 기넬리가 근거리에서 중구경 엽총에 맞았다고 했다.

현재 오버룩을 소유하고 있는 회사 대표 찰스 그런딘은 기자들을 피하고 있으며…….

이 기사 아래, 굵은 볼펜으로 누군가 이렇게 써 놓았다. "그들은 그의 불알을 가져갔다." 잭은 서늘함을 느끼며 그 말을 한참 동안 주시했다. 이 책은 누구의 것이었을까?

그는 꿀꺽하고 침을 삼키며 마침내 그 장을 넘겼다. 조시 브래니거의 칼럼이 하나 스크랩되어 있었는데 1967년 초의 것이었다. 그는 헤드라인만 읽었다. "암흑가 인물의 살해 이후 악명 높은 호텔 매각되다."

그 다음 장은 모두 비어 있었다.

'그들은 그의 불알을 가져갔다.'

잭은 첫장을 다시 넘겨 이름이나 주소가 적혀 있는지 찾아보았다. 객실 번호라도. 이 작은 비망록을 쓴 사람이 누구든, 호텔에 묵었을 것이 분명하다는 생각이 들었기 때문이다. 하지만 아무것도 적혀 있지 않았다.

잭은 스크랩한 기사를 다시, 이번에는 더 찬찬히 살펴보려고 했다. 그때 계단에서 부르는 소리가 들렸다. "잭? 여보?"

웬디였다.

잭은 마치 몰래 술을 마시고 있어서 웬디가 냄새를 맡기라도 할 것처럼 죄책감에 가까운 기분이 들었다. 웃기는 일이었다. 잭은 손으로 입술을 훔치고 대답했다. "어, 여보. 쥐를 찾고 있었어."

웬디가 내려왔다. 그는 그녀가 계단을 내려와서 보일러실을 가로질러 오는 소리를 들었다. 재빨리, 왜 그렇게 하는지 이유도 모른 채 잭은 영수증과 구매증 더미 밑에 스크랩북을 숨겼다. 웬디가 다가오자 잭은 일어섰다.

"대체 이 아래서 뭐하고 있었어? 벌써 3시가 다 됐다고!"

잭은 미소를 지었다. "그렇게 됐나? 이것들을 다 뒤지고 있었어. 시체가 어디 묻혀 있나 하고."

그 말은 잭의 마음속에서 위험하게 울려 퍼졌다.

웬디는 그를 빤히 쳐다보며 더 가까이 다가왔고, 잭은 어찌할 바를 몰라 무의식적으로 한 걸음 물러섰다. 그는 그녀가 왜 그러는지 알고 있었다. 자신에게서 술 냄새가 나는지 맡아 보는 것이었다. 어쩌면 그녀 자신도 깨닫지 못하고 한 행동일지 모르지만, 그는 알고 있었고, 그러자 죄책감도 들고 분하기도 했다.

"입에서 피가 나." 웬디가 이상할 정도로 건조한 말투로 말했다.

"응?" 그는 손을 입에 대 보았고 따끔거리자 이마를 찡그렸다. 검지손가락에 피가 묻어 났다. 죄책감이 더 커졌다.

"또 입을 문지르고 있었구나." 웬디가 말했다.

잭이 눈을 내리깔고 어깨를 으쓱했다. "응, 그랬나 봐."

"힘들지, 그렇지?"

"아냐, 그렇게 나쁘진 않아."

"좀 편해졌어?"

잭은 그녀를 쳐다보고 발을 움직이기 시작했다. 일단 움직이기 시작하니 쉬워졌다. 그는 아내에게 다가가 허리에 한 팔을 둘렀다. 그는 웬디의 금발 머리카락을 쓸어 넘기고 목덜미에 입을 맞추었다. "응. 대니는?"

"아, 어디 이 근처에 있을 거야. 밖에 구름이 끼기 시작했어. 배고파?"

그는 음탕한 손짓으로 웬디의 청바지를 입은 탄탄한 엉덩이에 한 손을 얹었다. "곰처럼 고프구먼유, 마님."

"관둬, 게으름뱅이. 끝낼 것 아니면 부디 시작도 하지 마."

"얼레리꼴레리, 마님?" 그는 아직도 한 손을 엉덩이에 문지르며 말했다. "춘화를 보시겠어유? 희한한 체위?" 문턱을 넘어갈 때 잭은 스크랩북을 감추어 둔 상자를 한 번 더 쳐다보았다.

'누구의 것일까?'

불을 끄자, 그것은 그림자에 지나지 않았다. 잭은 웬디를 데리고 나와서 마음이 놓였다. 계단으로 다가오자 정욕은 수그러들어 여느 때처럼 되었다. 웬디가 말했다.

"음, 샌드위치 만들어 준 다음에……, 어머!" 그녀는 킥킥거리며 몸을 비틀었다. "간지럽잖아!"

"잭 토런스의 간질임은 아직 시작도 안 했어유, 마님."

"그만둬, 잭. 햄이랑 치즈 어때? 첫 코스로?"

둘은 함께 계단을 올라갔고 잭은 다시 뒤돌아보지 않았다. 하지만 그는 왓슨의 말을 생각했다.

'큰 호텔마다 유령이 있는 것과 같은 이치요. 왜냐? 뭐, 사람들이 왔다 갔다 하니까……'

그리고 웬디가 지하실의 문을 닫아, 그것을 어둠 속에 가두어 버렸다.

217호 실 문 앞에서

대니는 시즌 중에 오버룩에서 근무했던 다른 사람의 말을 생각하고 있었다.

'그 여자가 객실 한 곳에서 뭔가를 보았다고……. 그 방에서는……, 음, 나쁜 일이 일어났단다. 217호 실이었는데 거기에 들어가지 않겠다고 약속해 줬으면 좋겠구나, 대니……. 가까이 가지 마라…….'

문은 아주 평범하게 생겼다. 호텔의 1층과 2층의 다른 문과 전혀 다를 바 없는. 그 문은 짙은 회색이었고 2층 중앙 홀과 직각으로 연결되는 복도 가운데쯤에 있었다. 문에 적힌 숫자는 그들이 살았던 볼더의 아파트 건물 번호와 다를 바 없어 보였다. 2, 1, 그리고 7. 별것 아니잖아. 그 바로 밑에는 조그만 유리 구멍이 있었다. 대니는 그 안을 들여다본 적이 몇 번 있었다. 문 안쪽에서는 복도가 커다랗게 보인다. 바깥쪽에서는 아무리 눈을 찡그려 봐도 아무것도 보이지 않는다. 지저분한 속임수.

'왜 여기 와 있니?'

오버룩 뒤쪽을 산책한 다음, 엄마는 대니가 제일 좋아하는 점심, 치즈와 볼로냐 소시지를 넣은 샌드위치에 통조림 콩 수프를 만들어 주었다. 둘은 딕의 주방에서 점심을 먹으며 이야기했다.

라디오에서는 이스티스 공원 방송국에서 송신하는 음악이 가냘프게 흘러나오고 있었다. 주방은 호텔에서 대니가 제일 좋아하는 곳이었고, 엄마와 아빠도 마찬가지일 거라고 생각했다. 왜냐하면 사흘 정도 식당에서 식사를 해 본 다음, 만장일치로 주방에서 식사를 하기 시작했기 때문이다. 그들은 스타빙튼 집의 식탁 크기만 한 작업대에 의자를 갖다 놓았다. 전등을 켜고 사무실의 카세트테이프로 음악을 켜 놓아도 식당은 너무 무거운 분위기였다. 그래 보아도, 투명 비닐로 덮은 텅 빈 식탁 여남은 개에 둘러싸인 식탁 하나에 모인 세 사람의 썰렁함은 어쩔 수 없었던 것이다. 엄마는 호레이스 월폴의 소설에 나오는 만찬 같다고 했고, 아빠도 웃으며 그렇다고 했다. 대니는 호레이스 월폴이 누군지 몰랐지만, 주방에서 식사를 하기 시작하자 엄마의 요리가 훨씬 더 맛있어진 것은 알 수 있었다. 대니는 곳곳에서 잠깐씩 딕 할로런의 존재를 느낄 수 있었고, 그것은 그에게 따뜻한 손길처럼 위안이 되어 주었다.

엄마는 샌드위치 반쪽을 먹고 수프는 먹지 않았다. 엄마는 폴크스바겐과 호텔 트럭이 주차장에 있는 걸 보니 아빠가 혼자서 산책을 나간 모양이라고 말했다. 엄마는 피곤해서 한 시간쯤 눕고 싶으니 대니가 혼자서 잘 놀 수 있느냐고 물었다. 대니는 치즈와 소시지를 한입 가득 우물거리며 그럴 수 있다고 대답했다.

"놀이터에 나가서 놀지 그러니?" 엄마가 물었다. "트럭이랑 장난감 갖고 놀 수 있는 모래 상자도 있고, 거기 좋아할 줄 알았는데."

대니는 꿀걱 삼켰고, 음식은 마르고 딱딱한 덩어리째 목구멍으

로 넘어갔다. "봐서요." 대니는 라디오를 집어 들고 만지작거리며
대답했다.

"그리고 동물 나무들도 예쁘잖아." 엄마는 대니의 빈 접시를
집어들며 말했다. "좀 있으면 아빠가 그 나무를 손질해 줘야 할
거야."

"예." 대니가 말했다.

'아주 더러운 이야기야…… 동물처럼 생긴 저놈의 나무랑 상
관 있던 적도 있었지…….'

"혹시 아빠 보면 나는 누워 있다고 말씀드리렴."

"알겠어요, 엄마."

엄마는 접시를 개수대에 넣고 대니에게 돌아왔다. "여기서 지
내는 것 좋니, 대니?"

아이는 입술에 우유 자국을 남긴 채 꾸밈없이 엄마를 쳐다보았
다. "그럭저럭요."

"나쁜 꿈은 더 안 꾸고?"

"예." 토니는 그 후로 한 차례 더 왔다. 어느 날 밤 침대에 누워
있을 때 멀리서 조그맣게 이름을 부르는 소리가 들려왔다. 대니
는 토니가 사라질 때까지 눈을 꼭 감고 있었다.

"정말?"

"예, 엄마."

엄마는 흐뭇한 표정이었다. "손은 어떠니?"

대니는 엄마가 볼 수 있게 손을 펴 보였다. "다 나았어요."

엄마는 고개를 끄덕였다. 작은 파이렉스 볼에 든 얼어 죽은 말
벌들과 벌집을 장비 창고 뒤쪽 소각장에 가져가 태워 버렸다. 그

후로는 말벌을 본 적이 없었다. 그는 대니의 손을 찍은 사진을 동봉하여 볼더의 변호사에게 편지를 보냈고, 이틀 전 변호사가 전화를 걸어 왔다. 그 때문에 잭은 그날 오후 내내 화를 냈다. 변호사는 포장에 인쇄된 지시를 따랐는지 증언할 사람이 잭밖에 없으므로, 그 살충제를 제조한 회사에 대한 소송에 성공할 수 있을지 의심스럽다고 했다. 잭은 살충제를 좀더 사서 같은 결함이 있는지 시험해 볼 수 있지 않느냐고 변호사에게 물었다. 그는 잭에게 조립식 사다리를 사용하다 척추를 다친 사람의 사례를 이야기해 주었다. 웬디는 잭을 동정했지만, 내심 대니를 팔아넘기지 않게 되어서 다행이라고 생각했다. 소송도 해 본 사람이나 하는 것이지 토런스 가족에게는 걸맞지 않는 일이었다. 그리고 그날 이후로 말벌은 더 이상 보이지 않았다.

"가서 놀아라, 똘똘아. 재미나게 놀아."

하지만 대니는 재미있게 놀지 못했다. 대니는 호텔 주변을 이리저리 정처 없이 헤매면서, 객실 담당 직원의 벽장이나 잡역부의 방을 뒤적이다 뭐 재미있는 게 없을까 찾아다녔다. 그런 것이 없자 작은 소년은 검은 무늬가 있는 군청색 카펫을 따라 타박타박 걸어갔다. 대니는 이따금 객실 문을 열어 보았지만 물론 전부 잠겨 있었다. 사무실에 마스터 키가 걸려 있었고, 대니도 그것을 알고 있었지만 아빠는 거기 손대면 안 된다고 했다. 그리고 대니도 그러고 싶지 않았다. 그럴까?

'왜 여기 와 있니?'

따지고 보면, 까닭 없는 일은 아무것도 없었다. 대니는 병적인 호기심 때문에 217호 실에 끌려왔던 것이다. 아이는 아빠가 술에 취했을 때 읽어 준 이야기를 기억하고 있었다. 그것은 오래전 일이었지만, 그 이야기는 아빠가 읽어 주었을 때처럼 생생하게 기억났다. 엄마는 아빠를 꾸짖으며 세 살배기 아이에게 그렇게 무서운 이야기를 읽어 주다니 무슨 생각이냐고 했다. 그 이야기의 제목은 「푸른 수염」이었다. 그것도 마음속에 확실히 새겨져 있었다. 왜냐하면 처음에는 아빠가 '푸른 수영'이라고 말하는 줄 알았지만 수영하는 내용은 나오지 않았다. 알고 보니 그 이야기는 엄마처럼 옥수수 색깔의 머리카락을 가진 예쁜 여인, 푸른 수염의 아내에 관한 내용이었다. 푸른 수염이 그녀와 결혼한 다음, 둘은 오버룩과 비슷한 커다랗고 으스스한 성에 살았다. 그리고 매일 푸른 수염은 일하러 나갔고 예쁘장한 아내에게 어떤 방을 들여다보지 말라고 했다. 하지만 아래층 사무실 벽에 걸린 마스터 키랑 똑같이 그 방의 열쇠는 갈고리에 걸려 있었다. 푸른 수염의 아내는 잠긴 방이 점점 더 궁금해졌다. 대니가 217호 실의 구멍을 들여다보려고 했던 것처럼 그녀도 열쇠 구멍으로 들여다보려 했지만 역시 허사였다. 그녀가 꿇어앉아 문 밑의 틈으로 들여다보려고 하는 그림도 있었다. 하지만 틈은 너무 좁았다. 그러다 문이 활짝 열리고……

오래된 동화책은 그녀가 발견한 것을 무시무시하게 세세히 묘사해 놓았다. 그 이미지는 대니의 마음속에 각인되었다. 그 방에는 푸른 수염이 전에 결혼한 일곱 아내의 잘린 목이 있었다. 각각 받침대에 놓여 눈을 희번덕거리며 들리지 않는 비명을 지르느라 입을 벌린 채. 그 얼굴들은 커다란 칼에 휘둘려 넝마가 된 목 위에 그럭저럭 균형을 잡고 있었고 받침대에는 피가 흐르고 있었다.

겁에 질린 그녀는 그 방에서 달아나 성에서 도망치려고 했지만 푸른 수염이 무서운 눈을 번득이며 문 앞에 서 있었다. "이 방에 들어가지 말라고 했을 텐데." 푸른 수염이 칼을 뽑으며 말했다. "슬프게도 네 호기심은 다른 일곱 명과 다를 바 없고, 내 너를 가장 사랑했지만 최후는 저들과 같을 것이다. 각오해라, 가엾은 여자야!"

이 이야기는 행복한 결말로 끝난다는 것이 어렴풋이 기억났지만, 대니에게는 두 가지 커다란 이미지만 남고 나머지는 모두 색이 바랬다. 그것은 엄청난 비밀을 감추고 있는 잠긴 문과 대여섯 번은 반복해서 등장하는 오싹한 비밀의 내용이었다. 잠긴 문과 그 뒤에 놓여 있는 잘린 머리들.

대니는 손을 뻗어 몰래 문 손잡이를 쓰다듬었다. 평범하게 생긴 회색의 문 앞에 홀린 듯이 서 있던 아이는 거기 얼마나 오래 있었는지도 잊었다.

'그리고 한 세 번은 뭘 보았다고 생각했어……. 아주 더러운 이야기야…….'

하지만 할로런 씨……, 딕은 그런 것들이 사람을 다치게 할 수는 없다고 생각한다고도 했다. 그것은 책에 나오는 무서운 그림과 같을 뿐이라고. 그리고 어쩌면 아무것도 보이지 않을지 몰랐다. 그렇지 않으면…….

대니는 왼손을 호주머니에 쑤셔 넣었다가 마스터 키를 꺼냈다. 물론, 그것은 내내 거기 들어 있었던 것이다.

아이는 매직펜으로 '사무실'이라고 적힌 네모난 금속 열쇠고리를 잡고 있었다. 열쇠고리에서 열쇠를 빙빙 돌려 보았다. 이렇게 몇 분 동안 있다가 대니는 돌리기를 멈추고 열쇠를 구멍에 밀어 넣었다. 그것은 내내 기다렸다는 듯이 막힘 없이 매끄럽게 들어갔다.

'그리고……, 뭘 보았다고 생각했어……. 아주 더러운 이야기야……. 거기에 들어가지 않겠다고 약속해 줬으면 좋겠구나.'

'약속할게요.'

그리고 약속이란 당연히 아주 중요한 것이었다. 그렇지만 긁으면 안 되는 곳이 가려울 때처럼 호기심이 미친 듯이 솟아올랐다. 게다가 그것은 무시무시한 종류의 호기심이었다. 무서운 영화 가운데 가장 무서운 부분을 볼 때 손으로 얼굴을 가리고도 손가락 틈으로 훔쳐볼 때처럼. 저 문 너머에 있는 것은 영화가 아닐 것이다.

'그런 것이 너를 해칠 거라고는 생각지 않는다……, 책에 나오는 무서운 그림처럼…….'

대니는 갑자기 왼손을 뻗어 생각할 틈도 없이 마스터 키를 뽑아 다시 호주머니에 쑤셔 넣었다. 그리고 청회색 눈을 부릅뜨고 잠시 더 문을 노려보다가 재빨리 뒤로 돌아 복도를 걸어가 중앙 홀로 나갔다.

뭔가 대니의 행동을 멈추게 했고, 대니는 한동안 그것이 무엇인지 알 수 없었다. 그때 대니는 이 모서리 바로 너머 벽에 감겨 있는 구식 소화전을 기억했다. 잠든 뱀처럼 똬리를 틀고 있는.

그 소화전은 주방에 있는 것과 같은 화학 약품 소화기가 아니라고 아빠가 가르쳐 주었다. 이것은 현대식 살수 장치의 전신이었다. 긴 천 호스는 오버룩의 배관 시설에 직접 연결되어 있었고 밸브 하나만 돌리면 일인 소방서가 될 수 있었다. 아빠는 거품이나 이산화탄소를 뿌리는 화학 소화기가 훨씬 더 좋은 것이라고 했다. 화학 소화기는 불이 타는 데 필요한 산소를 빼앗아 불을 끄는 반면, 고압 스프레이는 불꽃을 사방에 퍼뜨릴 수도 있기 때문이다. 아빠는 울먼 씨가 구식 보일러와 구식 호스를 당장 교체해야 하지만, 울먼 씨는 "야비한 자식"이기 때문에 그러지 않을 거라고 말했다. 대니는 아빠가 쓰는 말 중에 이것이 가장 나쁜 말 중의 하나라는 것을 알고 있었다. 그것은 몇몇 의사, 보수 공사 사람, 그리고 예산 초과라서 아빠의 책 주문을 받아 주지 않은 스타빙튼 영어과 과장에게 쓴 말이었다. "예산 초과라니, 빌어먹을." 그는 웬디에게 소리쳤다. 대니는 방에서 자는 척하고 있었다. "남은 500달러를 자기가 챙기려는 수작이야, 야비한 자식 같으니."

대니는 그 모서리 주위를 살펴보았다.

여남은 번 둘둘 감긴 납작한 호스와 붉은 탱크로 이루어진 소화전이 거기 있었다. 그 위에는 박물관 전시품처럼 유리 상자에 도끼가 하나 들어 있었고, 붉은 바탕에 흰 글씨로 '비상시 유리를 깨뜨리시오'라고 씌어져 있었다. 대니는 좋아하는 텔레비전 프로그램의 제목이기도 한 '비상'이라는 단어는 읽을 수 있었지만 나머지는 잘 몰랐다. 하지만 그 단어가 저 기다랗고 납작한 호스와 함께 사용된 것이 마음에 들지 않았다. '비상'이란 화재, 폭발, 자동차 충돌, 병원, 그리고 죽음을 뜻했다. 그리고 대니는 저 호스가 저렇게 무덤덤하게 벽에 걸려 있는 것이 마음에 들지 않았다. 혼자일 때면 대니는 최대한 빨리 종종걸음으로 이 소화전 앞을 지나갔다. 특별한 이유는 없었다. 그저 빨리 지나가는 것이 나을 것 같았을 뿐. 그래야 안전할 것 같았다.

대니는 가슴을 두근거리며 모서리를 돌아 소화전을 지나서 계단으로 갔다. 엄마가 저 아래서 자고 있었다. 그리고 아빠가 산책에서 돌아왔다면, 아마도 주방에 앉아 샌드위치를 먹으며 책을 읽고 있을 것이다. 대니는 구식 소화전을 지나 아래층으로 내려갈 생각이었다.

대니는 그쪽으로 발을 옮겨, 오른쪽 팔을 고급 실크 벽지에 댄 채 반대쪽 벽을 향해 더 가까이 움직이고 있었다. 스무 발자국 남았다. 열다섯. 열둘.

열 발자국 남았을 때, 구리 노즐이 누워 있던

(자고 있던?)

곳에서 갑자기 굴러 떨어져 홀 카펫 위에 둔탁한 소리를 내며 떨어졌다. 그것은 까만 주둥이 끝으로 대니를 가리킨 채, 거기 누워 있었다. 대니는 걸음을 딱 멈추었다. 갑작스러운 두려움에 어깨가 움찔했다. 관자놀이에서는 맥박이 쿵쾅거렸다. 입에서는 침이 마르고 손은 주먹을 꽉 쥐었다. 하지만 호스 노즐은 거기 누워 있을 뿐이었다. 구리 케이스는 온화한 빛을 띠었고 납작한 천 호스는 벽에 붙어 있는 붉은 틀에 연결된 채.

그렇다. 떨어졌다고 해서 어쩔 것인가? 그것은 소화전일 뿐 아무것도 아니었다. 그것이 대니의 발소리에 잠을 깬, 「동물의 왕국」에 나오는 독사처럼 생겼다고 생각하는 건 바보 같은 짓이었다. 천의 바느질 자국이 비늘처럼 생겼다 하더라도 말이다. 대니는 그냥 그것을 지나 복도를 가로질러 계단으로 갈 참이었다. 좀 빨리 걸어갈지는 모르겠다. 그것이 뒤를 따라와서 발치에…….

대니는 무의식적으로 아버지의 흉내를 내며 왼손으로 입술을 닦고 한 걸음 내디뎠다. 호스는 움직이지 않았다. 또 한 걸음. 아무 일도 없었다. 봐라, 얼마나 바보 같은 생각인가? 그 바보 같은 생각이랑 바보 같은 「푸른 수염」 이야기 때문에 그런 생각이 든 것뿐 호스는 지난 5년 동안 언제든지 떨어질 수 있었던 것일지도 모른다. 그것뿐이다.

대니는 바닥에 놓인 호스를 보며 말벌을 생각했다.

여덟 발자국 앞, 카펫 위에 놓인 호스 노즐은 평화로운 빛을 발하며 이렇게 말하는 것 같았다. '걱정 마. 나는 그냥 호스일 뿐이야. 게다가 그렇지 않다손 치더라도 내가 하는 짓은 벌한테 쏘이는 것보다 별로 아프지 않을 거야. 말벌한테 쏘이는 것 말이야. 내가 너처럼 착한 애한테 무슨 짓을 하겠니……. 무는 것 말고…… 물고……또 물고.'

대니는 한 걸음 더 내딛었고, 또 한 걸음 내딛었다. 목에서 단내가 올라왔다. 당장이라도 까무러칠 것 같았다. 대니는 차라리 호스가 움직여 주었으면, 그래서 확신할 수 있었으면 하고 바라기 시작했다. 대니는 한 걸음 더 내딛었고 이제 공격 범위에 들어섰다. '하지만 저것이 공격하지는 않을 거야. 어떻게 호스가 공격하고 물 수 있겠어?'

어쩌면 말벌이 잔뜩 들어 있을지도 몰랐다.

대니는 온몸의 피가 얼어붙었다. 노즐 한가운데 까만 점을 흘린 듯 바라보았다. 어쩌면 저기에 말벌이 가득 들어 있을지도 몰랐다. 갈색 몸뚱이에 독을 가득 담고, 가을 독이 너무 많이 들어서 침에서 맑은 독액이 뚝뚝 떨어질 것이다.

대니는 갑자기 자신이 공포에 얼어붙어 버렸음을 깨달았다. 지금 발을 움직이지 않는다면, 카펫에 붙잡혀 여기 서서 뱀을 노려보는 새처럼 노즐 가운데 검은 구멍을 노려보며 서 있게 될 것이다. 그래서 아빠가 발견하면 어떻게 될 것인가?

끙 하는 신음소리를 내며 대니는 달리기 시작했다. 호스에 가까이 가자, 빛이 반사되며 노즐이 움직이고 공격하려고 몸을 돌리는 것처럼 보였다. 대니는 그 위로 펄쩍 뛰어올랐다. 놀란 상태에서 천장까지 뛰어올라, 쭈뼛 선 머리카락이 홀의 회벽 천장에 닿았다는 느낌이 들었다. 하지만 나중에 정신을 차리고는 그것이 불가능함을 깨달았다.

대니는 호스 반대편에 발을 디디고는 내달렸고, 갑자기 등 뒤에서 카펫 위를 재빨리 기어오는 구리 뱀이 내는 소리가 들리는 것 같았다. 풀밭을 재빨리 기어다니는 방울뱀처럼. 놈은 대니를 잡으러 오고 있었고 그러자 계단이 굉장히 멀게 느껴졌다. 대니가 한 걸음씩 달릴 때마다 계단은 점점 더 멀어지는 것 같았다.

'아빠!' 소리를 지르고 싶었지만 목구멍에서는 한마디도 나오지 않았다. 혼자뿐이었다. 등 뒤에서 뱀이 카펫의 건조한 털 위를 미끄러져 오는 소리가 점점 더 크게 들려왔다. 이제 발뒤꿈치에서, 주둥이에서 맑은 독을 뚝뚝 흘리며 고개를 빳빳이 들고 있을 것 같았다.

대니는 계단에 닿았고 균형을 잡기 위해 팔을 마구 휘저었다. 한순간, 곡예하듯 데굴데굴 굴러 바닥에 뻗어 버릴 것 같았다.

대니는 등 뒤를 쳐다보았다.

호스는 꼼짝도 하지 않았다. 그것은 전과 똑같이, 호스 가닥이 밖으로 나와 있고, 바닥에는 구리 노즐이 떨어져 있고, 노즐 주둥이는 무관심하게 다른 쪽을 향하고 있었다. 알겠지, 바보야? 대니는 자신을 꾸짖었다. 다 네가 생각해 낸 거야, 이 겁쟁이야. 전부 네 상상이라고.

대니는 다리를 떨며 계단 난간을 붙잡았다.

'너를 쫓아오지 않았어.'

머리는 이렇게 말했고 자꾸만 되풀이해서 말했다.

'너를 쫓아오지 않았어, 쫓아오지 않았어, 쫓아오지 않았어.'

겁낼 것 없었다. 도로 돌아가서 원한다면, 호스를 다시 제자리에 끼워 넣을 수도 있었다. 그럴 수는 있었지만 그럴 생각은 없었다. 왜냐하면 만일 그것이 뒤를 쫓아오다가……제대로……잡을 수 없는 것을 알고서 돌아간 것이면 어쩐단 말인가?

호스는 다시 돌아와서 한번 더 해 보라고 유혹하듯 카펫 위에 누워 있었다.

대니는 숨을 헐떡이며 아래층으로 달려 내려갔다.

울먼 씨와의 통화

사이드와인더 공공 도서관은 시내 상업 지구에서 한 블록 떨어진 곳에 자리 잡은, 눈에 띄지 않는 자그마한 건물이었다. 수수한 외관에 덩굴이 뒤덮인 건물이었고, 정문까지 이어지는 넓은 콘크리트 길가에는 지난여름에 피었던 꽃들의 잔해가 떨어져 있었다. 잔디밭에는 큼지막한 남북전쟁 때의 장군 동상이 세워져 있었는데, 십대 때 남북전쟁에 열광했던 잭도 들어 보지 못한 사람이었다.

신문철은 지하에 보관되어 있었다. 1963년에 망한 《사이드와인더 가제트》, 《이스티스 파크 일보》, 《볼더 카메라》세 종류가 있었다. 덴버 신문은 하나도 없었다.

잭은 한숨을 내쉬며 《카메라》를 펼쳤다.

1965년에 이르자 종이 신문은 마이크로필름으로 교체되었다. ("연방 정부 보조금이 나왔거든요." 사서가 밝은 표정으로 말했다. "다음번 보조금이 내려오면 1958년에서 64년 분량을 교체할 건데, 엄청 기다려야 되거든요. 아시죠? 조심해서 다뤄 주세요, 네? 부탁합니다. 도움이 필요하면 부르시고요.") 딱 하나 있는 판독기의 렌즈가 휜 바람에 신문에서 필름으로 바꾼 지 45분쯤 된 후, 웬디가 잭의 어깨에 손을 얹었을 무렵에는 머리가 지끈지끈 아팠다. 웬디가 말했다.

"대니는 공원에 있어. 하지만 밖에 오래 있는 건 좋지 않은데. 얼마나 더 걸릴 것 같아?"

"10분." 잭이 대답했다. 실은 암흑가 스타일의 총격 살인 사건과 스튜어트 울먼 사의 인수까지, 오버룩의 흥미진진한 역사는 끝까지 다 찾아본 참이었다. 하지만 이번에도 웬디에게는 시시콜콜 다 말해 주고 싶지 않았다.

"근데, 뭘 보고 있는 건데?" 웬디는 이렇게 말하면서 잭의 머리를 쓰다듬었지만 그녀의 목소리는 성가실 뿐이었다.

"오버룩의 내력을 좀 찾아보는 거야." 잭이 대답했다.

"특별한 이유라도 있어?"

"아니, 그냥 호기심에."

'근데 대체 왜 그렇게 알고 싶은 거야?'

"뭐 재미있는 거라도 찾았어?"

"별로." 이제 잭은 유쾌한 목소리를 내기 위해서 애를 써야 했다. 스타빙튼에 살고 있을 때, 대니가 아직 갓난아기였을 때 항상 그렇게 꼬치꼬치 캐묻고 찔러 보았던 것처럼 그녀는 캐묻고 있었다. '어디 가, 잭? 언제 올 거야? 돈은 얼마나 갖고 있어? 차 가져 갈 거야? 앨버트도 함께 가는 거야? 둘 중에 한 명은 술 안 마실 거야?' 등등. 심한 말이긴 하지만 그녀 때문에 술을 마셨던 것이다. 어쩌면 딱히 그 때문만은 아니었을지도 모르지만 솔직히 털어놓자면 그것도 한 가지 이유였다. 징징거리고 징징거리고 징징거려서, 한 대 쳐서 입 닥치고

'어디? 언제? 어떻게? 이럴 거야? 저럴 거야?'

끝도 없는 질문을 그만두게 하고 싶은 마음이 들었던 것이다.

그런 소릴 듣고 있으면, 정말로

'두통? 숙취?'

두통이 생길 수도 있다. 판독기. 인쇄가 찌그러져 보이는 빌어먹을 판독기. 그래서 이렇게 머리가 지끈거리는 것이다.

"잭, 괜찮은 거야? 얼굴이 창백한……."

잭은 그녀의 손가락에서 머리를 홱 떼어 냈다. "괜찮아!"

웬디는 잭이 노려보는 시선을 피하더니 미소를 지어 보려 했지만 신통치 않았다. "음……, 그러면 나가서 대니랑 공원에서 기다릴게……." 미소를 상처 입은 표정으로 바꾸며 웬디는 밖으로 나가고 있었다.

잭이 그녀를 불렀다. "웬디?"

그녀가 계단 맨 밑에서 돌아보았다. "응, 잭?"

잭은 일어나서 그녀에게 다가갔다. "미안해, 여보. 실은 몸이 좀 안 좋은 것 같아. 저 기계가……, 렌즈가 휘었어. 그래서 머리가 굉장히 아파. 혹시 아스피린 있어?"

"그럼." 웬디는 백을 열더니 아나신_{진통제의 상품명}이 든 통을 꺼냈다. "당신이 갖고 있어."

잭이 통을 받아들었다. "엑세드린은 없어?" 그는 웬디가 살짝 움찔하는 표정을 보고 그 의미를 알아차렸다. 아직 잭의 알코올 중독이 그렇게 심하지 않던 시절, 그것은 두 사람만이 알아듣는 일종의 농담이었던 것이다. 그는 처방전 없이 살 수 있는 약 가운데 숙취를 바로 잡아 줄 수 있는 것은 엑세드린뿐이라고 주장했다. 그것만이 유일한 약이라고. 그는 술을 마신 다음 날이면 반드시 엑세드린을 먹어야 했다.

"엑세드린은 없네. 미안." 웬디가 말했다.

"괜찮아. 이거면 될 거야." 하지만 물론 그것은 듣지 않을 것이며, 웬디도 그것을 알고 있었을 것이다. 그녀는 이따금 멍청한 표정으로 남을 속여 넘기곤 했다…….

"물 마실래?" 웬디가 밝은 목소리로 물었다.

'아니 당신이나 여기서 꺼져 버렸으면 좋겠어!'

"올라가서 식수대에서 먹을게. 고마워."

"그래." 웬디가 계단을 오르자 짧은 모직 스커트 밑으로 늘씬한 다리가 우아하게 움직였다. "공원에서 기다릴게."

"그래." 잭은 아무 생각 없이 주머니에 아나신 통을 집어넣고 판독기로 돌아가 스위치를 껐다. 그녀가 나갔을 즈음, 그는 혼자 위층으로 올라갔다. 두통이 지독했다. 이렇게 머리가 쥐어짜듯 아플 거면 술이라도 몇 잔 마셔서 아픔을 잊을 수 있어야 한다.

잭이 그 생각을 떨쳐 버리려고 하자 기분이 지독하게 나빠졌다. 그는 전화번호가 적힌 성냥갑을 만지작거리며 중앙 접수대로 갔다.

"저, 공중 전화 있습니까?"

"아뇨, 없는데요. 시내 전화라면 제 전화를 쓰세요."

"장거리 전화라서요. 죄송합니다."

"그럼, 약국으로 가시는 게 낫겠네요. 거기 공중 전화 부스가 있거든요."

"감사합니다."

그는 밖으로 나와 이름 모를 남북전쟁 장군 동상을 지나 걸어갔다. 쿡쿡 쑤시는 두통을 느끼며, 두 손은 호주머니에 쑤셔 박은 채 그는 상업 지구 쪽으로 걷기 시작했다. 하늘도 찌푸리고 있었다. 그날은 11월 7일이었고, 11월로 접어들면서 날씨는 점점 험악해졌다. 몇 차례 눈발이 날렸다. 10월에도 눈은 왔지만 그때는 녹아 버렸다. 이번 달에 내린 눈은 녹지 않았고 사방에 얇은 서리처럼 얼어붙었다. 햇빛이 비치면 섬세한 수정처럼 반짝였다. 하지만 오늘은 해가 비치지 않았고 약국에 도착했을 때는 눈도 다시 뿌리기 시작했다.

공중 전화는 건물 뒤쪽에 있었고, 잭이 주머니의 동전을 짤랑거리며 약품이 진열된 통로를 지나가다가 초록색 글자가 적힌 하얀 상자를 쳐다보았다. 그는 그것을 하나 들고 계산대로 가서 돈을 낸 다음 다시 전화 부스로 갔다. 문을 당겨서 닫고 동전과 성냥갑을 대에 올려놓은 다음에 0을 돌렸다.

"어디에 거실 겁니까?"

"플로리다, 포트 로더데일이오." 잭은 그곳 번호와 부스의 번호를 불러 주었다. 교환원이 3분에 1달러 90센트라고 하자, 그는 투입구에 25센트짜리 여덟 개를 집어넣었다. 귓전에 벨 소리가 울릴 때마다 찡그리며.

그리고 연결되는 동안 멀리서 틱틱 하는 소리가 들려오는 사이, 잭은 엑세드린이 든 녹색 병을 상자에서 꺼내 하얀 뚜껑을 열고 솜뭉치를 부스 바닥에 버렸다. 수화기를 어깨에 끼고서, 하얀 알약 세 알을 꺼내 남아 있는 동전 옆에 나란히 세웠다. 그는 뚜껑을 덮은 다음 병을 주머니에 넣었다.

상대방은 신호음이 한 번 울리자 전화를 받았다.

"서프샌드 리조트입니다. 무엇을 도와드릴까요?" 활달한 여자 목소리였다.

"지배인 좀 바꿔 주십시오."

"트렌트 씨 말씀입니까, 아니면……."

"울먼 씨 부탁합니다."

"울먼 씨는 업무 중이시지만, 혹시……."

"예. 콜로라도의 잭 토런스라고 전해 주십시오."

"잠시만 기다려 주세요." 교환원은 대기 상태로 돌렸다.

천박하고 잘난 체하는 땅딸보 울먼에 대한 혐오감이 다시 물밀듯 밀려왔다. 잭은 대에 세워 놓은 엑세드린 중에서 한 알을 집어 잠시 쳐다보다 입에다 집어넣고 천천히 음미하듯 씹었다. 그맛은 추억처럼 밀려들었고, 쾌감과 비참함이 뒤섞이면서 입에는침이 고였다. 쌉쓰름한 맛이었지만 사람을 잡아당겼다. 잭은 얼굴을 찡그리고 꿀꺽 삼켰다. 술 마시던 시절, 아스피린을 씹어 먹는 것이 습관이었다. 그 이후로는 그런 적이 없었다. 하지만 숙취때문이든 이번 같은 경우이든, 두통이 아주 심하면 아스피린을씹어 먹는 것이 효과가 더 빠른 것 같았다. 잭은 아스피린을 씹어먹으면 중독이 될 수 있다는 글을 어디선가 읽은 기억이 났다. 어디였더라? 이마를 찌푸리며 그는 기억해 내려고 했다. 그때 울먼이 전화를 들었다.

"토런스? 무슨 일입니까?"

"아무 일도 아닙니다. 보일러도 잘 있고, 저는 아직 마누라를죽이지 않았으니까요. 나중에 크리스마스가 끝나고 지루해질 때를 대비해서 아껴 두었어요."

"아주 재미있군요. 그런데 용건이 뭐죠? 나는 바쁜……."

"바쁜 분이시죠. 네. 그건 알고 있어요. 전화를 드린 건, 오버룩의 위대하고 영광스러운 과거에 대해 알려 주실 때 말씀하지 않은 부분이 있어서 여쭤 보려고요. 예를 들면 호리스 드원트가 호텔을 라스베이거스 난봉꾼들한테 팔았고, 그 사람들이 국세청에서도 정체를 모르는 꼭두각시 회사들을 통해서 운영했다는 것이랑. 그들이 때를 기다려 마피아 일당들의 소굴로 만든 다음, 한 사람이 죽고 나자 1966년에 문을 닫았던 것 말입니다. 프레지덴셜 스위트룸 문 밖에서 지키고 있던 경호원들도 함께 죽었지요. 대단한 곳이죠, 오버룩의 프레지덴셜 스위트룸 말입니다. 윌슨, 하딩, 루스벨트, 닉슨, 게다가 도끼수 비토. 그렇죠?"

반대편에서는 잠시 놀랐는지 침묵이 이어지더니 울먼이 조용히 말을 꺼냈다. "그것이 당신이 맡은 일과 무슨 상관이 있는지 모르겠군요, 토런스 씨. 그건……."

"하지만 제일 재미있는 부분은 기넬리가 총에 맞아 죽은 다음이죠. 그렇죠? 이리 갔다, 저리 갔다, 우왕좌왕하더니 갑자기 오버룩의 주인은 일개 개인, 실비아 헌터라는 여자가 되었지요……. 1942년에서 1948년 사이에 실비아 헌터 드원트였고요."

"3분 지났습니다." 교환원이 말했다. "계속 통화하시려면 말씀하십시오."

"토런스 씨, 그건 다 아는 사실이고……, 아주 옛날 이야기요."

"저는 몰랐던 사실입니다. 다른 사람들도 많이 알고 있을 것 같지 않고요. 전부 아는 사람은 거의 없을 겁니다. 기넬리가 죽은 것은 어쩌면 기억하겠지만, 1945년 이래 오버룩이 겪어 온 그 놀랍고 희한한 일들을 다 아는 사람은 아무도 없을 것 같아요. 게다가 행운의 주인공은 항상 드원트, 또는 드원트의 측근처럼 보인단 말입니다. 67년과 68년에 실비아 헌터가 경영하던 건 뭡니까, 울먼 씨? 매춘굴이었죠, 그렇죠?"

"토런스!" 그의 충격은 삼천 킬로미터의 전화선을 통하여 고스란히 전달되었다.

잭은 씩 웃으며 엑세드린을 한 알 더 입에 넣고 씹었다.

"유명한 미국 상원 의원이 거기서 심장 마비로 죽은 다음 그 여자는 손을 뗐어요. 그 의원은 발가벗고 검정 나일론 스타킹을 신고 가터 벨트를 하고 하이힐을 신은 채 발견되었다는 설이 있더군요. 더 정확히 말하면 에나멜 하이힐이었다죠."

"그런 말도 안 되는 거짓말을!" 울먼이 소리쳤다.

"그런가요?" 잭이 물었다. 기분이 조금씩 좋아지고 있었다. 두통이 가시고 있었다. 그는 마지막 엑세드린을 씹었다. 입안에서 알약이 부서지며 내는 쑵쓰름한 맛을 즐기며.

"그건 아주 불운한 사건이었어요." 울먼이 말했다. "대체 무슨 말을 하고 싶은 겁니까, 토런스? 무슨 추잡한 기사를 쓸 계획이라면……. 혹시 뭔가 착각하고 멍청한 협박을 할 셈이라면……."

"그런 건 아니오. 전화를 한 건 당신이 내게 정정당당하게 대하지 않았다고 생각했기 때문이오. 그리고……."

"정정당당하게 대하지 않았다니?" 울먼이 소리 질렀다. "맙소사, 내가 고작 호텔 관리인한테 누워서 침 뱉는 격이 될 이야기를 시시콜콜 다 털어놓을 거라고 생각했소? 대체 당신이 뭐라고 생각하는 거요? 게다가 그런 옛날 이야기가 당신에게 무슨 상관 있다는 거요? 혹시 서쪽 건물 복도에 유령들이 침대보를 뒤집어쓰고 오락가락하면서 소리라도 지른다는 거요?"

"아뇨. 유령이 있다는 건 아니죠. 하지만 당신은 일자리를 주기 전에 내 개인 신상에 대해서 온갖 것을 다 캐내었어. 나를 앞에 세워 놓고, 꼬마 애를 나무라듯 호텔을 관리할 수 있는지 이것저것 물어봤어. 나는 기분이 나빴다고."

"당신의 뻔뻔스러운 태도를 도저히 믿을 수가 없소." 울먼이 말했다. 숨이 막히는 듯한 목소리였다. "당신을 해고하고 싶소. 아니, 해고해야겠소."

"앨버트 쇼클리가 반대할 텐데요. 격렬하게."

"그렇다면 결국 당신에 대한 쇼클리 씨의 우정을 과대 평가한 것 같군요, 토런스 씨."

잠시 잭의 두통은 지끈거리며 되돌아왔고 그는 통증을 참느라 눈을 감았다. 마치 멀리서 들리는 소리처럼 자신이 묻는 소리가 들렸다. "지금 오버룩의 소유주는 누군가요?"

"그거면 됐다고 생각합니다, 토런스 씨. 당신은 식기 나르는 사람이나 주방 접시닦이나 다를 바 없는 호텔 직원이오. 나는……."

"알겠어요. 앨버트에게 편지를 쓰죠." 잭이 말했다. "그 친구가 알 테니. 이사회에 있으니까. 그리고 짤막하게 추신을 달아서……."

"드원트가 주인은 아닙니다."

"네? 무슨 말씀이신지."

"드원트가 주인이 아니라고 했습니다. 주주들은 전부 동부 사람들입니다. 당신 친구 쇼클리 씨의 주식이 가장 많습니다. 35퍼센트가 넘어요. 그분이 드원트와 관련이 있는지는 나보다 당신이 더 잘 알 겁니다."

"그 밖에는?"

"다른 주주들의 이름을 당신에게 폭로하고 싶지 않습니다, 토런스 씨. 이 문제를 전부……."

"한 가지만 더 물어봅시다."

"내게는 대답할 의무가 없습니다."

"근사한 것이든 추잡한 것이든, 오버룩의 내력은 대부분 지하실에 있던 스크랩북에서 본 것이오. 하얀 가죽 표지가 달린 커다란 책인데. 금실로 묶어 놓았고. 혹시 그게 누구의 책인지 알고 있어요?"

"전혀 모릅니다."

"그레이디의 것일 가능성도 있을까요? 자살한 관리인 말이오."

"토런스 씨." 울먼은 차갑기 짝이 없는 어조로 말했다. "당신이 내 시간을 빼앗아 가며 거론하는 문제는 고사하고, 그레이디 씨는 글도 읽을 줄 몰랐습니다."

"오버룩 호텔을 소재로 책을 한 권 쓸 생각이오. 정말로 그렇게 된다면, 그 스크랩북의 주인에게 감사의 글을 써야 할 것 같아서 말이오."

"오버룩에 대해 책을 내는 것은 대단히 현명하지 못한 행동 같군요. 특히나 당신의……, 음, 그 시각에서 쓴 책이라면."

"그 견해는 하등 놀라울 것 없군요." 이제 두통은 싹 가셨다. 한 번 지끈하더니 모두 사라진 것이다. 잭의 두뇌는 한 치의 오차도 없이 명철하고 정확하게 움직이는 것 같았다. 그것은 글이 아주 잘 써지거나 약을 세 알 먹고 났을 때 드는 기분이었다. 그것도 엑세드린에 관해서 잊어버렸던 점이었다. 다른 사람들도 그런

지는 모르겠지만, 잭은 엑세드린 세 알을 씹어 먹고 나면 당장이라도 날아갈 것 같았다.

그는 이렇게 말했다. "당신 마음에 들 만한 책이라면 손님들이 체크인할 때 공짜로 나눠 줄 수 있는 공식 안내책자 같은 것이겠지요. 일출 때와 일몰 때의 반짝거리는 경치 사진에다 달착지근한 글을 붙인 것 말이오. 거기 묵었던 다채로운 인물들에 대한 난도 있어야겠고. 물론 기넬리와 그 일당처럼 정말로 다채로운 사람들은 쏙 빼고 말이오."

"당신을 해고했다는 이유로 내 일자리를 잃을 수 있다는 아주 작은 가능성만 없다면……." 울먼이 쥐어짜 내는 소리로 말했다. "지금 당장 전화로 해고했을 겁니다. 하지만 그런 일말의 가능성이 있다고 생각되니, 당신 전화를 끊는 순간 쇼클리 씨에게 전화를 할 겁니다……, 지금 곧 말입니다."

"그 책에는 사실이 아닌 내용은 한 자도 들어가지 않을 거요. 살을 붙일 필요가 없으니."

'왜 저자를 긁는 거지? 잘리고 싶어?'

"제5장에 로마 교황이 동정녀 마리아의 그림자하고 붙어먹는 장면이 나온다 해도 나는 상관하지 않을 겁니다." 울먼이 음성을 높이며 말했다. "내 호텔에서 나가 주시오!"

"당신 호텔이 아냐!" 잭이 고함 치고는 수화기를 쾅 하고 놓았다.

그는 씩씩거리며 의자에 앉았다. 이제 조금 걱정스러웠다.

(조금이라고? 엄청나게 걱정스러웠다)

애초에 울먼에게 전화를 건 이유부터 도무지 알 수 없었다.

'또 이성을 잃었군, 잭.'

그렇다. 그렇다. 부인하려고 해도 소용없다. 게다가 그는 저 비열한 땅딸보가 앨버트에게 얼마나 입김을 작용하는지, 그리고 앨버트가 놈의 되지도 않는 말을 얼마나 곧이곧대로 들을지 전혀 알 수 없었다. 울먼이 자기 주장대로 수완 좋은 지배인이고, 앨버트에게 저자를 자르지 않으면 내가 그만두겠다고 통첩한다면, 앨버트도 그 말을 들을 수밖에 없지 않을까? 잭은 눈을 감고 웬디에게 사실을 이야기하는 장면을 상상해 보았다. 있잖아, 여보? 또 일자리를 잃었어. 이번에는 삼천 킬로미터나 떨어져 있는 사람에게 전화를 걸어서 시비 거는 일을 해냈거든.

잭은 눈을 뜨고 손수건으로 입을 닦았다. 술을 마시고 싶었다. 빌어먹을, 술이 필요했다. 바로 근처 길가에 카페가 하나 있었고 공원으로 가는 길에 맥주 한 병 재빨리 마실 시간은 충분했다. 단지 흥분을 가라앉히기 위해서……

그는 공연히 두 손을 꽉 쥐었다.

다시 의문이 떠올랐다. 애초에 왜 울먼에게 전화를 건 것일까? 로더데일의 서프샌드 전화번호는 사무실의 전화와 라디오 옆에 놓인 작은 수첩에 적혀 있었다. 배관공의 번호, 목수, 유리장이, 전기 배선 담당 등과 함께. 잭은 아침에 일어나자마자 울먼에게 전화를 해야겠다는 생각에 부풀어 곧바로 그 번호를 성냥갑에 베껴 두었던 것이다. 하지만 대체 왜? 술 마시던 시절, 웬디는 잭이 스스로를 파멸시키고 싶어하지만 정식으로 자살할 배짱은 없다고 비난한 적이 있었다. 그렇기 때문에 그는 다른 사람들이 자신과 자기 가족을 하나씩, 하나씩 쳐내게 하려고 여러 가지 방법을 만들어 낸다는 것이었다. 그게 정말일까? 자신은 마음속 어딘가에서, 오버룩에서 희곡 쓰기를 마치고 새 출발을 하게 될까 두려워하고 있었던 것일까? 오 하느님, 그렇게 되지는 않게 해 주세요. 제발.

눈을 감자, 곧 눈꺼풀 안쪽의 어두운 스크린에 그림이 하나 떠올랐다. 썩은 배수 장치를 뜯어내려고 지붕 널의 구멍에 손을 밀어 넣자 갑자기 따끔하는 통증이 느껴졌고, 고요한 하늘에 놀라서 소리치는 장면이. '이 망할 놈의 새끼……'

이태 전, 새벽 3시에 술에 취해 비틀거리며 집에 들어가, 탁자에 걸려 바닥에 큰 대자로 뻗어 욕설을 하다가 소파에 있던 웬디를 깨운 장면으로 바뀌었다. 웬디는 불을 켰고, 잘 기억도 나지 않는 뉴햄프셔 경계 어딘가 안개 낀 주차장에서 몇 시간 전에 싸움질을 하다가 옷을 찢고 코피를 흘리고 들어와서는, 햇빛에 나와 어리둥절한 두더지처럼 눈을 껌벅거리는 그를 보면서 말했다. '이 개자식, 대니를 깨웠잖아. 당신 자신은 소중하지 않더라도, 우리들은 조금이라도 소중하게 생각해 줄 수 없어? 오, 이런 소리를 해 봤자 다 무슨 소용이람!'

전화가 울렸고 그는 깜짝 놀랐다. 근거는 없지만 울먼 아니면 앨버트일 것이라고 생각하면서 그는 수화기를 집어 들었다. "뭐요?"

"초과 요금입니다. 3달러 50센트입니다."

"잔돈을 좀 바꿔야겠어요. 잠깐만요."

잭은 전화를 선반 위에 올려두고 남은 동전 여섯 개를 넣은 다음 계산대에 돈을 바꾸러 갔다. 그는 기계적으로 돈을 바꿔 왔다. 머릿속은 다람쥐 쳇바퀴 돌듯 하나의 원을 그리며 빙글빙글 돌았다.

어째서 울먼에게 전화한 것일까?

울먼이 창피를 주어서? 전에도 창피 당한 적은 있었고, 그것도 훨씬 더 심한 것이었다. 게다가 뭐니뭐니해도 자신이 스스로 창피를 준 것에는 비교도 할 수 없는 일이었다. 그럼 단지 그자에게 따지고 위선을 폭로하려고? 잭은 자기가 그렇게 옹졸한 사람이라고는 생각하지 않았다. 머리는 스크랩북 때문이라고 주장하고 싶었지만, 그것도 말이 되지 않았다. 울먼이 그 책의 주인을 알 가능성은 천 분의 일도 되지 않았다. 인터뷰 때 그는 지하실을 마치 다른 나라, 그것도 더러운 후진국쯤으로 취급했던 것이다. 정말로 그것을 알고 싶었다면 왓슨에게 전화했을 것이다. 그의 전화번호도 사무실 수첩에 적혀 있었다. 왓슨도 확실히 알 가능성은 없었지만 그래도 울먼보다는 나았다.

그리고 그에게 책에 대해 이야기하다니, 그것도 바보 짓이었다. 어이없는 바보 짓. 일자리에서 잘리게 되었을뿐더러 울먼이 여기저기 전화를 걸어 오버룩 호텔에 대해 캐묻는 뉴잉글랜드 사람을 조심하라고 일러둔다면 정보를 얻을 곳이 상당 부분 차단될 것이다. 그는 정중한 편지를 보내고, 봄이면 인터뷰 약속도 하여 조용히 조사를 할 수도 있었다……. 그런 다음 책이 나오고 자기는 안전하게 떠난 다음 울먼이 분통을 터뜨릴 때 실컷 웃어 줄 수도 있었던 것이다. '가면을 쓴 작가의 역습.' 그런데 그는 쓸데없이 전화를 걸고 이성을 잃고 울먼을 적으로 돌리고 호텔 지배인의 충성심을 자극한 것이다. 이유가 무엇일까? 앨버트가 주선해 준 좋은 일자리에서 쫓겨날 작정이 아니라면 대체 무엇일까?

그는 남은 돈을 다 집어넣고 전화를 끊었다. 술을 마셨을 때에나 했음 직한 말도 안 되는 짓이었다. 하지만 그는 술을 마시지 않았다. 말짱한 정신이었다.

약국에서 걸어나오며 그는 엑세드린 한 알을 더 입에 넣고, 씁쓰름한 맛에 얼굴을 찡그리면서도 음미했다.

길에서 웬디와 대니를 만났다.

"여보, 당신 찾으러 오는 길이야. 눈 오는 것 몰랐어?" 웬디가 말했다.

잭은 눈을 깜박이며 하늘을 보았다. "그렇군." 눈이 많이 내리고 있었다. 사이드와인더의 큰길에는 벌써 눈이 두껍게 쌓여 중앙선이 보이지 않았다. 대니는 고개를 젖히고 하얀 하늘을 쳐다보았다. 입을 벌리고, 떨어지는 커다란 눈송이를 잡으려고 혀를 내민 채.

"이번엔 쌓일까?" 웬디가 물었다.

잭은 어깨를 으쓱했다. "모르지. 한두 주는 봐주기를 바랐는데. 아직까지는 그럴지도 모르지."

바로 그거다.

'미안해, 앨버트. 한 번만 봐줘. 한 번만 봐줘. 딱 한 번만 더 기회를 줘. 정말로 미안해……'

오랜 세월 동안, 그가 어른이 된 후로 딱 한 번만 더 기회를 달라고 부탁해 본 적이 몇 번이나 되었던가? 그는 갑자기 자신이 너무나 싫어져서, 너무나 혐오스러워져서 신음소리를 낼 뻔했다.

"머리는 어때?" 웬디가 찬찬히 쳐다보며 물었다.

그는 그녀에게 팔을 두르고 꼭 안았다. "나았어. 자, 가자. 빨리 집으로 가자고."

그들은 호텔 트럭을 주차해 둔 곳으로 돌아갔다. 잭이 가운데서 왼팔을 웬디의 어깨에 두르고 오른손은 대니의 손을 잡고서. 그는 그곳을 처음으로 집이라고 불렀던 것이다.

트럭 옆에 서자 오버룩의 내력을 알고 나서 그곳이 별로 마음에 들지 않았다는 생각이 문득 들었다. 아내나 아들, 또는 자신이 지내기에 좋은 곳일지 확신이 들지 않았던 것이다. 어쩌면 그래서 울먼에게 전화를 건 것일지도 몰랐다.

아직 시간이 있을 때 해고되려고.

그는 트럭을 주차한 자리에서 빼내어 시내를 벗어나 산으로 향했다.

한밤중의 상념

10시였다. 숙소는 잠자는 척하는 사람들뿐이었다.

잭은 벽을 쳐다보고 모로 누워 눈을 뜨고 웬디의 느릿느릿 규칙적인 숨소리를 듣고 있었다. 아직도 혀에는 녹은 아스피린 맛이 텁텁하고 얼얼하게 감돌고 있었다. 앨버트 쇼클리가 6시 15분, 동부 시간으로는 8시 15분에 전화를 걸어 왔다. 웬디는 대니를 데리고 아래층에 로비 벽난로 앞에 앉아 책을 읽고 있었다.

"잭 토런스 씨와 통화를 요청하셨습니다." 교환원이 말했다.

"접니다." 그는 수화기를 오른손에 옮겨 쥐고 왼손으로는 바지 주머니에서 손수건을 꺼내어 입술을 닦았다. 그리고 담배에 불을 붙였다.

그러자 앨버트의 음성이 귓전에 울렸다. "재키 보이, 대체 무슨 일이야?"

"잘 있었어, 앨버트?" 잭은 담배를 한 모금 들이마시고 엑세드린 병을 찾았다.

"무슨 일이냐고, 잭? 오늘 오후에 스튜어트 울먼한테서 이상한 전화를 받았어. 스튜어트 울먼이 자기 돈으로 장거리 전화를 건다는 건 보통 일이 아니란 뜻이지."

"울먼이 괜히 그러는 거야, 앨버트. 자네도 걱정할 필요 없고."

"내가 걱정할 필요가 없는 문제가 정확히 뭔가? 울먼은 협박이라느니 오버룩에 대한 해부 기사라느니 하는 소리를 하던데. 얘기 해 봐, 친구."

"그 사람을 좀 곯려 주려고 그랬어. 여기 면접 보러 처음 왔을 때 그자가 내 창피한 과거를 전부 들추더라고. 음주. 학생을 구타해서 일자리를 잃은 것. 이 일에 적임자인지 모르겠다는 둥. 그자가 이런 이야기를 다 들추는 것은 이놈의 호텔을 너무나 사랑해서라고. 아름다운 오버룩. 전통의 오버룩. 신성한 오버룩. 음, 지하실에서 스크랩북을 한 권 찾았어. 누군가가 울먼이 지키는 성전의 아름답지 못한 면을 다 모아 두었더라고. 아마도 과외 시간에 흑미사가 잠깐씩 진행되어 왔나 봐."

"은유적인 표현이기를 바라네, 잭." 앨버트의 음성은 놀라울 정도로 차가웠다.

"그렇지. 하지만 내가 찾아낸 것은……."

"나도 그 호텔의 내력은 알고 있어."

잭은 한 손으로 머리카락을 빗어 넘겼다. "그래서 그 사람에게 전화를 해서 곯려 준 거야. 별로 잘한 짓은 아니라고 나도 인정해. 그리고 다시는 그러지 않을게. 끝이야."

"울먼 말로는 자네도 창피한 과거 들추기를 할 계획이라던데."

"울먼은 아주 나쁜 놈이야!" 잭은 전화에다 대고 고함을 쳤다. "오버룩에 대한 책을 쓰겠다고 했어. 그래, 맞아. 이곳은 이차 대전 이후 미국을 상징하는 곳이라고 생각해. 이렇게 말하면 허풍 같지만 그렇다니까……. 정말이야, 앨버트! 정말 훌륭한 책이 될 수 있을 거야. 하지만 아직은 먼 장래의 일이야, 그건 약속할 수 있어. 지금으로서는 내가 소화할 수 없는 내용이고 그러니……."

"잭, 그건 별로 좋지 않아."

그는 방금 들은 말을 믿을 수 없어 검은색 수화기에 대고 입을 딱 벌렸다. "뭐? 앨버트, 지금 뭐라고……?"

"내가 한 말 들었지. 장래라니 얼마나 먼 장래를 말하는 건가, 잭? 자네에게는 2년이나 5년일지 모르지. 내게는 30년이나 40년이 먼 장래라고. 오버룩에 장기적으로 관여하려고 하니까. 자네가 내 호텔에다 쓰레기 같은 짓거리를 해 가지고 미국의 걸작으로 내놓으려 한다니, 기분이 나쁘군."

잭은 할 말을 잃었다.

"나는 자네를 도와주려고 했어, 재키 보이. 우리는 동지였고, 그래서 자네에게 도움을 주어야 한다고 생각했다고. 무슨 말인지 알지?"

"알아." 잭이 중얼거렸지만 심장 근처에서 증오심이 타오르기 시작했다. 처음에는 울먼, 그리고 웬디, 이제 앨버트. 대체 왜들 이러는 거지? 전국 잭 토런스 괴롭히기 주간이라도 되나? 그는 입을 더 꽉 다물고 담배를 집어서 바닥에 내동댕이쳤다. 마호가니로 치장한 버몬트의 서재에서 전화하고 있는 이 비열한 놈을 좋아했던 적이 있었단 말인가? 정말로? 앨버트가 말했다.

"자네가 그 햇필드라는 녀석을 때리기 전에 나는 이사회에 자네를 내보내지 말라고 했고, 종신 교사 재직권을 부여하는 사안도 내놓았다고. 자네가 다 날려 버린 거야. 이 호텔 일도 그래. 자네가 마음을 잡고 희곡을 마치고, 해리 에핀저와 내가 다른 사람들에게 실수를 한 거라고 설득할 때까지 기다리기에 좋은 조용한 곳 아닌가. 그런데 지금 자네는 내 팔을 물어뜯어다가 더 큰 사냥을 할 때 쓰려는 것 같군. 자네는 이런 식으로 친구에게 보답하나, 잭?"

"아냐." 잭이 다 죽어 가는 소리로 대답했다.

더 이상은 감히 말할 수 없었다. 내뱉어 버리고 싶은 신랄하고 따끔한 소리들이 머릿속에 가득했다. 그는 자기만 바라보고 사는 대니와 웬디, 아래층 난로 앞에 평화롭게 앉아 2학년 독본 책을 보며 모든 것이 아무 문제 없다고 생각하는 대니와 웬디를 생각하려고 필사적으로 애썼다. 이 일자리를 잃는다면 어찌 될 것인가? 연료 펌프가 다 망가진 노쇠한 폴크스바겐을 타고 떠돌이 일군 일가처럼 캘리포니아로 떠난다? 그는 그러기 전에 앨버트 앞에 무릎을 꿇고 앉아 빌기라도 하겠다고 다짐했지만, 그런 와중에도 그 말은 튀어나오려고 했다. 그리고 뜨거운 분노를 막고 있는 손이 미끄러져 버릴 것 같았다.

"뭐라고?" 앨버트가 날카롭게 말했다.

"아냐. 나는 친구들에게 그러지 않아. 자네도 그건 알잖아."

"그걸 어떻게 알아? 나쁘게 말하면, 자네는 오래전에 잘 묻어 놓은 시체를 다 파헤쳐서 내 호텔에 먹칠할 계획을 세우고 있는데. 좋게 말해 보아도, 자네가 한 일은 나의 좀 유별나기는 하지만 대단히 능력 있는 호텔 지배인에게 전화를 걸어서는 어……어리석은 애들 장난을 치느라 그를 놀라게 한 것 아닌가."

"그건 장난이 아니었어, 앨버트. 자네라면 그럴 필요도 없겠지. 부자 친구의 동정을 구할 필요가 없으니까. 자네는 변호사 친구도 필요 없잖아, 자네가 바로 법정이니까. 자네가 한때 술고래였다는 이야기는 아무도 하지 않잖아, 그렇지?"

"그런 것 같군." 앨버트가 말했다. 그의 음성은 약간 낮아졌고 모든 것이 시들해진 소리를 내었다. "하지만 잭, 잭……. 나도 그건 어쩔 수 없어. 그건 내가 바꿀 수 없는 것이야."

"알고 있어." 잭이 멍하게 대답했다. "나는 잘린 건가? 그렇다면 지금 말해 주면 좋겠는데."

"두 가지 부탁만 들어주면 돼."

"알았어."

"'응' 하기 전에 조건을 들어 보는 게 좋지 않겠나?"

"아니. 자네 말대로 따르겠어. 웬디와 대니를 생각해야지. 내 불알을 갖고 싶다면 당장 항공편으로 보내 줄게."

"지금 자네한테 자기 연민은 사치품이라는 것 알고 있지, 잭?"

그는 눈을 감고 마른 입술 사이로 엑세드린을 한 알 밀어 넣었다. "지금 당장 내가 가질 수 있는 건 그것뿐인 것 같은데. 그만두자……. 말장난이나 치려는 것은 아냐."

앨버트는 잠시 입을 다물고 있었다. 그러더니 이렇게 말했다. "첫째, 앞으로는 울먼에게 전화하지 마. 불이 나도 하지 마. 그런 경우에는 관리인에게 전화하라고. 입에 욕을 달고 사는 남자 있지……."

"왓슨."

"그래."

"좋아. 알았어."

"둘째, 약속해 줘, 잭. 반드시 지켜야 해. 유명한 콜로라도 리조트 호텔의 과거에 대한 책은 금지야."

한순간, 분노가 너무나 심하게 치밀어 올라 말 그대로 말을 할 수가 없었다. 귓전에서 맥박 뛰는 소리가 울려 퍼졌다. 20세기의 메디치 가 군주에게서 전화를 받은 셈이었다……. 우리 가문 사람의 사마귀가 보이는 초상화를 그리지 말 것. 그렇지 않으면 너는 도로 가난뱅이 생활로 돌아가야 하느니라. 나는 보기 좋은 그림에만 후원을 하나니. 내 친한 친구나 사업 상대의 딸을 그릴 때에는 점을 생략해 줄 것. 그렇지 않으면 너는 도로 가난뱅이 생활로 돌아가야 하느니라. 물론 우리는 친구지……. 우린 둘 다 교양 있는 사람들 아닌가? 침대와 식탁과 술병도 모두 함께했지. 앞으로도 영원히 친구 사이로 남을 거야. 그리고 내가 자네 목에 걸어 놓은 개 목걸이는 상호 합의 하에 앞으로도 영원히 없는 셈 칠 것이고. 나는 자네에게 은혜를 베풀어 돌보아 줄 것이네. 보답으로 바라는 건 자네 영혼뿐이야. 별것 아니지. 개 목걸이랑 마찬가지로, 영혼을 내게 건네주었다는 사실도 무시해 버릴 수 있어. 기억하게, 재능 있는 친구여. 로마 길거리에는 구걸하는 미켈란젤로들 천지라는 사실을…….

"잭, 듣고 있나?"

그는 "어."라는 소리를 쥐어짜 냈다.

앨버트의 목소리는 확고하고 분명했다. "큰 부탁이라고는 생각하지 않아, 잭. 게다가 다른 책을 쓸 수 있을 걸세. 내가 그런 일에 후원해 주기를 바랄 수는 없는……."

"그래, 알았어."

"예술가로서의 생활을 통제하려 한다고는 생각하지 말았으면 좋겠군, 잭. 나에 대해서 잘 알지. 그건 단지……."

"앨버트?"

"응?"

"드윈트가 지금도 오버룩에 관여하고 있나?"

"왜 그것에 관심을 갖는지 도무지 알 수 없군, 잭."

"그래." 잭이 냉담하게 말했다. "관심을 가질 이유가 없지. 잠깐, 앨버트. 웬디가 뭘 해 달라고 부르는 소리가 들려. 다음에 전화할게."

"좋아, 재키 보이. 다음에 이야기하세. 어때? 목말라?"

'이제 자네 몫 1파운드의 살과 피를 받았으니 날 좀 내버려 둘 수 없나?'

"뼛속까지."

"나도 마찬가지야. 하지만 실은 금주를 즐기기 시작했다고. 만일……."

"다음에 이야기하자, 앨버트. 웬디가……."

"그래. 좋아."

그리하여 잭은 전화를 끊었고 그러자 배를 가르는 듯 위경련이 몰려와 그는 전화기 앞에서 참회자처럼 배를 움켜쥐고 몸을 비틀었다. 머리는 터질 듯이 울려 댔다.

말벌이 움직여, 침으로 쏘고, 계속 움직여…….

웬디가 올라와 전화한 사람이 누구냐고 묻자 통증이 조금 가셨다.

"앨버트야. 안부 전화였어. 잘 지낸다고 했어."

"잭, 안색이 나빠. 어디 아파?"

"또 두통이야. 일찍 자야겠어. 글은 못 쓰겠어."

"우유 좀 데워서 갖다 줄까?"

그는 힘없이 웃었다. "그거 좋겠군."

그리고 지금은 자기 다리에 닿은 잠든 그녀의 따뜻한 허벅지를 느끼며 곁에 누워 있었다. 앨버트와 통화한 것과, 자신이 비굴하게 굴었던 것을 생각하니 지금도 온몸이 뜨거워졌다 싸늘하게 식곤 했다. 언젠가 갚아 줄 날이 올 것이다. 언젠가 책이 나올 것이다. 처음에 생각했던 부드럽고 사려 깊은 내용이 아니라 철저한 고증과 사진을 첨부한 것이 될 것이고, 그는 오버룩의 내력과 추잡한 내부 소유권 거래를 전부 파헤칠 것이다. 그는 가재를 해부하듯 독자들에게 그 진상을 낱낱이 보여 줄 것이다. 만일 앨버트 쇼클리가 드원트 제국과 연루되어 있다면, 주님의 가호가 있기를.

피아노 줄처럼 팽팽하게 긴장한 채 잭은 어둠 속을 응시하고 있었다. 잠이 들려면 아직 한참 멀었다고 생각하며.

웬디 토런스는 눈을 감고 똑바로 누워, 남편이 자면서 길게 숨을 들이쉬었다, 잠깐 끊었다, 약간 쉰 소리로 내쉬는 소리를 듣고 있었다. 꿈속에서 어디로 간 것일까 그녀는 궁금해했다. 어딘가 놀이 공원 같은 데, 신나게 탈것을 즐기고, 엄마나 마누라가 핫도그 그만 먹으라느니, 해 지기 전에 집에 가려면 이제 출발해야 한다느니 잔소리하지 않는 그레이트 배링턴 같은 곳으로 간 것일까? 아니면 술이 끝없이 나오고 옛 친구들이 손에는 잔을 들고 전자 하키 게임기 주변에 전부 모여 있는, 변두리 후미진 술집에 간 것일까? 타이를 풀어헤치고 셔츠 맨 위 단추를 끌러 놓은 앨버트 쇼클리가 대장 노릇을 하는? 그녀와 대니는 보이지 않고 부기 춤이 끝없이 이어지는 곳으로?

웬디는 그가 염려되었다. 버몬트에 영원히 버려두고 오기를 바랐던 해묵은 염려였다. 염려란 주 경계선을 넘어 따라오지 못할 거라고 생각했는데. 웬디는 잭과 대니에게 미치는 오버룩의 영향이 마음에 들지 않았다.

가장 두려운 것은 딱히 꼬집어 말할 수는 없는 것인 데다 입에 담지도 못하고 있는 것인데, 잭이 술 마시던 시절에 하던 버릇이 전부 다 되돌아왔다는 것이다. 하나씩 차례로……, 술 마시는 것만 빼고 말이다. 마치 물기를 닦듯 손등이나 손수건으로 계속 입술을 닦는 버릇. 타자기 앞에 가만히 앉아 있는 것. 휴지통에 종이 뭉치가 늘어난 것. 앨버트가 전화한 다음에 전화 탁자 옆에는 엑세드린 병이 놓여 있었다. 물잔도 없이. 그는 그 약을 또 씹어 먹기 시작한 것이다. 그는 사소한 일에 짜증을 내었다. 사방이 너무 조용해지면 신경질적으로 손가락을 딱딱 치기 시작했다. 상스러운 말도 많이 썼다. 그녀는 그가 성질을 부리는 것도 염려되기 시작했다. 마치 매일 아침 일어나자마자, 잠들기 직전에 지하실에 가서 보일러에 압력을 빼 주는 것과 같이 그가 성질을 부리면서 분노를 폭발시키고 나면 오히려 안심이 될 정도였다. 차라리 그가 욕을 하며 의자를 발로 걷어차거나 문을 쾅 닫는 것이 좋을 것 같았다. 하지만 그의 성품의 일부와도 같은 그런 일들은 완전히 사라졌다. 그런데도 잭이 점점 더 자주 자신이나 대니에게 화를 내면서도 그것을 터뜨리려고 하지 않는다는 느낌이 들었다. 보일러에는 압력계가 있었다. 낡고 삐걱거리며 윤활유가 잔뜩 묻은 것이기는 했지만 아직 작동하고 있었다. 반면 잭에게는 그런 것이 없었다. 웬디는 그의 속마음을 제대로 읽을 수 있었던 적이 없었다. 대니는 읽을 수 있었지만 말을 하지 않았다.

그리고 앨버트의 전화. 그 전화가 오는 것과 동시에 대니는 읽고 있던 이야기에 흥미를 싹 잃어버렸다. 아이는 엄마를 난롯가에 두고, 잭이 성냥갑 자동차와 트럭이 다니는 길을 만들어 준 큰 책상으로 건너갔다. 폭주 폴크스바겐이 거기 있었고 대니는 그것을 빨리 밀어 대기 시작했다. 자기 책을 읽는 척하면서, 실제로는 책 너머 대니를 쳐다보던 웬디는 자신과 잭이 불안할 때 하는 버릇이 뒤섞여 나타나는 것을 보았다. 입술을 닦는 것. 잭이 술집을 전전하다 집에 오기를 기다릴 때 웬디가 하듯이 신경질적으로 양손으로 머리를 빗어 넘기는 것. 그녀는 앨버트가 '안부'를 물으러 전화했다고는 믿을 수 없었다. 허튼소리를 하고 싶을 때 앨버트에게 전화할 수는 있다. 하지만 앨버트가 전화했다면 그것은 무슨 용건이 있어서였다.

나중에 아래층으로 돌아온 웬디는 대니가 다시 난롯가에 앉아 2학년 독본에 등장하는 조와 레이첼이 아버지의 보호를 받으며 서커스에 간 내용을 읽고 있는 것을 보았다. 안절부절못하며 산만해 하던 것은 완전히 사라졌다. 그를 보고 있자니, 웬디는 대니가 에드먼즈 박사('빌')의 논리보다는 훨씬 더 많은 것을 알고 이해한다는 사실을 갑자기 확신하게 되었다.

"자, 잠잘 시간이야, 똘똘아." 웬디가 말했다.

"예, 엄마." 대니는 읽던 부분에 표시를 하고 일어섰다.

"세수하고 양치질해라."

"네."

"치실 쓰는 것 잊지 말고."

"알겠어요."

둘은 잠시 나란히 서서 난로의 석탄재를 바라보았다. 로비는 춥고 썰렁했지만 벽난로 주변은 마술처럼 따듯해서 움직이기가 싫었다.

"전화한 사람이 앨버트 아저씨래." 아무렇지도 않게 말했다.

"그래요?" 전혀 놀라지 않은 표정.

"앨버트 아저씨가 아빠한테 화가 났는지 모르겠네." 여전히 아무렇지도 않게 말했다.

"예, 그랬어요." 내내 불을 쳐다보며 대니가 말했다. "아빠가 책을 쓰는 것을 원치 않았어요."

"무슨 책 말이니, 대니?"

"호텔에 대한 책이오."

그녀와 잭이 대니에게 수천 번 물어보았던 질문을 또 던질 뻔했다. 그걸 어떻게 알았니? 웬디는 묻지 않았다. 잠자기 전에 아이의 마음을 어지럽히기도 싫었고, 아이가 도무지 알 수 없는 일에 관해서 아무렇지도 않게 이야기하고 있었다는 것을 깨닫게 하기도 싫었던 것이다. 그리고 대니는 정말로 알고 있었다. 그녀는 에드먼즈 박사가 귀납적 추리니 무의식적 논리니 하고 말한 것은 헛소리일 뿐이라고 확신했다. 자신의 여동생……, 그날 자신이 대기실에서 에일린 생각을 하고 있었다는 것을 대니가 어떻게 알았을까? 게다가

'아빠가 사고가 난 꿈을 꾸었어요.'

웬디는 그 생각을 지워 버리려는 듯 고개를 저었다. "가서 씻

어, 똘똘아."

"네." 아이는 계단을 달려 올라가 방으로 갔다. 웬디는 이마를 찌푸리며 주방으로 가서 잭에게 줄 우유를 냄비에 데웠다.

그리고 지금, 잠들지 못한 채 침대에 누워 남편의 숨소리와 바깥의 바람 소리(기적적으로, 그날 오후에도 눈발이 날린 정도였다. 아직도 큰눈은 오지 않았다)를 듣고 있던 웬디는 사랑스럽고 걱정스러운 아들, 의사들이 700명의 아이를 받을 때마다 한 번씩은 볼지도 모르는, 세포막에 불과한 대양막을 얼굴에 쓰고 태어난 아들을 생각했다. 옛날 사람들이 예지력의 상징이라고 했던 세포막으로 얼굴을 덮고 태어난 아들을.

그녀는 대니에게 이제 오버룩에 대해서 이야기할 때라고 생각했다……. 그리고 대니가 엄마에게 이야기를 하게 할 때라고. 내일. 그렇다. 둘은 겨우내 대출할 수 있는 2학년 수준의 책이 있는지 알아보러 사이드와인더 공공 도서관에 가 볼 것이다. 그리고 아이에게 이야기할 것이다. 솔직하게. 그 생각을 하자 웬디는 마음이 조금 편해졌고, 마침내 잠 속으로 빠져 들기 시작했다.

대니는 자기 방에서 잠들지 않은 채 누워 있었다. 눈을 뜨고 왼팔을 낡아 빠진 곰 인형 푸(푸우는 단추 눈알 하나가 없어졌고 실밥이 터진 곳에서 군데군데 속이 비어져 나오고 있었다)를 안고서, 아빠엄마가 자는 소리를 듣고 있었다. 대니는 마음에도 없는 보초를 서는 기분이었다. 밤은 최악이었다. 밤과 호텔 서쪽에서 끊임없이 들려오는 바람 소리가 싫었다.

줄에 매달린 글라이더가 머리맡에서 떠다녔다. 옷장에서는 아래층에서 갖고 올라온 모형 폴크스바겐이 약한 형광 자줏빛을 발하고 있었다. 책은 책장에, 색칠 공부 책은 책상 위에 있었다. '각각 제자리를 정하고, 모두 제자리에 넣어둬야 해. 그러면 필요할 때 어디 있는지 알 수 있거든.' 엄마가 말했다. 하지만 지금은 물건이 제자리에 놓여 있지 않았다. 없어진 것도 있었다. 게다가 잘 보이지도 않는 것이 끼어들기도 했다. '인디언이 보이나요?'라고 하는 그림처럼 말이다. 눈을 가늘게 뜨고 잘 살펴보면, 정말로 인디언이 보였다. 처음 봤을 때 선인장인 줄 알았던 것은 실은 칼을 입에 물고 있는 용사였고, 바위에 숨어 있는 인디언들도 있었으며, 마차 바퀴 사이로 노려보고 있는 사악한 표정의 인디언들도 찾을 수 있었다. 하지만 전부 찾을 수는 없기에 마음이 불안해졌다. 찾을 수 없는 인디언들은 등 뒤에서 한 손에는 도끼, 한 손에는 칼을 들고 노리고 있을 테니까…….

아이는 침대에서 몸을 뒤척이며 마음의 위로를 찾아 스탠드 불빛을 쳐다보았다. 이곳에서 상황은 더 나빠졌다. 그도 그 정도는 확실히 알았다. 처음에는 그렇게 나쁘지 않았지만 조금씩조금씩……. 아빠는 부쩍 술 생각을 많이했다. 까닭도 모른 채 엄마에게 화를 낼 때도 있었다. 아빠는 흐릿하고 멍한 눈을 하고 손수건으로 입을 닦으면서 돌아다녔다. 엄마는 아빠와 대니를 걱정했다. 빛을 쓰지 않아도 그 정도는 알 수 있었다. 소화전 호스가 뱀으로 바뀐 것처럼 보였던 날, 엄마는 대니에게 걱정스럽게 물었다. 할로런은 어머니들은 누구나 어느 정도 빛을 쓸 수 있는 것 같다고 했고, 대니의 엄마도 그날 무슨 일이 있었다는 것을 알았다. 하지만 그게 뭔지는 몰랐다.

대니는 엄마에게 털어놓을까 했지만 두어 가지 이유에서 그만두었다. 사이드와인더의 의사 선생님이 토니의 존재를 부정했고 토니가 보여 준 것들이 완벽하게

(그러니까 거의 완벽하게)

정상이라고 했다는 것을 대니는 알고 있었다. 엄마에게 호스 얘기를 꺼내면 엄마는 선생님의 말을 안 믿을지도 몰랐다. 또는 엄마가 자신의 말을 믿되, 아들이 '맛이 갔다'고 생각할지도 몰랐다. 대니는 '맛이 갔다'는 것이 뭔지 조금밖에 이해하지 못했다. 엄마가 작년에 한참 동안 설명해 주었던 '아기를 갖는다'는 것에 대해서 잘 알아듣지 못했던 것처럼.

유치원에 다니던 때, 친구 스콧이 로빈 스텐저라는 아이를 가리켰던 적이 있었다. 로빈은 어깨를 축 늘어뜨리고 그네를 타고 있었다. 로빈의 아버지는 아빠 학교에서 산수를 가르쳤고, 스콧의 아버지는 역사를 가르쳤다. 유치원에 다니는 아이들은 대부분 스타빙튼 고등학교나 시내 외곽에 있는 작은 IBM 공장에 다니는 사람들의 아이들이었다. 선생님 아이들은 선생님 아이들끼리 모였고 IBM 공장 아이들은 또 그네들끼리 모였다. 물론, 모두 서로 사귀기는 했지만 아버지들끼리 아는 아이들이 다소간 더 친해지는 것은 자연스러운 일이었다. 어른들 사이에서 무슨 소문이 나면, 그것은 거칠게 각색되어 아이들에게 전해지는 것이 상례였지만 다른 집단으로 전해지는 법은 거의 없었다.

대니와 스콧이 놀이터 우주선에 앉아 있을 때 스콧이 엄지손가락으로 로빈을 가리키며 말했다.

"저 애 알아?"

"응." 대니가 말했다.

스콧이 몸을 구부렸다. "쟤네 아빠가 어젯밤에 '맛이 갔어'. 사람들이 잡아 갔대."

"응? 맛이 좀 갔다고 잡아 가?"

스콧은 짜증 난다는 표정이었다. "돌았다고." 스콧은 사팔눈을 하고 혀를 내밀고는 둘째 손가락으로 귓가에 커다란 동그라미를 그렸다. "정신 병원으로 데려간 거야."

"와." 대니가 말했다. "그럼 언제 돌아오시는 거야?"

"절대, 절대, 절대 못 와." 스콧이 음험하게 말했다.

그날과 그 이튿날 동안 대니가 들은 이야기는

하나, 스텐저 씨는 아들 로빈을 비롯해서 가족 전원을 이차 대전 참전 기념으로 갖고 있던 권총으로 쏘아 죽이려 했다

둘, 스텐저 씨는 술독에 빠져 온 집을 난장판으로 만들었다

셋, 스텐저 씨는 죽은 벌레랑 잡초를 우유에 탄 시리얼처럼 퍼먹으며 울고 있다가 발견되었다

넷, 스텐저 씨는 레드 삭스 팀이 큰 경기에서 졌을 때 아내를 스타킹으로 목 졸라 죽이려고 했다.

결국, 이 이야기를 혼자만 알고 있기에는 너무 괴로워서 대니는 아빠에게 스텐저 씨에 대해 물어보았다. 아빠는 대니를 무릎에 올려놓고 스텐저 씨는 가족이랑 학교 일, 그리고 의사들밖에는 아무도 알 수 없는 일 때문에 엄청난 스트레스를 받았다고 설명해 주었다. 그는 엉엉 울기도 했고, 사흘 전에는 울음이 터졌는데 멈출 수가 없어서 집에 있는 물건을 잔뜩 부쉈다고 했다. 그건 '맛이 가는 것'이 아니라 '우울증'이라는 거라고 아빠가 말했다.

그리고 스텐저 씨는 '정신 병원'에 간 것이 아니라 '요양원'에 간 것이라고. 아빠가 잘 설명해 주었지만 그래도 대니는 겁났다. '맛이 가는 것'과 '우울증' 사이에는 별 차이가 없는 것 같았고 '정신 병원'이라고 부르든 '요양원'이라고 부르든 창문에는 창살이 있을 것이고 원할 때 밖으로 나갈 수도 없을 것이다. 게다가 아버지는 스콧이 한 말 가운데 하나를 고쳐 주지 않았는데, 그것은 대니를 모호하고 알 수 없는 공포로 가득 채워 놓았다. 스텐저가 지금 사는 곳에는 '하얀 옷을 입은 사람들'이 있었다. 그들은 창문도 나지 않은, 비석 같은 회색 트럭에 사람을 태워 갔다. 그 차가 집 앞에 서면 '하얀 옷을 입은 사람들'이 내려와서는 우리를 가족에게서 데려가 벽에 쿠션을 댄 방에서 살게 한다. 그리고 집에 편지를 쓰고 싶으면 크레용으로 써야 한다.

"아저씨는 언제 돌아올 수 있어요?" 대니가 아버지에게 물었다.

"병이 나으면 곧바로 올 수 있어, 똘똘아."

"그게 언제인데요?" 대니가 계속 물었다.

"댄, 그건 아무도 몰라."

그게 가장 무서운 일이었다. 그건 절대, 절대, 절대 못 온다고 하는 거나 똑같았다. 한 달 후, 로빈의 어머니는 로빈을 유치원에서 데려갔고 스텐저 씨를 빼놓고 스타빙튼에서 이사가 버렸다.

그것은 1년도 더 된 일이었다. 아빠가 나쁜 일을 그만둔 다음, 일자리를 잃기 전. 하지만 대니는 아직도 그 생각을 자주 떠올렸다. 어쩌다 넘어지거나 머리를 부딪히거나 배가 아플 때 울기 시작하면 그 기억이 퍼뜩 떠오르곤 했다. 울음을 멈출 수가 없어서 자꾸 울며 떼를 쓰다 보면 아빠가 전화를 걸어서 이렇게 말하는 거다. "여보세요? 메이블라인 웨이 149번지에 사는 잭 토런스입니다. 여기 아들이 울음을 멈추지 않네요. '하얀 옷은 입을 사람들'을 보내서 이 애를 '요양소'로 데려가 주세요. 맞습니다. 애가 '맛이 갔어요'. 감사합니다." 그러면 창문 없는 회색 트럭이 자기 집 문 앞에 멈추고 아직도 떼쓰며 울고 있는 자신을 차에 태워 데려가는 것이다. 언제쯤 엄마랑 아빠를 다시 볼 수 있을까? '아무도 모른다.'

대니가 입을 다물고 있었던 것은 이런 두려움 때문이었다. 한 살 더 먹은 아이는 소화전 호스를 뱀으로 착각했다고 아빠랑 엄마가 자신을 보내 버리지 않으리라는 것을 알고 있었다. 아이의 이성적인 머리는 그것을 확신했지만, 그래도 여전히 그 이야기를 해 볼까 하는 마음을 먹으면 그 옛날 기억이 돌멩이처럼 목구멍으로 넘어와 입을 막았다. 그것은 토니 이야기와는 달랐다. 토니는 언제나 (물론, 나쁜 꿈을 꾸기 전까지) 지극히 자연스러웠고 부모도 토니를 어느 정도는 자연스러운 현상으로 받아들이는 것 같았다. 토니 같은 현상은 '총명한 아이'라서 생기는 것이었고 그들은 둘 다 대니가 똑똑하다고 여겼지만 (부모는 자기 자신도 현명하다고 생각했다) 소화전 호스가 뱀으로 변했다거나, 프레지덴셜 스위트룸 벽에서 피와 뇌를 보았다는 것은 자연스러운 일이 아니었다. 엄마아빠는 벌써 자신을 정기적으로 병원에 데려가고 있다. 다음은 '하얀 옷을 입은 사람들' 차례라고 생각하는 것이 당연하지 않은가?

그래도 엄마아빠가 자신을 호텔에서 데려 나가고 싶어한다는 것만 확실하면 그 이야기를 털어놓을 수도 있었다. 그리고 대니 자신도 오버룩에서 나가기를 간절히 바랐다. 하지만 이것이 아빠의 마지막 기회임을, 아빠가 오버룩에 온 데에는 그곳을 관리하는 일 이상의 목적이 있음을 알고 있었다. 아빠는 여기 글을 쓰러 온 것이다. 일자리를 잃은 것을 잊기 위해서. 엄마, 웬디를 사랑하기 위해서. 그리고 바로 얼마 전까지는 그 모든 일이 이루어지는 것 같았다. 최근에 와서야 아빠가 곤란을 겪기 시작한 것이다. 그 신문을 보기 전까지는 괜찮았던 것이다.

'이 비인간적인 장소는 인간을 괴물로 만들어.'

그게 무슨 뜻이었을까? 대니는 하느님께 기도했지만, 하느님은 말이 없었다. 게다가 아빠가 여기 일을 그만둔다면 무슨 일을 할 수 있을까? 아빠의 마음을 들여다보려고 해 보았지만 아빠도 모른다는 사실이 분명했다. 가장 분명한 증거는 오늘 저녁때 앨버트 아저씨가 아빠에게 전화를 걸어서 치사한 소리를 했지만, 아빠는 스타빙튼 교장 크로머트 씨랑 이사회 사람들이 선생님 일을 그만두게 했을 때처럼 앨버트 아저씨가 이 일자리를 그만두게 할까 봐 아무 말도 못한 것이다. 그리고 아빠는 아빠 자신뿐만 아니라 대니와 엄마 때문에 걱정이 되어 죽을 뻔했다.

그러니 대니는 아무 말도 하지 않을 작정이었다. 그냥 잠자코 지켜보면서 인디언이 나타나지 않기를, 또는 나타나더라도 더 큰 사냥감을 기다리기로 하고 그들의 조그만 짐마차는 내버려 두기를 바랄 뿐이었다.

그러나 아무리 애를 써도 그렇게 되리라고는 믿을 수 없었다.

오버룩의 상황은 점점 더 나빠졌다.

곧 눈이 내릴 것이고, 그렇게 되면 지금 남아 있는 몇 안 되는 가능성도 사라질 것이다. 그리고 눈이 오고 나면 어쩐다? 눈에 갇히고 나면 대체 무엇을 믿고 살 수 있을까?

'이리 나와서 벌을 받아!'

그럼 어쩌지? '해살.'

대니는 침대 속에서 몸을 떨었고 다시 뒤척였다. 이제 대니는 읽을 줄 아는 것이 많아졌다. 내일이 되면 토니를 불러내어 '해살'이 정확히 무엇인지 보여 달라고, 그리고 혹시 자신이 그것을 막을 수 있는 방법이 있으면 알려 달라고 해 볼 것이다. 악몽이라도 꾹 참을 생각이었다. 그것을 알아야만 했다.

부모가 자는 척하다가 정말로 잠든 이후에도 대니는 한참 동안 깨어 있었다. 아이는 이불을 뒤척이며, 아직 감당하기 너무 버거운 문제를 놓고 씨름하며 초소의 유일한 보초병처럼 밤중에 홀로 깨어 있었다. 그리고 자정 즈음 대니도 잠이 들었다. 그러자 바람만이 깨어서 호텔을 엿보며 희부연 별빛 아래 지붕에 대고 윙윙거리는 소리를 질러 댔다.

트럭에서

불길한 달이 뜨는 것이 보이네.
가는 길에 일이 벌어질 것이 보이네.
지진과 벼락이 보이네.
오늘 일진이 나쁠 것이 보이네.
오늘 밤에는 나다니지 마,
그러면 네 목숨을 빼앗길 테니,
불길한 달이 뜨고 있으니까.

　　　　　　　——「불길한 달이 뜨네(*Bad Moon Rising*)」

　호텔 트럭의 계기반 밑에 누군가 아주 낡은 뷰익 자동차의 라디오를 붙여 놓았고, 그래서 지금은 존 포거티의 CCR 밴드의 독특한 노랫소리가 스피커에서 뚝뚝 끊어지며 흘러나오고 있었다. 웬디와 대니는 사이드와인더로 내려가는 길이었다. 날씨는 맑고 청명했다. 대니는 손에 쥐고 있던 잭의 적황색 도서관 대출 카드를 이리 뒤집었다, 저리 뒤집었다 하면서 명랑한 표정을 짓고 있었지만 웬디는 아들이 잠도 제대로 못 자고 불안을 겪은 듯이 침울하고 지친 것 같았다.
　노래가 끝나고 디제이가 나왔다. "예. CCR이었습니다. '불길한 달'이라고 하니 KMTX 방송국 시청 지역에서도 곧 불길한 일이 일어날 것 같군요. 지난 며칠 동안 아름다운 봄 날씨가 이어진 것을 보면 믿기 힘든 일이기는 하지만 말입니다. KMTX 일기 예보에 따르면 오늘 오후 한시경 고기압이 물러나고 저기압이 우리 KMTX 방송 지역 상공에 형성될 거라고 합니다. 기온은 급속히 떨어지고 해 질 무렵에는 비나 눈이 내리기 시작할 것입니다. 덴버 시내를 비롯한 해발 2킬로미터 이하 지역에서는 진눈깨비와 눈이 날리고 일부 도로에 결빙이 일어날 것으로 예상되지만, 이곳 산간 지역에는 눈만 내릴 것입니다. 해발 2킬로미터 이하 지역에서는 3에서 7센티미터의 눈이 쌓일 것으로 예상되고, 중부 콜로라도 지역에서는 5에서 25센티미터의 눈이 쌓일 것으로 예상됩니다. 고속도로 관리부에서는 오늘 오후나 오늘 밤 산악 지역을 자동차로 여행하실 분들은 체인을 감아야 한다고 전하고 있습니다. 그리고 반드시 필요한 경우가 아니면 움직이지 마십시오. 기억하십시오." 디제이는 익살스럽게 덧붙였다. "도너 일행도 이렇게 당한 겁니다. 그들도 예상보다 편의점에 빨리 도착하지 못한 것뿐이었습니다."

광고가 이어졌고 웬디는 손을 뻗어 라디오를 꺼 버렸다. "걱정되니?"

"아뇨. 괜찮아요." 대니는 새파란 하늘을 내다보았다. "아빠가 동물 나무 다듬는 데 딱 좋은 날을 골랐네요. 그렇죠?"

"그런 것 같네." 웬디가 말했다.

"하지만 눈이 올 것 같지 않아요." 대니는 아직 희망을 버리지 않고 말했다.

"발 시려?" 웬디가 물었다. 그녀는 아직도 디제이가 한 도너 일행 이야기를 생각하고 있었다.

"아뇨."

'자, 이제 때가 왔구나.' 그녀는 생각했다. 이야기를 꺼내려면 지금 하고, 아니면 영원히 입을 다물어라.

웬디는 최대한 아무렇지 않은 목소리로 말했다. "대니, 우리가 오버룩에서 떠나면 더 좋겠니? 겨우내 여기서 살지 않으면 말이야."

대니는 자기 손을 내려다보았다. "그럴 것 같아요." 아이가 말했다. "응. 하지만 아빠의 일이잖아요."

"있잖아, 아빠도 오버룩에서 떠나는 걸 더 좋아할 것 같다는 생각이 들곤 해." 웬디는 조심스럽게 말했다. 그들은 '사이드와인더 28km'라고 적힌 표지판을 지나갔고 웬디는 U자형 도로를 조심스럽게 돌았다. 그녀는 이런 내리막길을 싫어했다. 바보처럼 무서워졌다.

"정말 그렇게 생각해요?" 대니가 물었다. 대니는 잠시 엄마를 빤히 바라보더니 고개를 저었다. "아뇨, 전 그렇게 생각 안 해요."

"왜?"

"왜냐면 아빠는 우리를 걱정하거든요." 대니가 조심스럽게 말을 골라서 대답했다. 자기도 이해하기 힘들기 때문에 설명하기 힘들었다. 대니는 할로런 씨에게 이야기해 주었던 사건, 큰 아이가 백화점에서 텔레비전을 쳐다보며 훔치고 싶어했던 그때를 돌이켜 보았다. 그것은 우울한 일이었지만 겨우 갓난아기 시절을 벗어난 대니에게도 무슨 일이 벌어지고 있는지는 분명했다. 하지만 어른들은 너무나 복잡하고 한 가지 행동을 할 때도 그 결과에 대한 걱정, 의심, 자아상, 사랑과 책임감에 영향을 받았다. 어떤 선택을 해도 항상 거치적거리는 문제가 있었고, 때때로 대니는 그게 왜 거치적거리는지 이해할 수 없었다. 아주 힘든 일이었다.

"아빠는……." 대니는 다시 입을 열다가 엄마를 흘끗 쳐다보았다. 엄마는 길을 쳐다보고 있었고, 대니는 계속 말할 수 있을 것 같았다.

"아빠는 우리가 외로워질지도 모른다고 생각해요. 그리고 아빠는 여기를 좋아하고 우리가 살기 좋은 곳이라고 생각해요. 아빠는 우리를 사랑하고, 우리가 외로워지거나……, 슬퍼지는 것을 원하지 않아요. 하지만 우리가 외로워진다고 해도 장기적으로는 다 좋아질 거라고 생각해요. '장기적'이란 말 아세요?"

웬디가 고개를 끄덕였다. "응, 얘야. 알아."

"아빠는 우리가 여길 떠나면 또 일자리를 찾을 수 없을까 봐 걱정해요. 그래서 거지가 되거나 그럴까 봐."

"그게 다니?"

"아뇨. 하지만 다른 건 뒤죽박죽 섞여 있어요. 아빠는 이제 달라졌으니까."

"그래." 웬디는 한숨 쉬듯 말했다. 경사가 약간 완만해졌고 웬디는 조심스럽게 3단 기어로 바꾸었다.

"꾸며 낸 이야기가 아니에요, 엄마. 하느님께 맹세코."

"알고 있어." 웬디가 말하고는 웃었다. "토니가 이야기해 주든?"

"아뇨. 그냥 아는 거예요. 의사 선생님은 토니를 믿지 않죠?"

"의사 선생님은 신경 쓰지 마." 웬디가 말했다. "나는 토니가 있다는 걸 믿어. 그 애가 뭐하는 앤지, 어떤 앤지, 네 일부인지, 아니면……, 어딘가 외부에서 나타난 건지는 몰라도 그 애가 있다는 건 믿는다, 대니. 그리고 만일 네가……, 그 애가……, 우리가 떠나야 한다고 생각한다면 떠날 거야. 우리 둘만 떠나 있다가 봄이 되면 아빠랑 다시 합치자."

대니는 갑작스러운 희망에 들떠 엄마를 쳐다보았다. "어디서요? 모텔에서요?"

"얘야, 모텔 비가 없단다. 외할머니 댁에 가야 할 거야."

대니의 얼굴에 떠올랐던 희망의 빛이 사라졌다. "저기……." 이렇게 말하다가 말을 멈추었다.

"뭐?"

"아무것도 아니에요." 대니가 중얼거렸다.

다시 경사가 심해지자 웬디는 2단 기어로 바꾸었다. "똘똘아, 그렇게 말하지 마. 이런 이야기는 몇 주 전에 미리 했어야 하는 건데. 그러니 이야기해 주렴. 네가 아는 게 뭐니? 화내지 않을게. 이건 아주 중요한 일이니까 화를 낼 수 없어. 솔직하게 말해 줘."

"할머니에 대한 엄마의 기분 알아요." 대니가 말하고서 한숨을 쉬었다.

"어떤데?"

"나빠요." 계속 읊어 대는 대니의 말에 웬디는 질겁했다. "나빠요. 슬퍼요. 화나요. 할머니는 엄마의 엄마가 아닌 것 같아요. 엄마를 괴롭히려고 해요." 대니는 겁먹은 표정으로 웬디를 쳐다보았다. "저도 거기 가기는 싫어요. 할머니는 어떻게 하면 엄마보다

저에게 잘해 줄까만 생각하시거든요. 그래서 엄마한테서 저를 빼앗으려고요. 엄마, 거기는 가기 싫어요. 거기보다는 차라리 오버룩에 있는 게 더 나아요."

웬디는 몸이 떨렸다. 자신과 어머니 사이가 그렇게 나빴단 말인가? 세상에, 정말 그랬고, 아이가 정말로 서로에 대한 생각을 읽을 수 있었다면 아이에게 얼마나 지옥 같은 일이었을까? 그녀는 갑자기 그냥 벌거벗은 것이 아니라 마치 음란한 짓을 하다가 들킨 것 같은 느낌이 들었다.

"알았어. 알았다. 대니."

"저한테 화났지요." 대니가 조그맣게 울음 섞인 목소리로 말했다.

"아냐. 정말로 화 안 났어. 그냥 놀란 것뿐이야." 둘은 '사이드와인더 24km'라고 적힌 표지판을 지났고, 웬디는 조금 마음이 놓였다. 여기부터는 길이 그렇게 험하지 않았다.

"한 가지만 더 묻자, 대니. 최대한 솔직하게 대답해 주렴. 그렇게 해 줄래?"

"예, 엄마." 대니는 거의 속삭이는 소리로 말했다.

"아빠가 다시 술 드시고 계시니?"

"아뇨." 아이는 대답한 다음 튀어나오려는 한마디를 삼켰다. '아직은요.'

웬디는 조금 더 마음이 놓였다. 그녀는 대니의 청바지 입은 다리에 손을 얹고 꼭 잡았다. "아빠는 아주 열심히 노력하고 계셔." 그녀가 부드럽게 말했다. "우리를 사랑하니까. 그리고 우리도 아빠를 사랑하지?"

아이는 고개를 끄덕였다.

웬디는 마치 스스로에게 말하듯 이야기를 계속했다. "아빠는 완벽한 분은 아니지만 노력하고 계셔……. 대니, 아빠는 열심히 노력하고 계셔! 그걸……, 끊고 나서는 정말 힘드셨어. 지금도 힘들어하고 계셔. 우리가 아니었다면, 아빠는 그렇게 애쓰지 않았을 거다. 나는 올바른 결정을 하고 싶어. 그런데 모르겠어. 떠나야 할까? 있어야 할까? 어찌 해야 할지 정말 모르겠구나."

"저는 알아요."

"부탁 하나 들어줄래, 똘똘아?"

"뭔데요?"

"토니를 불러 봐. 지금 당장. 그 애한테 우리가 오버룩에서 안전하게 지낼지 물어보렴."

"벌써 해 봤어요." 대니가 천천히 말했다. "오늘 아침에요."

"어떻게 되었니? 뭐라고 하든?"

"와 주지 않았어요." 대니가 말했다. "토니는 나타나지 않았어요." 그러더니 대니는 갑자기 울음을 터뜨렸다.

"대니." 웬디가 놀라서 말했다. "아가, 울지 마. 응?" 트럭이 중앙선을 넘어갔고 웬디는 놀라서 다시 제자리로 돌아왔다.

"할머니 댁에 절 데려가지 마세요." 대니가 울면서 말했다. "제발요, 엄마. 거기 가기 싫어요. 아빠랑 같이 있고 싶어요……."

"알았어." 웬디가 상냥하게 말했다. "알았어. 그렇게 할 거야." 웬디는 셔츠 주머니에서 화장지를 꺼내어 아들에게 건네주었다. "우린 여기 있을 거야. 그리고 다 잘될 거야. 걱정할 것 없어."

놀이터에서

　잭은 정문 밖으로 나와 턱 아래까지 지퍼를 올리고 눈을 깜박
이며 밝은 하늘을 바라보았다. 왼손에는 건전지로 작동하는 전정
가위를 들고 있었다. 그는 오른손으로 바지 주머니에서 새 손수
건을 꺼내어 입을 닦고는 다시 집어넣었다. 눈이 올 거라고 라디
오에서 예보했다. 저 멀리 지평선에 구름이 쌓이는 것이 보이는
데도 그 말은 믿기 힘들었다.

　잭은 전정 나무가 있는 길로 걸어가면서 전정 가위를 다른 손
으로 바꾸어 쥐었다. 오래 걸리지는 않을 거라고 생각했다. 약간
만 다듬어 주면 될 테니. 밤이 되면 날씨가 추워서 나무가 자라지
않았다. 토끼 귀가 약간 흐트러진 것 같았고, 강아지 다리 두 개
가 푸르게 자라났고, 사자와 물소는 괜찮아 보였다. 약간만 다듬
어 주면 충분하고, 그러고 나서 눈이 내리면 되었다.

　콘크리트 보도는 다이빙 대처럼 싹둑 끊어졌다. 그는 보도에서
내려와 물 빠진 수영장을 지나 자갈길로 갔다. 자갈길은 전정 나
무 사이를 지나 놀이터로 들어서는 길이었다. 그는 토끼 쪽으로
다가가 가위 손잡이에 달린 버튼을 눌렀다. 그러자 웅 하며 진동
이 일어났다.

　"어이, 토끼야. 기분이 어떠냐? 정수리랑 귀에 삐죽삐죽 난 털

을 좀 다듬어 주랴? 좋아. 혹시 외판원이랑 푸들 강아지를 데리고 다니는 할머니 얘기 들어 봤니?"

잭의 귀에도 자기 목소리가 부자연스럽고 멍청하게 들려서 말을 멈추었다. 자신이 이 전정 나무들을 별로 좋아하지 않았다는 사실이 떠올랐다. 평범한 나무를 자르고 괴롭혀서 이런 모양을 만드는 것은 좀 이상한 짓이라고 늘 생각해 왔다. 버몬트의 어느 고속도로 길가에는 전정 나무로 만든 간판에 아이스크림 광고를 해 놓은 것이 있었다. 자연이 아이스크림을 광고한다는 것은 그릇된 생각이었다. 기괴한 짓이었다.

'철학자 노릇을 하라고 채용한 것은 아니네, 토런스.'

아, 그 말이 옳았다. 아주 옳았다. 그는 토끼의 귀를 다듬고 작은 나뭇가지 부스러기를 풀밭에 털어 내었다. 전정 가위는 건전지로 작동하는 장치가 다 그렇듯 나지막한 기계음을 냈다. 햇빛은 찬란했지만 온기는 없었고 이제 눈이 올 거라는 예보를 믿기가 그렇게 어렵지는 않았다.

이런 일을 할 때 손을 멈추고 생각하다가는 실수를 저지르게 된다는 걸 아는 잭은 재빨리 움직여 토끼의 '얼굴'을 다듬어 주었고 (위에 올라와 가까이에서 보니 그것은 전혀 얼굴 같지 않았지만, 스무 발자국쯤 떨어져서 보면 음영 때문에 얼굴처럼 보인다는 것을 알 수 있었다. 거기에 보는 사람의 상상력이 합쳐지는 것이다), 그러고는 배 주위에 가위질을 해 주었다.

그 일이 끝나자 잭은 가위를 멈추고 놀이터로 내려가서는 휙 돌아 토끼 전체를 쳐다보았다. 그렇다. 보기 좋았다. 자, 다음에는 강아지 차례였다.

"하지만 내 호텔이라면, 너희들을 몽땅 다 잘라 버리겠다." 그는 말했다. 그럴 작정이었다. 나무를 전부 잘라 내고 그 자리에 잔디를 깔고 산뜻한 색상의 파라솔과 자그마한 금속 탁자 대여섯 개를 갖다 놓는 것이다. 사람들은 여름 햇살을 받으며 오버룩의 잔디밭에서 칵테일을 마실 수 있을 것이다. 슬로 진 샴페인과 마르가리타, 핑크 레이디를 비롯한 여행객을 위한 달콤한 음료를. 럼 앤토닉도. 잭은 주머니에서 손수건을 꺼내어 천천히 입을 닦았다.

"자, 자." 그가 조용히 말했다. 그런 생각을 하면 안 되었다.

잭은 다시 돌아가려고 하다가 충동적으로 마음을 바꾸어 놀이터로 내려갔다. 아이들은 정말 알 수 없는 존재라는 생각이 들었다. 그와 웬디는 대니가 놀이터를 아주 좋아할 줄 알았다. 거기에는 아이가 바라는 모든 것이 있었다. 하지만 아들은 놀이터에 기껏해야 다섯 번도 오지 않았다. 함께 놀 다른 아이가 있었다면 그렇지 않았을 것이라고 생각했다.

잭이 들어가자 문에서 끼익 하는 소리가 나더니 발밑에서 자갈 밟히는 소리가 났다. 잭은 우선 오버룩을 완벽하게 축소해 놓은 장난감 집으로 갔다. 그것은 그의 허벅지 높이였고, 딱 대니의 키만 했다. 잭은 허리를 숙이고 4층 창문을 들여다보았다.

"거인이 침대에 든 채로 잡아먹으러 왔다." 그는 공허하게 말했다. "작별 인사나 하시지." 하지만 그것도 웃기지는 않았다. 그 집은 옆으로 잡아당기기만 하면 열 수 있었다. 경첩이 숨겨져 있었던 것이다. 내부는 실망스러웠다. 벽에 칠은 되어 있었지만 대부분 텅 비어 있었다. 하지만 물론, 그렇지 않고서야 어떻게 아이들이 안에 들어갈 수 있겠는가? 여름에 이곳에 들어 있던 장난감 가구는 창고에 치워 두었을지도 몰랐다. 잭은 집을 다시 닫고 탁 하며 경첩이 잠기는 소리를 들었다.

그는 미끄럼틀 쪽으로 가서 전정 가위를 내려놓고, 도로 쪽을 쳐다보고 웬디와 대니가 돌아오지 않았는지 확인한 다음 위로 올라가 앉았다. 이것은 큰 아이들의 미끄럼틀이었지만 어른의 엉덩이에는 꽉 끼었다. 미끄럼틀 타 본 지 얼마나 되었을까? 20년? 그렇게 오래되었을 것 같지 않았지만, 따져 보니 그 정도, 또는 그이상이 될 것이 분명했다. 잭은 대니만 할 때 아버지가 벌린의 공원에 데려가 준 것이 기억났다. 그래서 그는 미끄럼틀, 그네, 시소 등 전부 타 보았다. 그와 아버지는 점심으로 핫도그를 먹었고 그러고 나서는 땅콩을 샀다. 그들은 벤치에 앉아 땅콩을 먹었고, 그러자 시커먼 비둘기 떼가 주변에 몰려들었다.

"빌어먹을 쓰레기 새들 같으니." 아버지는 이렇게 말하곤 했다. "놈들한테 주지 마라, 재키." 하지만 둘 다 결국에는 땅콩을 던져 주며 놈들이 게걸스럽게 땅콩을 쫓아가는 모습을 보며 킬킬거리게 되었다. 잭은 아버지가 형들을 공원에 데려간 적은 한번도 없었다고 생각했다. 잭은 아버지가 가장 좋아하는 아들이었고, 그래도 아버지가 취하면 얻어맞았다. 그것도 여러 차례. 그러나 잭은 오랫동안 아버지를 사랑했다. 다른 가족이 아버지를 미워하고 두려워하게 된 다음에도 오랫동안.

그는 양손으로 밀면서 아래로 내려갔지만, 별로 만족스럽지 않았다. 오래 사용하지 않은 미끄럼틀은 충분히 매끄럽지 않아서 속도가 붙지 않았다. 게다가 그의 엉덩이가 너무 컸다. 그의 커다란 발이 수천 명의 아이들의 발이 닿은 자리에 쿵 하고 떨어졌다.

그는 일어서서 바지 엉덩이를 털고 전정 가위를 쳐다보았다. 하지만 그것을 집으러 가는 대신 그네로 갔는데, 그 역시 실망스러웠다. 사슬에 녹이 슬어서 비명을 지르듯 끽끽거렸다. 잭은 봄이 되면 거기에 기름칠을 하기로 했다.

그만두는 게 좋겠어. 그는 스스로에게 충고했다. 너는 이제 아이가 아냐. 여기에서 그 사실을 증명할 필요는 없다고.

하지만 그는 시멘트 링으로 갔다. 그것은 너무 작아서 그냥 지나쳤다. 그러고는 놀이터 가장자리의 울타리로 갔다. 그는 고리에 손가락을 밀어 넣고 들여다보았다. 창살 뒤에 선 사람처럼, 햇빛이 얼굴에 가로세로 그림자를 드리웠다. 잭 역시 닮은꼴임을 느끼고 사슬 고리를 떨쳐 버렸지만 괴로운 표정을 지으며 조그맣게 말했다. "내보내 주슈! 내보내 주슈!" 하지만 웃기지 않았다. 다시 일할 시간이 되었다.

바로 그때 뒤에서 소리가 들렸다.

그는 얼굴을 찡그리며 당황해서 누군가 여기에서 놀고 있는 자신을 지켜보고 있나 싶어 홱 돌아보았다. 미끄럼틀, 반대편의 시소, 바람만 불고 있는 그네를 차례로 훑어보았다. 그 밖에도 문과 잔디밭과 전정 나무와 놀이터를 나누고 있는 야트막한 울타리도 쳐다보았다. 사자는 오솔길 주변에 모여 있었고 토끼는 풀을 먹는 것처럼 웅크리고 있었고 물소는 돌진 태세를 갖추고 강아지는 엎드려 있었다. 그 뒤에는 골프장 녹지와 호텔이 있었다. 이 자리에서는 오버룩의 서쪽 편 로크 코트 입구까지도 보였다.

모든 것이 전과 같았다. 그렇다면 어째서 얼굴과 손에 소름이 끼치고 뒷덜미의 털이 쭈뼛 곤두섰던 것일까?

그는 호텔을 다시 쳐다보았지만 해답을 알 수 없었다. 호텔 건물은 그대로 서 있었다. 창문은 어두웠고 굴뚝에서는 로비의 벽난로에서 나오는 가느다란 연기가 올라가고 있었다.

(이봐, 이제 다시 시작하지 않으면, 아내와 아들이 돌아와서 그동안 네가 무슨 일을 했는지 궁금해할 거야)

그렇다. 다시 일을 해야 한다. 눈이 내릴 것이고 저놈의 나무들을 다듬어 주어야 하니까. 그것도 계약의 일부였다. 게다가 그들은…….

(누가? 무엇을? 어쩐다고?)

그는 큰 미끄럼틀 발치에 놓아둔 전정 가위를 가지러 가기 시작했고, 발에 돌 밟히는 소리가 비정상적으로 크게 들렸다. 이제 고환까지 오그라 붙었고 엉덩이는 천근처럼 무거웠다.

'세상에, 이게 뭐지?'

그는 전정 가위 옆에서 걸음을 멈추었지만 집어 올릴 생각을 하지 않았다. 그렇다. 뭔가 변한 것이 있었다. 전정 나무에. 게다가 그건 너무나 명백하고 쉽게 눈에 띄는 것인데, 그가 쳐다보지 않았던 것뿐이다. 이봐, 네가 방금 저놈의 토끼를 다듬었잖아. 그가 스스로를 꾸짖었다. 그러니까

(바로 그거였다)

잭은 숨이 탁 막혔다.

토끼는 잔디밭에 쫙 뻗어 있었다. 배가 땅에 닿아 있었다. 하지만 토끼는 10분 전만 해도 뒷발로 서 있었다. 물론 그랬다. 그는 귀랑……, 배를 다듬어 주었다.

그는 강아지로 시선을 돌렸다. 오솔길을 내려올 적에는 강아지

가 사탕을 달라고 하는 것처럼 몸을 일으키고 서 있었다. 지금은 고개를 숙이고 웅크리고 있었다. 다듬은 입 모양은 소리 없이 으르렁거리는 것 같았다. 그리고 사자는······,

(오, 안 돼, 오, 안 돼, 어······어, 절대 안 돼)

사자들은 오솔길에 더 가까이 다가와 있었다. 오른쪽의 두 마리는 자세를 약간 바꾸어 더 바짝 다가가 있었다. 왼쪽 사자의 꼬리는 길에 거의 닿아 있었다. 그가 놈들을 지나쳐 문을 지나갔을 때 사자는 오른쪽에 있었고 꼬리는 말려 있었던 것이 분명했다.

그들은 이제 길을 지키고 있는 것이 아니었다. 길을 막고 있는 것이다.

잭은 갑자기 손으로 눈을 가렸다가 다시 떼어 보았다. 그림은 바뀌지 않았다. 신음소리라고 하기에는 너무 약한 한숨 소리가 나왔다. 술을 마시던 시절에는 이런 일이 일어나지 않을까 늘 걱정했다. 하지만 술을 많이 마실 때는 그럴 수도 있다. 「잃어버린 주말」의 레이 밀런드 할아범이 벽에서 벌레가 기어나오는 것을 보았던 것처럼.

하지만 멀쩡하게 제정신일 때 어찌 된 영문일까?

수사적인 질문이었지만 머리에서 대답이 나와 버렸다.

(정신병이라고 하는 거야)

전정 나무들을 바라보는 동안, 그는 손으로 눈을 가린 사이에 뭔가 변했음을 깨달았다. 강아지는 더 가까이 다가왔다. 놈은 웅크리고 있는 것이 아니라 앞발을 쭉 뻗고 뒷발은 뒤로 뻗은, 달리는 자세를 하고 있었다. 아가리는 더 크게 벌리고 잘라 낸 가지는 삐죽삐죽 튀어나와 있었다. 이제 잭은 나무에서 눈도 보이는 것 같았다. 자신을 노려보고 있었다.

'어째서 저것들을 다듬어야 하지?' 그는 신경질적으로 생각했다. '그대로도 완벽하다고.'

또 한 번 나지막한 소리가 났다. 잭은 사자를 보고 자기도 모르게 한 걸음 물러났다. 오른쪽의 두 마리 가운데 하나가 다른 하나보다 약간 뒤로 물러난 것 같았다. 대가리를 숙이고 있었다. 한쪽 발은 울타리 쪽으로 다가가 있었다. 세상에, 다음엔 어떤 일이 벌어지려나?

'다음에는 놈이 튀어나와서 무서운 동화 속에서처럼 너를 먹어치우는 거야'

그것은 마치 어릴 때 하던 '무궁화 꽃이 피었습니다' 놀이 같았다. 한 사람이 술래가 되어 돌아서서 '무궁화 꽃이 피었습니다'라고 말하는 동안 다른 사람들은 앞으로 살금살금 다가왔다. 다 말한 다음 술래가 뒤로 돌아서 움직이는 모습을 보면 그 사람은 진 것이다. 나머지는 술래가 등을 돌리고 다시 '무궁화 꽃이 피었습니다'라고 말하기 전까지는 움직이지 않고 가만히 서 있어야 한다. 그들은 점점 더 가까이 다가오고 마침내 '꽃이 피었습니다'라고 말하는 사이 등에 손이 닿는다…….

길에서 자갈이 달그락거렸다.

잭은 고개를 홱 돌려 개를 보았고, 그것은 절반쯤 내려와 아가리를 크게 찢은 채로 사자 바로 뒤에 서 있었다. 조금 전까지 그것은 보통 강아지의 모습으로, 가까이에서 보면 분명한 윤곽을 알 수 없었다. 하지만 지금은 놈이 독일산 셰퍼드 모양으로 깎아 놓은 것임을 알 수 있었다. 그리고 셰퍼드는 사나워질 수도 있었다. 셰퍼드는 사냥용으로 길들일 수 있었다.

부스럭거리는 소리.

왼쪽의 사자가 울타리까지 다가왔다. 주둥이가 울타리에 닿아 있었다. 놈이 자신을 보며 씩 웃는 것 같았다. 잭은 두 발자국 더 뒷걸음쳤다. 머리에서는 미친 듯이 쿵쿵거리는 소리가 났고 목구멍이 따끔거렸다. 이제 물소도 오른쪽으로 돌아 토끼 옆으로 왔다. 대가리를 낮추고 푸른 뿔로 그를 겨누고 있었다. 문제는 놈들을 전부 지켜볼 수 없다는 것이었다. 한꺼번에 전부를 감시할 수는 없었다.

그는 우는소리를 내기 시작했다. 집중하느라 자신이 소리를 내는지도 모른 채. 동물 하나에서 다른 하나로 시선을 재빨리 옮기며 놈들이 움직이는 것을 보려고 했다. 바람이 불어왔고 나뭇가지에서 굶주린 소리가 났다. 놈들이 그를 잡으면 어떤 소리가 날까? 물론 그는 알고 있었다. 부러지고 박살나고 끊어지는 소리. 그것은……

'아냐 아냐 아냐 아냐 믿을 수 없어 절대로!'

그는 손으로 눈을 가리고, 머리카락과 이마와 욱신거리는 관자놀이를 움켜쥐었다. 그리고 한참 동안 그렇게 서 있다가 더 이상 참을 수 없게 되자 손을 떼어 내고 소리를 질렀다.

골프장 녹지 옆에서 과자 부스러기를 달라는 듯이 개가 앉아 있었다. 물소는 잭이 전정 가위를 갖고 내려왔을 때처럼 로크 코트를 향해 멍한 시선을 던지고 있었다. 토끼는 뒷발로 서서 귀를 쫑긋 세우고 있었다. 새로 다듬은 배를 내놓은 채. 제자리로 돌아간 사자들은 길가에 서 있었다.

잭은 한동안 얼어붙은 듯 서 있었고 헉헉거리던 숨은 마침내 가라앉았다. 담배를 꺼내려다 네 개비를 자갈길에 떨어뜨렸다. 그는 몸을 숙여 그것을 집어 올렸다. 혹시 동물이 다시 움직이기 시작할까 두려워 나무가 서 있는 쪽은 쳐다보지 않고서. 그는 담배를 주워서 세 개비는 아무렇게나 담뱃갑에 쑤셔 넣은 다음 네 개째에 불을 붙였다. 두 모금 깊이 들이마신 다음, 그는 그것을 바닥에 버리고 밟아 껐다. 그는 전정 가위 쪽으로 가서 그것을 집어 들었다.

"너무 지쳤어." 잭이 말했다. 이제 소리를 내어 말해도 될 것 같았다. 이제는 전혀 이상하게 들리지 않았다. "나는 스트레스를 너무 받았어. 말벌에다……희곡에다……앨버트가 그렇게 전화를 걸고. 하지만 이제 괜찮아."

그는 호텔로 돌아가기 시작했다. 마음 한구석에서는 전정 나무를 피해 돌아가라고 했지만, 그는 자갈길을 향해 곧장 갔다. 옅은 바람이 불어왔을 뿐이다. 그는 전부 상상해 보았다. 깜짝 놀랐지만 이제 모두 지나갔다.

잭은 오버룩의 주방에 들러 엑세드린 두 알을 먹고 아래층으로 내려가 호텔 트럭이 돌아오는 소리가 들려올 때까지 신문을 보았다. 그는 그들을 맞으러 올라갔다. 기분은 괜찮았다. 환상을 본 이야기를 할 필요는 없었다. 지독하게 놀랐지만, 이제 모두 지나간 일이었다.

눈

해 질 녘이었다.

그들은 저물어 가는 햇빛 속에 정문 앞에 서 있었다. 잭이 가운 데 서서, 왼팔을 대니의 어깨에 두르고 오른팔을 웬디에 허리에 두르고서. 셋은 함께 결정권이 그들의 손에서 벗어나는 광경을 바라보고 있었다.

2시 30분이 되자 하늘은 구름으로 완전히 뒤덮였고 한 시간이 지나자 눈이 내리기 시작했다. 이번에는 기상 예보에서 심각한 양이며, 저녁때가 되어 바람이 불기 시작하면 눈이 녹거나 날아 가지 않을 것이라고 일러 줄 필요가 없었다. 처음에는 눈이 완전 히 일직선으로 쌓여 모든 것을 골고루 뒤덮었지만, 내린 지 한 시 간이 지나자 북서풍이 불어와 바람이 정문과 오버룩의 진입로 쪽 으로 날리기 시작했다. 운동장 뒤의 고속도로는 편평한 눈 담요 에 덮여 사라졌다. 전정 나무 동물들은 사라졌지만, 웬디와 대니 가 돌아왔을 때 그녀는 잭에게 잘했다고 했다. 그런가? 잭은 그렇 게 묻고 아무 말이 없었다. 이제 나무들은 불규칙한 하얀 코트 밑 에 묻혀 버렸다.

이상하게도 그들은 모두 다른 생각을 하고 있었지만 똑같은 감 정, 안도감을 느끼고 있었다. 문이 닫혔다는.

"언젠가는 봄이 올까?" 웬디가 중얼거렸다.

잭이 그녀를 더 꼭 껴안았다. "금세 올 거야. 들어가서 저녁 먹을까? 여기 춥다."

웬디는 미소를 지었다. 오후 내내 잭은 어딘가 멀찌감치 떨어져 있는 것 같았다. 그리고……, 뭐랄까, 이상했다. 이제는 평소와 같아진 것 같았다. "나는 좋아. 대니는 어때?"

"좋아요."

그래서 셋은 함께 들어갔다. 밤새 계속될, 웅웅대는 바람을 놓아두고. 그들은 그 소리에 익숙해질 것이다. 눈가루가 날려 와 정문 앞에서 춤을 추었다. 오버룩은 칠십여 년 동안 그래 왔듯이 버티고 서 있었다. 불 꺼진 창문에는 눈 수염이 달렸고, 이제 세상과 단절되었다는 사실에 괘념치 않는 모양이었다. 어쩌면 오버룩은 그래서 기뻐하고 있었는지도 몰랐다. 세 사람은 저녁 일과를 위하여 그 안으로 들어갔다. 마치 괴물의 내장에 갇힌 미생물처럼.

217호실 안에서

 열흘 정도 지나자 하얗고 파삭파삭한 눈이 60센티미터나 쌓였고, 오버룩 호텔의 주차장에도 쌓였다. 전정 나무 동물원도 눈 더미에 파묻혔다. 뒷발로 선 채 얼어붙은 토끼는 하얀 웅덩이에서 튀어나오고 있는 것 같았다. 150센티미터 이상 눈이 쌓인 곳도 있었다. 바람이 그 모양을 계속해서 바꾸어, 구불구불 모래 언덕처럼 조각해 놓았다. 잭은 두 차례 눈신을 신고 장비 창고로 겨우 가서 삽을 가져다 정문 앞을 치웠지만, 세 번째가 되자 어깨만 한 번 으쓱하고는 문을 막고 있는 눈 더미 사이로 길만 하나 내놓았다. 대니가 길 오른쪽, 왼쪽으로 썰매를 타면서 놀 수 있도록. 가장 웅장한 눈 더미는 오버룩의 서쪽 면에 쌓인 것이었다. 그중에는 6미터나 되는 곳도 있었고, 그 너머의 땅은 바람이 계속 불어와 풀밭이 드러나 있었다. 2층 창문에는 눈이 덮였고, 폐점 일에 잭을 감동시켰던 식당의 전망은 텅 빈 영화 스크린의 모습으로 변했다. 지난 여드레 동안 전화도 불통이었고 울먼의 사무실에 있는 무전기가 외부 세상과 유일한 연락 통로였다.

 이제 매일 눈이 내렸다. 반짝이는 눈가루만 날릴 때도 있었고, 진짜 눈이 내리고 여자 비명소리 같은 소리를 내면서 바람이 몰아칠 때에는 눈에 폭 덮인 오래된 호텔도 흔들리며 놀란 소리를 내었다. 밤에는 기온이 영하 12도 이상 올라가지 않았고, 주방 입구 옆에 매달린 기온계가 한낮에는 영하 4도까지 올라갈 때도 있었지만, 칼바람이 계속 불어와 스키 마스크를 쓰지 않고 밖에 나가면 불편했다. 하지만 햇빛이 비치는 날이면 그들은 옷을 껴입고 장갑 위에 벙어리 장갑을 끼고 바깥에 나갔다. 밖에 나가는 것은 본능적인 행동이나 다름없었다. 호텔 둘레에는 대니의 썰매 자국이 나 있었다. 그 자국은 끝이 없었다. 대니가 타고 있으면 부모가 밀어 주었다. 아빠가 타고서 웃고 있으면 웬디와 대니가 밀어 보려고 낑낑거렸다(아빠는 얼음 위에서만 밀 수 있었고, 얼음 위에 눈이 쌓여 있으면 절대 불가능했다). 대니와 엄마가 함께 타기도 했다. 웬디가 혼자 타면 남자들이 밀면서 하얀 입김을 뿜어 대며 그녀가 실제보다 무거운 척했다. 그들은 집 주변에서 썰매 놀이를 하면서 많이 웃었다. 하지만 웅웅거리는 무감동한 바람 소리가 너무나 크게 울려서 그들의 웃음소리는 아주 작은 억지소리처럼 들렸다.

그들은 눈에서 순록의 발자국을 보았고, 순록 다섯 마리가 울타리 밑에서 꼼짝 않고 서 있던 적도 있었다. 그들은 잭의 쌍안경을 돌아가며 들고 순록을 자세히 보았다. 순록을 쳐다보자, 웬디는 기묘한, 비현실적인 느낌이 들었다. 그들은 고속도로를 덮고 있는, 다리까지 빠지는 눈 속에 서 있었고 지금부터 봄이 되어 눈이 녹을 때까지 도로는 그들의 것이 아니라 순록의 것이라는 생각이 들었다. 이 산 위에 인간이 만들어 놓은 것은 무효가 된 것이다. 순록은 그 사실을 알고 있다고 웬디는 믿었다. 그녀는 쌍안경을 내려놓고 점심 식사를 만든다고 하고서는 주방에 와서 조금

울었다. 이따금 커다랗고 억센 손이 가슴을 움켜쥐는 듯한 숨막히는 기분을 떨쳐 버리려고. 그녀는 순록을 생각했다. 잭이 주방 입구, 파이렉스 볼에 넣은 채 얼어죽게 했던 말벌을 생각했다.

장비 창고에는 눈신이 여러 켤레 못에 걸려 있었고, 잭은 세 사람에게 각각 맞는 것을 찾아냈다. 하지만 대니의 것은 꽤 컸다. 잭은 눈신을 잘 탔다. 뉴햄프셔 벌린에서 보낸 어린 시절 이후로 눈신을 신어 본 적이 없었지만 그는 금세 타는 법을 다시 터득했다. 웬디는 그것을 별로 좋아하지 않았다. 커다란 눈신을 신고 15분 만 어정거려도 다리와 발목이 심하게 아팠다. 하지만 대니는 흥미를 느끼고 요령을 배우느라 열심이었다. 대니는 곧잘 넘어졌지만 잭은 아들의 실력이 느는 것을 보고 기뻐했다. 그는 2월이 되면 대니가 엄마아빠 주변으로 원을 그리며 돌아다닐 것이라고 했다.

잔뜩 흐린 날이었고, 정오가 되자 하늘에서는 벌써 눈이 흩날리기 시작했다. 라디오는 또 한 차례 20센티미터에서 30센티미터 가량의 눈이 쌓일 것이라고 예고하며 콜로라도 스키어들이 섬기는 눈의 여왕에게 찬사를 바치고 있었다. 침실에 앉아 목도리를 짜고 있던 웬디는 스키 타는 사람들이 저 눈을 다 어디에 쓸지 모르겠다고 생각했다.

잭은 지하실에 있었다. 가열로와 보일러를 점검하러 내려갔던 것이다. 눈에 갇힌 다음 잭에게 그런 점검은 신성한 의식이 되었다. 그리고 모든 것이 제대로 돌아가고 있는 것을 확인하고 나면, 그는 그 문으로 어슬렁어슬렁 걸어가 전구를 끼워 넣어 불을 켜고 전에 발견해 둔 거미줄이 쳐진 낡은 캠프 의자에 앉았다. 잭은 옛날 기록과 문서를 뒤적이면서 끊임없이 손수건으로 입을 닦았다. 실내에 갇혀 지내는 바람에 가을에 태운 피부는 하얘졌다. 누렇게 변한 버스럭거리는 종이 위에 구부리고 앉아, 붉은 기가 감도는 금발을 이마에 아무렇게나 흐트러뜨리고 있노라면 그는 약간 미치광이처럼 보였다. 그는 구매서, 청구서, 영수증 사이에 뭔가 이상한 것이 끼워져 있는 것을 발견했다. 심란한 것이었다. 피가 묻은 침대보 조각. 발기발기 찢어진 듯한 곰 인형 조각. 구겨진 보라색 여성용 편지지 한 장은 아직도 유령 같은 향수 냄새를 풍기고 있었고, 빛 바랜 푸른 잉크로 이렇게 적혀 있었다. "사랑하는 토미, 여기 올라와 봐도 기대했던 만큼 생각이 정리가 안 돼. 물론, 우리 사이에 대해서 말이야. 달리 누가 있었어? 하하. 자꾸 거치적거리는 일이 생겨. 밤이면 일이 틀어지는 이상한 꿈을 꾸곤 해. 당신도 그 이야기를 믿을 수……." 그게 전부였다. 날짜는 '1934년 6월 27일'이라고 적혀 있었다. 그는 마녀나 마법사처럼 보이는 장갑 인형도 발견했다. 이가 기다랗고 뾰죽한 모자를 쓴 것이었다. 인형은 희한하게도 가스 요금 영수증 뭉치와 생수 영수증 뭉치 사이에 끼워져 있었다. 검은 연필로 시 비슷한 것이 메뉴 뒷면에 끄적거려져 있기도 했다. "메덕/ 여기 있어?/ 나는 다시 몽유병 환자가 되었어./ 카펫 아래 식물이 움직이고 있어." 메뉴에도 시에도 날짜는 없었다. 이것이 시라면 말이다. 알쏭달쏭하지만 왠지 마음이 끌렸다. 잭은 이것들이 직소 퍼즐처럼, 연결 조각을 찾기만 하면 하나로 짜맞추어질 것이라 생각했다. 그래서 계속해서 들여다보며 등 뒤에서 가열로가 소리를 낼 때마다 깜짝 놀라 입술을 닦아 댔다.

대니는 또 217호 실 바깥에 서 있었다.

주머니 안에는 마스터 키가 들어 있었다. 대니는 중독자와 비슷한 감정을 느끼며 문을 쳐다보고 있었고, 플란넬 셔츠 밑에서 상체가 경련을 일으키는 것 같았다. 아이는 나지막이 곡조도 없는 노래를 흥얼거리고 있었다.

소화전 호스 사건 이후로 아이는 이곳에 오고 싶지 않았다. 여기 오는 것이 무서웠다. 아빠의 말씀을 어기고 마스터 키를 가져왔다는 것이 무서웠다.

아이는 여기 오고 싶었다. 호기심이

(고양이를 죽였다. 만족감이 아이를 다시 불러왔다)

마치 머릿속에서 사라지지 않는 낚시 바늘처럼 가라앉지 않는 사이렌 소리를 내며 졸라 댔다. 그리고 할로런 씨도 "너를 해칠 것은 없을 것이라고 생각한다."고 말하지 않았던가?

(약속했잖아)

'약속은 깨려고 하는 거야.'

대니는 그 생각에 깜짝 놀랐다. 그것은 마치 외부에서, 벌레가 윙윙거리며 달착지근하게 꾀는 소리처럼 들려왔던 것이다.

'친애하는 해살, 약속이란 깨려고 하는 것이야. 산산조각을 내려고. 쪼개 버리려고. 앞으로!'

아이의 불안한 콧노래는 나지막하고 곡조 없는 노래로 바뀌었다. "루, 루, 깡총 뛰어라 루, 깡총 뛰어라 루 내 사아아랑……."

할로런 씨 말이 옳지 않았던가? 그래서 결국 자신은 입을 다물고 있었고 눈에 갇혀 여기 지내게 된 것이 아니었던가?

'가만히 눈을 감아 버리면 사라질 거다.'

프레지덴셜 스위트룸에서 본 것도 사라졌다. 그리고 뱀은 바닥에 떨어진 소화전 호스였을 뿐이다. 그렇다. 프레지덴셜 스위트룸에서 본 피도 자신을 해치지는 않았다. 그냥 예전에 자신이 태어나기도 전에 일어난 일, 다 지나간 일이었던 것이다. 보기만 할 수 있는 영화처럼. 이 호텔에 자신을 해칠 수 있는 것은 아무것도, 정말로 아무것도 없었다. 그리고 이 방에 들어가서 그 사실을 증명해야 한다면, 그렇게 해야 하지 않을까?

"루, 루, 깡총 뛰어라 루……"

'호기심이 고양이를 죽였다 친애하는 해살, 내 사랑하는 해살, 만족감이 그를 머리끝에서 발끝까지 온전하게 다시 데려왔다. 머리끝에서 발치까지 그는 멀쩡했어. 그도 그것을 알고 있었어'

'무서운 그림처럼, 그것들은 너를 해치지 못한다, 하지만 오 하느님'

'할머니 이는 굉장히 크네요 그게 '푸른 수염'의 옷을 입은 늑대였나 늑대 옷을 입은 '푸른 수염'이었나'

'네가 물어보니 기쁘구나 호기심이 그 고양이를 죽였고 그가 여기 온 건 만족하기 위해서였단다'

홀 쪽으로 푸른색 정글 카펫 위를 살금살금 걸어가던 대니는 소화전 옆에서 걸음을 멈추었고 노즐을 다시 제자리에 넣고는 가슴을 두근거리며 손가락으로 그것을 콕콕 찌르면서 조그맣게 말했다. "자, 나를 괴롭혀 봐. 자, 나를 괴롭혀 봐, 이 치사한 놈아. 할 수 없지, 그렇지? 응? 너는 치사한 호스일 뿐이야. 거기서 꼼짝도 못하지. 자, 덤벼!" 대니는 허세를 부리느라 정신없었다. 그리고 아무 일도 일어나지 않았다. 결국 그것은 천에다 구리를 단

호스일 뿐이었고, 조각조각 잘라 놓아도 찍 소리 못하고 움찔거리거나 파란 카펫 위에 녹색 피를 흘리지도 못할 것이다. 고작 호스일 뿐이니까. 버스도 아니고 코스도 아니고 유리 단추도, 공단 리본도 잠든 뱀도 아니니까……. 그리고 대니는 발걸음을 재촉했다. 발걸음을 재촉한 까닭은, 대니가

("늦었군, 늦었어." 흰 토끼가 말했다)

흰 토끼였기 때문이다. 그렇다. 지금 바깥 놀이터 옆에는 흰 토끼가 있다. 전에는 초록 토끼였지만 지금은 하얗게 변했다. 눈 내리고 바람 부는 밤마다 뭔가에 계속 놀라서 그렇게…….

대니는 호주머니에서 마스터 키를 꺼내어 열쇠 구멍에 밀어 넣었다.

"루, 루……."

'흰 토끼는 크로케 파티에, 붉은 여왕의 크로케 파티에 가던 중이었다 황새를 방망이로 쓰고 고슴도치를 공으로 쓰는'

대니는 열쇠에 손을 대고 쓰다듬어 보았다. 머릿속이 건조하고 어지러웠다. 열쇠를 돌리자 자물쇠가 찰칵 하는 소리를 내었다.

'그놈 머리를 들고 꺼져라! 그놈 머리를 들고 꺼져! 그놈 머리를 들고 꺼져!'

'이 경기는 크로케가 아냐 방망이가 너무 짧지만 이 경기는'

'딱……쿵! 문으로 직행.'

'그놈 머리를 들고 꺼져어어어어어어어……'

대니는 문을 밀어서 열었다. 문은 소리 없이 부드럽게 열렸다. 아이는 커다란 침실 겸 거실 바깥에 서 있었다. 눈이 가장 높이 쌓인 곳이라 해도 3층 창문에서 30센티미터 아래 정도이므로 여

기까지는 닿지 못했지만, 아빠가 2주 전 서향 방의 덧창을 전부 닫아 놓았기 때문에 방 안은 컴컴했다.

대니는 문가에 서서 오른쪽을 더듬었고 스위치를 찾았다. 천장의 전등에 불이 들어왔다. 대니는 안으로 들어와 주위를 살펴보았다. 카펫은 푹신했고 고상한 장밋빛이었다. 편안한 분위기. 하얀 덮개를 씌운 2인용 침대 하나. 책상 하나.

'말 좀 해 보렴. 어째서 까마귀는 책상 같지?'

덧창을 내린 커다란 창문. 시즌 중 책상은

'즐거운 시간을 보내고 있단다 너도 두려워했으면 좋으련만'

산의 경치를 잘 보고 집에 돌아가 가족에게 이야기했을 것이다.

아이는 더 안으로 들어갔다. 여기에는 아무것도 없었다. 아무것도. 빈방일 뿐이다. 아빠가 오늘은 건물 동쪽에 보일러를 돌리니까 싸늘했다. 옷장 하나. 훔쳐 갈 수 없는 호텔 옷걸이가 보이도록 열어 둔 붙박이장 하나. 탁자 위에 『기드온 성서』한 권. 왼쪽에는 욕실 문이 있었고 거기 달린 전신 거울은 대니의 하얗게 질린 모습을 비추고 있었다. 문이 열려 있었고……

대니는 자신의 모습이 천천히 고개를 끄덕이는 것을 보았다.

그렇다. 바로 저기가 그곳이었다. 뭔지는 모르지만. 그 안에 있다. 욕실 안에. 대니의 모습이 거울을 피하듯 앞으로 걸어갔다. 그것은 손을 내밀어 자기 모습에 갖다 댔다. 그리고 욕실 문이 열리자 상은 사라졌다. 대니는 안을 들여다보았다.

침대차처럼 기다랗고 고풍스러운 욕실이었다. 바닥에는 조그맣고 하얀 육각형 타일이 깔려 있었다. 맞은편에는 뚜껑을 열어 둔 변기가 놓여 있었다. 오른쪽에는 세면대가 있었고 그 위에는 거울이 하나 더 달려 있었다. 뒤에는 약장이 있고. 왼쪽에는 커다 랗고 하얀 욕조가 있었고, 샤워 커튼이 쳐져 있었다. 대니는 욕실 로 들어가 꿈꾸듯 욕조 앞으로 걸어갔다. 마치 외부의 힘에 끌리 듯. 마치 이 모든 것이 토니가 보여 준 꿈이라서 샤워 커튼을 젖히 면 뭔가 좋은 것을 볼 수 있다는 듯. 아빠가 잊어버리거나 엄마가 잃어버린 것, 엄마아빠를 모두 행복하게 해 줄 수 있는 것을⋯⋯.

그래서 대니는 샤워 커튼을 젖혔다.

욕조 안의 여자는 죽은 지 오래되었다. 그녀는 시퍼렇게 변색 되어 퉁퉁 부어 있었고, 가스가 찬 배는 살덩이로 만든 섬처럼 가 장자리에 얼음이 언 차가운 물에서 솟아나 있었다. 대리석처럼 투명하고 커다란 눈은 대니의 눈을 노려보고 있었다. 그녀는 씩 웃으며 자주색 입술을 일그러뜨리고 있었다. 젖가슴은 축 처져 있었다. 사타구니의 털이 물에 떠 있었다. 손은 게의 집게발처럼 욕조 양면에 얼어붙어 있었다.

대니는 비명을 질렀다. 하지만 소리는 입밖으로 나가지 못했 다. 안으로, 안으로 꾸역꾸역 밀려든 소리는 우물에 돌멩이가 빠 지듯 속으로 떨어졌다. 대니는 움찔거리며 한 발자국 물러섰고 발뒤꿈치가 육각형 타일에 부딪히는 소리가 들리는 순간, 오줌을 지렸다.

그 여자는 일어나 앉았다.

미소를 지으며, 커다란 대리석 눈동자로 대니를 노려보면서 그 녀는 일어나 앉았다. 죽은 손바닥은 욕조에서 끼익끼익 하는 소 리를 냈다. 젖가슴은 오래된 샌드백처럼 출렁거렸다. 얼음이 깨 지는 작은 소리가 났다. 그녀는 숨을 쉬지 않았다. 그녀는 시체였다. 그것도 오래전에 죽은.

대니는 돌아서서 달렸다. 눈을 부릅뜨고 고슴도치처럼 머리를 쭈뼛 세운 채 욕실 문을 가로질려 달려갔다.

(크로케? 아니면 로크?)

공으로 희생될 고슴도치처럼. 입을 벌리고 아무 소리도 내지 못한 채. 대니는 217호 실 문을 향해 달려 나갔고 문은 닫혀 있었다. 아이는 그것을 두드리기 시작했다. 그것이 열려 있으니 손잡이를 돌리기만 하면 밖으로 나갈 수 있다는 사실을 깨닫지 못한 채. 입에서는 인간의 청력으로는 들을 수 없는 비명소리를 귀가 먹먹해지도록 질러 냈다. 아이는 문을 두드리며, 죽은 여자가 배를 내밀고 양손을 뻗어 자기를 잡으러 오는 소리를 들었다. 그 욕조에서 죽은 후 오랫동안 누워 있다가 미라가 된 것이다.

문은 열리지 않았다. 절대로, 절대로, 열리지 않았다.

그때 딕 할로런의 음성이 들려왔다. 너무나도 갑자기, 예상치 못한 순간에 너무나도 침착하게 들려왔고, 대니는 닫혔던 성대가 열리자 힘없이 울음을 터뜨렸다. 두려움 때문이 아니라 안도감 덕분에.

'그것이 너를 해치지 못할 거라고 생각한다……. 책에 나오는 그림 같은 것이야……. 눈을 감으면 사라질 것이다.'

아이는 눈을 감았다. 손을 모아 쥐었다. 집중하느라 어깨를 움츠렸다.

'아무것도 없어 아무것도 없어 아무것도 없어 아무것도 없어 아무것도 없다고!'

시간이 흘렀다. 그리고 대니는 긴장을 풀기 시작했다. 이제야

문이 잠기지 않았으므로 나갈 수 있다는 사실을 깨달은 것이다. 바로 그때, 몇 년 동안 물에 빠져 있던 퉁퉁 불어터진 손이 비린 내를 풍기며 아이의 목을 가만히 움켜쥐더니 다짜고짜 홱 잡아 돌렸고 아이는 시체의 얼굴을 정통으로 마주보았다.

옮긴이 | 이나경

이화여자대학교 물리학과 졸업한 후 서울대학교에서 영문학과 대학원 박사 과정을 수료했다. 우리말로 옮긴 대표적인 책으로는 『피델 카스트로』, 『파라다이스의 사냥꾼들』, 『폼페이 최후의 날』 등이 있다.

스티븐 킹 걸작선 2

샤이닝 (상)

1판 1쇄 펴냄 2003년 11월 21일
1판 18쇄 펴냄 2022년 4월 28일

지은이 | 스티븐 킹
옮긴이 | 이나경
발행인 | 박근섭
편집인 | 김준혁
펴낸곳 | 황금가지

출판등록 | 2009. 10. 8 (제2009-000273호)
주소 | 06027 서울 강남구 도산대로 1길 62 강남출판문화센터 5층
전화 | 영업부 515-2000 편집부 3446-8774 팩시밀리 515-2007
홈페이지 | www.goldenbough.co.kr

도서 파본 등의 이유로 반송이 필요할 경우에는 구매처에서 교환하시고
출판사 교환이 필요할 경우에는 아래 주소로 반송 사유를 적어 도서와 함께 보내주세요.
06027 서울 강남구 도산대로 1길 62 강남출판문화센터 6층 민음인 마케팅부

© ㈜민음인, 2003. Printed in Seoul, Korea

ISBN 978-89-8273-802-9 04840
ISBN 978-89-8273-800-5 04840(세트)

㈜민음인은 민음사 출판 그룹의 자회사입니다.
황금가지는 ㈜민음인의 픽션 전문 출간 브랜드입니다.